ALTERNATIVE DREAM
얼터너티브 드림

**한국 SF 대표 작가
단편 10선**

ALTERNATIVE DREAM
얼터너티브 드림

듀나 대리전(代理戰) / 오경훈 오래된 이야기 / 이영도 카이와판돔의 번역에 관하여 / 김보영 땅 밑에 / 김덕성 얼터너티브 드림 / 이한범 사관과 늑대 / 고장원 로도스의 첩자 / 복거일 꿈꾸는 지놈의 노래 / 노성래 향기 / 신윤수 필멸(必滅)의 변(辯)

한국 SF 대표 작가 단편 10선

복거일 외 9인

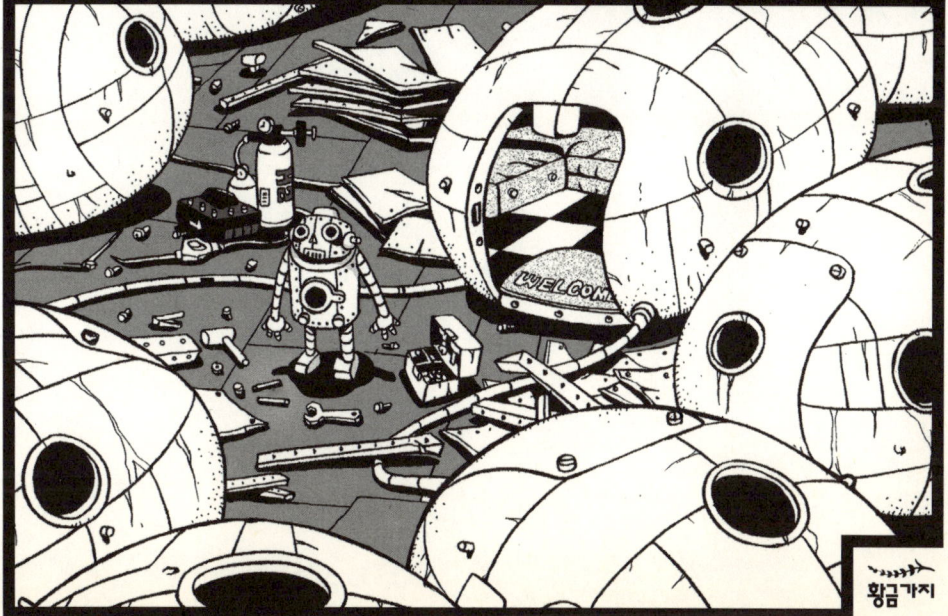

황금가지

차례

서문
SF, 과학과 현실의 크로스로드 / 박상준(문학 평론가)　7

대리전(代理戰) / 듀나　13
오래된 이야기 / 오경훈　43
카이와판돔의 번역에 관하여 / 이영도　67
땅 밑에 / 김보영　95
얼터너티브 드림 / 김덕성　133
사관과 늑대 / 이한범　201
로도스의 첩자 / 고장원　229
꿈꾸는 지놈의 노래 / 복거일　301
향기 / 노성래　329
필멸(必滅)의 변(辯) / 신윤수　353

서문
SF, 과학과 현실의 크로스로드

박상준(포스텍 교수, 문학평론가)

무한 소통의 시대에서 살아남기

우리가 사는 21세기는 각종 경계가 사라지는 시대이다. 국경의 의미조차 약화되면서 정치경제적인 통합뿐 아니라 문화적인 교류도 한껏 확장되고 있다. 이러한 상황에서 우리나라는 서구 선진문화를 일방적으로 수입하던 상황을 벗어나 문화적인 상호 교섭의 시대에 들어서고 있다. 정통 클래식 분야에서 일찍 두각을 나타냈던 한국 음악계는 이제 K-Pop을 주요 요소로 하는 한류를 통해 전 세계로 퍼져 나가기 시작했으며, 한국 영화가 고유의 색채를 갖고 여러 방면으로 진출한 지는 제법 오래되었다. 한국 드라마와 게임 등의 외국 진출이 한층 활성화되고 있음은 물론이다.

경계를 넘어 소통하는 이러한 흐름은 새로운 세기의 문화 전체가 보이는 주된 특징이다. 어떤 분야든 도태되지 않고 발전하기 위해서는 이러한 흐름을 탈 수 있어야 한다. 과학 분야조차 통섭을 지향하는 마당에 예외가 되는 경우란 있을 수 없다. 하지만 어떠한 경계도 인정하지 않는 소통이 장밋빛 미래를 마냥 약속해 주는 것은 아니다. 소통이 주고받는 'give and take' 행위라는 점만 생각해도 이는 당연하다. 따라서 무한 소통의 흐름에서 발전을 기약하기 위해서는 우리 자신의 고유함을 갖출 수 있어야 한다. 문화의 소통에 있어서도 사정이 다르지 않다. 우리 특유의 문화적 토양을 지키고 다듬으면서 소통에 임해야 바람직한 발전을 기대할 수 있다.

SF의 발전 아젠다(Agenda)

이런 점에서 볼 때 한국 SF의 현황은 사실 밝지 않다. 문학 시장 전체 속에서 SF가 차지하는 비중 자체가 크지 않을 뿐 아니라 장르문학들 속에서조차 SF는 지지부진한 면모를 벗지 못하고 있다. 장르문학 시장을 대표하는 판타지와 무협은 제쳐두고 보더라도, 연애, 스릴러, 추리 등에 비해도 SF는 판매량 면에서 뒤처져 있다. 그나마 호러에 앞서 겨우 꼴찌를 면하고 있는 수준이다. 시장의 규모보다 더 문제적인 것은 출판·유통되는 SF의 절대다수가 외국 작품이라는 데 있다. 한 인터넷 서점의 2007년 1월 판매량 현황을 보면, 영미 계열의 작품이 72%, 프랑스와 일본의 경우가 각각 10%인 데 반해 한국 작가의 SF는 고작 6%에 그치고 있음을 알 수 있다. SF 독자들의 사랑을 받는 주요 작가들의 면면 또한 아이작 아시모프, 어슐러 K. 르귄, 로저 젤라즈니, 필립 K. 딕, 아서 C. 클라크, 로버트 A. 하인라인 등으로, 이들의 작품이 판매량 50위 내의 도서

중에서 약 45%를 차지하고 있다. 이러한 점을 종합해 보면 한국 고유의 창작 SF란 사실 겨우겨우 명맥을 유지하고 있는 상태라 하지 않을 수 없다.

한국 SF의 이러한 상황은 심각한 문제이다. 시장 면에서 SF가 차지하는 비중이 적은 것이나 그나마 있는 SF시장의 절대다수가 수입물로 채워지는 현실은, 앞서 말한 대로 무한소통을 특징으로 하는 21세기의 문화 환경에 비춰볼 때 한국 SF의 미래 전망을 어둡게 만드는 까닭이다. 한국 SF팬덤의 열기와 자부심은 그 무엇과 비교할 수 없을 만큼 뜨거운 것이 사실이지만, 배타성을 띠기까지 하는 온라인 커뮤니티 수준의 이러한 열기만으로는, 무한한 상호소통의 시대에서 한국 SF의 발전을 기약하기 어렵다.

문제는 심각하지만 해결 방안은 사실 간단하다. SF팬덤의 열정이 한국 SF 발전의 토양이 될 수 있도록 새로운 여건을 마련하는 것이 필요하다. 요컨대 국내의 창작 SF가 양산될 수 있는 여건을 갖추는 것이 답이 된다. 국내 작가가 '제대로 된 대접을 받고 SF를 창작할 수 있는 환경'을 조성할 때 무한 소통의 문화 환경 속에서 한국 SF의 발전을 기대해 볼 수 있는 것이다.

크로스로드의 얼터너티브 드림

아시아태평양이론물리센터(APCTP)에서 과학커뮤니케이션 사업의 일환으로 2005년 10월 창간한 월간 웹진 '크로스로드'(http://crossroads.apctp.org)는 바로 이러한 문제의식과 문제 해결방안을 갖고 한국 창작

SF의 발전을 위해 노력해 왔다.

한국 창작 SF의 발전을 위한 '크로스로드'의 구체적인 방침은 두 가지이다. 한편으로는 복거일, 듀나, 이영도 씨 등 SF팬덤의 깊은 사랑을 받고 있는 기성 작가들의 옥고를 실어 한국 SF의 수준을 업그레이드하는 데 기여하고, 다른 한편으로는 가능한 대로 신진 작가들의 작품을 폭넓게 실어 한국 SF계의 작품 생산력을 획기적으로 증진시키자는 것이다. 그동안 '크로스로드'는 이 두 가지 방침을 지키면서 꾸준히 국내 창작 SF를 게재해 왔다. 그러는 과정에서 사실상 신인작가의 등용문 역할까지 맡게 되며 SF팬덤의 잠재적인 창작의욕을 북돋우게까지 되었다고 감히 자부한다.

지난 3년간 '크로스로드'는 한국의 창작 SF를 발전시키는 데 미력이나마 기여하기 위해 위와 같은 방침을 계속 지켜왔다. 이제 그러한 노력의 성과를 묶어 '크로스로드'가 기획한 첫 번째 한국 SF 창작 앤솔로지 『얼터너티브 드림』을 세상에 선보인다. 지금보다 훨씬 이른 시점에 출판할 예정이었으나 예기치 못한 여러 가지 문제들로 해서 이제야 내놓게 되었다. 이 또한 한국 SF의 현주소를 말해 주는 듯싶어 우리 스스로 유감이고, 귀한 작품을 보내 주신 작가분들께 두루 죄송스럽다. 유감과 죄송함의 크기만큼, 어려운 시기에 출판을 결심하고 멋진 모습의 작품집을 펴내 주신 황금가지에 깊은 감사를 드린다. 일 년에 한 권씩 작품집을 출간하고자 한 애초 계획은 다소 어그러졌지만 '크로스로드'의 게재 작품들을 일 년 단위로 묶고자 하는 우리의 바람에는 변함이 없다. 우리의 바람이 현실이 되는 데 큰 힘이 될, 독자 여러분들의 따뜻한 사랑과 관심을 기대할 뿐이다.

얼터너티브 드림의 세계

『얼터너티브 드림』은, '크로스로드' 창간호에 실은 듀나의 「대리전」을 포함하여 중편 세 편과 단편 일곱 편, 도합 열 편의 창작 SF로 이루어져 있다. 작품 각각의 특징이 있지만, 전체를 일별해 볼 때 지적하고 싶은 것은 한국적, 토착적인 성격이 짙다는 점이다. 구체적으로 말하자면 한편으로는 배경이나 주제의 일상화 경향을 읽을 수 있고 다른 한편으로는 한국적인 문제의식이 드러나 있다는 점을 꼽고 싶다. 『얼터너티브 드림』을 일관하는 이러한 특징은 앞서 말한 대로 무한 소통의 양상을 보이는 21세기 문화 상황에서 한국의 창작 SF가 발전하기 위해 갖춰야 할 고유성에 해당하는 것이라는 점에서 매우 바람직한 모습에 해당한다.

한 편 한 편 모두 보석 같은 작품들에 쓸데없는 군말을 보탠다는 두려움도 없지 않지만 아직 SF에 친숙하지 못한 독자 여러분들도 있을 수 있기에, 개별 작품들에 대해서도 몇 마디 덧붙이고자 한다. 한편으로는 『얼터너티브 드림』을 보다 재미있게 읽는 데 필요한 최소한의 가이드라인을 제공하는 것이고, 다른 한편으로는 작품 선정의 변을 밝힘과 동시에 감상의 포인트를 제시하는 셈이라 여겨주시기 바란다.

첫째 포인트는 변형의 측면이다. 오경문의 「오래된 이야기」나 김보영의 「땅 밑에」, 고장원의 「로도스 섬의 첩자」 등에서 보이는 극적 반전의 특성이나 상호텍스트성 차원의 특징은 SF를 읽는 재미를 한층 더해준다. 「오래된 이야기」는 성경 창세기와 「땅 밑에」는 아서 클라크의 『라마와의 랑데부』와, 「로도스 섬의 첩자」는 시오노 나나미의 『로도스 섬 공방전』과 직간접적으로 연결되어 있다. 힌두 신화와 관련되어 있는 김덕성의 「얼터너티브 드림」 또한 이 맥락에 보탤 수 있다. 기존 텍스트와의 관련 속에서 의미 있는 변형을 보이는 이러한 연계를 고려하며 읽을 때 이들 작품의 재미는 곱절이 된다.

『얼터너티브 드림』을 재미있게 읽는 둘째 포인트는 한국적인 특성에 주목해 보는 것이다. 듀나의 「대리전」은 부천이라는 우리나라 중소도시의 구체적인 특성을 외면하며 읽고서는 그 재미를 십분 즐길 수 없다. 마찬가지로 이영도의 「카이와판돔의 번역에 관하여」는 남북으로 분단된 우리 현실의 연장선상에서 읽을 때 의미가 증폭되며, 복거일의 「꿈꾸는 지놈의 노래」는 한국적 정서와 연결 지어 감상할 때 읽는 즐거움이 배가 된다.

감상의 셋째 포인트는 과학과 상상력을 결합시키는 SF 장르의 기본적인 특성에 주목하는 것이다. 이러한 점이야 이 앤솔로지에 실린 모든 작품에 다 해당되는 것이지만 위에서 언급하지 않은 몇몇 작품에 대해서는 따로 특기해 둔다. 신윤수의 「필멸의 변」은 네 가닥의 서사를 통해 대중문화의 여러 코드를 구비하면서 SF 고유의 과학적 사고를 펼쳐 내고 있다. 노성래의 「향기」와 이한범의 「사관과 늑대」는 로봇이나 사이보그 등에 갇히지 않고 존재 전이의 상상력을 기발하게 구사하면서 사회적 소통과 존재 인정의 문제를 다루고 있다.

한 편 한 편 모두 다 자기의 특색을 지키면서 한국 창작 SF의 현재와 미래를 보여주고 기약하는 이들 작품을 '얼터너티브 드림'이라는 제목으로 세상에 선보인다. 과학과 현실의 크로스로드야말로 21세기를 살며 새로운 미래를 이뤄야 하는 우리 시대의 대안이라는 점에서 SF를 읽는 의의가 자못 크다는 점을 고려할 때, 이 책을 읽는 독자 여러분들의 즐거움에 거는 우리의 기대 또한 적지 않다. 모쪼록 즐거움 속에서 밝은 길이 열리길 바라며 번잡한 서문을 마친다.

대리전(代理戰)

/ 듀나

DJUNA는 1994년부터 온라인으로 SF를 발표해 왔다. 책으로는 공동단편집 『사이버펑크』, 작품집 『나비전쟁』, 『면세구역』, 『태평양 횡단 특급』, 『대리전』, 『용의 이』, 영화칼럼집 『스크린 앞에서 투덜대기』가 있다. 현재 DJUNA의 영화낙서판(http://djuna.cine21.com/movies/)을 운영중이다.

네가 무나키샬레 아이스크림 가게로 들어왔을 때, 솔직히 난 너를 알아보지 못했어. 일단 고객들을 상대하느라 바빴고, 너를 마지막으로 본 것도 12년 전이었으니까. 너도 그동안 많이 변했더군. 그래, 난 네가 그런 식으로 나이가 들 거라고 생각은 했어. 넌 열두 살 때부터 언제나 혼자서 세상과 맞서야 했으니까. 내가 알고 있는 너는 언제나 작은 어른이었어.

　반대로 나는 그동안 거의 변하지 않았지. 중간에 고생을 조금 하긴 했지만 난 지금까지 어른처럼 행동해야 할 필요성을 거의 느끼지 못했어. 가게 안에 들어온 순간 네가 내 얼굴을 알아봤다고 해서 이상하지는 않아. 12년 전이나 지금이나 난 여전히 무책임하고 사치스러운 부잣집 딸이지. 물론 돈을 대 주는 사람은 바뀌었지만.

　아마 넌 황당했을 거야. 네가 부천 홈플러스 근처의 아이스크림 가게에서 나와 마주치는 건 충분히 있을 수 있는 일이지. 우리가 살고 있는 나라는 그렇게까지 큰 곳이 아니니까. 하지만 넌 추리닝을 입은 초라한 대머리 아저씨 두 명과 바닐라 아이스크림을 먹으며 심각한 표정으로 이야기하는 내 모습은 상상도 못해 봤을걸? 적어도 지금까지 닦아 온 내 이미지와는 맞지 않지. 하긴 내가 그 이미지를 계속 유지하고 있었다면, 난 유럽 어딘가에서 니키아나 지젤을 추고 있어야 해. 아니면 그런 걸 추는 에트왈들의 등 뒤에서 튀튀 차림으로 콩콩거리고 있거나. 무릎 부상과 집안 부도로 오래전에 물 건너가 버린 계획이지만.

게다가 그 언어는 어떻고? 아마 네가 들은 말들은 대략 다음과 같았을 거야. "우그크크꺄꺄핑 샤그르브샤크므브프 핑핑핑핑까르까르딩?"

번역하면 다음과 같아. "그렇다면 어느 섹스 코스를 먼저 선택하시겠어요?"

어느 나라 말이냐고? 제4번 은하어의 제1음성어 변종이야. 발음이 예쁘지 않은 건 당연해. 원래 제4번 은하어는 발성되기 위해 만들어진 게 아니라 얼굴이나 다른 신체 부위의 발광층으로 반짝거리기 위해 만들어졌거든. 소리로 대화를 나누는 종들을 위해 음역되기는 했지만 그래도 여전히 껄끄러워. '샤그르브샤크므브프' 처럼 자음이 다닥다닥 붙은 단어들이 튀어나오는 것도 그 때문이지. 귀찮지만 어쩌겠어. 이번 관광객들은 제4번 은하어밖에 할 줄 아는 게 없었어. 아마 이런 식으로 변형된 4번 은하어도 굉장히 짜증 났을 거야. 제4번 은하어의 특징은 즉시성이야. 그림 하나가 얼굴이나 몸에 뜨는 순간, 보는 쪽에서는 문장 전체를 이해하지. 하지만 이 경우엔 어쩔 수 없이 그 2차원적인 문장을 잘게 쪼개어 1차원적인 긴 실로 만들어야 해. 귀찮지. 말하는 쪽이나 듣는 쪽이나.

이번 고객들은 그그그카탕보그무 행성에서 온 다섯 번째 관광객들이었어. 제3기에 접어든 지 3사이클도 되지 않는 촌뜨기들이었어. 물론 난 그네들을 촌뜨기라고 놀려 댈 입장이 못 되지. 지구는 아직 앤시블 (ansible) 테크놀로지를 독자적으로 발명하지 못한 제2기에 머물러 있으니까. 하지만 난 나 자신을 지구인의 위치에 놓고 일을 해 본 적이 없어. 지구에서 가이드 일을 하는 동료 대부분이 그렇지만.

풋내기 여행자들이 그렇듯, 그네들은 일단 지구인의 몸 자체를 탐색하길 원했어. 일단 지구인 몸으로 먹고 자고 배설하고 섹스하는 쾌락에 대해 알고 싶어 했던 거지. 문제는 먹고 자고 배설하는 거야. 자기 스스로 할 수 있지만 섹스는 온전히 즐기기 위해서는 둘 이상이 있어야 한다는 거였어. 그러기 위해서는 전문적인 섹스 워커들의 도움이 필요했고. 여담인데, 내가 조금만 삐끗 잘못 나갔다면 지금쯤 외계인 전문 섹스 워커로 뛰고 있었을지도 몰라. 일이 내 취향과 맞지는 않지만 나쁘지는 않다고 하더라. 수익도 괜찮고.

하여간 내가 거기서 하고 있었던 건 관광객들과 섹스 워커들의 스케줄을 조정하는 일이었어. 스케줄이 끝나면 회사에 인계해 주고 집으로 돌아오면 끝이었지. 만약 그 관광객들이 진짜 관광객들이었다면 다음날에 보다 정상적인 상황 속에서 너와 재회할 수 있었을 거고. 그랬다면 그건 정말 진부하지만 기분 좋은 로맨스의 도입부가 될 수도 있었을 거야.

하지만 너도 알다시피 그 뒤에 일어난 일들은 로맨스와 전혀 상관이 없었어. 빌어먹을, 빌어먹을, 빌어먹을.

난 정말 바보였어. 아무리 머릴 굴려도 이 말밖엔 안 떠올라. 난 정말 바보였어. 아니, 나만 바보였던 게 아니지. 은하 연합 전체가 바보였던 거야. 휴우, 이렇게 말하고 나니 좀 위로가 된다.

아냐, 여전히 화가 나. 내가 조금만 머리를 굴렸다면 그그그카탕보그무에서 왔다고 주장하는 그 두 명의 관광객이 가짜였다는 걸 단번에 알아차렸을 거야. 일단 그 작자들이 이족(二足) 보행에 그렇게 빨리 적응한 것부터가 말이 안 돼. 은하 연합의 도서관에 따르면 그그그카탕보그무의 거주민들은 오징어처럼 생긴 무척추 수생동물이란 말이야. 이족 보행은커녕 사족(四足) 보행도 힘들 판이라고. 그런데 그 작자들은 숙주 몸에 들어간 뒤 몇 분 비틀거렸을 뿐 그 뒤로는 썩 잘 걸었거든. 아무리 그 숙주들이 수생동물의 운동방식에 익숙해져 있다고 해도 그건 좀 수상쩍었어.

생각해 보면 그그그카탕보그무라는 행성 자체가 말이 안 돼. 생각해 봐. 은하 연합이 지구를 발견한 게 1996년이야. 그그그카탕보그무가 앤시블 네트워크에 접속한 게 1999년이고. 겨우 3년 만에 은하계 양쪽 끝에서 두 개의 문명 행성이 발견되었던 거야. 지금의 은하 연합이 탄생하고 42만 년의 세월이 흘렀지만 지금까지 이렇게 연달아 외계 문명이 발견된 적은 단 한 번도 없었어. 누군가 의심하는 게 정상이었어. 하지만 아무도 안 그랬지. 그그그카탕보그무에서 날아오는 정보들이 아무리 미심쩍어도 다들 아직 제대로 된 테크놀로지를 개발 못한 미개 행성이니 당연하다고 관대하게 이해해 주었을 뿐이야. 어느 누구도 그그그카탕보그무에서 날아오는 정보들의 출처를 확인할 생각을 하지 못했어. 하긴 그건 의심해도 어쩔 수 없었겠지. 앤시블은 출처 확인이 불가능한 통신 수단이니까.

아무리 그래도 누군가는 한 번쯤 의심해야 했어. 그그그카탕보그무라는 행성이 처음부터 존재하지 않고 거기에서 왔다고 주장하는 작자들이 사기꾼일지도 모른다고 말이야. 그리고 그 사기꾼들의 음모가 무엇이건 그게 막 발견된 제2기 행성인 지구와 관련되어 있을지도 모른다고 말이야.

그래, 아무도 그 사기꾼들을 의심하지 않았어. 우리에겐 그들도 그냥 고객이었을 뿐이지. 그 악당들도 다른 관광객들과 정확히 같은 순서를 밟아 우리에게 왔어. 일단 은하 관광 위원회에서 앤시블을 통해 관광요청서를 보내. 그러면 우리 여행사에서는 관광객들이 사용하는 언어와 동작 방식, 육체의 모양을 검토한 뒤 그에 어울리는 숙주들을 뽑지. 스케줄이 확인되면 우린 우리가 마련해 준 숙주의 아파트로 가서 뇌 안에 박혀 있는 기생기계를 작동시켜. 그렇게 하면 앤시블을 통해 숙주의 육체와 몇 천 광년 저쪽에 있는 외계 생물의 정신이 연결되는 거야. 물론 진짜 육체를 가지고 우주여행을 할 수 있다면 그것도 좋겠지. 하지만 우리가 알기로는 분자보다 큰 물체가 온전한 모양을 갖추고 초광속여행을 하는 건 불가능해. 그나마 앤시블이 있어서 이런 것도 할 수 있는 거지. 제4기 문명은 초광속여행뿐만 아니라 순간여행까지 가능하다는 소문이 돌고 있긴 하지만 그건 소문일 뿐이야. 저 높은 곳에서 무슨 일들이 진행되는지 누가 알겠어? 3기 문명이 4기에 접어들면 연합과 접촉을 끊어 버린단 말이야. 모두 그래. 맨 처음엔 전혀 다른 진화 과정을 거친 생물들이 나중엔 다 똑같이 행동하니 괴상하지. 이런 걸 보고 그 동네에서는 '필연적 수렴'이라고 한단다.

그 다음엔 어떻게 되었냐고? 걸음마를 시킨 뒤, 아이스크림 가게로 끌고 왔지. 아이스크림 먹기는 필수적인 행사야. 일단 소화기관에 적응시켜야 하는데, 지구인의 육체에 처음으로 들어온 관광객들은 적응 기간 동안 바닐라 아이스크림밖에 못 먹거든. 하긴 몇몇 종은 한동안 아이스크림도 못 먹어서 적응기간이 끝날 때까지 얼음만 빨아야 하지만.

아이스크림 가게에서 일정을 맞춘 뒤(그래, 난 끝까지 널 알아보지 못했어.) 나는 그 악당들을 내 차에 태워 사무실로 데려갔어. 사무실에서 인수인계를 마치면 그날 내 일은 끝나는 거지. 따지고 보면 난 부잣집 마나님의 심심풀이 땅콩 아르바이트 정도의 일을 하면서 웬만한 봉급쟁이 월급의 열 배가 넘는 돈을 받고 있는 거야. 그것도 해고당할 일이 전혀 없고 상사 눈치 보는 일도 없으며 늘 자발적인 해외 출장이 보장되는 직장에서. 내가 말했잖아, 난 여전히 부잣집 딸이라고.

내가 일하는 사무실은 송내역 부근에 있는 6층 건물 안에 있어. 건물은 회사 소유이고 2층부터 6층까지를 사무실로 쓰고 있지. 그중 여행사 업무를 담당하는 2, 3층은 위장용이고 거기서 일하는 직원들은 회사의 진짜 정체가 뭔지도 몰라. 앤시블 네트워크와 송신기들, 숙주들을 관리하고 관광객들을 맞이하는 진짜 일들은 모두 4층 위에서 진행돼.

나는 4층으로 올라가 관광객들로 위장한 그 악당들을 사장에게 넘겨주었어. 나야 그 악당들이 그그그카탕보그무에서 왔건 어디서 왔건 신경도 쓰이지 않았지만 사장은 좀 입장이 달랐어. 나름대로 지구 대표를 자처하는 사람이었으니 모든 문명에 대해 다 알아야 한다는 거지. 내가 인수인계를 마치고 사무실에서 나갈 때까지 사장은 그들에게 뭐라고 계속 꼬치꼬치 캐묻고 있었어. 가끔 그가 그렇게 노골적으로 호기심을 드러내지 않았다면 일이 전혀 다른 방향으로 진행되지 않았을까 생각도 해 봐. 이미 늦었지만.

내가 사무실에서 떠난 뒤에 무슨 일들이 일어났던 걸까? 난 아직도 모르겠어. 내가 집에 막 배달된 「프레드 아스테어/진저 로저스」 DVD 박

스세트를 보려고 일찍 집으로 가지 않았다면 무슨 일이 일어났을까? 이 역시 영영 대답을 들을 수 없는 질문이겠지.

나는 다음 날 10시 30분에 사무실로 출근했어. 아래층에서는 위장용 여행사 직원들이 언제나처럼 파리 날리는 사무실에서 수다를 떨고 있었어. 내가 들어오자 직원 한 명이 나를 보고 이러더군.

"사장님께서 계속 찾으셨어요. 전화가 안 된다고 하던데요?"

그건 사실이었어. 영화 다섯 편을 논스톱으로 보고 퍼질러 자다가 휴대폰이 방전된 걸 깜빡했던 거지.

4층 문을 열고 안으로 들어가자, 강한 오렌지 향기가 내 코를 찔렀어. 누군가가 방향제 뚜껑을 열고 바닥에 쏟아 부은 것 같았지. 나는 불평하려고 늘 사장이 앉아 있던 소파로 고개를 돌렸어.

소파는 딩 비어 있었어. 아니, 비어 있는 건 소파뿐이 아니었어. 사무실 전체가 텅 비어 있었지. 모두 내실에 있는 걸까? 아니면 다들 위층으로 올라간 걸까? 그럴 수도 있었지만 뭔가 심하게 잘못되어 있다는 직감은 여전히 남았어. 난 천천히 내실 쪽으로 다가가 문을 열었어.

내실은 끔찍했어. 사방이 피투성이였고 바닥엔 시체들이 뒹굴고 있었어. 시체들은 모두 두개골 뒤가 부서져 있었고 마치 커다란 짐승의 손톱이 훑고 지나간 것처럼 척추에 긴 상처 자국이 나 있었어. 몇몇 사람들은 눈도 뜯겨져 나가고 없었어. 난 얼어붙은 듯 문가에서 서서 시체들을 세어 봤어. 하나, 둘, 셋, 넷, 다섯, 여섯……. 부천에 거주하며 외계인들을 관리하는 에이전트들은 나까지 포함해서 여덟이야. 그런데 그중 여섯 명이 시체가 되어 쌓여 있었던 거야.

사장은 보이지 않았어. 이건 좋은 징조일까? 아니, 그럴 리는 없었어. 그가 죽었다고 해도 끔찍한 일이지만 살아 있다고 해도 결코 좋은 소식일 리는 없지.

등 뒤에서 비명 소리가 들렸어. 내가 양손에 피를 묻히면서 사장을 찾고 있는 동안 네가 내실로 들어왔던 거야. 그리고 내 시야에 잡힌 건 너뿐이 아니었어. 어제 내가 바닐라 아이스크림을 사 주었던 두 악당들이 커다란 망치처럼 생긴 걸 하나씩 들고 서 있었어. 그 아슬아슬한 순간에 야너의 얼굴을 알아봤으니 정말 아이러니도 이런 아이러니가 따로 없지.

난 결코 이런 상황에서 민첩하게 행동할 만한 사람이 못 돼. 그래도 그 순간 나는 내가 할 수 있는 모든 일을 다 했다고 생각해. 아마 이 피투성이 광경 때문에 미리 겁을 다 집어먹어 버려 더 이상 겁을 먹을 구석이 없었기 때문이겠지. 나는 겁을 먹고 뒷걸음질 치는 대신 그들에게 정면으로 달려들었는데, 그건 옳은 선택이었어. 물론 그 전에 쓸 만한 무기라도 챙길 수 있었다면 더 좋았겠지만 그런 게 방 안에 있을 리가 없었고 그 정도만으로 충분했어. 내가 상대하고 있었던 건 남의 육체를 뒤집어쓰고 있는 외계인들이었어. 당연히 홈그라운드의 이점은 나에게 있었지.

하지만 그러는 동안 너를 지켜 주지 못한 건 내 계산착오였어. 그래도 당시엔 그게 비교적 논리적인 선택이었다는 걸 이해해 주기 바라. 내가 덤벼든 건 너에게 그 망치 비슷한 걸 휘둘러 대는 악당이었고 공격 자체는 성공이었어. 하지만 그 순간 두 번째 악당이 너를 빼내 너를 인간 방패로 삼을 거라고 내가 어떻게 상상할 수 있었겠어? 그가 너를 인질로 삼아 최소한 협상의 기회를 줄 거라고 생각한 것도 실수였지. 그는 엘리베이터의 문이 열리자마자 그냥 네 머리를 망치로 쏘고 달아나 버렸으니까.

그 악당이 달아나자마자, 나는 너에게 달려갔어. 뒷머리에 100원짜리 동전만 한 화상 자국이 나 있는 것 이외엔 외상은 없는 것 같았지만 의식은 없었어. 네가 숨을 쉬고 있는 걸 확인하자마자 나는 내가 쓰러뜨린 첫 번째 남자에게 달려갔어. 남자는 입에 거품을 물고 코와 귀로 피를 뿜으며 부들부들 떨고 있었어. 그건 그냥 숙주였어. 아마 그 외계인은 내가 공격한 즉시 숙주와 연결을 끊어 버린 모양이야. 그것도 그냥 끊은 게 아니라 뇌의 연결장치를 파괴해 버렸던 거야. 뇌 속에서 작은 폭탄이 터진 셈이었지. 숙주가 살아날 가능성은 없었어. 하긴 숙주가 되기 전부터 살아 있는 시체나 다름없는 친구였으니 지금 죽어도 유감은 없었겠지만.

나는 숙주를 내실에 밀어 넣고 문을 잠근 뒤 6층 금고실로 올라갔어. 아니나 다를까, 금고실의 문은 활짝 열려 있었고 탐사선은 사라지고 없었어. 탐사선 대신 바닥에 놓여 있는 건 사장의 시체였어.

하지만 아직 절망할 단계는 아니었지. 탐사선의 앤시블은 여전히 켜져 있었고 보호장치도 작동 중이었어. 달아난 사기꾼이 아무리 용하다고 해도 보호장치를 푸는 건 결코 쉬운 일이 아니야. 게다가 그들이 가지고 있는 테크놀로지는 기껏해야 2.1기 수준이지. 아무리 제3기 문명의 지식을 머리에 담고 있다고 해도 지구의 재료들을 이용해 쓸 만한 도구들을 만드는 건 결코 쉬운 일이 아니야. 그렇다면 앤시블을 누가 가지고 있건, 난 아직 은하 연합과 연락을 취할 수 있다는 말이 되지.

나는 5층으로 내려갔어. 다행히도 그들은 5층의 통신장치들을 그대로 방치해 두었어. 하긴 그것들을 모두 날려 버렸다고 해도 방법이 없는 건 아니었어. 앤시블은 휴대전화나 인터넷으로도 연결되었으니까. 심지어 사장은 굉장히 뻔뻔스러운 도메인 네임을 단 웹사이트도 하나 만들어 놓았지. http://www.ansible.co.kr.

은하 연합 교류 협회 사무실 담당관의 명쾌한 목소리가 통신기를 통해 들려오자마자 나는 허겁지겁 상황을 설명했어. 여섯 명의 에이전트들이 죽었고 한 명이 실종되었고 살아남은 건 나 하나뿐이다. 탐사선은 도난당했고 지금 지구에 있는 3872명의 방문객들에게 무슨 일들이 생길지 모르니 경고하라고 말이야. 그쪽에서는 다시 연락할 테니 대기하고 있으라고 말하더라. 나는 통신기의 번호를 내 휴대전화로 돌려 놨어.

　나는 5층에서 의료용 헬멧을 챙겨 가지고 아래로 내려왔어. 솔직히 이런 걸 의료기기라고 부르는 건 자기 기만이지. 연결장치를 뇌에 이식하기 위한 보조 도구에 불과했으니까. 하지만 지금으로서는 지구인 인간보다 나았어. 은하 연합에서는 이미 지구인의 육체에 대한 모든 지식을 수집하고 있었고 의사 역할을 할 만한 인공지능도 보유하고 있었어. 유감스럽게도 내 지식이, 사실은 지구의 지식이 그 기계를 따라가지 못했지. 기계가 뇌손상 정도를 알려 왔는데, 나로서는 치명적인 부상이라는 것밖에 알 수 없었어. 다행히도 기계는 그 상태를 어느 정도 안정시킬 수는 있었어.

　그때 협회에서 전화가 걸려 왔어. 그쪽에서는 내 일을 도울 전문가를 보낼 때가 되었다고 판단한 모양이었어. 해외에도 에이전트들이 있긴 하지만 충분한 훈련을 받지 못했고 게다가 그네들이 한국까지 날아올 때까지 기다릴 수도 없었지. 몇 백 광년 떨어진 행성의 전문가를 앤시블로 연결하는 게 최선의 방법이었어. 하지만 어떻게 해야 할까? 보안장치가 앤시블 자체는 보호하고 있었지만 지금 등록된 숙주들의 통제권은 곧 그 도둑에게 넘어갈 게 뻔했어. 그렇다면 별도의 채널로 새 숙주를 만들어야 했어. 그것도 지금 당장.

　그때 너에게로 시선이 돌아간 건 너무나도 자연스러웠어. 통제기기의 항상성 유지 기능은 일종의 뇌수술 역할을 해 줄 수 있을 거야. 문제는 숙주용 통제기기가 일으킬 수 있는 여러 부작용들이었지. 섹스 워커들과 해결사들을 제외한 숙주들은 대부분 자기 의지가 결여된 알코올중독자 행려병자들이었으니 무슨 일이 일어나도 더 나빠질 게 없었지만 넌 사정이 다르잖아.

하지만 난 다른 생각을 할 시간이 없었어. 나는 다시 허겁지겁 5층으로 달려가 캡슐 안에 든 여벌의 통제기기를 하나 가져와 헬멧의 투입구 안에 밀어 넣었어. 난 헬멧이 네 머리를 깎고 드릴로 두개골에 구멍을 뚫고 베이컨으로 싼 총알처럼 생긴 통제기기를 그 안에 밀어 넣고 의료용 시멘트로 구멍을 막는 동안 헬멧을 움켜잡고 있었어.

이식이 성공하자 헬멧에 파란 불이 들어왔어. 헬멧을 벗기자마자 네 얼굴은 꿈틀거리기 시작하더군. 잠시 뒤 너는 눈을 떴어. 그리고 유창한 제2번 은하어로 나에게 인사를 했지.

"엘로이레이!"

네 몸에 들어간 담당관은 바기-지랑이라는 마자랑 행성인이었어. 8년 동안 스물네 번 지구를 방문했고 한국어를 포함한 6개 국어에 능통했으며 제2번 은하어로 혜경궁 홍씨의 전기까지 쓴 적 있었고 지구 문학의 은하어 번역 작업에도 관여하고 있었어. 지구에 대한 기본적인 문자 지식만 따진다면 바기-지랑은 나보다 더 박식했어. 몸 구조도 지구인과 비슷해서 현장 작업에도 무리가 없었고.

난 바기-지랑과 어느 정도 안면이 있는 편이었어. 내 첫 고객이기도 했고. 하지만 외계인들과 지속적인 친분관계를 유지하기는 어려워. 행동이나 생각 자체가 다른 건 둘째치고, 일단 얼굴을 직접 볼 수가 없으니 말이야. 내가 알고 있는 바기-지랑은 늘 알코올중독으로 피부가 엉망이 된 중년 남자들의 모습을 하고 있었지. 하지만 하는 행동은 늘 수다스러운 아줌마 같아서 늘 가면 쓴 사람과 이야기를 하고 있는 기분이었어. 조금씩 거리감이 느껴질 수밖에 없었던 거지.

 바기-지랑이 맨 처음에 한 일은 시체들을 처리하는 것이었어. 나는 그 사람을 도와 4층의 시체들을 모두 6층으로 옮겼어. 시체들을 금고실에 넣고 헬멧으로 이식물이 뜯겨져 나간 시체의 입체사진들을 찍은 뒤 우린 금고 문을 닫았어. 잠시 뒤 확 하는 소리와 함께 주변 공기가 뜨거워졌어. 난 그때까지 금고실이 비상 소각로 역할을 하는지 몰랐어. 나중에 알고 봤더니 그 금고실은 원래부터 2기 행성들을 위해 만들어진 연합의 규격에 의해 제작되었다고 하더군. 꼭 시체는 아니더라도 3기 문명과 연결된 증거들을 재빨리 처리하기 위해 만들어진 거야.

 바기-지랑이 피로 물든 4층을 청소하는 동안 나는 쇼핑을 했어. 사장의 자전거를 타고 홈플러스와 월마트를 돌면서 가전제품들과 장난감들을 사 모았지. 그 악당들이 짬짬이 만든 망치 같은 무기들을 가지고 있다면 우리도 맨손으로 그들을 상대할 수는 없잖아. 우리에게도 무기가 필요했어.

 우리가 생각한 무기는 망치보다는 문명화된 것이었어. 우린 숙주들의 목숨까지 빼앗을 필요는 없었어. 그냥 뇌의 통제장치만 차단하면 되었지. 우린 5층의 통신장치와 MP3 플레이어들을 결합해서 통제장치에 강한 펄스 신호를 보내는 기계를 만들었어. 겨냥이 가능해야 했고 방아쇠 메커니즘도 필요했기 때문에 그 기계들은 내가 월마트 장난감 매장에서 사 온 두 개의 '지구수비대 전자총' 안에 들어갔어. 방아쇠를 당기면 불은 켜지지 않았지만 여전히 윙윙거리는 요란한 소리가 났지. 30대 초반의 멀쩡한 성인 여성들이 들고 다니기엔 무척이나 쑥스러운 무기였지만 해결사들이 가지고 다니는 보다 세련된 비밀무기보다 성능이 특별히 떨어질 것도 없었어. 그것들도 결국 다 지구 기술로 만든 거잖아.

물론 다음으로 해결해야 할 문제는 '탐사선이 어디에 있느냐'였어. 물론 탐사선은 계속 앤시블 신호를 송수신하고 있지만 즉시 통신인 앤시블 신호로는 위치 확인이 불가능해. 직접 구식 추적장치라도 달았으면 도움이 되었겠지만 누가 이런 일이 일어날 줄 알았나. 지난 몇 십만 년 동안 은하계엔 우주 전쟁이나 테러 따위는 없었어. 그런 걸 상상하는 것 자체가 웃기는 일이었고. 가장 빠른 우주선을 타고 가도 몇 백, 몇 천, 심지어는 몇 만 년이 걸리는 곳에 있는 행성을 무슨 이유로 공격해? 아무리 앤시블로 밀접하게 연결되어 있다고 해도 그네들은 모두 물리적으로 남남이었다고. 그렇다고 상대방에 대해 정치적이거나 종교적 증오심을 품을 만큼 미개한 사회도 거의 없었고.

바로 그렇기 때문에 나는 바기-지랑이 "이런 일이 일어날지도 모른다고 생각했어요."라고 말했을 때 조금 놀랐어. 그래서 난 거의 반사적으로 물었지.

"왜요?"

"하나의 가설이었어요. 탐사선에 의해 발견된 제2기 행성은 공격에 굉장히 취약해요. 단 하나뿐인 앤시블은 전문 지식이 부족하고 훈련도 되지 않은 소수의 원주민들에 의해 관리되지요. 이론상으로는 적의가 있는 행성이 앤시블을 탈취해 대규모의 숙주 군대를 만들어 그 2기 행성을 정복할 수도 있어요. 만약에 그그그카탕보그무가 의심하시는 것처럼 조작된 행성이라면 그 역시 충분히 이해할 수 있어요. 연합 내에서 이런 신생 가입 행성에선 극소수만이 접근할 수 있고 관리도 굉장히 허술하니까요. 마자랑에서 이런 음모를 벌인다면 앤시블에 접근하는 순간 탄로 나고 말겠지요."

"하지만 왜요?"

"그거야 저도 아직은 모르죠."

그리고 그건 지금 급한 일도 아니었어. 지금 중요한 건 어떻게든 탐사선의 위치를 알아내는 것이었어. 차도 없고 몸도 제대로 가누지 못하는 외계인이 지름 1미터가 넘는 금속공을 들고 어떻게 어디로 사라졌을까? '어떻게'의 가장 그럴싸한 해답은 택시였어. 하지만 어디로?

우린 탐사선의 센서와 연락을 취했어. 우리가 확인한 건 종이 상자로 포장된 탐사선이 흔들리는 차 안에 있다는 것이었어. 가감속의 정보를 이용해서 상대적인 운동 속도와 방향을 추정할 수는 있었지만 위치를 알아내기엔 정보가 부족했어. 더 운이 없었던 건 충분한 정보가 쌓이기 전에 차가 움직임을 멈추었다는 거야. 우리가 센서를 읽는 동안 상자는 차에서 내려 어떤 건물 안으로 들어갔어. 상자는 엘리베이터를 타고 어떤 층에서 내렸어. 아마 4층인 것 같았는데, 그것도 확신하기 어려워. 분명 엘리베이터의 작동 소리와 같은 소리 정보에서 단서가 있었겠지만 아직 은하 연합의 지구 관련 데이터베이스는 그런 자잘한 것에 신경을 쓸 단계까지 와 있지 않았어.

그 정도 차를 타고 갔다면 탐사선은 인천, 서울, 광명, 안양, 수원 어디로도 갔을 수 있었어. 하지만 가장 가능성 있는 건 '부천에 그냥 남아 있다' 쪽이었지. 그 사기꾼이 어떤 계획을 세웠건 숙주들이 그 계획들의 일부였음이 분명해. 혼자서 그 엄청난 일을 해낼 수는 없으니까 당연히 동료들의 도움이 필요하겠지. 숙주들이야 서울이나 인천에도 있지만 가장 많은 곳은 역시 부천이었지. 부천은 지구의 대문 도시였으니까.

왜 하필이면 부천이었냐고? 그건 애향심과 멸시가 반반씩 섞인 사장의 판단 때문이었어. 사장은 부천에서 태어나 부천에서 자란 사람이었어. 그리고 그 때문에 부천이 얼마나 무개성적이고 대체 가능한 곳인지 알고 있었지. 만약 전우주적인 사고가 생겨 부천이 통째로 날아간다고 해도 인류가 손해 볼 일은 없다는 거야. 사장의 애국심도 비슷했어. 자기가 태어난 대한민국이라는 나라를 극도로 멸시했으면서 지구의 대표 언어로 한국어를 끼워 넣은 걸 보면 알 만하지.

하여간 지금으로서는 우리가 기댈 수 있는 해결방법은 단 하나였어. 숙주들을 관찰하는 것이었지. 지금 지구의 숙주들은 하나씩 주인을 잃고 남아 있는 흐릿한 의식에 의지해 좀비처럼 방황하고 있는 중이었어. 만약 그 사기꾼이 숙주들을 통제하려 한다면 우린 그 행동 패턴의 변화를 쉽게 알아차릴 수 있었을 거야. 하지만 그전에 먼저 앤시블의 보안장치가 풀린다면? 우린 그들이 그보다는 무능력하길 빌 뿐이었지.

긴장감이 풀렸어. 지금으로서 우리가 할 수 있는 건 연합에서 앤시블을 통해 지시를 내리는 걸 기다리는 것뿐이었으니까. 내가 모니터에 비친 아래층의 몰래 카메라 영상을 멍하니 바라보는 동안, 갑자기 바기-지랑이 물었어.

"전에 둘이 사귀었나요?"

머리가 아찔하더라. 그때서야 나는 바기-지랑이 너의 모습을 하고 너의 목소리로 이야기하고 있다는 사실을 깨달았어. 그리고 그 사람이 말하는 '둘'이 '너와 나'였다는 것도. 12년 전의 일들이 주마등처럼 내 머리를 스치고 지나갔어.

내가 대답하지 않자 바기-지랑은 계속 말을 이었어.

"내 숙주의 뇌 속에서 지금 깜빡거리는 것들은 모두 당신 기억들이에요. 10여 년 전에 헤어진 뒤로 처음 만난 거군요? 어제 아이스크림 가게에서 당신을 봤는데 당신은 알아차리지 못했고요. 머뭇거리다가 인사하려고 뛰어나갔지만 당신은 이미 사라진 뒤였네요. 그런데 운 좋게도 아이스크림 가게 아줌마가 당신 얼굴을 기억하고 있었어요. 맨날 이상한 아저씨들을 가게에 끌고 오고 칠칠치 못하게 명함을 흘리고 다니니 당연하지. 한참 고민하던 이 사람은 마음을 굳게 먹고 오늘 아침 명함 주소로 찾아온 거였고요. 와, 둘 사이가 굉장했나 보네요. 어렸을 때 당신 모습이 모두 후광이라도 두른 것처럼 빛나요."

"우린 그렇게까지 대단한 사이가 아니었어요. 둘 다 그렇게 누군가에게 푹 빠질 만한 성격도 아니었고요. 그냥 좀 가까웠고 말이 통하는 친구였을 뿐이죠. 친구라는 정의로 묶기엔 조금 더 가깝긴 했지만. 하긴 당시엔 별 선택의 여지도 없었어요."

"그럼 일방적인 짝사랑이었구나. 이해해요. 당신은 예쁘거든. 인형처럼. 하지만 제 숙주는 그냥 평범한 편이에요. 김태희도 안 닮았고 이나영도 안 닮았어요."

"연예인들을 닮지 않은 수많은 한국 여자들처럼 그 애도 자기 외모를 늘 과소평가했지요."

"아하!"

난 정말 내 과거사에 대해 외계인과 상의하고 싶은 생각이 없었어. 다행히도 그때 협회 사무실에서 전화가 걸려 왔어. 바기-지랑이 나 대신 전화를 받았지.

"저쪽에서 단서를 찾았어요."

바기-지랑이 말했어.

"벌써 숙주들이 움직였어요?"

"아뇨, 더 좋은 단서예요. 왜 그 사기꾼들이 에이전트들의 시체에서 송수신장치를 뽑았는지, 왜 사장의 시체만 따로 발견되었는지 궁금해한 적 없어요?"

무슨 소리인지 이제 알 것 같았어. 한국은 은하 연합과 지구인이 처음으로 조우한 곳이었어. 다시 말해 사장을 포함한 한국의 에이전트들 중 한 명은 첫 접촉을 한 사람이라는 거지. 일반적인 에이전트들은 보통 송수신장치만 이식받지만 최초 접촉자는 거의 사이보그 수준이지. 인간 육체의 메커니즘을 알아내기 위해 탐사선이 별 짓을 다 하니까. 물론 우린 사장이 최초 접촉자라는 걸 알고 있었지만 사기꾼들까지 알았다는 법은 없어. 알았다고 해도 확실히 해 두는 게 좋다고 생각했을지도 모르고. 그렇다면 사기꾼들은 모든 에이전트들의 뇌를 검사하고 사장이 최초 접촉자라는 걸 확인한 뒤 위층에서 이식된 기생장치들만 따로 빼내어 탐사선과 신호를 맞추어 봤던 거지. 탐사선의 암호를 푸는 데 그것처럼 좋은 도구는 없었을 테니까. 사기꾼은 그걸 탐사선과 함께 들고 나갔고 그것의 신호를 협회에서 잡아낸 거야. 앤시블 위치는 감지해 내기 불가능하지만 다른 기생장치는 사정이 달라. 탐사선을 제외한 다른 기기들은 다 뉴트리노 송수신장치를 이용하고 있지. 그게 효율적이거든. 신호가 지구를 뚫고 지나가니까 위성 따위가 불필요하고 신호가 오가는 것도 더 빠르지. 지구의 테크놀로지로는 그 신호를 감지해 내는 건 불가능하지만 은하 연합한테는 다른 수가 있었던 거야.

하여간 사장의 이식물은 삼정동에 있는 어떤 모텔에 있었어. 그렇다면 탐사선도 그곳에 있을 가능성이 더 크지.

그 다음에 일어난 일도 너에게 들려주긴 해야 하는데, 정말 창피해 죽 겠어. 여기서 난 유익한 교훈 하나를 얻었지. 아무리 우주의 운명이 걸린 일이라고 해도 덤벼들기 전에 체면이 얼마나 구겨질지 계산해 두어야 한다는 거야. 그래도 체면이 망가지는 건 어쩔 수 없지만 그래도 망가지기 전에 마음의 준비는 할 수 있지.

맨 처음엔 해결사들만 보내도 될 거라고 생각했어. 하지만 앤시블을 쥐고 있는 악당을 상대하는 데 앤시블에 의해 조종되는 해결사들을 보내는 건 위험하지. 앤시블에 문제가 생긴다고 해도 자기 머리로 판단할 수 있는 누군가가 필요했어. 지금 상황에서 그럴 수 있는 사람은 나밖에 없었어.

협회의 정보는 정확했어. 우리가 삼정동의 달빛 모텔 402호에 뛰어들었을 때, 그 사기꾼은 방에 주저앉아 사장의 몸에서 꺼낸 이식물을 탐사선에 연결하려고 하는 중이었어. 나와 바기-지랑이 들어가자마자 그 남자는 비명을 질러 대더군. 나는 들고 간 지구수비대 전자총을 그 사기꾼의 머리에 들이댔어. 그때 주저 말고 쐈어야 했는데. 남자는 그 순간 탐사선을 끌어안고 달아나기 시작했어.

아까 탐사선이 지름 1미터의 금속공이라고 말했지? 하지만 이건 결코 설명처럼 간단하지 않아. 내부는 꽉 차 있었기 때문에 무거웠지만 중앙에 박힌 중력 코일을 이용해 부양할 수 있었지. 지구의 중력은 거의 받지 않았지만 질량은 그대로 유지하고 있었어. 그러니까 풍선처럼 가벼우면서도 얻어맞으면 대포알에 맞은 것처럼 뼈가 부러지는 그런 물건이었단 말이지.

그러니까 2005년 8월 26일 오후 3시 30분경에 삼정동 달빛 모텔 앞을 지나가던 부천 시민들이 봤던 건 다음과 같은 광경이었어. 코가 빨갛고 피부가 엉망인 50대 중엽의 추리닝 차림 아저씨가 반쯤 헬륨이 든 둥근 풍선 같은 걸 계속 앞으로 밀면서 달리고 있었어. 그리고 그 뒤에 멀쩡하게 생긴 두 젊은 여자들이 지구 방위대 전자총을 휘두르며 그 남자를 쫓고 있었단 말이야. 방아쇠를 당길 때마다 "윙윙윙! 지구 방위대다! 항복하라!"라는 소리까지 났으니 체면이 말이 아니었지. 가끔가다 바기-지랑은 유창한 한국어로 "거기 서라!"를 외쳐 댔는데, 옆에서 달리면서 제발 입 좀 닥치라고 말하고 싶더라고.

처음엔 우리가 유리해 보였어. 하지만 삼정초등학교에 접어들자 슬슬 분위기가 달라졌어. 우리와 함께 뛰는 사람들이 하나씩 늘어난 거지. 뛰느라 얼굴을 구별하지는 못했지만 모두 50줄에 접어든 남자들이었고 몸을 죄지 않는 헐렁한 옷을 입고 있었어. 결정적으로 그 사람들은 주머니와 손에 돌 같은 걸 들고 있었어. 숙주들이었어. 그 사기꾼이 숙주 통제에 성공한 게 분명했어……. 적어도 그렇게 보였어.

그 뒤로는 난장판이었어. 탐사선이 삼정초등학교의 운동장 안으로 떨어지자 규칙 없는 미식축구가 벌어진 거지. 수많은 숙주들이 나랑 사기꾼은 무시하고 탐사선에 덤벼들기 시작했어. 하지만 그게 그렇게 쉬운가? 탐사선은 계속 미꾸라지처럼 사람들의 손에서 미끄러져 가며 마치 자신의 의지라도 있는 것처럼 사방으로 튀었어. 몇몇 숙주들은 탐사선을 잡는 걸 포기하고 다른 숙주들에게 돌을 던지기 시작했고.

그 순간 난 뭔가 잘못되었다는 걸 느꼈어. 이들은 사기꾼의 동료들처럼 보이지는 않았어. 그렇게 보기엔 단합력이 부족했지. 게다가 가이드 노릇을 몇 년째 하다 보면 숙주의 몸을 뒤집어서도 이 외계인들의 원래 육체가 어떤지 대충 짐작하게 되는데, 이들은 결코 같은 종들이 아니었어. 캥거루처럼 방방 뛰며 탐사선에 손을 뻗는 빨강 추리닝 아저씨의 주인은 이족 도약족임이 분명하지. 반대로 고릴라처럼 허리를 숙이고 양손을 최대한 지면에 가깝게 늘어뜨리고 걷는 대머리 아저씨는 사족 보행족일 가능성이 커.

그래, 내가 보고 있었던 건 단순한 구출작전이 아니었어. 그건 우주전쟁이었어. 수많은 외계 종족들이 삼정초등학교의 운동장에 모여 우주의 운명(그것이 무엇이건)을 건 전쟁을 하고 있었던 거야. 흙투성이가 된 채 서로에게 돌을 집어던지고 다리를 물어뜯고 침을 뱉으면서.

나는 바기-지랑을 바라봤어. 그 사람 역시 얼이 빠져 있더군. 입을 반쯤 벌리고 혀를 굴리고 있었는데, 그건 내가 읽을 수 있는 마자랑 행성인들의 몇 안 되는 보디랭귀지 겸 욕 중 하나였어. 그 뜻은 "기가 막힌다, 이 바보들아!"였지.

하지만 언제까지 우두커니 서서 그 난장판을 구경만 하고 있을 수는 없었어. 오히려 이 난장판은 기회였어. 저 경기에서 가장 쉽게 이길 수 있는 건 역시 나였으니 말이지. 적어도 탐사선 빼앗기 게임에서 한 명의 상대보다는 수십 명의 상대가 나았어.

나는 지구수비대 전자총을 움켜쥐고 그들을 향해 달려갔어. 탐사선은 막 농구대 쪽으로 날아가고 있었고 난 거기서 가장 가까웠어. 나는 달려가면서 숙주들에게 전자총을 쏴 댔는데, 그중 몇 발이 명중했어. 숙주 네 명이 쓰러졌고 그 뒤를 달리던 다른 숙주들은 거기에 걸려 넘어졌지. 여전히 다섯 명 정도가 달려오고 있었지만 그 정도면 감당할 수 있었어. 나는 전자총을 집어던지고 탐사선 위에 뛰어올랐어. 그건 내가 평생 해 왔던 것들 중 가장 멋진 점프였어.

문제는 그 다음이었지. 탐사선은 내 무게에 끌려 그대로 땅에 떨어지기 시작했어. 보다 정확히 말하면 아래로 떨어지는 나와 함께 조금 땅 쪽으로 밀린 거지. 하지만 그럼에도 불구하고 그건 여전히 이전의 운동량을 유지하며 앞으로 날아가고 있었던 거야. 나는 내 발을 브레이크 삼아 탐사선의 진행 방향을 문 쪽으로 바꿀 수 있었어. 카트라이더의 드리프트와 비슷했지. 온라인 게임에 시간을 낭비한 게 그처럼 도움이 될 줄 누가 알았겠니.

문에 도착하자 나와 바기-지랑은 탐사선과 함께 뛰기 시작했어. 결코 쉬운 일이 아니었어. 모퉁이에 가까워질 때마다 방향을 바꾸기 위해 별 짓을 다해야 했고 그동안 속도도 줄 수밖에 없었어. 그때마다 숙주들은 점점 더 가까워져 왔고. 그들은 가끔 돌도 던졌는데 그중 하나가 바기-지랑의 어깨에 맞았어. 다행히도 방학이라 주변엔 애들이 별로 없었어.

결국 우린 막다른 골목에 몰리고 말았어. 탐사선을 따라 우리가 들어간 골목 양쪽을 숙주들이 막고 있었던 거지. 조지 로메로 영화가 따로 없었어. 바기-지랑은 계속 숙주들에게 총을 쏘아 댔지만 총은 더 이상 먹히지 않았어. 아무래도 내가 전지가 닳은 걸 사 왔나 봐. 진열장 맨 앞에 놓인 걸 집어 오는 게 아니었는데.

그땐 정말 '이제 죽는구나' 하는 생각밖에 들지 않았어. 신약에 나온 간통한 여자들처럼 골 빈 중년 남자들의 돌에 맞아 죽는 게 우리 운명인 것 같았지. 하지만 지구의 운명은? 우리가 죽고 앤시블을 빼앗기면 지구는 어떻게 될까? 추리닝 차림의 주정뱅이 아저씨들에게 정복당한 지구의 미래가 떠오르자 참을 수가 없더라. 물론 이치에 맞는 생각은 아니었지만 그런 상황에서 논리나 이성 따위에 신경 쓰는 사람이 어디 있어?

탐사선을 움켜쥐고 눈을 꼭 감고 있는데, 갑자기 핑 하는 소리가 났어. 그건 숙주가 떨어뜨린 돌이 탐사선에 맞아 튕겨 나가는 소리였어. 알겠어? 던진 게 아니라 떨어진 거였어. 나는 한쪽 눈을 뜨고 어떻게 된 것인가 바라봤어. 내 앞에 서 있던 숙주들이 갑자기 머리를 움켜쥐고 경련을 일으키고 있었어. 몸부림치는 그들 뒤로 말로만 들었던 광경이 들어왔어. 자외선 가리개를 쓴 작달막한 중년 아줌마들이 작은 숄더백들을 휘두르며 달려오고 있었던 거야. 해결사들이었어.

1기나 2기의 외계 행성이 발견되면 은하 연합에서는 반드시 해결사들을 심어 놔. 이들은 일반적인 숙주들과는 다른 채널로 연결되고 심지어 앤시블이 끊어진 뒤에도 잠시 동안이나마 독립적으로 움직일 수 있지. 보통 이들은 앤시블을 보호하거나 파괴하는 임무를 수행해.

아마 보통 사람들은 건장한 젊은 남자들이 이 임무를 맡을 거라고 생각하겠지만 사실 그렇지 않아. 근력의 차이는 사실 그렇게 중요하지 않거든. 신경망만 재구성하면 사용하는 데는 아놀드 슈왈제네거의 육체나 케이트 모스의 육체나 크게 다를 게 없지. 중요한 건 이식될 뇌의 성질과 그 뇌가 담고 있는 사고 구조야. 심사숙고 끝에 탐사선이 선택한 건 부천과 안양의 교회에 다니는 보험 아줌마들이었어. 일단 육체적으로 눈에 잘 뜨이지 않고 내구성이 강해. 정신적으로는 더욱 이상적이지. 빈약한 상상력, 철저한 가족 중심주의, 냉정한 현실주의, 그럼에도 불구하고 말도 안 되는 어떤 주장이라도 일단 믿으면 끝까지 가는 충성심.

나와 바기-지랑은 그때 엄청난 파워를 맨 눈으로 감상할 수 있었어. 해결사들은 영화 속의 액션 주인공들처럼 크게 움직이지는 않았지만 동작과 판단은 정확했고 냉정했지. 해결사들이 숄더백 안에 든 펄스 무기들을 휘둘러 대는 동안 숙주들은 제대로 저항도 하지 못하고 우수수 쓰러져 갔어. 마지막 숙주가 쓰러지고 탐사선이 안전한 걸 확인하자 해결사들은 올 때처럼 잽싸게 사방으로 흩어져 버렸어.

우리는 상처투성이 몸을 끌고 다시 사무실로 돌아왔어. 여행사 직원들은 퇴근 준비를 하고 있었어. 여전히 그 사람들은 위에서 무슨 일이 일어났는지 전혀 짐작하지 못하고 있는 것 같았어. 하긴 알아서 뭐하겠어. 꿈자리만 사나워지지.

우린 다음 날 아침까지 잠도 자지 않고 시스템을 복구했어. 손상은 엄청났어. 부천 거주 숙주들의 67퍼센트가 복구 불가능할 정도로 심한 뇌 손상을 입었어. 그들 중 10퍼센트는 오늘을 넘기지 못할 게 분명했고. 협회 사무실에서는 가차 없이 그네들의 이식물을 폭파했어. 명복을. 하긴 처음부터 죽은 거나 다름없는 사람들이었지만.

그 뒤의 일들은 더욱 피곤했어. 일단 우린 그 사기꾼이 살해한 사람들의 실종 사태를 해결해야 했어. 해외의 에이전트들의 도움을 받아 우린 그들이 모두 해외로 떠난 것처럼 처리했지. 심지어 그들 중 몇 명은 서류상 합법적인 이민까지 떠났지.

어떻게든 본부를 복구하는 것이 우선 순위였어. 일단 기본 업무를 위해 해외의 에이전트들을 데려왔는데, 국내 사정에 어둡고 한국어가 서툴러서 영 일이 되지 않더군. 차라리 한국어에 능통한 외계인들에게 일을 시키는 게 더 빨랐어. 바기-지랑의 경우는 일을 너무 잘해서 비상사태가 끝난 뒤에도 남겨 두고 싶더라고.

그냥 외계인들을 쓸 수도 있었을 거야. 하지만 정치적인 문제 때문에 일이 어려웠어. 모두들 내 사무실에 3기 문명 외계인들을 들이는 것에 민감하게 반응하고 서로를 견제하기 시작한 거야. 슬슬 지구에서 무슨 일이 일어나고 있는지 알아차린 거지.

그게 무슨 일이냐고? 은하계를 오가는 수사 끝에, 사무실에 침입한 그 사기꾼들은 지구에서 1만 2000광년 떨어진 벨로 제국에서 온 것임이 밝혀졌어. 벨로인들은 굉장히 열성적인 우주 탐사자들로, 벨로 행성 주변으로 지름 60광년에 걸친 대제국을 건설했어. 그 제국은 몇 년 전 모두 제4기에 접어들었는데, 주변 식민지 하나가 조금 늦게 반응했던 모양이야. 그 짧은 기간 동안 그 주변 식민지의 누군가가 우리 사무실에 쳐들어온 것이지. 지금은 그 행성도 제4기에 접어들어 통신이 불가능했어. 우리의 우주에서 사라져 버린 거야.

제4기 문명에 대한 연구는 우리의 사후세계 연구와 비슷해. 소문은 돌지만 믿을 수 없고 자료는 없어. 차라리 "제4기 따위는 없어! 걔들은 모두 죽은 거야!"라고 말하면 편하겠지만 그것도 아니거든. 전 우주의 문명이 모두 똑같은 점을 향해 수렴하고 있어. 제4기는 그 최종 목적지거나 그 목적지로 가는 유일한 길이겠지. 그 목적지엔 뭐가 있을까? 그 목적지 너머엔 뭐가 있을까? 과연 그게 좋긴 한 걸까? 모두가 궁금해할 수밖에 없지. 모든 3기 문명은 아무리 길어도 3000년 이상 그 상태를 유지하지 못하니까. 하지만 왜? 정신적인 고양이나 진화같이 고상한 이유 때문이 아니라는 건 분명해. 오히려 더 가능한 가설은 제4기에 접어든 행성에서 이런 식의 연쇄반응을 촉발시키는 테크놀로지를 발견해 냈다는 것이지. 그렇다면 그게 뭐지? 그게 뭔지 안다면 4기로 접어드는 걸 막을 수 있나? 4기에 접어드는 게 그렇게 좋은 거라면 왜 우리에게 그냥 안 알려 주는 거지? 지구에서 일어났던 소동에 그렇게 많은 행성의 참견꾼들이 제대로 준비도 하지 못하고 뛰어들었던 것도 그 때문이었을 거야. 그 사기꾼이 지구에서 무슨 일을 벌이려 했는지 알 수는 없지만 분명 이와 관련된 무슨 음모를 꾸미고 있었어. 지구 자체는 중요하지 않아. 앤시블만 통제한다면 연합의 방해 없이 뭔가 엄청난 일을 저지를 수 있는 야만 행성이라는 게 더 중요하지. 지금으로서는 지구가 그런 조건에 맞는 유일한 행성이거든.

　이건 이야기의 끝이 아니야. 오히려 시작이지. 윈스턴 처칠을 인용한다면 시작의 끝이겠지. 아직 음모꾼들은 어딘가에 남아 있고 그와 관련된 소문들도 돌고 있어. 제4기 문명의 비밀을 푸는 열쇠가 지구라는 야만 행성에 있다는 것 말이야. 이제 학자들과 관광객들을 상대하던 때들은 지나갔어. 이제 우리가 맞아야 할 손님들은 군인들과 외교관들, 정치가들, 스파이들이야. 연합에서 아무리 통제한다고 해도 무력 사태와 스파이 행위를 막는 건 불가능해. 이제 부천은 공식적인 우주의 전쟁터가 되었어. 사장의 우려가 현실이 된 것이지.

　이제 너에 대해 이야기하기로 해. 지금 이 글을 쓰는 것도 너를 이해시키기 위해서니까.

　사무실에서 돌아온 후 우린 너의 뇌를 검사했어. 이식물이 상황이 나빠지는 걸 어느 정도 막긴 했지만 치명적인 뇌손상은 막을 수 없었어. 이대로 그냥 둔다면 네가 죽을 건 뻔했어.

　해결 방법은 딱 하나였어. 바기-지랑은 너의 뇌를 스캔해서 그 모든 정보들을 마자랑 행성으로 보냈어. 그리고 그 스캔 자료를 바탕으로 너를 위한 가상 인공뇌와 신경망을 제작한 뒤 그 정보를 이식했어. 그게 과연 너인지 나로서는 확신할 수 없어. 아니, 네가 10여 년 전 내 친구였던 그 사람이었는지 확신할 수 없다는 게 정확하겠지. 지금 이 글을 읽고 있는 건 마자랑 행성에서 다시 태어난 너일 테니까.

　너의 육체는 폐기처분할 수밖에 없었어. 하지만 난 아직 너의 유전자의 샘플을 가지고 있어. 만약 소문대로 지구 에이전트들의 특권들이 늘어난다면 우린 외계 기술로 네 육체를 만들어 너의 정신을 다시 불러올 수 있어. 그게 귀찮다면 넌 숙주를 통해 다시 지구를 방문할 수도 있지.

네가 무얼 선택할지 난 알 수 없어. 내 의견을 듣고 싶어? 돌아오지 마. 적어도 당분간은. 난 너에게 좋은 육체를 마련해 주지도 못해. 하지만 사정은 조금 더 나아질 거야.

난 지하철역을 돌아다니며 행려병자들을 꼬이는 옛 사장의 방식은 더 이상 사용하지 않을 거야. 싱싱한 육체를 구하는 다른 방법들은 많아. 이미 뉴욕과 파리의 동료들이 실험하고 있지. 그 계획이 성공한다면 우린 1년 안에 성비가 맞고 더 젊고 건강한 숙주들을 보유하게 될 거야. 누구 말마따나 전 숙주의 섹스 워커화를 추구하는 거지. 아마 그때쯤이면 네가 원래 몸보다 더 마음에 들어 영구적으로 정착할 육체를 마련할 수도 있을지도 몰라.

하지만 그런 생각은 우스꽝스러워. 난 네가 네 얼굴 아닌 다른 얼굴을 하고 그 기우뚱한 미소를 짓는 건 상상할 수 없어. 네가 별로 맘에 들어 하지 않았던 네 얼굴과 육체는 언제나 내가 기억하는 너의 일부니까. 네가 김태희나 이나영의 얼굴을 하고 내 앞에 나타난다면 난 정말로 기분이 이상해질 거야. 그건 삼정초등학교에서 벌어진 우주전만큼이나 어처구니없고 우스꽝스러워. 아니, 내가 지금 이런 생각을 하는 것도 우스꽝스럽기는 마찬가지야.

난 그날 너를 알아보지도 못했잖아. 내가 아이스크림 가게에서 조금 더 눈치 빠르게 굴었다면 지금 넌 마자랑 행성에서 이 글을 읽고 있지도 않겠지. 10년 전에는 어땠던 거지? 그때 나는 어땠니? 넌 어땠었지? 우린 우리의 기억을 다시 정리할 기회도 갖지 못했어.

그럼 안녕. 바바슈그그그발발타르보구 티티티티몰크크툴! 이건 제4번 은하의 제1음성어 변종어의 인사말이야. 어색하게 한국어로 번역한다면 "그대, 새로 돋은 날개로 날아가시길!"이라는 뜻이지. 더 이상

적절한 작별 인사가 있을까? 넌 지구를 떠나 다른 행성에 도착한 최초의 지구인이야. 앞으로 너는 절대속도로 우주를 날아다니며 온갖 신비스러운 세계를 탐험하겠지. 내가 부천에 박혀 못생긴 알코올중독자 남자들을 관리하는 동안.

오래된 이야기

/ 오경문

대전일보 신춘문예에 동화 부문 당선으로 등단. 『내 소원은 조국의 독립이오!』, 「옛멋 전통 과학 시리즈」, 「새시대 큰인물 시리즈」 등을 출간하였다. 현재 프리랜서 작가로 활동 중이다.

릴리스의 무덤 앞에 선 에호이는 보호막 바깥을 바라보았다. 검은 구름은 변함없이 비와 번개를 쏟아 내었고, 초속 150미터가 넘는 바람에 날린 바위들이 보호막에 부딪혀 둔중한 메아리를 만들었다. 말없이 서 있는 에호이의 손을 에두움이 슬며시 끌었다.

"아빠, 가요."

에두움이 깨끗한 갈색 눈을 깜박이며 에호이를 올려다보았다. 릴리스를 빼닮은 눈동자였다.

"엄마가 보고 싶지 않으냐?"

에두움은 시무룩한 표정으로 고개를 끄덕였다.

기초교육을 거의 마친 에두움의 눈에는 지성의 빛이 반짝였다. 교육은 그 정도면 충분했다. 기초교육 이상의 지식은 에두움이 살아가는 데 방해만 될 뿐이었다. 현실과 격리된 지식은 자칫 치명적인 정신적 결함을 유발할 염려가 있었다. 무한대의 질량, 마이너스 부피, 입자의 위치와 운동량을 동시에 파악하는 원리 등등 1만 5000여 년 동안 축적된 인류의 지식은 에두움에게 필요하지 않았다. 에두움에게 필요한 것은 생물학적 존재를 유지시켜 줄 수 있는 기초지식이었다.

큰 사건 대부분은 아주 작은 실수에서 비롯되고, 신비한 현상도 원리를 알고 자주 접하면 생활의 일부가 된다. 인류는 자신들이 사용하는 에너지에 관심을 둘 필요가 없었다. 단 한 번의 오류도 없이 7000년 동안 같은 방식으로 만들어지는 무한에너지는 공기처럼 원래부터 그곳에 있었다.

그날도 수소와 산소 분리 촉매제로 쓰인 변형우라늄을 폐기하기 위해 화물비행선은 바다 위를 날았고, 비행선 감시관의 콧노래는 노을처럼 감미로웠다. 인류는 까마득한 날에 있었던 핵분열의 공포를 잠재의식에 지니고 있었기에, 변형우라늄 폐기소는 대기권 밖 위성에 만들어 핵폭발의 위험요소를 아예 없앴다.

그런데 그날은 지난 7000년의 매일과 달랐다. 비행선이 바다 위에서 상승하는 순간, 주먹만 한 변형우라늄 봉들이 다 닫히지 않은 문틈을 통해 바다로 쏟아졌다. 화물칸 문 점검을 제대로 했더라면, 혹은 변형우라늄이 원칙대로 완전히 연소되었더라면, 아니면 평소대로 완전히 코팅이라도 되었더라면, 그도 저도 아니면 비행선의 고도가 더 높았든지 낮았더라면 인류 최후의 날은 오지 않았을 것이다. 모든 것은 진화가 멎은 생명체를 도태시키려는 창조주의 뜻이었다고 여길 수밖에 없었다.

7000년 동안 단 한 번의 실수도 없던 완전함은 인류에게서 '주의'라는 의식을 지워 버렸다. 비행선의 고도가 조금만 높아져도 코팅이 덜 된 변형우라늄 봉은 대기마찰로 완전히 탔을 것이고, 조금만 낮았더라면 촉매제로 작용할 만큼 열을 내지 못했을 것이다.

우라늄에 의한 핵분열의 파괴력을 경험한 인류는 축적된 모든 지식을 총동원했다. 그로부터 1000년 뒤에 원자로가 사라지고 수소와 산소의 분해와 결합을 이용한 거대발전소가 개발되었다. 그 일은 역사가 시작된 지 8005년 만에 인류가 이룬 가장 위대한 성과였다.

물에서 수소와 산소가 분리 결합될 때 엄청난 에너지가 생겼을 뿐만 아니라, 우주에서 가장 많은 원소인 수소는 바닷물 1마일당 5억 4600만 톤이나 되었다. 물분해 거대발전소와 순수수소는 무공해의 무한에너지를 공급했고 인류는 에너지로부터 자유로워졌다. 여기에 바닷물이 분해되고 난 뒤 잉여물로 생산되는 금은 문명구조물 전체를 황금으로 바꾸어 놓았다. 1마일의 바닷물에서 수소를 분리할 때 생기는 43억 4081만 톤의 순수산소는 식물의 존재를 무의미하게 만들었다. 그러나 수소는 과거에 원시적인 방법으로 사용했던 농축우라늄보다 더 위험했다. 수소가 산소와 분리 혹은 결합할 때 생기는 에너지는 촉매제로 쓰는 변형우라늄의 방사능을 몇 백 배로 증폭시켰고, 여기에다 수소원자의 핵반응까지 더해질 경우 그 폭발력은 상상할 수 없었다. 실수로 떨어뜨린 변형우라늄은 바다 전체에서 연쇄반응을 일으켰고 물이 있는 곳이면 재앙을 피할 수 없었다.

보호막 안에서 천진하게 뛰어노는 아들과 딸을 만족한 눈으로 바라보던 에호이는 땅이 흔들리자 나무줄기를 붙잡았다. 분리되었던 산소와 수소가 재결합되면서 대기에 엄청난 양의 물을 만들었고, 쏟아지는 그 물에 의해 한 개뿐이었던 대륙이 몇 개의 덩어리로 조각나면서 지진이 자주 일어났다.

대재앙에서 살아남은 인간들이 보호막 밖에서 어슬렁거렸다. 하지만 그들을 인간이라고 부르기에는 문제가 있었다. 그들은 1만 3000년 전까지만 해도 지구상에 수없이 많았다던 짐승들처럼 사족 보행하는 무리가 절반을 넘었다. 지구를 뒤덮은 방사능은 그들을 변이종으로 만들어 가고 있었다. 아니, 그게 아니었다. 인간 유전자는 진화의 시간을 되짚고 있었다. 이제껏 경험하지 못한 환경에서 살아남기 위해, 퇴화되었던 신체부위들이 빠른 속도로 재생되면서 몸이 다양한 형태로 변형되어 갔다. 언어능력을 상실하여 단순음을 되뇌었고, 보온을 위해 온몸은 털로 뒤덮였다. 동족을 먹기 위해 송곳니가 발달했으며, 먹이가 되지 않기 위해 손가락과 발가락은 날카롭게 변화되었고 사족 보행시 중심을 잡기 위해 꼬리뼈의 발달이 두드러졌다.

 그중에서도 가장 큰 변화는 생식 방식이었다. 기초교육 중 생물역사 시간에 보았던 신체를 이용한 교접이 보호막 밖 어느 곳에서나 행해졌다. 그들의 생식 행위는 생존을 위한 싸움보다 훨씬 격렬했다. 그들이 왜 그렇게 생식행위에 몰두하는지 에호이는 이해할 수가 없었다. 그들의 남성기는 엄청나게 커졌고, 몇몇은 오로지 번식만이 삶의 목적인 것처럼 몸체보다 더 길어진 생식기가 스스로 여성기를 찾아갈 정도였다. 또한 과거에 여자로 분류되었던 무리는 한꺼번에 많은 자식들을 낳았고, 유방도 몇 쌍씩 생겨났다. 인간의 정신이 사라져 가는 그들에게 움직이는 생물은 교접대상이나 먹이, 둘 중 하나였다.

 에두움의 정자와 인류보존용 난자와의 수정이 실패를 거듭하자 에호이와 릴리스는 다급해졌다. 과학장비를 이용할 수 없게 된 현실에서 에두움의 짝, 즉 자식을 낳을 수 있게 튼튼한 자궁과 방사능으로 변형되지 않은 유전자를 가진 완전한 여자가 필요했다.

에두움은 방사능에 오염된 현재 릴리스의 난자가 아닌, 예전에 에호이의 아버지가 자신의 개인 연구실에 보관해 두었던 난자를 에호이의 정자와 수정시켜 릴리스의 자궁에서 태어났다. 기계가 아닌 인간의 자궁에서도 태아가 자랄 수 있다는 사실이 에호이와 릴리스는 신기하기만 했다. 하지만 방사능에 노출되었던 릴리스의 체세포는 빠르게 노화되는 특성이 있었다. 에두움을 길러 내느라 10개월을 버틴 릴리스의 자궁은 더 이상 세포활동을 못했다.

자궁 대신 쓸 수 있는 온전한 체세포가 없었다. 릴리스는 방사능에 노출되었고, 에호이는 이미 노화되고 있었다. 어쩔 수 없이 에두움의 왼쪽 폐 아랫부분을 떼어 낸 뒤 분열시켜 인공자궁을 만들어 수정란을 착상시켰다.

신체적으로 완벽한 여자를 만들어야 했다. 그래야 앞으로 어쩔 수 없이 치러질 근친 교배에 의한 유전적 퇴보와 유전질병을 어느 정도나마 막을 수 있었다. 그런 이유로 릴리스의 난자가 아닌 제3의 난자가 필요했고 다행히도 생명연구소에서 가져온 인류보존용 난자가 있었다. 하지만 그도 역시 일곱 개 중 이제 한 개가 남았을 뿐이다.

에두움의 정자와 인류보존용 난자의 수정은 실패를 거듭했다. 가져왔던 난자 중에 여섯 개를 사용하고 난 뒤에야 에두움의 폐로 만든 인공자궁에 문제가 있음을 알았다. 에두움의 왼쪽 폐로 만든 인공자궁 세포에는 미세한 남성 호르몬이 남아 있었고, 그에 대한 거부반응으로 수정란은 착상이 되지 않았던 것이다. 선택의 여지가 없었다. 열폭풍에 하나는 이미 녹아 버렸고 이제 하나밖에 남지 않은, 그나마 방사능 오염이 덜 된 릴리스의 신장을 떼어 내 만든 인공자궁에서 세포분열 단계까지 이루어지고 있었다.

에호이는 자신의 체세포를 이용하면 쉽게 새 여자를 만들 수 있음을 잘 알았다. 하지만 자신의 체세포로 만든 그 여자아이는 또 다른 자기였다. 자신을 복제한 그 여자아이의 생체 나이는 이미 노쇠가 시작된 현재의 에호이와 같았다.

릴리스와 에호이는 한 순간도 인공자궁에서 눈을 떼지 않았다. 모든 희망이 그곳에서 자라고 있어 잠을 잘 수가 없었다. 그리고 둘은 눈만 감으면 떠오르는 과거의 잔상을 보지 않기 위해서라도 인공자궁에 병적으로 집착했다.

・・・

인류력 15005년 9월 30일.

에호이는 모처럼 휴가를 얻었다. 릴리스도 기대에 들뜬 모습이 역력했다. 정책결정위원 10인 가족에게만 지급되는 천연엽록소 섬유 옷을 입은 릴리스의 몸에서는 기분 좋은 식물향이 났다.

"소장님, 연구소는 걱정 마시고 쉬었다 오세요. 사모님께서도."

연구소 경비장교가 친근한 미소로 인사를 했다. 특권계층들이 휴가를 즐기는 남극의 작은 섬인 천연식물섬은 아무나 갈 수 있는 곳이 아니었다. 이런 특권을 누리기 위해 에호이가 기울인 노력은 대단했다.

350세에 생명연구소 소장이 된 사람은 연구소가 생긴 7000년 이래 에호이가 처음이었다. 150년간의 의무교육과 적성 검사 기간 50년은 어쩔 수 없다 해도, 전문교육 200년 과정을 100년 만에 끝낼 수 있었던 것은, 다른 사람에게는 존재하지 않는 의지력 덕분이었다.

인간 유전자 배열 구조가 완벽하게 밝혀진 지도 1만 2000년이 지났다.

하지만 유전자 조작은 질병치료와 생명연장 목적 외에는 허용되지 않았다. 과학원에서 퍼뜨리는 약화된 바이러스를 제외한 모든 질병유발체가 사라진 지도 1만 년이 지났고 인간의 평균 수명은 950년을 웃돌았다. 또한 대기권 밖으로의 진출은 엄격하게 금지되었다. 그곳은 창조주가 거주하는 신의 영역이었다. 신의 말씀은 사회를 지배하는 법이었고, 인간은 태어날 때 대기권 밖 진출 금지법과 유전자 조작 금지법이 무의식에 심어졌다. 그러나 어떤 이유에서인지 에호이의 아버지에게는 이런 법률이 각인되지 않았다. 생명연구소장직은 10인 정책결정위원의 일원으로 최고의 혜택을 누릴 수 있었지만 아버지가 그 자리를 그만둔 이유도 그와 무관하지 않았다.

그는 신의 말씀을 믿지 않았다. 신의 말씀은 인간 역사를 비유해 기록한 것이라 여겼고, 그랬기 때문에 생명연구소 소장직을 그만둔 뒤 지하 개인 연구실에 틀어박혀 비밀리에 연구를 진행했다.

지구에서는 인간에게 한계가 있었다. 어떤 생명체든지 시련 없는 환경에서는 더 이상 진화하지 않는다. 인간들은 생존을 위한 어떤 노력도 필요치 않았다. 나쁜 감정은 유전인자에서 제거되었고, 상대에 대한 사랑으로 가득 찬 세상에서 미움 없는 사랑은 공허했다.

인간의 세포 하나에서 일어나는 변화까지도 감지하는 과학원에서 인간의 진화가 멈추었다는 사실을 공식화한 지도 7000년이 지났다. 모든 생물체는 더 나은 형태로 변화를 추구한다. 그것이 멈추었다는 사실은 퇴화를 의미했다. 3차원 공간에서는 과거와 미래만 있을 뿐 현재는 존재하지 않는다. 3차원 존재가 현재라고 느끼는 순간은 이미 과거이다. 이 자연법칙의 지배를 받는 생물체에게는 '앞으로' 아니면 '뒤로' 가 있을 뿐이었다.

자연진화가 멈추었다면 어떤 식으로든 진화할 출구를 열어 주어야 한다는 것이 아버지의 신념이었다. 그는 육체가 아닌 정신진화의 길을 열고자 하였다. 그 실험대상은 자신의 체세포 유전자를 변형시켜 복제해 낸 자식들이었다. 에호이의 형과 누나들 100여 명이 태어난 지 하루도 안 돼 뇌의 부하를 견디지 못하고 죽었다. 그런 실패 뒤에 태어난 아이가 에호이였다.

덕분에 에호이는 다른 사람들에게는 이미 사라진 의지, 끈기, 슬픔, 분노와 같은 몇 가지 감정이 있었다. 또 에호이가 태어난 곳은 생명생산공장이 아니었다. 아버지가 만든, 지하 200미터까지 관통하는 과학원 감시파를 피하기 위해 1미터 두께의 납과 특수합금으로 에워싸인 지하 250미터의 비밀연구소였다.

천연식물섬행 2인용 광속정의 투명금속 뚜껑이 닫히자 에호이는 릴리스의 손을 잡았다.

"당신 덕분에 식물섬 여행을 다 해 보네요. 같이 가는 여행은 처음이죠?"

릴리스의 목소리가 들떠 있었다.

"미안해."

"아이, 그런 말은 하지 않기로 했잖아요."

"아참, 그랬었지."

"호호호, 당신에게 그 말을 처음 들었을 땐 얼마나 당황했던지."

"그때 당신의 황당한 표정은 아직도 생생해. 하하하."

"당연하죠. 그때만 해도 그게 무슨 뜻인지 몰랐으니까."

광속정 안에 유쾌한 추억이 흐르는 동안 불이 희미해지며 홀로그램 여자안내원이 나타났다.

"저는 두 분을 모실 안내컴퓨터 J-29입니다. 곧 광속정이 출발합니다. 식물섬까지 6430킬로미터, 현재 시간 17시 30분, 출발시간 17시 40분, 도착 시간은 17시 50분입니다. 잠깐 동안 실내 압력 변화가 있겠습니다."

우웅, 소리가 들리더니 귀가 멍멍해졌다.

"코를 잡고 숨을 내쉬어 보세요."

안내원이 싱긋 웃으며 자기의 코를 가리켰다. 릴리스가 코를 잡고 숨을 힘껏 내쉬자 이마에 푸른 핏줄이 돋았다. 안내원이 소리 내어 웃었다.

"호호, 이제 괜찮아지셨죠? 불편사항이 있으면 불러 주세요. 저의 호출이름은 J-29입니다."

홀로그램이 사라졌다. 그때였다. 조금 흔들린다 느꼈을 때는 출발을 위한 동작인 줄 알았다. 그런데 주위가 환해지더니 수평선 너머에서 하얀 태양이 솟아올랐다. 광속정 주위의 사람들이 환호성을 질렀다.

"멋있어요."

릴리스도 황홀한 듯 탄성을 뱉었다. 그러나 에호이는 불안을 느꼈다. 본 적 없는 하얀 태양, 저 정도의 프로젝트라면 정책결정위원인 자신이 모를 수 없었다. 무슨 일이 일어나고 있었다.

"J-29, J-29."

에호이가 다급하게 부르자 싱그러운 미소를 띤 안내원이 나타났다.

"부르셨습니까?"

"저게 뭐지?"

"글쎄요? 저의 프로그램에는 존재하지 않는 현상……"

안내원이 하얀 태양을 바라보며 별일 아니라는 듯 대답을 끝내기도 전에 에호이의 입에서 벼락같은 소리가 튀어나왔다.

"정책위원회를 호출해, 빨리."

"알겠습니다."

대답을 한 안내원은 고개를 갸우뚱거렸다.

"이상합니다. 위원회와 연결이 되지 않습니다. 다시 해 보겠습니다."

은은한 진동이 느껴졌다. 무언가 에호이의 머릿속을 스쳤다. 어렸을 때 아버지의 교육 프로그램에서 본 적이 있는, 1만 3000년 전에 지구의 거의 모든 생물을 사라지게 했던 핵분열. 에호이는 망설이지 않았다.

"정책결정위원 에호이, AHE-10 긴급 암호발동. J-29, 좌표 T5227, Y3336으로 출발해, 빨리!"

"무슨 일인데요?"

릴리스가 어리둥절한 표정으로 에호이를 쳐다보았다.

"정책결정위원 에호이, 인류생존 위기경보 AHE-10 암호발동. 좌표 수정되었습니다. 출발합니다."

안내원의 말이 끝남과 동시에 광속정은 쏜살같이 미끄러졌다. 에호이는 머릿속으로 계산을 하고 있었다. 하얀 태양이 떠오른 때가 40초 전, 섬광과의 거리가 1000여 킬로미터, 아버지의 지하연구소까지 15킬로미터. 만약 그것이라면 이곳까지 충격파 도달 시간은? 젠장, 10여 초가 남았을 뿐이다.

• • •

에호이는 보호막을 거두기로 결심했다. 에두움과 하이야, 그리고 그들의 자식이 살아가기 위해서는 진짜 태양이 필요했다. 대기권의 먹구름을 걷어 내기 위해서는 많은 에너지가 필요했고, 남은 에너지는 그 일을 위해 써야 했다.

에호이는 남은 에너지를 모두 구명정에 주입한 뒤 좌표와 거리, 속도를 입력했다. 고체 수소를 채워 넣고, 변형우라늄에 입혀진 코팅 전파를 벗겨낼 고주파를 장착한 뒤 보호막 꼭대기에 걸려 있는, 태양을 대신하던 엔진을 복구시켰다. 구명정이 변형우라늄 폐기위성까지 도달할 확률은 반반이었다. 그리고 폐기위성에는 아직 완전히 연소되지 않은 변형우라늄이 남아 있어야 했다. 현재의 재앙이 바닷물에 떨어진 미연소 폐기 변형우라늄에 의한 것이니 분명히 남아 있을 것이다.

보호막을 거두기 전에 에두움과 하이야에게는 방사능 차단복을 입혀 땅굴로 피신시켰다. 그들은 초속 150미터가 넘는 폭풍을 경험해 보지 못했다. 보호복을 착용한 에호이도 바위에 몸을 붙들어 맨 뒤 심호흡을 하고 버튼을 눌렀다.

보호막이 사라지자 숨조차 쉬기 어려운 비바람이 쏟아졌다. 보호막 안에서 맑은 공기와 물을 만들어 주던 나무들이 뿌리째 뽑혀 날아갔다.

'구명정이 이 폭풍을 뚫을 수 있을까?'

에호이는 잠시 망설였으나 선택의 여지가 없었다. 에호이의 손가락이 몇 개의 버튼을 누르자 구명정이 요동치며 검은 구름 속으로 사라졌다.

'기다리는 일만 남았나?'

에호이 곁으로 바위덩이들이 날아갔다. 하늘에서는 아무런 변화가 없었다. 예상대로라면 구명정은 폐기위성에 거의 도착했을 것이다.

'완전히 연소되지 않은 변형우라늄이 남아 있다면 고체수소와 반응하여 대기권을 날려 버릴 만한 폭발이 일어날 것이다. 제발……'

에호이는 간절한 마음으로 검은 하늘을 바라보았다. 100여 년 전만 해도 푸르다 못해 초록색으로 빛나던 하늘이었다.

에호이가 정신을 잃은 것은 무슨 소린가 들린 직후였다. 동굴 깊숙이

울리는 듯한 둔탁한 소리가 하늘에서 들렸고, 이마에 엄청난 충격을 느끼며 정신을 잃었다.

에두움과 하이야의 중얼거리는 소리, 발자국 소리. 에호이는 살며시 눈을 떴다. 그곳에…… 있었다. 아름다운 파란 하늘이 있었다. 곳곳에 먹구름이 남아 있지만 그 사이로 파란 하늘이 보였다.

에두움과 하이야가 걱정스러운 표정으로 에호이를 바라보았다. 에호이가 일어나자 보호헬멧이 굴러 떨어졌다. 폭풍에 날린 바위에 의해 헬멧은 이마 부분이 갈라져 있었다.

・・・

에호이가 아버지의 지하연구소로 뛰어들자마자 열폭풍이 뒤를 덮쳤다. 엄지손가락 하나가 들어갈 정도까지 급하게 닫히던 문틈 사이로 폭풍의 열기를 느끼는 순간, 뒤따라오던 릴리스가 비명을 질렀다. 손으로 눈을 가린 릴리스는 온몸을 뒤틀며 바닥에 쓰러졌고 피부가 녹아내렸다. 릴리스가 의식을 되찾기까지는 3개월이 걸렸다. 피부의 절반이 없어져버린 릴리스는 사람의 형상이 아니었다. 코와 입은 흔적만 남았고 눈을 가렸던 손은 뼈가 앙상하게 드러났다. 유방 대신 기계심장이 그 자리를 차지했고, 온몸에 연결된 인공혈관으로는 하얀색 인공혈액이 울컥울컥 옮겨 다녔다. 목에는 호흡기가 꽂히고 아랫배에는 배설물을 받아 낼 호스가 대롱거렸다. 그래도 손과 바꾼 릴리스의 눈은 멀쩡했다. 갈색의 아름다운 눈은, 비록 눈꺼풀을 잃었지만 예전의 아름다움을 간직하고 있었다.

릴리스가 정신을 차리자 에호이는 릴리스의 관자놀이에 뇌파변환발

성칩을 붙였다.

"제발…… 심장 스위치를 꺼 줘요."

발성칩을 통해 처음 들린 릴리스의 목소리는 에호이의 가슴을 후볐다.

"릴리스, 우리가 살아 있는 것은 할 일이 남았기 때문일 거요."

릴리스가 의식을 찾자 에호이는 2인용 구명정을 타고 생명연구소로 날아갔다. 거센 폭풍에 구명정이 요동을 쳤다. 연구소의 흔적은 없었다. 지상 500미터 이상 솟아 있던 황금건물들 대신 황량한 벌판만 있었다. 그래도 찾아야 했다. 릴리스가 잠들어 있던 동안 계획한 대로 진행하기 위해서는 분자합성기가 반드시 필요했다. 또 에호이와 릴리스 외에 제3의 생식세포가 필요했다. 에호이는 1킬로미터 상공에서 어린이들이 장난감으로 쓰던 반중력탄들을 투하했다.

"퐁, 퐁, 퐁."

돌멩이가 연못에 떨어지는 듯한 소리가 나며 반중력파의 파장이 물결처럼 건물 잔해 사이로 퍼졌다. 그러자 사방 100미터 안의, 지면에 고정되어 있지 않은 모든 물질이 유령처럼 떠올랐다가 폭풍에 날아갔다. 시간은 5분, 더 사용할 수 있는 놀이용 반중력탄은 없었다. 에호이는 급강하하여 연구소가 있던 자리에 생긴 큰 구멍 속으로 들어갔다. 구멍 안에는 제대로 되어 있는 것이 없었다. 모두가 녹아내려 수프처럼 걸쭉했다.

구명정의 탐색파가 연구소 구석구석을 훑었다. 인류보존 캡슐은 어지간한 충격에는 견디도록 만들어졌다. 그곳에 보존되어 있는, 최우수 유전자를 지닌 남녀의 생식세포를 찾아야 했다.

"투두두, 쾅!"

시간이 없었다. 반중력탄의 효과가 한계에 도달한 듯 건물 잔해들이 떨어져 내렸다. 탐색파 안내소리가 요란스럽게 울렸다.

"전방 5미터 캡슐 포착, 반파. 전방 7미터 분자전환기 포착, 정상."

"빨리 수거해."

에호이는 정신없이 외쳤다. 인력광선에 끌려오는 인류보존 캡슐은 반이 녹은 상태였다. 에호이는 인력광선에 인류보존 캡슐과 분자전환기를 매단 채 연구소를 빠져나왔다. 건물 잔해들이 비 오듯 쏟아졌다. 구명정에 보호막을 쳤으나 충격은 대단했다.

"일곱 개 정도는 쓸 수 있겠는걸."

캡슐을 살피며 중얼거리는 에호이를 릴리스가 침대에 누운 채 쳐다보았다. 정자와 난자를 보관했던 캡슐 중 난자 보관용만 무사했다. 다행히 분자전환기는 정상이었다.

에호이는 연구소의 모든 에너지를 구명정으로 옮겼다. 내륙 깊숙이 물이 없는 고지대 사막을 찾아가야 했다. 사막에서 보호막을 치고 분자전환기를 이용하면 1000년 정도는 버틸 수 있었다. 하지만 미친 듯이 빗줄기를 몰고 다니는 바람을 막느라 많은 에너지를 사용해야 했다. 구명정의 보호막을 증폭시켜 사막에 지름 2킬로미터의 생존공간을 만드는 데 에너지의 5할을 썼다. 분자전환기로 바위와 모래의 규소 분자를 변환시켜 구조물을 만들고, 릴리스의 천연엽록소 옷에서 식물세포를 뽑아내 나무와 풀을 만들었지만 태양 없이는 아무 쓸모가 없었다. 할 수 없이 구명정의 엔진을 개조하여 보호막 꼭대기에 인공태양을 설치하자 에너지는 겨우 300년 분량이 남았다.

・ ・ ・

생체에너지활성기의 눈금이 1과 2 사이를 오갔다. 생명연구소에서 가져왔던 일곱 개의 난자 중 여섯 개를 소비한 뒤에야 겨우 성공한 수정란이 이목구비가 모두 형성된 인간의 모습으로 꼬물거렸다. 그 모습을 본 릴리스의 갈색 눈빛이 흐려져 갔다.

릴리스는 자신의 신장으로 만든 인공자궁에서 자라고 있는 아기에게 하이야란 이름을 붙여 주었다. 하이야가 자라는 만큼 신장 없는 릴리스의 몸도 부어올랐다. 세포배합기만 있다면 신장쯤이야 얼마든지 만들 수 있었지만 이미 먼 옛날 이야기였다.

"죽음이 무얼까요?"

릴리스의 눈에는 아무것도 들어 있지 않았다.

"나도 잘 모르겠소."

뼈만 있는 릴리스의 손을 쥔 에호이의 손이 떨렸다.

"저를 일으켜 주세요. 보고…… 싶어요. 땅을…… 우리 아이들이 살아갈 땅……."

에호이는 어깨를 부축해 릴리스의 상체를 침대에서 일으켰다. 에호이의 몸보다 세 배가 넘게 부어오른 릴리스의 몸은 공기가 가득 든 풍선 같았다. 검은 땅과 검은 하늘뿐인 보호막 바깥세상에서는 끊임없이 섬광이 명멸했다.

"우리 아이들이…… 저런 곳에서 어떻게……."

릴리스의 목소리가 가늘게 이어졌다. 에호이는 릴리스의 어깨를 두른 팔에 힘을 주었다.

"내 만들어 놓겠소. 저곳도 사람이 살 수 있는 곳으로 꼭 만들어 놓겠소."

"당신이라면 할 수…… 저는 믿……."

릴리스의 고개가 툭, 숙여졌다. 에호이는 광대뼈가 겉으로 드러난 릴

오래된 이야기 59

리스의 볼에 자신의 볼을 대었다. 릴리스의 가슴에 연결되어 있던 생체에너지활성기의 눈금이 0을 가리켰다. 보호막 밖에서는 번개가 명멸하고, 바람에 날리는 바위들이 끊임없이 보호막을 때렸다.

　움직일 줄 모르던 에호이가 릴리스를 안고 울기 시작한 것은 한참이 지난 뒤였다.

. . .

　보호막 생활에서 에호이의 가장 큰 과제는 에두움과 하이야에 대한 철저한 생식 제어였다. 뇌파를 이용한 성욕 충족이 불가능해진 현실에서는 수천 년 동안 사용하지 않던 육체를 이용한 성욕이 되살아날 가능성이 높았다. 에두움과 하이야는 에호이와 릴리스의 꿈이었고 사라진 모든 인류의 희망이었다. 그들이 없다면 인간이라는 생명체는 우주에서 영원히 사라질 것이다. 그러기에 하이야는 생물적으로나 정신적으로 완전히 준비가 된 뒤에 임신을 해야 했다. 성욕을 잠재우기 위해 다른 욕망에 대한 충족은 무한대로 제공되었다. 음식과 잠자리, 놀이 도구 등 모든 편의시설은 에두움과 하이야의 수준에 맞게 개조되었고 손만 뻗으면 닿을 수 있는 곳에 있었다.

　에호이가 보호막을 거둔 이유는 에두움과 하이야에 대한 배신감 때문이었다. 보호막을 거두기 3일 전, 에호이는 하이야와 에두움의 행동이 이상함을 느꼈다. 하이야와 에두움은 평소와 달리 나무 그늘이나 땅굴에서 나오지 않았고, 에호이를 보면 슬금슬금 피했다. 그냥 지나칠 문제가 아니었다. 에호이는 하이야를 불렀다.

　"하이야야, 무슨 일이 있느냐?"

하이야는 꾸중 듣는 아이처럼 고개를 숙인 채 말이 없었다. 에호이는 하이야의 아랫배를 바라보았다. 음식을 많이 먹었다고 보기에는 너무 불렀다.

"하이야야, 무슨 일이 있느냐? 아빠에게 말해 보거라."

다정한 말에도 하이야가 입을 다물자 에호이는 에두움을 불렀다. 그러나 두 번 세 번을 불러도 오지 않았다. 에호이가 에두움을 찾았을 때 에두움은 나무뿌리 굴속에 웅크리고 있었다.

"에두움아, 왜 그러고 있느냐?"

굴속을 들여다보며 다정스럽게 말하는 에호이를 보자 에두움은 더욱 몸을 웅크렸다. 에호이의 가슴에 불안감이 엄습했다.

"에두움아, 무슨 일인지 말을 해야 아빠가 도와주지!"

에호이의 목소리가 더욱 다정스러워졌다.

"잘못했어요, 아빠. 저는 안 하려고 했는데 하이야가 자꾸……."

"뭐…… 뭘 했는데."

굴 밖에 쪼그리고 앉은 에호이의 목소리가 심하게 떨렸다.

"……."

에호이는 피가 거꾸로 몰리는 것 같았다.

"대체 무슨 짓을 했느냐."

"……."

점점 명백해졌다. 에두움은 두 손으로 자신의 성기를 가리고 있었다.

"빨리 말해 보아라."

"다른 놀이보다 그게 더 재미있고…… 몇 번밖에 안 했어요."

그대로 주저앉은 에호이는 눈앞이 캄캄했다. 그러나 문제는 그게 아니었다. 어떻게 둘 사이에 성교가 가능했는지가 문제였다. 결코 자연스러운 일이 아니었다. 하이야의 생식기 안에는 만약을 대비해 일정기간 동안 에두움을 거부하도록 칩을 삽입해 놓았다. 무엇이든지 해도 되지만 그 칩만은 빼지 말도록 어릴 때부터 교육을 시켰다. 또 외부의 힘이 아니면 빠질 수도 없었다. 에호이는 급하게 하이야를 찾았다.

"하이야야, 무슨 일이 있었는지 말해 보거라."

"저쪽 끝에 가면 조그만 구멍이 있어요. 그 구멍으로 이상하게 생긴 기다란 것이 들어와요. 그게 자꾸 여기를……."

하이야가 자신의 성기를 가리켰다.

"그래서, 그래서?"

"처음에는 아팠는데, 자꾸…… 하면 기분이 좋아져요."

"그, 그게 언제였더냐?"

"몰라요. 한참…… 서너 달 됐어요."

보호막이 문제였다. 에너지가 약해져 가자 지상 가까운 몇 군데에 팔뚝만 한 구멍이 생기기 시작했다. 그 구멍을 통해 길어진 변이종의 생식기가 들어왔고 생식에 대해 백지 상태인 하이야의 자궁은 변이종의 정액을 받아들였던 것이다.

그동안의 노력 모두가 수포로 돌아가 버렸다. 방사능에 오염되지 않은 유전자를 가진 새 인류를 만들고자 했던 꿈이 무너졌고, 릴리스가 자신의 목숨과 바꾸었던 희망도 사라졌다. 모든 것을 말했으니 이제 되었다는 듯 에두움과 하이야는 예전과 다름없이 보호막 안을 즐겁게 뛰어다녔다. 그 천진한 모습을 보는 에호이의 눈에서 굵은 눈물이 흘렀다.

두 번 다시 낳을 수 없는 순수인간! 순수혈통의 암컷이라도 한번 잡종을 잉태한 뒤에는 순수혈통의 수컷과 교접을 하더라도 완벽한 순수혈통은 태어나지 않는 자연법칙을 원망하는 수밖에 없었다.

에호이는 결심을 해야 했다. 남은 에너지로 지구를 생명이 살 수 없는 암흑의 땅으로 만들든지, 변종인간의 유전자를 지닌 인류의 탄생을 지켜보든지.

"우리 아이들이…… 저런 곳에서……. 당신이라면 할 수…….”
릴리스의 마지막 목소리가 들렸다.

하이야의 몸을 빌려 태어나는 인류는 현재 사족 보행 형태로 변해 가는 지구상의 인류 중 최우점종이 될 것이다. 그러나 그들은 에호이의 능력을 반밖에 받지 못해 불안정한, 생존을 위한 잔인한 폭력성이 내재된 인류일 것이다. 에호이조차 그들의 미래를 예측할 수 없었다.

에호이는 손자들을 바라보았다. 에두움과 하이야를 닮아 명석해 보이는 눈을 가졌다. 그러나 첫째 손자의 눈에는 릴리스와 같은 갈색 동공 대신 검은색과 초록색이 감돌았다.

에호이는 생체방어 신경칩을 에두움과 하이야, 그리고 손자들의 뇌 속에 심어 주었다. 손톱보다 작은 그 신경칩이 그들을 지켜 줄 유일한 무기였다. 그 칩은 대대로 유전되면서 극도의 위험에 처했을 때 의지와는 상관없이 엄청난 힘을 낼 수 있도록 해 놓았다. 또한 그 칩에는 1만 5000년 동안 인류가 누렸던 영화와 지식을 에호이 자신의 목소리와 함께 저장했다. 언젠가 인류가 이 영화와 지식을 감당할 수 있는 시점이 되면, 그리고 불가능에 가깝지만 인류 역사가 진행되는 동안 에호이가 만들고자 했던 육체적·정신적으로 완전한 인간이 나타난다면 그는 신경칩 속에 넣어 놓은 에호이의 목소리를 환청처럼 들을 것이다. 그러면 우주와 인류 탄생의 비밀도 알게 될 것이다. 에호이는 릴리스가 '에덴'이라고 불렸던 보호막을 거두면서 그때가 오리라는 희망을 버렸다.
 이제 에호이의 일은 끝났다. 에호이가 그들을 만든 의도와는 상관없이 자유의지라는 미명 아래 그들 일은 스스로 결정할 것이다.

 에호이는 변이종의 유전자가 반이나 섞인 카인을 볼 때마다 진저리를 쳤다. 에호이의 눈에 카인은 폭력과 종족번식 욕구 때문에 발기된 성기를 주체하지 못하는 변종인간이었다. 그러나 아벨은 달랐다. 완전하지는 않지만 자신의 유전자를 물려받은 진짜 손자였다. 에두움은 아벨이 있었기에 그나마 위안을 얻었다.
 카인이 아벨을 돌로 쳐 죽인 황야의 비극에 대해 에호이가 그토록 분노했던 것은 마지막 희망마저 잃은 절규였다. 에호이는 그 사건의 원인이 아벨에 대한 자신의 극단적인 편애에 있었다는 사실은 상상도 못했다. 새로운 인류에게는 자신에게 없는 '질투'라는 감정이 존재한다는 사실을 에호이는 몰랐다. 에호이는 모든 희망을 잃은 채 릴리스 곁에 묻혔다. 에두움이 130세 되던 해에 아벨을 대신할 세 번째 손자 '셋'이 태어난다는 사실만 알았더라도 에호이는 인류의 미래에 대해 그토록 슬퍼하지는 않았을 것이다.
 많은 시간이 흐른 뒤, 셋의 자손들은 자기 조상들의 이야기를 기록으로 남겼다.

 …… 들짐승 중에 …… 뱀이 여자에게 말하되, 너희가 그것을 먹는 날에는 너희 눈이 밝아 하나님과 같이 되리라 …… 에덴동산에서 그들을 내보내어 …… 여호와 하나님이 아벨과 그 제물은 열납하셨으나 카인과 그

제물은 열납치 아니하신지라 …… 카인이 그 아우 아벨을 쳐 죽이니라 …… 아담이 다시 아내와 동침하매 아들을 낳아 그 이름을 셋이라 하였으니 …… 그때에 이르러 사람들이 비로소 여호와의 이름을 불렀더라 …… 아담이 셋을 낳은 후 800년을 지내며 …… 그가 930세를 향수하고 죽었더라.

— 창세기 4:1~5:5

'당신의 삶이 당신의 우주에 바치는 경의이길.'

  문학 종사자들은 뒤통수를 강타하는 듯한 문장, 심장을 어루만지는 듯한 문장에 대해 이야기한다. 같은 비유법을 쓴다면 내가 악전고투 끝에 번역한 카이와판돔의 첫 번째 문장은 거친 백태클을 당하는 듯한 문장, 레드카드를 꺼내고 싶어지는 문장이다. 보다 사무적으로 말한다면 범은하 문화 교류 촉진 위원회에 항의 서한을 보내고 싶어지는 문장이다. 하지만 그 항의 서한은 어떤 모습일까?

  "왜 '옛날 옛적에'로 시작하지 않는 거죠? 신데렐라는 그랬거든요!"

  아마 문교촉위는 왜 카이와판돔과 신데렐라가 같은 방식으로 시작해야 되는가 되물어 올 것이다. 그에 대한 대답으로 준비할 수 있는 것은 '카이와판돔이 신데렐라와 교환된 것이기 때문'이라는 엉성한 것뿐이다. 아무래도 항의 서한은 포기해야 될 듯하다.

  사실 문교촉위의 외계인들이 보일 반응보다는 지구인 동포들의 반응이 더 신랄할 것이다. 저 바깥에는 내가 외계인의 문학작품을 번역(같은 일을 맡고 있는 수천 명 중의 한 명일뿐이지만)하고 있다는 것을 아는 작자들이 있고 그자들 중 일부는 내 짜증을 보면 살의 섞인 분노를 보일 것이다. 심지어 그들 중 모자란 상상력을 고전의 권위로 때우길 즐기는 자들의 경우엔 이곳이 시나이 산이라는, 그리고 내가 취급하고 있는 작품이 석판에 기록되어 있다는 식의 태도를 견지하고 있다. 신성모독이라는 점은 둘째치더라도 사실에 전혀 부합하지 않는다. 이곳은 북악산이고 내가 가지고 있는 카이와판돔은 A4 용지에 인쇄된 것이므로.

보다 매혹적인 기록수단이 아닌 점은 나도 유감스럽기야 하지만, 우주를 가로질러 정보를 보내야 한다면 석판이나 그 비슷한 뭔가를 탑재한 우주선을 발사하는 것보다는 앤시블이 훨씬 경제적이다. 지구에서 문교촉위로 신데렐라를 보낸 방식도 그것이었고 문교촉위에서 지구로 카이와판돔을 보낸 방식도 그것이다.

카이와판돔을 받은 유엔 산하의 접촉 전담위에서는 그것을 A4 용지 서른 장에 인쇄한 다음 은하표준어 사전과 함께 내게 넘겨주고는 그것을 한국어로 번역하라고 말했다.

따라서 건전한 교양인이라면 비록 A4 용지 더미에 불과한 것이라도 경외감을 품고 이 외계의 문학 작품을 대해야 할 것이다. 하지만 나는 손을 뻗어 담뱃갑을 끌어당기는 쪽을 선택했다. 담배에 불을 붙이자 방 저쪽에 있던 박 대위가 입 주위를 꿈틀거렸다.

잠깐 동안 내적 갈등을 보여 주는 듯한 표정을 짓던 박 대위는 곧 결심을 굳혔다. 그는 우호적이고 동정적인 미소를 지었다.

"시작부터 대단한 란문인가 보지요, 리 선생님."

순진한 인문학부 학생처럼 말하는 특공대원이라니, 끔찍하기까지 하다. 하긴 박 대위에게 나는 군인이 민간인을 대하는 표준화된 태도를 포기하게 할 만큼 중요한 사람이다. 하지만 우쭐한 기분은 느낄 수 없었다.

"박 대위, 박 대위도 어제 내가 떠들었던 말 옆에서 다 들었지? 이건 다 쓸모없는 짓이야. 보나마나 영역본이 채택될 테지."

박 대위는 또다시 군인답지 않게 행동했다. 군이 공들여 키워 낸 살인 전문가는 '나는 모른다'는 태도를 보이는 대신 점잖게 말했다.

"리 선생님, 접촉위에서 정짜로 원하는 것은 그 외계의 글을 리해하는 것입니다. 그래서 지구의 모든 언어로 그 외계 동화를 번역하는 것이고요. 그 동화를 리해할 가능성을 왜 스스로 축소하겠습니까?"

아마 박 대위의 말이 맞을 것이다. 따라서 접촉위 사람들은 내가 카이와판돔보다 내 경호원의 말투에 더 관심을 두고 있다는 것을 알면 격분할 것이다. 하지만 내게는 통일한국의 혼란을 단적으로 보여 주는 듯한 박 대위의 말투가 훨씬 재미있었다.

"대위의 말투를 바꾸도록 강제한 세력이 있었겠지? 물론 직접적으로 '너 말투 바꿔.' 하는 식은 아니었겠지만 책이나 TV를 보기 위해서도, 다른 사람과 이야기를 나누기 위해서도 말투를 바꿀 수밖에 없었을 거야. 그렇지?"

박 대위는 싱긋 웃었다.

"무슨 말인지 알겠습니다. 예, 세가 더 큰 말투를 따라갈 수밖에 없지요."

"지구상에서는 영어가 그런 횡포를 부리고 있어. 이 사전을 봐. 은하 표준어 / 영어 사전이야. 전담위원들도 결국엔 이해하기 더 쉽다는 이유에서 영역본을 먼저 집어 들걸. 그리고 영어 사용자의 사고방식으로 이 동화를 이해할 테고. 이게 동화가 맞는지는 의심스럽지만."

박 대위는 내 주장을 계속 상대하는 것이 별로 이롭지 않다고 판단한 듯했다. 그래서 그는 화제를 살짝 바꿨다.

"동화가 아닙니까? 외계인들은 동화를 보낸다고 하지 않았습니까?"

박 대위의 말에는 오래된 실망의 희미한 흔적 같은 것이 엿보였다. 그 실망이 무엇인지는 나도 잘 기억하고 있다.

9년 전, 그 숨 막히던 첫 접촉의 순간은 단언컨대 인류가 나무 아래로 내려온 이래 최대의 쇼였다. 명백히 지구 바깥의 기술로 만들어진 우주선은 30AU 거리에서부터 지구의 모든 관측장비에 자신을 소개하며 당당하게 다가왔다. 마치 그곳이 고향이라도 된다는 양 정확한 솜씨로 제1라그랑주 포인트에 자리 잡은 우주선은, 그때도 그랬거니와 지금도 이해할 수 없는 방식으로 머나먼 외계의 소리를 실시간으로 전하는 중계거점이 되었다. 그 기적적인 통신 방식에 앤시블이라는 이름이 붙는 것은 당연한 일이었다.

그 앤시블 중계거점을 미개인에게 던져진 휴대전화에 비유한 당시의 카툰이 떠오른다. 의외로 예리한 비유다. 우리는 그 '휴대전화'의 원리를 이해할 수 없고 상대방이 어디서 말을 하는지도 알 수 없었지만, 휴대전화를 통해 상대방과 이야기를 할 수는 있다.

그럭저럭 서로의 소통 수단을 익히게 되자 휴대전화를 보낸 우주 저편에 있는 자들은 자신들이 범은하 문화 교류 촉진 위원회라고 소개했다. 그리고 그들은 본격적인 교류를 제안했다. 하지만 외계인들이 제시한 교류 대상 품목은 지구인들을 경악시켰다. 그들은 기적과 같은 선진 기술도, 초월적인 과학도, 꿈도 꿀 수 없는 고급정보도 아닌 동화를 교환하자고 제안했다. 어깨에 별이 잔뜩 달린 자들이나 하얀 옷을 즐겨 입는 자들 중 일부는 이 제안에 공황 상태 비슷한 것을 보이기도 했다. 말 그대로 동화 같은 이야기가 아닐 수 없다. '머나먼 별나라에서 신비한 손님들이 왔습니다. 그 손님들은 재미있는 이야기를 들려줄 테니 당신들도 그렇게 해 달라고 했습니다.'

지금에 와서야 그 제안이 합리적이라고 생각하는 경향이 저변화되어 있다. 사실 우리는 이미 오래전부터 외계인만큼이나 이질적인 자들의 방문을 경험했다. 그들은 고통과 함께 찾아오며, 도무지 의사가 통하지 않고, 우리의 안정된 생활을 서슴없이 파괴한다. 당신이 재생산 경험이 있다면 누구를 말하는 것인지 알 것이다. 바로 우리의 자녀들 말이다.

그 불청객들이 어느 정도 지구의 언어를 익히고 나면 우리가 그들에게 건네주는 첫 번째 정보가 무엇인가? 지구에서 태어나는 그 외계인들에게 우리가 주는 것은 말을 할 줄 아는 동물들과 물리법칙을 무시하는 마법, 오래전에 사라진 신분 계급 같은 것들이 등장하는 오류투성이의 정보들이다. 외계인에게 주어야 하는 것은 바로 동화다.

그들은 우리의 아이로 행동하길 원했고, 우리 또한 그들의 아이로 행동해야 했다. 우리의 동화를 들려주고 그들의 동화를 읽어야 하는 것이다. 하지만 문교촉위(9년이 지났지만 지구인은 아직도 이 단체가 정확히 무엇인지 알지 못한다. 동화를 더 읽고 어른이 된 후에야 알 수 있을 것이다.)는 외계의 모든 동화를 보내 주지는 않았다. 그들의 방식은 우리에게 짝패 하나를 붙여 주는 것인 듯했다. 주디스 리치 해리스가 갈파했듯 어린이는 부모의 훈육에 의해 성장하는 것이 아니라 친구와 부대끼며 성장하는 것이다. 문교촉위는 우리에게 어울릴 친구 하나를 골라 '전화를 바꿔 줄' 작정이었다. 만약 그 짝패가 서로의 동화를 이해할 수 있게 되면, 문교촉위는 뒤로 물러나고 우리는 우주 저편의 파트너와 본격적으로 수다를 떨 수 있을 것이다.

문교촉위가 첫 번째로 고른 우리의 짝은 퀀티다였다.(역시 그 이름만 알 뿐, 우리는 이자들이 도대체 우주 어느 구석에 있는 어떻게 생겨먹은 자들인지도 모른다.) 하지만 문교촉위가 보내 준 퀀티다인들의 동화는 불미스러운 사고를 일으켰다. 문교촉위는 첫 번째 조합을 포기한 다음 두 번째로 위탄이라는 문화권을 소개해 주었다. 다행히 두 번째 선택에서는 심각한 문제가 일어나지 않았다. 지구의 동화들과 위탄인의 동화들이 순조롭게 교환되었다. 그중 신데렐라와 교환된 것이 카이와판돔이다.

그리고 카이와판돔은 '옛날 옛적에' 대신 종교 경구 같은 말로 시작하여 내 호기심을 냉각시키고 있었다.

"동화냐고? 글쎄, 솔직히 말하자면 나는 이 카이와판돔이 무슨 뜻인지도 모르겠어. 사전에 나오지 않거든. 하긴 위탄에 있는 이름 모를 내 동료도 신데렐라가 무슨 뜻인지 몰라 당황했겠지. 흠, 그럼 이것도 주인공 이름인가?"

"그러면 '카이와판돔이라는 고운 녀성이 살았습니다.' 라는 말이 나오겠군요."

매몰차게 무시할 수 없을 만큼 품위 있는 재촉이었다. 군대에서는 내 경호원으로 총을 대신 맞아 줄 사람 이상의 사람을 보낸 모양이다. 나는 대위에게 힘 빠진 미소를 지어 주고는 담배꽁초를 재떨이에 눌러 비비고 다시 A4 용지를 들여다보기 시작했다.

그 다음 문장에서도 고운 여자는 나오지 않았다. 두 번째 문장은 '그 오랜 세월 우주는 당신을 기다려 왔으니'였다. 그런 문장에도 불구하고 위탄인들에 대한 내 평가는 하락하지 않았다.

이미 바닥이었으니 더 내려갈 수가 없다.

사흘이 더 흘렀고, 나는 그때까지 열두 문장을 번역했다. 청와대의 김 실장이 찾아왔을 때 나는 게으름에 대한 질책을 들을 거라 각오했다. 하지만 김 실장은 오히려 내 비위를 건드릴까 조심하듯 행동했다. 그저 늙은 여자에 대한 존중을 표시하는 것이 아닌 듯했고, 그래서 나는 슬쩍 넘겨짚었다.

"다른 나라의 진행 상황도 비슷한가 보지?"

"그렇습니다, 선생님. 아무래도 중역인 데다 사고방식과 문화가 다르니까요. 상당히 좌절하고 있답니다."

나는 신이 나서 은하표준어의 문법이 얼마나 까다로운지 떠들어 댔다. 그리고 이 경우는 원래 어떤 모습이었는지도 모를 위탄어를 은하표준어로 번역한 것이므로 초능력에 가까운 번역 실력이 요구될 정도로 문장이 괴상하다고도 말했다. 하지만 속으로는 다른 나라의 번역자들이 보였다는 반응에 의아했다. 조금 후에야 그들과 나의 차이점을 깨달을 수 있었다. 나와 달리 그 불쌍한 친구들은 희망을 가지고 작업에 임했나 보다. 따라서 그들의 좌절이 클 수밖에 없다.

김 실장은 혹시 나도 좌절하고 있을까 봐 응원차 온 모양이다. 나는 적당한 좌절을 보여 준 다음 포기하지 않겠다는 의지도 조금 보여 주었다. 내 반응에 만족한 김 실장은 두 번째 용건을 조심스럽게 꺼냈다.

"두 시간 전에 지구주의자들의 성명서가 웹에 업로드되었습니다."

24시간 내 곁을 지키고 있는 박 대위가 긴장했다. 나는 무관심한 얼굴을 하지 않으려 애쓰며 말했다.

"무슨 내용인데?"

김 실장은 내 컴퓨터 쪽으로 움직였다. 직접 보여 줄 모양이다. 나는 그냥 말로 설명하라고 했다.

"그러겠습니다. 성명서의 앞부분은 지금까지와 별로 다르지 않은 내용입니다. 외계의 침략에 맞서 지구인들은 궐기해야 한다는 내용들이지요. 개인적으로는 이런 말도 안 되는 이야기에 사람들이 관심을 가진다는 것이 이해되지 않습니다."

"퀀티다의 동화가 문제였지. 그 동화가 산 안드레아스 단층을 감동시켰으니까."

퀀티다인들의 동화는 복잡한 화학식이었다. 퀀티다인들이 어떤 감각기관을 가지고 있는지는 짐작하기조차 어렵지만 화학물질 문학이라는 것 자체는 그다지 놀라운 것이 아니다. 지구에도 페로몬 같은 화학물질로 대화하는 생물이 있으니까. 그리고 인간들도 향수라는 이름으로 화학물질을 자기표현에 사용한다. 적당한 수용기만 있다면 화학물질로도 얼마든지 대화할 수 있다.

퀀티다인들에게 그 동화는 어린이들에게 권해도 될 만큼 안전한 것이었을 것이다. 그리고 지구에서도 대부분의 경우엔 안전했다. 하지만 JPL에서 이루어진 합성에서 그것은, 아직까지도 정확히 밝혀지지 않은 이유로 인해 산 안드레아스 단층을 전율하게 만든 초고성능 폭발물로 바뀌었다.

당연하게도 파괴된 캘리포니아의 복수를 원하는 자들이 나타났다. 그 자들은 외국인 혐오증 환자, 인간이 신의 유일한 적자임을 믿는 광신도, 우주적 KKK라 부를 수밖에 없는 작자 따위를 규합한 다음 지구주의 운동이라는 것을 선포했다. 거기까지는 꽤나 씩씩하게 진행했지만 그들은 분노의 배출구를 찾을 수 없었다. 지구인은 퀀티다가 어디 있는지도 모르거니와, 설령 알았다 해도 복수를 위한 우주함대를 발진시킬 능력 같은 것은 지구인에게 없다. 앤시블 중계거점이 있기야 하지만 라그랑주 포인트의 목표물을 공격할 수 있는 무기는 차고에서 조립할 수 있을 만한 물건이 아니다. 그리고 그런 무기를 가진 정부들은 지구주의자들에게 냉담했다. 그러니 지구주의자들은 문교촉위에 협력하는 다른 지구인들에게 분통을 터뜨릴 수밖에 없었다.

전체 인류의 관점에서 보면 비탄에 잠긴 나머지 자해를 하는 것이나 다름없지만 복수심이 언제 논리와 친했던 적이 있던가. 내가 일반인들의 접근이 금지된 북악산의 모처에서 군대의 보호를 받으며 외계인의 동화를 번역하고 있는 것도 지구주의자들의 위협 때문이다.

나는 새삼스러울 것이 없는 이야기를 왜 김 실장이 가져왔는지 궁금했다. 김 실장이 몹시 조심스러운 태도로 설명했다.

"성명서의 뒷부분이 문제입니다. 간단히 말해서 이자들은 번역가들이 지금 당장 번역을 멈추지 않으면 그들의 가족과 친지, 친구들을 공격하겠다고 경고하고 있습니다."

쓴웃음을 짓고 싶었다. 동조자를 상당히 잃을 텐데도 그런 위협을 하고 나선 것을 보니 지구주의자들의 세력이 위기의식을 느낄 만큼 축소되고 있나 보다.

김 실장은 보호하고 싶은 자의 명단을 주면 그들에게 경호를 붙이거나 이곳으로 옮기겠다고 말했다. 나는 관두라고 대답했다. 그리고 누구를 선택하고 누구를 탈락시키는 짓을 할 수 없기 때문이라고 덧붙였다. 김 실장은 이해할 수 없다는 얼굴이었지만 내 주장을 반박하지는 않았다.

"그러면 일단 이인수 씨 가족들을 경호 경비 대상에 포함시키겠습니다."

"우리 오빠가 동의하면 그렇게 해."

김 실장은 내가 번역을 포기하겠다는 말을 하지 않은 것에 안도하며 물러갔다. 그래서 나는 혐연가와 같은 공간에서 담배를 피우는 범죄를 저지르지 않을 수 있게 되었다. 김 실장이 떠나자마자 기쁜 얼굴로 담배를 입으로 가져가는 나를 향해 박 대위가 말했다.

"리 선생님, 오라버니 가족들이 념려되시지요? 말씀만 하시면 제가 똑똑한 놈들을 보내겠습니다."

"괜찮아. 경찰들이 알아서 잘하겠지. 그리고 지구주의자들도 한국어 번역가에겐 별 관심이 없을 거야. 한국인을 제외하면 외계인의 동화가 한국어로 번역될 수 없다는 사실에 애석해할 자가 어디 있겠어?"

내 빙퉁그러진 대답이 박 대위 내부의 무엇인가를 건드렸다. 박 대위는 정색하며 말했다.

"리 선생님, 접촉 전담위는 지금껏 지구가 경험하지 못했던 미증유의 지성을 리해하기 위해 지구가 동원할 수 있는 모든 리해력을 필요로 하고 있습니다. 바로 그런 사유에서 지금 같은 일이 필요한 것이겠지요. 비록 조선말이 세계에서 차지하는 비율이 작다 해도 변별성이라는 측면에서는 개개루 평가받아야 할 똑같은 언어라고 생각합니다. 따라서 리 선생님께서 조선말 번역에 성공하지 못하신다면 지구는 그 외계의 동화를 리해할 가능성 하나를 잃게 되는 것입니다. 물론 조선인의 자존심도 중요합니다. 하나 저는 그것보다 더 중요한 지구를 위해서 리 선생님을 지키고 있습니다."

가슴이 뜨끔할 수밖에 없었다. 내 안전에 목숨을 걸고 있는 사람에게 참 쓸데없는 사람 지키고 있다는 식으로 말했으니 나도 곱게 늙진 못했다. 박 대위에 대한 존중 때문에라도 변명해야 할 필요를 느꼈다. 하지만 내 입에서 나온 것은 엉뚱한 말이었다.

"박 대위, 생년월일이 언제지?"

"예? 2001년 11월 15일입니다."

"21세기 인간이군. 나는 20세기 인간이야. 1974년 12월 27일 생이지. 혹시 그날에 대해 아는 것 있어?"

"리 선생님의 생일이라는 것 말고 말입니까? 모릅니다. 무슨 날입니까?"

"네드 매드렐이라는 어부가 죽은 날이야."

"네드 매드렐? 그게 누구지요?"

"잉글랜드 본토와 아일랜드 사이에 길이가 한 50킬로미터쯤 되는 섬이 하나 있지. 맨(Man)이라고 해. 그곳은 맹스라고 하는 별나게 생긴 고양이의 원산지로 알려져 있지. 그리고 맨에서 쓰였던 말도 맹스라고 해. 에드워드 매드렐은 맨에서 태어나고 죽은 평범한 어부야. 그 섬 출신이니 당연히 맹스를 썼지. 그의 인생은 특별할 것이 없고, 고향의 말을 썼다는 것도 당연한 일이지. 하지만 평범하지 않은 사실이 하나 있어. 에드워드 매드렐은 최후의 맹스 원어민이었어. 1974년 12월 27일에 그가 죽었을 때 맨 사람들은 모두 영어를 쓰고 있었거든. 따라서 그날은 맨의 말이 죽은 날이기도 해."

원하지 않는 사람 앞에서 피우면 호흡기 강간범쯤으로 취급받게 되는 물건을 재떨이에 비벼 껐다. 옛날과 달라진 것이 또 뭐가 있을까.

"박 대위 표현대로라면 지구는 맨의 말로 카이와판돔을 이해할 가능성을 오래전에 잃은 거지."

"조선말은 아직 죽지 않았습니다, 리 선생님."

"박 대위가 죽을 때쯤 되면 최소한 문화어 사용자는 사라질 것 같군. 자네 문화어도 지금은 표준어와 뒤범벅되어 있으니."

박 대위의 얼굴에 고통이 떠올랐다. 못된 늙은이는 빨리 죽는 것이 자

카이와판돔의 번역에 관하여

선사업이다. 젠장.

"미안해, 박 대위. 하지만 나는 자네처럼 생각할 수 없어. 외계의 지성을 제대로 이해하기 위해 지구의 모든 시각을 동원한다? 내 눈엔 반대로 보여. 그런 짓을 하는 것 자체가 내재된 위기의식을 드러내는 것이라고 말이야. 무슨 위기의식이냐고? 그 다양한 시각들이 사라질지도 모른다는 위기의식이지. 다른 말을 쓰는 자들이 현실에 등장했으니까. 지난 세기에 자본이 그랬고, 이제 외계인이 그렇지. 둘 다 인간의 말이 아닌 다른 말을 써. 자본은 경제학의 언어를 썼고 외계인은 자기네 빌어먹을 말을 쓰지. 다른 말을 쓰는 오랑캐가 나타나면 사람은 단결하고 개성을 살해하는 법이야. 이 최후의 저항이 끝나고 나면 지구의 언어는 급속하게 하나로 통일될 거야. 영어일 가능성이 높지."

시큰한 무릎을 어루만졌다. 비가 올 모양이다. 나는 창밖의 서울을 바라보았다. 서울을 이 각도에서 본 사람은 많지 않을 것이다. 청와대 뒷산에 아무나 올라올 수 있는 것은 아니니까. 하지만 이 각도에서 봐도 별다를 것은 없었다. 흐린 하늘과 스모그 때문에 서울은 낡은 벽지처럼 보였다. 무늬가 있지만 결코 그 무늬가 드러나지는 않는 벽지 말이다.

"내밀한 동기의 측면에서 보면 지구주의자가 하는 짓이나 내가 하는 짓이나 똑같아. 둘 다 개별성의 소멸에 저항하는 거지. 그리고 최종결과도 똑같겠지."

나는 그 최종결과를 말하지 않았다.

이틀 뒤, 작업이 좀 능숙해진 덕분에 나는 카이와판돔을 스무 문장 정도 더 번역했다. 그리고 그날 밤 공격이 있었다. 뜻밖의 일이었다.

내 짐작대로 지구주의자들도 위탄의 동화가 한국어로 번역된다는 것에는 별 관심이 없었을 것이다. 하지만 내가 예상하지 못했던 것은 공격 효과였다. 한국에는 은하표준어를 나만큼 구사하는 자가 없었다. 따라서 나를 공격하면 한 가지 언어의 번역을 완전히 저지할 수 있다. 그래서 지구주의자들은 스위스의 헤르 아무개(레토로망스가 목표였나 보다.)와 아일랜드의 미시즈 아무개(게일어겠지.), 일본의 아무개 상(알아보니 일본어가 아니라 아이누어가 목표였단다. 꼼꼼하기도 해라.) 같은 번역가들과 함께 나도 공격 목표에 포함시켰다.

번역가들은 철저하게 보호되고 있었기 때문에 지구주의자들은 예고했던 것처럼 번역가의 가족을 목표로 했다. 내 경우엔 인수 오빠와 그 가족이다. 결혼한 적이 없는 할망구의 가족을 찾느라 그 녀석들도 참 짜증이 났을 것이다. 공격이 있고 두 시간 후, 김 실장이 인수 오빠와 나에게 비화전화기를 전달한 후에야 나는 오빠에게 전화를 걸 수 있었다. 하지만 전화를 받은 것은 인수 오빠가 아니었다.

"하이, 인혜!"

어리둥절해하던 나는 조금 후에야 상대방이 오빠의 손자인 철훈이라는 것을 깨달았다. 빅브라더의 추적도 차단하는 비화전화기가 꽤 신기해서 자기가 받아 보겠다고 날뛰었던 모양이다. 나는 짜증스럽게 말했다.

"문디 자슥. 여태까지 안 자고 머하노. 느그 할애비 바까바라."

"왓?"

"할애비 바까라 캤다!"

뭔가 칭얼거리는 소리와 달래는 소리 같은 것이 들리더니 조금 후 오빠의 목소리가 들렸다. 오빠는 철훈이를 달래느라 띄엄띄엄 말했다. 대비하고 있던 경찰들 덕분에 테러는 무위로 돌아갔고 테러리스트들도 모두 체포되었다는 것을 김 실장에게 미리 들었기에 나도 안부만 간단히 물었다.

대화를 나누면서 나는 철훈이 덕을 약간 보았음을 알게 되었다. 경찰들의 체포 작전을 목격한 철훈이가 굉장히 흥분한 덕분에 오빠도 화를 낼 생각이 많이 수그러든 모양이었다. 그 녀석에게 선물이라도 하나 보내야겠다고 생각하며 전화를 끊었다.

전화를 내려놓은 손으로 담배를 집자마자 라이터가 다가왔다. 고개를 들어 보니 박 대위였다. 이제 내가 언제 담배를 무는지 나보다 더 잘 알게 된 모양이다. 불을 붙여 준 박 대위가 약간 물러나며 말했다.

"리 선생님, 그건 어디 말입니까?"

"내 말? 경상도 사투리."

"아아, 쌀을 발음할 수 없다는 곳 말입니까?"

피식 웃을 수밖에 없었다. 평생 동안 경상도 출신이라고 밝히면 쌀을 발음해 보라는 말을 들어 왔다. 그런데 이젠 구 북한군 특공대원에게까지 그런 질문을 듣다니.

"쌍시옷 발음 못하는 곳은 낙동강 동쪽이야. 나는 서쪽 출신이고. 게다가 그것도 옛날이야기지. 요즘은 낙동강 동쪽이든 서쪽이든 모두 표준어 쓰고 쌍시옷 발음도 잘해. 그러니 혹 경상도에 가더라도 그런 질문은 하지 마. 나나 우리 오빠 같은 늙다리가 서로 이야기할 때나 경상도 사투리 쓰는 거지."

박 대위의 눈에 희미한 우울함이 떠올랐다. 그의 사고 궤적을 추측하고 싶지 않았던 나는 오후 내내 한 작업이 담겨 있는 컴퓨터를 흘깃 쳐다보며 말했다.

"이것 한번 들어 볼래, 박 대위? 내가 제대로 이해했는지 확신할 순 없지만 위탄인들은 성(性)이 세 개인 것 같아. 우리 식으로 억지 해석을 하면 여자는 하나인데 남자가 두 종류 있는 거지. 하지만 꼭 그렇게 말할 수도 없어. 여자가 남자1과 결합하면 남자2가 태어나. 그리고 여자가 남자2와 결합하면 남자1이 태어나고. 여자끼리 결합할 경우 여자가 태어나는 것 같아. 이런 식이라면 결국 여자들만 남게 될 것 같지 않아? 하지만 그렇지 않은가 봐. 뭔가 남자들을 위한 성 보존 체계 같은 것이 있는 모양이지. 어쨌든 이런 동네이다 보니 난 애들의 갈등 양상을 이해하기 힘들어. 동화에선 사회학적 설명 같은 것은 안 하잖아."

박 대위는 예의 바르게 관심을 표현했다.

"위탄인들도 성별이 두 개밖에 나오지 않는 신데렐라 이야기에 당황할 겁니다."

"그래. 그 녀석들은 신데렐라가 변태 같은 이야기라고 느낄지도 몰라."

"리 선생님께서 번역을 끝내시면 사회학자들이 그에 대해 론의해 볼 수 있을 겁니다. 아, 카이와판돔이 무슨 뜻인지는 알아내셨습니까?"

"아니. 본문에서 그 말은 지금까지 한 번 나왔는데 등장인물의 이름은 아니었어. 아까 말한 성 보존 체계와 무슨 관련이 있는 것 같아. 의식과 관련된 이름일 수도 있고. 위탄의 고유의식이라면 은하표준어 사전엔 없을 수도 있지."

"그것도 연구할 수 있을 겁니다. 빨리 번역하신다면."

"연구하기야 하겠지만 내 것이 아닌 영역본으로 할 거야. 그러니 그만 보채라. 피우던 담배는 마저 다 피워야지."

박 대위가 울컥했다. 그는 흥분 때문에 약간 높아진 목소리로 말했다.

"리 선생님, 그 일이 그렇게 쓸모없는 짓이라 생각하신다면 우정 그 일을 하시는 리유가 뭡니까?"

그토록 점잖은 사람을 일주일 만에 이렇게 만들었으니 내 승리라고 해야 하나. 나는 그를 외면했다.

"돈 많이 주잖아."

"돈 때문이라고요? 그건 외계인의 문학인데?"

"그래. 지구의 언어를 하나로 통일시킬 물건이지. 위탄인들이 이해할 수 없을 정도로 우리와 다르다는 것을 보여 주는 것만으로."

"만약 위탄말이 조선말 사용자에게 가장 리해하기 쉬운 말임이 밝혀진다면, 그렇다면 어쩌겠습니까? 그럴 수도 있지 않습니까? 전담위원들이 리 선생님께 방조를 구할지도……."

나는 고개를 돌려 그를 직시했다.

"망스가 위탄어에 가장 가까운 말일 수도 있지. 야히어나 카타바가어가 그럴 수도 있고. 지난 세기에 자본이 해치운 언어는 그것 말고도 부지기수야. 그리고 어느 말이 더 적합한가는 아무 문제가 안 돼. 박 대위, 자네는 열차 궤도가 왜 아직도 탈선이 걱정되는 간격을 고수하고 있고, 키보드가 왜 불합리한 쿼티를 고집하고 있는 건지 모르나? 자네 말투에서 문화어의 흔적이 점점 사라지는 건 표준어가 더 합리적이기 때문인가?"

박 대위는 상기된 얼굴로 씩씩거렸다. 빌어먹을. 어쩌라고? 내 조카 손자 놈은 왕고모 이름을 함부로 부르며 영어로 말을 걸어 온다고.

"이건 자연법칙이야. 사라지는 것들이 얼마나 아름다운지, 얼마나 특별한지는 중요치 않아. 오직 세력만이 중요하지. 내가 화를 내거나 저항하지 않는 것도 이것이 자연법칙이기 때문이지. 저항이나 혁명 따위는 사람을 대상으로 하는 거야. 나는 자연법칙에 저항하는 바보짓으로 여생을 낭비하지는 않아. 돈이나 받아 흥청망청 사는 쪽이 낫지."

참으로 어울리지 않게도, 그 순간 컴퓨터가 딩동 하는 맑은 소리를 냈다.

나와 박 대위 모두 약간 허탈한 표정을 지으며 컴퓨터 쪽을 바라보았다. 모니터를 보니 메일이 도착했다는 표시가 깜빡거렸다. 발신자는 접촉 전담위였고 수신자는 전 세계의 번역가였다. 나는 메일을 열었다.

갑자기 모니터가 캄캄해졌다. 해킹을 의심하며 고개를 들어 보자 당혹스럽게도 주변 또한 캄캄했다. 문제가 생긴 것이 내 늙은 몸인지도 모른다고 생각했을 때 박 대위가 속삭였다.

"움직이지 마십시오, 리 선생님."

"박 대위?"

"전기가 끊어졌습니다. 비상 발전기도 작동하지 않는 것으로 보아 누가 의도적으로 끊은 겁니다."

그 순간 먼 곳에서 섬뜩한 총성이 들려왔다.

나는 평생 동안 활극을 동경해 본 적이 없고, 이 나이가 되어 새삼스레 그런 것에 관심을 두고 싶지도 않았다. 하지만 아무것도 보이지 않는 어둠 속에 날카로운 총성을 듣고 있노라니 내 머릿속엔 온갖 활극 장면이 떠올랐다. 안타깝게도 개와 젊은 여자에겐 친절하지만 경찰과 늙은 여자에겐 매정한 활극의 법칙이 준수되는 장면들이었다. 나는 온갖 방식으로 살해당하는 나를 볼 수 있었다.(하지만 검은 옷의 닌자가 철사로 늙은 문학자의 목을 조르는 장면은 내가 생각해도 너무 심했다.) 두려움에 얼어붙은 내게 누군가의 손이 닿았을 때 나는 비명을 질렀다. 하지만 내 귀에는 아무 소리도 들리지 않았다. 상상 속의 비명이었던 모양이다.

"접니다."

무엇인가가 내 얼굴에 씌워졌다. 그가 박 대위라는 것을 알고 있음에도 불구하고 내 상상력은 비닐 봉투에 질식당하는 내 모습을 초사실주의 화법으로 그려 냈다. 물론 그것은 비닐 봉투가 아니었다.

"방독면입니다. 벗지 마십시오."

박 대위는 나를 일으켰다. 단속적으로 들려오는 총성 속에서 나는 박 대위에게 이끌려 어딘지도 모를 방향으로 걸어갔다. 조금 후 나를 멈추게 한 박 대위가 뭐라 중얼거렸다. 나한테 하는 말인 줄 알고 귀를 기울였지만 박 대위는 무전기에 대고 말하고 있었다. 박 대위는 이어폰을 끼고 있었기에 무전기 저편의 말은 내게 들리지 않았다. 조금 후 박 대위가 내 귓가에 대고 속삭였다.

"습격당했습니다. 지구주의 반동들인 듯합니다. 그렇다면 가족들을 공격한 것은 주의를 돌리기 위한 기만전술인 모양입니다."

대답할 여유는 없었지만 내 머릿속에는 그렇지 않을지도 모른다는 생각이 떠올랐다. 동조자들을 잃을 것을 각오하고 시도한 공격이 실패하자 지구주의자들은 자기들이 소멸할 것을 예감했을 것이다. 그렇다면 이것은 최후의 발악인 것이다.

희망을 잃은 사람보다 무서운 것은, 희망은 없지만 총을 가지고 있는 사람이다. 지금 저 바깥에 있는 자들이 바로 그런 자들이다.

나 어릴 적이라면 서울 시내에서 총격전이 벌어진다는 것은 말도 안 되는 일이었다. 하지만 통일 당시의 어수선한 상황 속에서 북한군 일부와 무기 상당수가 지하로 잠적했다. 대부분의 남성이 체계적인 군사 훈련을 받은 나라에 전문 군인과 무기가 유출되자 그 반향은 엄청났다. 정부의 결사적인 소탕 시도는 지금도 계속되고 있지만, 그럼에도 불구하고 지금 서울은 다른 나라의 어지간한 갱단은 명함도 내밀지 못할 살벌한 집단이 득시글거리는 도시다.

욕설을 내뱉지 않을 수 없었다. 오이디푸스 콤플렉스적인 암시가 잔뜩 담긴 욕설을 내뱉고 나니 박 대위가 말했다.

"열 내지 마십시오, 리 선생님. 조명을 차단한 것을 보니 반동들은 암시장치를 가지고 있는 모양입니다. 적외선 암시장치는 더울수록 잘 보이지요."

움찔했다가, 박 대위가 농담을 하고 있음을 겨우 깨달았다. 방독면 속에서 억지로 히죽 웃고 나니 박 대위가 내 손을 살짝 끌어당겼다.

"무슨 일이 있어도 지켜 드리겠습니다, 리 선생님."

그런가 하고 박 대위를 따라가다가 문득 불길한 생각이 들었다. 영화에서라면야 저런 대사는 섹스의 복선에 불과한 상투적인 대사지만 이건 영화가 아니거니와 나와 박 대위의 로맨스라는 것도 어처구니없는 이야기다. 혹시 박 대위는 사태가 비관적이라고 판단한 것일까? 나는 스스로 놀랄 만큼 차분하게 말했다.

"상황이 어렵나, 박 대위?"

박 대위는 몇 걸음 더 걸은 후에야 대답했다.

"일없습니다. 리 선생님과 저 두 사람이니 행운도 두 배일 테니까요."

맙소사. 저런 대답이라니. 활극을 줄기차게 방영하던 내 머릿속의 채널이 변경되며 갑자기 교육방송이 방영되었다. 아마 초등수학인 듯했다. "은하표준어에 관한 알량한 지식을 가진 니코틴 중독 할망구를 X라 하고 품위가 있으며 수명도 훨씬 많이 남은 군인을 Y라 한다. X와 Y 사이에 등호, 혹은 부등호를 표시하시오." 등호를 넣는다는 것은 창피한 일이고 부등호의 방향은 명백하다. 제기랄. 이곳에서 누군가가 멍청이들에 의해 멍청한 죽음을 당해야 한다면 그건 부모도, 자식도, 제 꼬리를 잡지 못해 정신분열증에 걸린 강아지 한 마리도 없는 할망구여야 한다. 박 대위는 아니다. 나는 이를 악물었다.

"박 대위를 내가 가져 보지 못한 아들로 여기게 됐다고 말하면 웃을 테지?"

"예. 좀 통속적이군요, 리 선생님."

"그래. 나 역시 입이 찢어져도 그렇겐 말 못하겠어. 다만 내 말을 무시하는 것은 못 참아. 지난 일주일 동안 내가 죽어라 떠들어 댔던 이야기를 기억하면, 박 대위. 무슨 일이 있어도 자네를 지켜. 내가 아니라."

"저는 카이와판돔을 조선말로 옮길 수 없습니다."

"박 대위, 그건 아무 짝에도 쓸모없다고 내가 말했잖아! 장담하는데 한국인 사회학자들도 내 번역이 아닌 영역본을 연구할걸. 영어 학술지에 영어 논문을 내고 싶을 테니까. 한국어 따위야 내 조카손자가 어른이 될 무렵이면……."

"리 선생님은 조국과 조국의 말을 잃는 것이 어떤 것인지 알기나 하십니까?"

얼음 두 덩이로 맷돌을 만들어 돌리면 저런 목소리가 나올 것 같다. 나는 잠깐 동안 숨을 멈췄다가 겨우 입을 열었다.

"박 대위?"

"지금은 박 대위입니다. 하지만 한때는 조선인민군 상위 박원진이었습니다. 인젠 그 이름이 외려 낯설군요. 하지만 더 이상 그 이름을 쓸 수 없는 립장이 되었을 때의 락심은 기억하고 있습니다."

박 대위가 걸음을 멈추고 나를 바닥에 앉혔다. 일주일이나 생활했던 방이었지만 내가 어디에 앉은 건지도 알 수 없었다.

"세가 약한 것은 사라지고 세가 강한 것만 남는다는 리 선생님의 주장은 맞습니다. 제가 직접 겪었습니다. 문화어는 사라지는 말이지요. 한국어도 사라질 겁니다. 언젠가는 지구와 위탄도 사라질 테지요."

"뭐?"

"문교촉위는 대화가 가능할 정도로 성숙한 상대방을 원합니다. 하지만 그자들은 우리를 교양하는 대신 지구라는 아이와 위탄이라는 아이가 서로 부대끼며 스스로 그런 존재로 자라나길 기다리는 겁니다. 그런 존재가 되면 그건 우리가 아는 지구나 위탄은 아니겠지요. 아이와 어른은 다른 존재이지 않습니까. 그러니 지구와 위탄이 사라지는 겁니다."

상상하기도 힘든 장대한 전망에 할 말을 잃었다. 암흑과 방독면 때문에 헐떡이고 있으면서도 정신은 저 멀리 우주로 날아가는 것 같았다.

"박 대위는 내가 말한 것보다 더 큰 소멸을 말하는군. 그럼 이 짓이 쓸모없다는 건 자네가 더 잘 알지 않나?"

"소멸이 아니라 포기입니다. 어른은 아이를 포기해야 도달할 수 있는 곳입니다."

"소멸이든 포기든 사라진다는 점은 마찬가지야. 쓸모없는 것이라고."

박 대위가 그를 만난 이래 가장 차분한 목소리로 말했다.

"리 선생님, 9년 전 문교촉위가 요청한 것이 뭐였습니까?"

신경질적으로 대답하려던 나는 입을 다물었다. 어깨에 별이 달린 자들과 하얀 옷을 입는 자들을 경악하게 한 문교촉위의 교류품목은 뭐였던가? 생물학적, 물리학적, 사회학적 오류로 점철된 정보들. 어른이 되면 더 이상 읽지 않거나 어릴 때와는 다른 방식으로 읽지만, 생존에 아무 도움도 되지 않는 헛소리들이지만, 그래도 우리가 아이에게 꼬박꼬박 주는 것.

갑자기 눈물이 날 것 같았다. 그 느낌은 부분적으로는 내 머리가 확 짓눌렸기 때문이기도 하다.

박 대위가 나를 바닥에 밀어붙이자마자 날카로운 총성이 들려왔다. 그리고 눈앞의 어둠 속에서 불꽃이 튀었다. 박 대위도 격렬하게 응사했고, 나는 청각이 파업을 일으킬 것 같은 소음 속에 팽개쳐졌다. 그래서 나는 어둠 속에서 명멸하는 화려한 불꽃들을 바라보았다.

공황 때문에 판단력이 흐려진 내 눈에 그 불꽃들은 검은 우주를 배경으로 불타오르는 별들처럼 보였다. 우리와 위탄으로부터 비롯되었지만, 우리와 위탄과는 다른 어떤 존재들이 살아갈 미래의 우주를 보는 듯했다…….

억지다. 차라리 화면보호기를 보며 우주의 운명을 읽는 것이 낫지.

거기까지 생각했을 때 기절할 것 같다는 예감이 들었다. 정확한 예감이었다.

3분 뒤 나는 깨어났고, 열흘 뒤에는 병실에 있었다. 하지만 침대에 누워 있는 쪽은 아니었다.

박 대위의 말대로 두 사람 몫의 행운이 있었는지, 그렇잖으면 박 대위가 남쪽 출신 군인들을 물리치고 내 경호를 맡을 만큼 탁월한 군인이어서 그랬는지 모르겠지만 우리 두 사람은 습격에서 살아남았다. 구조대가 달려와 습격자들을 모두 진압할 때까지 내가 입은 피해는 찰과상 몇 개뿐이었다. 하지만 박 대위는 총상을 몇 개 얻었다. 다행히 치명적이지는 않았고 처치 또한 빨랐기에 생명에 지장은 없었다. 침대에 누워 있는 박 대위의 모습은 환자복과 점적주사만 제외하면 환자로 보기 어려울 정도였다.
 나는 침대 옆에 앉은 채 퉁명스럽게 말했다.
 "멀쩡하군그래."
 "병문안을 오신 분 말씀이 퍼그나 따사롭군요, 리 선생님."
 박 대위는 싱긋 웃었다. 나는 가방에서 종이철을 꺼내어 박 대위의 가슴에 던졌다.
 "초벌 번역 끝났다. 아직 전담위원들도 못 읽은 거지만 자네 한 부 주지."
 "아, 이게 카이와판돔……?"
 앞표지를 보던 박 대위가 말꼬리를 흐리며 의아한 표정을 지었다. 그는 내게 묻는 눈길을 보냈다.
 "박 대위, 공격이 있기 직전에 메일이 왔던 것 기억나?"
 "예. 기억납니다."
 "나뿐만 아니라 다른 번역가들도 카이와판돔이 무슨 뜻인지 알 수 없었어. 그래서 전담위가 문교촉위에 직접 문의했지. 문교촉위 쪽에서 카이와판돔에 대해 조사를 끝내고 답신을 보냈어. 전담위는 그 답신을 번역가들에게 보냈고. 그 메일이 그거였어."
 나는 주머니에서 담뱃갑을 꺼내다가 멈칫했다. 그것을 다시 집어넣으려 할 때 박 대위가 서랍장 쪽으로 손을 뻗었다. 조금 후 박 대위는 깨끗한 재떨이와 라이터를 꺼냈다.
 "박 대위 담배 안 피우잖아."
 "리 선생님 오신다는 말을 듣고 마련해 뒀지요."
 나는 히죽 웃고는 즉시 구속도 가능한 범죄를 저질렀다. 병원의 공기에 담배 연기를 태연히 섞어 놓은 나는 계속 말했다.

"카이와판돔은 위탄인의 성(性) 조합 중 하나야."

"성 조합이오?"

"그래. 우리 경우야 후손 생산을 위한 성 조합이 한 가지뿐이지. 남자 하나와 여자 하나."

"부부 말이군요."

"그래. 우리는 성 조합이 하나뿐이니 성 조합이라는 말 자체도 필요 없지. 그런데 위탄인의 경우엔 여러 조합이 가능하거든. 여자가 둘 결합하면 딸만 나오고 여자와 남자1이 결합하면 남자2 아들만 나오지. 여자 둘과 남자1로 3인 조합을 이루면 딸과 남자2 아들이 나올 수 있고 여자 하나와 남자1, 2의 3인 조합에서는 두 종류의 아들들이 태어나지. 그러면 위탄인이 모든 성을 재생산하려면 어떻게 조합해야 할까?"

"녀자 두 명에 남자1과 남자2가 한 명씩 있어야겠군요."

"맞아. 그렇게 모든 성을 배출할 수 있는 4인 조합을 카이와판돔이라고 해. 그 동화는 카이와판돔을 구성하기 위해 네 사람이 만나고 헤어지고 다시 모이는 과정을 그리고 있어. 우리 식으로 말하면 신데렐라와 마찬가지로 '소년, 소녀를 만나다' 인 셈이지. 소년이 둘이고 소녀도 둘이긴 하지만."

박 대위는 고개를 끄덕였다.

"그래서 은하표준어 사전에 없었던 것이군요. 위탄의 고유한 풍습이라서."

"아냐. 재생산 같은 중요한 문제에 관련된 말이라서 등록되어 있어. 사전 뒤져 보니 나오더군. '위탄인의 모든 성을 배출할 수 있는 성 조합을 주웡빈담이라 한다.' 그런 조합을 위탄에서는 주웡빈담이라고 해. 카이와판돔이 아니라. 그래서 못 찾은 거지."

"주웡빈담이요? 그러면 카이와판돔은 뭡니까?"

나는 최대한 무미건조한 목소리로 말했다.

"문교촉위에서 알아보니 그 동화가 전래된 지방에서는 주웡빈담을 카이와판돔이라고 부른다더군."

박 대위는 벌린 입을 다물지 못한 채 나를 바라보았다. 조금 후 그가 폭발적인 웃음을 터뜨렸다. 총상 때문에 아픈 옆구리를 움켜쥐고서도 박 대위는 웃음을 멈추지 못했다. 내가 의사를 불러 진정제를 한 대 놓게 해야 하나 고민할 무렵 박 대위가 쥐어짜듯 말했다.

"사투리군요!"

"어, 꼭 그렇지는 않아. 내가 짐작하는 바에 따르면 위탄에선 언어 개념이 우리와 조금 다르단 말이야. 음파 외의 대화수단도 우리보다 잘 발달한 것 같고. 우리의 표정이나 몸짓보다 훨씬 나은 것들로 말이야. 위탄인들의 몸은 서로 똑같이 생겼으니 그런 대화수단에는 사투리가 없고……."

박 대위가 내 말을 듣지 않는다는 것을 발견하고는 설명을 그만두었다. 박 대위는 금방 숨이 넘어갈 사람처럼 헐떡거리며 동시에 킬킬거렸다. 게다가 말까지 했다.

"우주를…… 건너뛴…… 사투리군요!"

나는 입을 다물고 담배만 빡빡 피웠다. 환자 옆에서 잉글랜드의 수호성인이 달려올 정도로 연기를 뿜어 대고 있는 나를 간호사가 봤다면 경찰에 살인미수범으로 고발했을 것이다. 사실 10분 뒤에 실제로 그런 일이 발생했다. 박 대위의 만류가 없었다면 격분한 간호사는 나를 또 한 명의 자기 고객으로 만들어 놨을지도 모른다.

뭐, 그거야 10분 뒤의 일이다. 간신히 웃음을 멈춘 박 대위가 말했다.

"그래서 이렇게 번역하신 겁니까?"

"의역이지. 사실 그 정도면 의역도 아닌 오역에 가깝지. 개역에 착수하면 바뀔 가능성이 커. 하지만 일단은 그래."

"이대로도 충분할 것 같은데요. '온가시버시'라. 무슨 뜻인지 리해하기 수월합니다. 위탄인들의 부부 조합이 여럿이라는 것도 짐작할 수 있고."

"괜찮겠어?"

"저는 그렇게 생각합니다."

그래서 카이와판돔은 한국어로 온가시버시가 되었다. 한국 제일의 은하표준어 전문가의 권위와 구 조선인민군 상위의 동의에 의해서. 대부분의 위탄인들이 카이와판돔이 아니라 주웡빈담이라고 한다는 것을 알면 잘못된 번역이라고 따지고 싶은 마음도 식겠지. 그래도 끝끝내 따지고 싶다면 당신들 말을 만들어 내서 내 말을 밀어내면 될 거다. 시간이 도와주니 그날이야 오겠지만, 그때까지 카이와판돔은 온가시버시다.

땅 밑에

/ 김보영

2004년 '과학기술 창작문예' 중편 부문에서 「촉각의 경험」으로 수상했다. 작품집으로는 전자책 『멀리 가는 이야기』와 3인 엔솔로지 「누군가를 만났어」가 있다. 현재 환상 문학 웹진 거울에서 활동하고 있다.

지국(地國)은 땅 밑에 있다. 그 이름이 의미하는 바 그대로. 유사 이래로, 어쩌면 유사 이전에서부터 인간은 언제나 땅을 내려다보며 기도를 드렸다. 땅속도 하늘과 마찬가지로 별다른 것이 없다는 것이 알려진 후에도, 사람들은 지국이 어디에 있느냐고 물으면 무슨 그런 당연한 질문을 하느냐는 얼굴로 땅을 가리킨다. 지국은 어느 시대에든 땅 밑에 있었다. 천옥(天獄)이 어느 시대에든 하늘에 있었던 것처럼.

모든 태어나는 이들은 땅에서 태어난다. 모든 살아가는 이들은 땅에서 살아간다. 모든 죽은 이들도 땅으로 돌아간다. 땅은 삶의 근원이며 터전이며 종착역이다. 어머니들은 아이들이 조금이라도 땅에서 가까운 곳에서 태어나도록 깊은 지하실에서 해산을 하고, 죽은 자를 보내는 이들은 사랑하는 이들이 조금이라도 더 지국에 가까이 갈 수 있도록 가능한 한 무덤을 깊게 판다. 일상에 지친 사람들은 가끔씩 지하로 여행을 떠난다. 그들은 토굴 속으로 들어가 깊고 어두운 땅속을 몇 시간이나 바라보다가 올라오곤 한다.

왜 사람들이 지하를 동경하는지에 대해 의문을 갖는 사람은 많지 않다. 그건 왜 사람들이 사랑을 하는지, 미워하는지, 외로움을 타는지, 싸우는지, 전쟁을 하는지 묻는 것과 같은 우문(愚問)이다. 옛날에 한 하강 전문가가 그 질문에 명쾌한 대답을 내놓았고, 아직 누구도 그보다 현명한 대답을 하지 못했다. "땅이 그곳에 있으니까." 나에게 물어봐도 그 이상 가는 대답은 할 수 없을 것이다.

나는 하강자(下降者)다. 여러분들이 익히 아시다시피, 하강자란 지하미로를 탐사하는 사람들을 말한다.

지하미로를 처음 발견한 사람들은 200년 전쯤에 살았던 이름 없는 광부였다. 한때는 지하미로가 흙에 파묻혀 있지 않았던 시대도 있었을 것이고 그 이전에는 직접 팠던 사람도 있었겠지만, 기록에 남아 있기로는 그렇다. 한 광부가 굴을 파던 중에 지하로 통하는 오래된 길을 발견했다. 그는 처음에 그것이 고대 왕의 무덤일 거라고 생각했다. 왕들은 곧잘 그런 짓을 하니까. 광부들이 패물을 파낼 꿈에 부풀어 흙과 돌을 들어내며 안을 샅샅이 뒤졌지만, 결국 아무것도 발견할 수 없었다.

사람들은 그 뒤로도 그와 비슷한 '길'을 여기저기에서 찾아냈다. 길은 긴 것에서부터 짧은 것, 좁은 것에서 넓은 것, 수직으로 떨어지는 것에서부터 완만하게 내려가는 것, 수십 골로 갈라지는 것에서부터 한 길로 이어진 것까지 제각기다. 길은 어느 한 시대에 만들어진 것도 아니었고, 어느 한 나라에서 만든 것도 아니었다. 그들은 대부분 미완성이라고 볼 수 있으며 파다가 중지한 듯한 흔적에서 끝난다. 그리고 하나같이 그 안에는 '아무것도' 없으며 그 어느 곳으로도 이어지지 않는다.

지하미로가 무엇을 위해 만들어졌는지 정확히 아는 사람은 없다. 박해받던 종교인들의 은신처였다는 설도 있고, 방공호였다든가, 무덤이었는데 도굴꾼들이 안에 있는 것을 모조리 훔쳐갔다는 이야기도 있다. 혹자는 그것이 전 세계에 걸쳐, 유행처럼 번진 일종의 종교행위였을 거라고 말한다. 사람들은 저 깊은 지하 어딘가에 살고 계실 신에게 조금이라도 더 가까이 가기 위해 땅을 파 내려갔을 것이다. 지국을 향해서.

그 길에는 '나락(奈落)'이라는 이름이 붙어 있다. 사람들은 새 길을 발견할 때마다 지금까지 지어진 것 중에서 가장 깊어 보이는 이름을 붙이고 싶어 한다. 어떤 길의 이름은 '세상에서 가장 깊은 길'이다.(물론 그게 가장 깊은 길은 아니다.) '세상에서 가장 깊은 길보다 깊은 길' 같은 이름도 있다. '나락'은 그나마 잘 지어진 축에 속한다.

그 길을 처음 발견한 사람은 이 길이 지금까지 발견된 것 중에 가장 깊은 길일 거라고 말했다. 모든 사람들이 새 길을 발견할 때마다 같은 말을 하기 때문에 아무도 신경 쓰지 않았다. 단지 '나락'으로 내려갔다 온 사람들이 간혹 치를 떨며 이렇게 말하곤 한다.

"이 길이 세상에서 가장 깊은 길인지는 나도 모르겠다. 그리고 아무도 모를 거다."

'나락'은 아직 아무도 끝까지 내려가 본 적이 없는 길이다. 나락은 인공으로 만들어진 자연굴이다. 달리 표현할 길이 없다. 어떤 길은 한 사람이 겨우 빠져나갈 수 있을 만큼 좁다. 어떤 길은 사방으로 갈라지는데 길 한 번만 잘못 들면 방향을 잃는다. 결이 칼처럼 날카로운 절벽도 있다. 나도 여러 번 도전해 보았지만, 결국 천장과 바닥이 칼처럼 삐죽이 솟은

15루트에서 포기하고 말았다. 옛 사람들이 길을 만들어 놓고 내려갈 수 없게 만들어 놓은 이유에 대해서는 설이 분분하다. 길이 대피소라고 말하는 사람들은 적의 침입을 피하기 위해서라고 한다. 무덤이라고 말하는 사람들은 부장품들을 도둑으로부터 지키기 위해서라고 한다.(성공하지 못했다는 이야기다.) 어떤 사람들은 아무나 쉽게 지하로 내려가 신을 만나는 일이 없게 하기 위해서였다고 하는데, 그 편이 설득력이 있었다.

"그러니까, 내 말 알아들었지?"

민석은 잔뜩 흥분해서 떠들고 있었다.

"새 경로가 발견되었어. 왜 14루트 끝에 있던 호수 있지. 대학 발굴팀이 호수바닥에서 동전 부스러기라도 건질까 해서 잠수해 봤더니, 호수 안에 17루트로 통하는 길이 있더라는 거야. 그 길로 가면 그 끔찍한 15루트와 16루트를 지나지 않아도 돼. 드디어 길이 열린 거라고."

"발굴협회에서 초하(初下: 처음 내려가는 것)를 할 하강자를 모집하고 있어. 이건 흔치 않은 기회라고. 윤형……."

민석은 애원했다.

"내려가자."

나는 아내가 찌개를 들고 와서 조용히 상에 앉는 것을 보고 있었다. 아내는 의자에 앉은 채 내가 전화를 끊기를 얌전히 기다렸다. 전화기 저편에서 잠시 침묵이 감돌다가 조심스럽게 목소리가 이어졌다.

"왜 그래?"

왜 그래. 온갖 의미가 들어 있는 말이었다.

"너 왜 그래? 저번 하강 때도 안 가겠다고 하더니. 요새 무슨 일 있어? 예전 같으면 네가 더 난리였을 텐데. 이제 하강은 안 할 셈이야? 은퇴한 거야?"

"아냐. 이따 다시 전화할게." 하고 나는 수화기를 내려놓았다. 아내의 시선이 불편하게 내 손 위에 꽂혀 있었다.

"갈 거지?"

아내가 말했다. 솔직히 말하면, 아내가 입을 연 순간까지는 조금 망설이고 있던 중이었다. 나는 고개를 끄덕였다. 아내는 아무 말도 하지 않고 밥을 먹기 시작했다. 나도 죄 지은 사람처럼 조용히 앉아서 밥을 먹었다. 아내는 차를 내왔고, 내가 차를 다 마신 뒤에야 입을 열었다.

"왜들 그렇게 내려가는 거지?"

나는 대답하지 않았다. 다시 말하지만, 그런 질문에는 대답할 말이 없다.

"땅속에는 아무것도 없어."

하늘에 아무것도 없는 것처럼. 나도 알고 있는 사실이다. 나는 세상이 둥글다는 것도 알고 있다. 지금은 간단한 계산만으로도 알 수 있는 일이지만, 옛날 사람들은 그 사실을 밝혀 내기 위해 세상을 한 바퀴 돌아야 했다. 그들은 세상의 반대쪽에서 사람들이 거꾸로 매달려 살고 있다는 사실을 알게 되었다. 사람들이 그런 괴상한 사실을 믿는 데에는 오랜 시간이 걸렸다.

"아래에 뭐가 있어서 그렇게 파고 내려가는 거야? 땅속에 지사(地使)라도 살아?"

나는 창밖을 내다보며 잠시 입을 다물고 있었다. 그리고 반쯤은 반항심에서, 반쯤은 무의식중에 대답했다.

"……응."

"봤어?"

"응."

아내는 '적당히 해'라든가 '드디어 미쳤구나'라든가 '농담은 집어 쳐' 따위의 말은 하지 않았다. 대신 고개를 끄덕이며 말했다.
"하긴 그렇겠지. 지사가 땅속이 아니면 어디에 살겠어."
하강자들은 누구나 땅속에서 지사를 보았다고들 한다. 낚시꾼들이 인어를 낚았느니 하는 말과 비슷한 것이다. 동굴박쥐, 바람이 좁은 굴을 지나며 내는 피리 소리, 저산소증과 탈수증, 피로가 겹쳐 보게 되는 환각, 환청. 땅속에서 지사를 볼 수 있는 방법은 많다. 내가 본 것은 그저 평범한 종류였다.
그날 나는 동료들과 한참 떨어져 혼자 하강하고 있었다. 그 길은 최근 지진으로 반쯤 내려앉아 있었다. 관리청에서는 길을 폐쇄한다는 결정을 내린 지 오래였고, 나는 다시는 이 길을 볼 수 없다는 생각으로 조급해하고 있었다. 게다가 나는 막 흙에 묻혀 있던 새 길을 발견한 참이었다. 좁은 길을 얼마나 내려갔을까. 문득 저 아래에서 하얀 것이 흔들리는 모습이 눈에 들어왔다. 사람처럼 보였다. 손에는 지팡이 같은 것이 들려 있었고, 머리에는 다섯 개의 탑이 솟은 관을 쓰고 있었고, 긴 천으로 된 드레스를 입고 있었다. 그가 손을 들어 나를 향해 손짓했다. 나는 뭣에 홀린 것처럼 이리 부딪히고 저리 부딪히며 허겁지겁 땅을 굴렀다.
가까이 가서 보니 그건 사람이 아니었다. 물론 지사도 아니었다. 누군가 벽에 횟가루로 그려 놓은 그림이었고, 그게 내 헤드랜턴 불빛에 비쳐 흔들리고 있었던 것뿐이었다.
"그래, 지사가 당신보고 뭐래?"
나는 멍한 기분으로 그림을 올려다보았다. 그림의 옆에는 하강자들의 기호로 이렇게 씌어 있었다.
—내려가라.

"당연히 그렇게 말하겠지. 유령들이 살아 있는 사람들에게 원하는 건 하나밖에 없잖아? 얼른 죽으라는 거지. 저승으로 내려와서 죽으라는 거잖아."

아내는 말이 끝남과 동시에 내게 달려들어 주먹을 날렸다. 다행히 딱히 아프지 않은 주먹이었다. 아내는 내 머리, 가슴, 어깨 할 것 없이 마구잡이로 한참을 패더니, 내 품에 쓰러져 울기 시작했다. 나는 조금 미안한 마음에 아내를 안았다.

"가. 어서 가 버려. 부탁이니 이젠 다시는 돌아오지 마."

나는 그곳에서 병을 얻었다. 올라오는 도중 헤드랜턴이 꺼졌고, 그 안에서 길을 잃었다. 동료들이 내가 먼저 돌아갔다고 생각했기 때문에 구조가 늦었다. 나는 사흘 만에 구조되었고 발견되었을 때에 폐수종으로 죽기 직전이었다. 올라온 뒤에도 폐는 낫지 않았다. 의사는 다시는 지하에 내려가지 말라고 했다. 그랬다간 금방 죽을 거라고 했다. 그리고 내려가지 않으면 그보다는 조금 더 오래 살 거라고 했다.

그림을 보러 뛰어 내려간 것을 후회해 본 적은 없다. 내가 후회하는 것은 하나뿐이다. 어차피 다시 지하로 갈 수 없게 될 것이었다면, 왜 그때 더 깊이 내려가지 않았을까. 왜 구조를 기다리며 사흘을 낭비했을까. 그게 마지막 하강인 줄 알았다면.

'나락' 입구에는 눈도 제대로 뜰 수 없는 모래바람이 불고 있었다. 여기에서는 언제나 바람이 분다. 바람 때문에 지표의 흙은 다져질 틈이 없다. 제대로 압력에 눌리기도 전에 바람이 쓸어가 버리기 때문에. 산은 이쪽에 나타났나 싶으면 다음날이면 저쪽에 나타난다. 지상에 세워진 건물은 잠깐 방심하는 사이에 모래에 묻혀 버린다. 바람이 부는 건 세상이 미친놈마냥 돌고 있기 때문이다. 극지방의 중력이 낮은 이유도 세상이 극점을 축으로 돌고 있기 때문이다. 그런 괴상한 사실을 사람들이 받아들이는 데에도 역시 오랜 시간이 필요했다.

길은 처음에 사람이 발을 들여놓으면 허한 소리를 내며 운다. 바람이 길을 통과하며 내는 소리다. 얼음처럼 차가운 습기가 몰려오고, 동굴박쥐와 풀 이끼들이 첫 인사를 한다.

그 시간이 지나면 고요가 찾아든다. 땅속에는 시간도 소리도 없다. 적막 속에 잠겨 있노라면 영혼에도 고요가 찾아든다. 지상으로부터 멀리 떨어졌다는 해방감. 어머니의 품속에 안겨 있는 듯한 안락함. 이 길이 영원히 이어졌으면 하는, 세상에서 가장 깊은 곳까지 이어져 내려가기를 바라는 소망. 지반이 무너지거나 가스가 새어 나와 목숨을 앗아갈지도 모른다는 생각은 들지도 않는다. 한편으로, 그런 것에는 어떤 의미도 없었다.

생명의 신비란 오묘한 것이라, 그 어둠 속에서도 가끔 살아 있는 것들이 모습을 드러낸다. 헤드랜턴을 움직이면 눈도 색깔도 없는 하얀 동물들이 인간의 기척을 느끼고 돌과 돌 사이로 숨어들어 간다. 완전한 적막 속에서 일어나는 작은 움직임은 수면에 떨어진 돌처럼 영혼을 일깨운다. 시간이 다시 움직이기 시작하고 우리도 움직이기 시작한다.

나는 이 길이 마음에 들었다. 모든 길에는 고유한 목소리가 있다. 어떤 길은 오만하다. 어떤 길은 성깔이 있다. 어떤 길은 수줍어하고, 어떤 길은 허영심이 강하다. 그러나 그 길이 내는 소리는 하나밖에 없었다.

'깊이, 더 깊이.'

이 길을 판 사람은 어떻게 하면 적은 노력으로 더 깊이 팔 수 있을까 하는 생각밖에는 하지 않았던 것 같다. 그는 위험을 무릅쓰고 암반이 무른 곳을 택했다. 길은 중간 중간 인부나 장비를 쉬게 하기 위한 공간을 마련한 것을 제하면 대부분 두세 사람이 겨우 빠져나갈 정도로 좁고, 거의 수직으로 파여 있다. 수평으로 이어지는 길은 길을 늘리기 위해서라기보다는 아래로 팔 수 있는 지점을 찾아 여기저기 헤매기 위한 것이었다. 이 길이 지금까지 무너지지 않고 남아 있는 것은 기적이었다.

줄사다리를 쓰지 않고는 내려갈 수 없는 길이 많았다. 사다리란 그냥 늘어뜨려서는 수직으로 떨어지지 않는 것이다. 사람이 사다리에 매달리게 되면 사람의 무게 때문에 줄이 움직인다. 줄이 움직이면 떨어질 가능성도 높거니와 암반에 쓸려 줄이 상하게 된다. 보통은 가장 먼저 내려가는 사람이 사다리를 벽에 고정시키는 작업을 하는데, 벽이 물러서 그것도 잘 되지 않았다.

승준이 제일 먼저 사고를 당했다. 내가 줄사다리를 잡고 있는데 사다리가 갑자기 활처럼 휘며 솟구쳤다. 드르륵 하며 벽을 긁는 소리가 나더니 쿵 하는 소리가 뒤를 이었다. 내려가 보니 승준이 발목을 잡고 끙끙거리고 있었다. 피가 흥건했다. 넘어지면서 날카로운 바위가 피부를 찢어 놓은 모양이었다. 우리는 지팡이를 부러뜨려 부목을 대었다.

"내려가."

승준은 말했다.

"좀 쉬었다가 나 혼자서 올라갈 테니까. 나중에 나 때문에 하강을 망쳤느니 뭐니 하면 가만 안 두겠어."

하강자에게 가장 필요한 능력은 체력이 아니라 계산력이다. 하강에서 가장 어려운 부분은 하강할 때가 아니라 하강을 끝내고 돌아갈 때이기 때문이다. 같은 길이라도 내려가는 길과 올라가는 길은 완전히 다르다.

하강자는 자신이 지나온 길을 머릿속에서 역순으로 그려 볼 줄 알아야 한다. 하강이 어려운 이유는 그래서이다. 부상의 위험은 늘 있는데, 부상자를 데리고 올라가는 게 난관이다. 부상 그 자체보다 부상을 입고 올라가는 과정에서 상처가 악화된다.

체력의 한계까지 내려간다는 것은 올라가지 않겠다는 의미와 같다. 체력의 한계를 미리 예상하고 그 이전에 하강을 끝내야 한다. 올라갈 길을 예상하고 유적을 훼손하지 않는 범위 내에서 로프를 걸어 놓고 발판을 만들며, 길을 닦으며 내려가야 한다. 무엇보다도 어려운 일이다.

승준을 끌고 올라가기 위해 두 명이 남았다. 내려가던 중 또 한 명이 길 사이에 끼어 전신타박상을 입는 바람에 또 두 명이 남아야 했다. 누가 남을지 서로 눈치를 보고 있는데 민석이 내게 슬쩍 말을 건넸다.

"네가 남는 게 어때?"

"왜?"

나는 날카롭게 물었다.

"너 아까부터 기침이 심해. 오랜만에 하강하는 건데 무리하지 말고 이 정도에서 쉬는 게……."

"싫어."

나는 민석의 말이 끝나기도 전에 대답했다. 어린애가 식탁 앞에서 엄마한테 '싫어. 난 양파는 안 먹어.' 하는 말이나 비슷하게 들렸을 것이다. 나는 더 이상 말하지 않겠다는 태도로 딴청을 피웠다. 동료들이 어이없다는 눈으로 나를 쳐다보았다.

"내려가고 싶은 건 누구나 마찬가지야. 누군 부상자 업고 올라가는 게 편한……."

한 명이 나서서 막 싸움이 일어나려는 것을 말렸다.

"좋아. 좋아. 양보해 주자고. 이 친구 오랜만이잖아. 내가 이쪽에서 기권하겠어. 솔직히 올라갈 생각을 하니 정신이 아득해."

결국 나와 민석과 문혁이 남아서 하강을 계속했다.

지하란 숨을 쉬기 힘든 곳이다. 산소는 가벼운 기체다. 내려갈수록 산소는 희박해진다. 보통 사람들뿐 아니라 경력 있는 하강자들도 지하병(地下病)이라 불리는 각종 증상을 일으킨다. 내 기침이 이상하게 여겨지지 않은 것은 그 때문이다. 그리고 하강자들은 보통 자기가 그만두겠다고 하지 않는 이상 기침을 하고 있든 경련을 일으키고 있든 내려가는 것을 용인해 준다. 어디까지 내려갈지는 결국 자신이 선택할 문제이기 때문이다.

하강을 한 지 스물다섯 시간이 지나고 있었다. 우리는 잠도 자지 않고 거의 먹지도 않았다. 잠을 자지 않은 이유는 산소가 부족한 곳에서 까딱 잘못 잠들었다간 죽을 수도 있기 때문이고, 먹을 것을 아낀 이유는 올라갈 때가 훨씬 힘들 것을 알고 있었기 때문이다.

"너무 많이 내려왔어."

문혁이 기침을 하며 말했다.

"난 벌써 체력이 바닥이야. 슬슬 올라갈 자신이 안 생겨. 이제 그만 올라가야 해."

민석도 기침을 하며, 마찬가지로 기침을 하고 있는 나를 돌아보았다.

"어떻게 생각해? 내 계산으로도 우린 이미 한계 이상은 내려왔어. 어려운 길을 너무 많이 지나왔어. 확보도 많이 안 했고. 올라가는 데엔 평상시보다 시간이 더 걸릴 거야."

나는 머리 위를 올려다보았다. 지금까지 우리가 내려온 길이 막막한 어둠 속에 떠올라 있었다. 현기증이 일었다. 나는 얼른 아래를 보았다.

"둘이 올라가. 난 좀 더 내려가 볼 테니까."

작은 소요가 일었다. 민석과 문혁이 얼굴을 마주 보았다.

"혼자서는 못 내려가."

"전에도 많이 해 봤어."

"그거야 닦은 길일 때지. 초하를 혼자 하는 경우는 없어."

나는 아래를 내려다보았다. 위를 올려다보았다가는 기절할 것 같았기 때문이었다. 검은 길이 죽음처럼 입을 벌리고 있었다. 금세라도 하얀 이빨을 들이대고 나를 집어 삼킬 것만 같았다.

"어쨌든 난 내려가겠어. 올라갈 생각이면 둘이 올라가."

민석과 문혁이 불만스러운 얼굴로 서로를 보았다. 문혁이 어처구니가 없다는 얼굴로 말했다.

"올라가는 시간을 최소 두 배로 잡는다고 해도 이틀은 걸릴 거야. 만 3일을 새는 거야. 자신 있어?"

"어쨌든 난 내려가겠어."

나는 거의 듣지도 않고 대답했다. 민석이 어깨를 들썩하며 말했다.

"조금만 더 내려가 보자. 지금까지 내려온 거리로 봐선, 어차피 길이 더 이상 이어지진 않을 거야. 여기까지 와서 끝을 보지 않았다는 건 창피한 일이야."

민석의 말이 맞다. 땅은 내려갈수록 단단해진다. 지압이 땅을 강철보다 단단하게 만든다. 사람의 기술로는(당연히 고대의 기술로도) 어느 정도 이상 파고 내려갈 수가 없다. 길이란 한계가 있다. 설사 그 강철 같은 땅을 뚫었다고 해도 한계는 어차피 온다. 중력이 거대한 돌처럼 등에 얹히기 때문이다. 한 걸음 내려갈 때마다 한 걸음씩 더 무거워진다.

"괴물 같은 자식들. 힘이 남아도나 보군."

문혁이 고개를 설레설레 젓고 말했다.

"나중에 죽겠느니 어쩌니 하기만 해 봐."

"안 해."

'그러니까, 양파는 안 먹는다고.' 나는 또 그 비슷한 말투로 말했다.

얼마 지나지 않아 베이스캠프에서 무전이 왔다. 우리는 문혁이 올라가고 싶어서 농담을 하고 있다고 생각했다.

"설마."

"농담이 아냐. 위에서 방금 약한 지진이 감지되었다고 연락이 왔어."

나는 본능적으로 아래를 보았다. 길의 끝이 아직도 보이지 않았다. 문혁은 비장한 얼굴로 우리 둘을 보고 있었다.

"우리 왔던 길 기억나지? 암반이 형편없이 물렀어. 길이 무사하리란 보장이 없어."

민석이 나를 돌아보았다.

"올라가야 해."

"둘이 올라가."

"너 왜 이러는 거야?"

민석이 내 멱살을 잡았다.

"너 혼자만 영웅이 되고 싶어서 이래? 누군 내려갈 줄 몰라서 안 내려가는 줄 알아?"

나는 심하게 기침을 했다. 민석이 눈살을 찌푸리며 나를 놓았다.

"합당한 이유를 대 봐. 그럼 같이 가 줄 테니까."

"약진(弱震)은 흔히 있는 일이야. 겁먹을 것 없어."

"다른 이유."

"위험하긴 마찬가지야(기침). 올라가는 데 이틀은 걸릴 거고, 지진이

올 거면 어차피 우리가 길 속에 있는 동안에 올 거야. 그러느니 내려가겠어. 이건 정말로 내가 내려간 것 중에 가장 깊은 길이야. 역사에 남을 길이라고. 지진 때문에 암반이 약해져서 다시는 내려오지 못하게 되느니, 무슨 일이 있어도 끝까지 내려가겠어."

되는 대로 한 말이었다.

그래도 대충 '합당한 이유'로 들린 모양이었다. 민석이 머리를 잡고 고민하다가 문혁에게 말했다.

"내려가자."

"농담하지 마."

"정말로 길은 금방 끝날 거야. 초하를 혼자 시킬 순 없어."

"죽을 거면 혼자 죽으라고 해. 난 올라가겠어."

민석이 뭐라고 말하기도 전에 문혁은 장비를 나누기 시작했다.

"됐어. 길은 다 닦아 놨으니까. 캠프에 연락해서 사람을 내려 보내라고 하겠어. 시간이 남아돌면 너희를 구조하라고 일러 둘게."

문혁은 배낭을 메고 로프에 매달리며 말했다.

"누가 내려오려 할지는 모르겠지만."

민석은 문혁이 올라가는 것을 보고, 녀석이 다 풀어 놓은 짐을 다시 배낭이 무겁지 않은 배치로 꼼꼼히 쌌다. 민석이 하나 남은 무전기를 내게 내밀었다.

"갖고 있겠어?"

나는 고개를 저었다.

"무거워서 싫어."

민석은 무전기를 자기 허리에 찼다. 다시 기침이 몸을 뒤흔들었다. 나는 내가 뭘 하고 있는지 알고 있으면 좋겠다고 생각했다.

두 시간을 더 내려갔지만 길은 끝나지 않았다.

대신 지금까지 내려온 길과 완전히 다른 길이 모습을 드러냈다. 두 개의 길이 합쳐진 것으로 형태 자체는 이전에도 몇 번 본 적이 있던 곳이었다.

이미 있는 길을 다른 시대에 다시 이어 내려갔거나 혹은 서로 다른 곳에서 파 내려간 길이 우연히 서로 만난 것이다.

그러나 그 길은 지금까지 내려온 길과 완전히 다른 길이었다. 그뿐 아니라 내가 지금까지 보아 왔던 그 어떤 길과도 달랐다. 길의 폭, 벽을 다진 방법, 파 내려간 방법, 지지대를 세운 방법, 동물의 배설물과 화석. 그런 것들을 보면 길을 만든 시대와 나라를 파악할 수 있다. 하지만 나는 그 길이 언제 만들어진 것인지 짐작도 할 수가 없었다. 길은 높이와 폭이 각각 1미터 20센티미터 정도의 매끈한 아치형 통로였고, 너무나 매끈하게 뚫려 있어 길이라기보다는 애초에 땅이 그렇게 생겨먹었던 것처럼 보였다. 사방이 벽돌로 메워져 있었는데 벽돌은 기계로 끊어 낸 것처럼 정확한 크기를 하고 있었고, 벽돌과 벽돌 사이는 결이 고운 진흙으로 메워져 있었다.

"뭘 보고 있어?"

내가 물었다. 민석은 바닥에 떨어져 있는 마른 낙엽 같은 것을 주워 들고 보고 있었다.

"개구리 화석. 개구리가 어디에 살지?"

"땅 위에."

내가 대답했다. 민석이 어깨를 으쓱했다.

"봐. 옛날엔 아마 이 길이 지상까지 이어져 있었을 거야. 윗부분은 마모되어 없어지고, 지하에 묻힌 부분만 남아 있었는데, 다시 다른 곳에서 땅을 파기 시작하다가 우연히 서로 만나게 된 거야. 기막히지 않아?"

유명한 일화가 있다. 전설로만 알려진 도시가 진짜 있었다는 것을 증명하기 위해 한 부자가 무턱대고 땅을 파 내려갔다. 그는 땅 속에서 양파 껍질처럼 층층이 쌓인 아홉 개의 도시를 발견해 냈다. 도시 아래에 도시가 있었고 또 그 아래에 도시가 있었다. 도시와 도시의 간격은 겨우 수백 년에 불과했다.

"지금까지 내려온 게 원시시대의 토굴이라면 이건 건축예술이라고 불러도 되겠는데. 뭐 건축기술이 늘 발전하는 건 아니라고 해도…… 그렇다고 해도 굉장해. 길도 매끈하고 복잡하지도 않아. 이 길을 만든 사람들은 내려가는 걸 별로 신성하게 생각하지 않았던 모양이야. 이것 봐. 아치 양쪽이 정확히 비율이 같아."

길은 몸이 낄 염려는 없었지만, 똑바로 설 수도 없고 몸을 돌리기도 어려웠다. 내려가려면 기어갈 수밖에 없을 것 같았다. 인간은 네 발로 걷도록 진화되지 않았다. 옛날 사람들이 몸이 작았던 건지 아니면 발로 걷지 않는 이동수단을 알고 있었던 것인지는 알 수 없었지만.

"이해할 수가 없어."

한참 살펴보던 민석이 말했다.

"폭이 좁을 수는 있어도 높이가 낮을 수는 없어. 대체 무슨 수로 공사를 했을까? 허리를 이렇게 굽히고 들어가야 하잖아. 그런 상태로 오랫동안 작업을 할 수 있었을 거라고 생각해?"

내 머릿속에 괴상한 생각이 떠올랐지만, 말했다간 비웃음을 당할까 봐 입을 다물었다. 그러니까 기계를 써서 작업했다면 얼마든지 가능했겠지. 아니면 원래부터 땅에 구멍이 뚫려 있었거나. 아니면 원래부터 가로 세로 1미터 20센티미터인 거대한 사각 파이프 같은 길을 다른 데서 만들었다가 기중기로 땅 속에 집어넣는다면. 이삼천 년 전에 말이지. 그리고 이동이야 뭐, 작은 자동차 같은 것에 앉아서 내려가면 이 정도 높이라도 상관없겠지. 이삼천 년 전에 말이지.

"왜 그런 이야기 있지. 오랜 옛날에는."

"우리보다 훨씬 발달한 문명이 있었다는 것?"

민석이 웃었다.

"그렇게 발달한 문명은 아니었을 거야."

"왜?"

"생각해 봐. 종교적인 이유에서 원시사회가 지하로 길을 뚫는 건 이해할 수 있는 일이야. 하지만 발달한 문명의 사람들이 무엇 때문에 아무것도 없는 지하로 길을 뚫겠어?"

맞는 이야기였다.

우리는 기록을 남기기 위해 그곳에 좀 더 머물렀다. 사진 찍기에 좀 더 좋은 각도를 찾던 나는 먼지에 묻혀 있는 흔적을 보고 발을 멈췄다. 벽에 그림이 그려져 있는 것 같았다. 나는 일단 먼지를 털어 내기 전의 사진을 찍은 뒤에 벽을 손으로 문질러 보았다.

하얀 그림이 먼지 뒤에서 모습을 드러냈다. 나는 멍하니 벽을 응시했다. 한 손에 지팡이를 들고 드레스를 입은 하얀 사람을 그린 그림이었다. 내가 갇혀 있던 사흘 동안 꿈에서도 보고 눈을 뜨면 보고, 잠이 들기 전에 보았던 바로 그 그림이었다. 내가 눈을 떼지 못한 것은, 그 그림이 같은 그림이라서가 아니었다. 그건 다른 사람이 그린 그림이었다. 다른 사람이 같은 것을 그린 그림이었다. 어떻게 이런 일이 있을 수 있을까? 완전히 다른 곳에서, 서로 다른 사람이 우연히 똑같은 그림을 그리는 일이 가능할까? 이 그림은 상상에서 나온 것이 아니란 말인가? 무엇인가를 보고, 이 그림의 모델이 될 만한 무엇인가를 보고 그린 것이란 말인가? 무엇인가가, 이 그림을 닮은 어떤 것이 실제로 존재한단 말인가?

"뭐야?"

민석이 다가와서 물었다. 내 옆에서 한참 그림을 보던 민석이 흥미로운 얼굴로 말했다.

"이거 굉장한 발견인걸. 길을 만든 사람이 그린 걸까, 아니면 오랜 옛날에 우리보다 먼저 왔던 하강자였을까? 하강자였다면 교양이 없는 녀석일세. 벽에 낙서를 해 놓다니. 그런데 옆에 그려진 이 조그만 파란 동그라미는 뭐지?"

나는 벽을 더 걷어 냈다. 벽에는 어느 나라의 것인지, 혹은 어느 시대의 것인지 모를 문자가 씌어 있었다. 나는 그 가운데에서 하강자의 기호를 찾아냈다.

—내려가라.

내려가라. 이건 비겁한 일이다. 그림에게는 왜요 하고 묻거나, 싫은데요 하고 대답할 도리가 없다.

"내려가자."

내가 말했다. 민석이 나를 쳐다보았다.

"농담하지 마. 올라가서 새 길을 발견했다는 걸 알리는 게 먼저야."

"새 길을 눈앞에 두고 돌아가자는 거야?"

"네가 뭐라고 하던 둘이서 내려가는 건 무리야. 일단 돌아가서 길을 발견했다는 걸 알리고 팀을 다시 정비해서 와야 해."

"조금만 더."

나는 떼를 썼다.

"네 말로도 길이 금방 끝날 거라고 했잖아."

"그거야 내려가는 경우지. 수평이라면 길은 한없이 팔 수 있어. 상황이 달라."

"뒤에 다시 내려와 봤더니 정하(頂下: 가장 낮은 곳)가 눈앞이었다면? 정하를 코앞에 두고 돌아가서 최초의 정복을 다른 팀에게 빼앗겼다고 놀림받고 싶어?"

민석은 한참 나를 노려보다가 대답했다.

"조금만이다."

단조로운 좁은 길을 기어간다는 것은 생각보다도 더 힘들었다. 팔꿈치 신발과 무릎 신발을 준비했을 까닭이 없기에 한 시간이 지나자 팔꿈치와 무릎에 시퍼렇게 멍이 들었다. 땅을 짚을 때마다 죽을 것 같았다. 두 시간쯤 갔을까, 미세한 진동이 땅을 훑었다.

"돌아가야 해."

민석이 뒤에서 헉헉거리며 말했다.

"지진이 오는 것 같아. 내 말 들려? 이렇게 좁은 길에서 낙석이라도 떨어졌다간 꼼짝 못하고 생매장이야."

"조금만 더."

내가 콜록거리며 말했다.

"너 상태가 정상이 아냐. 아무래도 지하병인 것 같아. 더 있다간 위험해. 내 말 듣고 있는 거야?"

"조금만 더."

"아까부터 대체 왜 이래? 너 올라갈 생각이 있긴 한 거야?"

나는 그만 퍼뜩 놀라 민석을 돌아보고 말았다. 민석이 당황한 내 눈을 보았고, 동시에 내 눈 속에 잠겨 있는 것을 보고 말았다. 민석이 한참 동안 믿을 수 없다는 얼굴로 나를 보고 있더니, 얼굴이 불처럼 달아올랐다.

눈썹이 끝까지 치켜 올라간 민석이 소리를 지르며 내게 달려들었다.

"이 미친 자식, 어서 나와!"

민석은 내 다리를 잡아당겼고, 나는 거칠게 민석을 발로 찼다. 발로 찬 뒤에야 정신이 들어 친구를 돌아보았다. 민석은 피가 흐르는 입술을 붙잡고 어처구니가 없다는 얼굴로 나를 보고 있었다.

"맘대로 해. 이 미치광이. 내려가고 싶으면 너 혼자 내려가!"

민석은 돌아서 나가기 시작했다. 민석을 따라 나가야 했다. 나가서 미안하다고 해야 했다. 이성은 그렇게 말하고 있었다. 하지만 한편으로, 몇 걸음쯤 더 내려가는 게 뭐 그리 큰일은 아니라고 생각했다. 10분 정도야 따라잡을 수 있을 거고, 민석을 붙잡고 사과하면 될 것이다. 몇 걸음을 더 내려간 뒤에는 또 몇 걸음을 더 내려갔다. 15분 정도는 따라잡을 수 있을 것이다. 20분 정도는……. 그러다 보니 이젠 어차피 늦었다는 생각이 들었다. 사방에서 굉음이 들린 것은 그때였다.

벽과 천장과 바닥이 다 흔들렸다. 천장에서 벽돌이 흙먼지와 함께 머리 위로 쏟아져 내렸다. 나는 있는 힘을 다해 몸을 굴렸다. 한참 뒤에 정신을 차려 보니 나는 흙무더기 밖으로 나와 있었다. 나는 한참 동안 기침을 한 뒤에 고개를 들었다. 살아 있었다. 하지만 의문이 생겼다. 민석도 그렇게 생각할까? 나는 벽을 손으로 파 보았다. 소용이 없었다. 흙이 천장까지 쌓여 있었다. 판 만큼 다시 흙무더기가 쏟아졌다.

한참 뒤에야 저쪽에서 벽을 두드리는 소리가 났다. 모스부호였다.

―살아 있어? 이봐!

민석이었다.

―살아 있어.

나는 좀 확신하지 못한 상태로 대답했다. 침묵이 이어졌다. 민석도 나처럼 벽을 파낼 수 없다는 사실을 받아들이는 데 시간이 좀 걸렸다. 한참 뒤에 다시 민석이 벽을 두드렸다.

―무전기가 닿지 않아.

다시 침묵이 이어졌다.

―올라가서 구조대를 데리고 다시 오겠어. 꼼짝 말고 있어야 해. 알았어!

―…….

―대답해!

―……그래.

민석이 사라지는 소리가 들렸다. 억눌려 있던 피로가 덮쳐 왔다. 나는 벽에 등을 기대고 조금 쉬었다. 조금 앉아 있자니 웃음이 나왔다. 동시에 기침이 같이 터졌다. 나는 한참 죽을 것처럼 기침을 한 뒤에 산소통을 입에 대고 몇 번 호흡했다. 그리고 다시 웃었다. 나는 제정신이었을까?

나는 어느 쪽으로 방향을 틀어야 할지 알고 있었다. 방향을 틀 시간도 상황을 판단할 시간도 있었다. 그리고 나는 있는 힘을 다해 '안쪽으로' 뛰어들었다. 위로 올라갈 수 있는 바깥이 아니라 안쪽으로.

죽으려고 이미 작정했는데 의식하지 못하는 수도 있는 모양이다. 아니, 의식하고 있었다. 나는 **올라갈 수가 없었다.** 하강자는 자신이 내려온 길을 역순으로 계산할 수 있다. 올라가는 데 얼마나 시간이 걸릴지, 내 체력이 얼마나 버텨줄지 예상할 수 있다. 나는 겨우 서너 시간 만에 내가 혼자 힘으로는 다시 올라갈 수 없는 지점을 지나 버렸음을 깨달았다. 그래서 나는 내려가겠다고밖에 말할 수가 없었다. 올라갈 수가 없었기 때문에. 나는 얼굴을 가렸다. 나는 사기꾼이다. 올라가지 못할 것을 알면서도 여기까지 왔다. 동료들 모두를 속이고.

땅밑에

나는 잠시 쉬며 내려온 길을 머릿속으로 다시 내려왔다가 다시 올라갔다. 하강자들이 흔히 하는 놀이다. 민석이 캠프까지 갔다가 오는 데는 최소한 사흘이 걸릴 것이다. 이 길을 뚫는 데는 또 하루가 걸릴 것이다. 배낭에 있는 남은 식량은 둘째치고라도, 내가 이 안에서 사흘을 버틸 수 있을까? 이미 산소량은 지상의 반도 되지 않았다. 지하병은 갑자기 들이닥친다. 나는 하루 만에 사망할 수도 있었다.

나는 안쪽을 들여다보았다. 벽이 웃으며 속삭였다.

'이제야 우리 둘이네.'

'그래.'

'이제 방해하는 사람은 아무도 없어. 어서 와. 오랫동안 기다리고 있었어. 자. 어서.'

길은 아름다운 여인처럼 요염한 자태를 흐느적거리며 유혹하고 있었다. 사람들이 흔히 보았다고 하는 지사란, 혹시 이런 것이 아닐까 하는 생각이 들었다. 나는 마음속으로 동료들에게 미안한 마음을 전했다. 아마 지금도 울고 있을 아내에게도.

그때부터 내가 후회하고 있는 것은 하나밖에 없었다.

그때 그것이 마지막 하강인 줄 알았더라면, 왜 더 아래로 내려가지 않았을까. 왜 구조를 기다리며 시간을 낭비했을까.

내려갈수록 땅이 무겁게 몸을 끌어당겼다. 몸이 점점 무거워지고 있었다. 발을 하나 떼어 놓을 때마다 등에 바윗덩이가 하나씩 더 얹히는 것 같았다. 나는 계속 걸음을 멈추고 쉬었다. 숨을 쉬기가 점점 힘들어졌다. 헛구역질이 났다. 나는 몇 번씩 토했다.

머리 위에서 돌이 툭툭 떨어졌다. 아까의 일이 생각난 나는 조금 겁에 질려 헤드랜턴으로 천장을 살폈다. 벽돌이 떨어져 나가 있었다. 손으로 만지자 벽이 우수수 떨어져 내렸다. 나는 침을 꿀꺽 삼킨 뒤, 벽이 얼마나 단단한지 확인하기 위해 벽을 좀 더 두드려 보며 랜턴으로 안을 자세히 살폈다. 이상한 기분이 들었다. 나는 유적을 훼손하고 있다는 사실도 잊고 벽돌을 손으로 뜯어내기 시작했다. 벽은 힘을 조금 쓰자 쉽게 떨어져 나갔다. 먼지가 하얗게 일었고, 나는 다시 산소 호흡기를 썼다. 안개가 가라앉고, 벽돌 뒤에 숨겨져 있던 진짜 길의 모습이 드러났다.

길은 금속으로 만들어져 있었다.

나는 현기증을 일으키며 주저앉았다. 납땜자국이 길을 따라 매끈하게 드러나 있었다. 벽돌은 장식에 불과했다. 나는 얼어붙은 채 한동안 아무 생각도 못하고 그 자리에 머물러 있었다. 내가 언제부터 미친 걸까? 미친 것까지는 상관없었다. 내가 정말로 하강하고 있는 걸까? 혹시 꿈을 꾸고 있는 건 아닐까? 아내와 싸우고 나서 집을 뛰쳐나와 술을 진탕 먹고, 어디 하수구에 들어와 헤매고 있는 건 아닐까? 혹시 꿈을 꾸면서 세상에서 가장 깊은 길을 내려가는 환각에 빠져 있는 건 아닐까?

나는 내가 제정신인지 확인하기 위해 애썼다. 벽을 손으로 쓸어 보았다. 벽돌이 위로하며 내 손에 따듯한 볼을 맞대었다. 금속 벽에도 손을 대어 보았다. 차가운 반향이 손에서 내장까지 전해졌다. 금속이 웃으며 나를 내려다보고 있었다. 지독한 현실감이었다. 문득 벽이 뭐라고 속삭였다. 나는 한참 뒤에야 벽이 말을 거는 소리를 듣고 주위를 둘러보았다. 벽 한 귀퉁이에 뭔가 조그맣게 글씨가 씌어 있었다. 하강자의 기호였다. 누군가 이곳까지 왔었다. 나보다 먼저 저 아래에 내려갔었다. 그가 세심하게 그린 화살표가 아래쪽을 향하고 있었다. 그 기호가 내게 속삭이고 있었다.

―내려가라.

내려가라. 그 말이 내 머리를 채우고 내 몸을 음파처럼 뒤흔들었다. 내려가라. 나는 웃고 말았다. 달리 지금 내가 무엇을 할 수 있겠는가. 살날도 얼마 남지 않은 실패한 하강자. 길 한 가운데서 뭐가 나타났든, 네가 고민할 일이 뭐가 있겠는가. 올라갈 수도 없는 주제에. 나는 다시 허리를 굽히고, 아래로 기기 시작했다. 나는 내려갈 것이다. 길이 끝나는 곳까지. 길은 언젠가 끝날 테니까. 모든 길에는 바닥이 있다. 그게 길의 운명이다. 아무리 간절히 원해도 사람은, 결국 어느 이상은 내려갈 수 없는 것이다.

한 걸음을 내딛을 때마다 땀이 비 오듯 쏟아졌다. 나는 매 걸음마다 다음 걸음에서 실신해야지 하고 마음먹으며 손과 발을 움직였다. 공기는 숨을 쉬기에는 너무 탁했다. 산소통은 잔량이 다해 가고 있었다. 배터리가 걱정되었기 때문에 헤드랜턴도 끈 채로 전진했다. 나는 무엇에 묶인 것처럼 칠흑 같은 어둠 속에서 계속 앞으로 나아갔다. 폐소 공포가 수시로 영혼을 덮쳤다가 물러갔다. 죽음이 허파에서 기침과 함께 바닥에 흥건히 쏟아졌다.

한없이 길을 내려가다가 퍼뜩 잠에서 깨기도 했다. 내가 정말로 걷고 있는 것인지, 아니면 꿈을 꾸고 있는 것인지, 아니면 이미 오래전에 죽었는데 유령이 되어 이 동굴을 헤매고 있는 것인지 알 수가 없었다.

그리고 마침내 벽이 나타났다. '나락'으로 들어온 지 이틀이 지난 무렵이었다.

나는 랜턴을 켜지 않았다. 도저히 내 눈으로 벽을 볼 용기가 나지 않았다. 전신에서 물처럼 기력이 빠져나갔다. 이제야 끝났구나. 이제야 끝난 거야. 손가락 하나도 움직일 수가 없었다. 나는 마지막 남은 힘을 모아서 몸을 일으켜 앉았다. 조금이라도 더 몸을 아래에 두려는 생각으로 벽에 몸을 기댔다. 눈앞에 내가 기어온 길이 깔깔거리며 나를 놀리고 있었다. 나는 산소 호흡기에 입을 대고 산소를 조금 마셨다. 그 밖에 내가 즐길 수 있는 게 조금이라도 남아 있는지 생각해 보았다. 배낭에 실신했을 때를 대비한 포도주가 있었다. 하지만 꺼낼 기운이 없었다.

어렸을 때, 인류가 다른 세계에서 왔을지도 모른다는 이야기를 들은 적이 있다. 먼 옛날 인류가 전쟁이나 재해를 피해 어딘가에서 이곳으로 이주해 왔고 몇 번의 천재지변 이후로 모든 역사를 잊어버렸다는 식의 이야기. 우리의 몸은 이 별보다 좀 더 중력이 큰 세상에 맞춰져 있다든가. 우리의 신체주기가 이 세상의 신체주기와는 미묘하게 다르다든가. 흔한 이야기다. 하지만 '다른 세상'이라는 것이 어디에 존재할 수 있다는 건가? 저 좁은 하늘에? 이 좁은 땅속에?

그들은 이 길을 따라 지상으로 올라갔다. 그래. 그러면 말이 된다. 그러면 길을 팔 이유가 생긴다. 오만하고 똑똑한 종족들. 그들은 올라가기를 좋아했다. 그들은 땅 밑에 살고 있었고, 지상으로 길을 내었다. 하지만 그들은 비가 산을 깎고 지하로 흘러들어 땅을 변형시키고, 태풍이 불고 산사태가 나고 지진이 나게 될 거라고는 생각하지 못했다. 그들은 흙과 물이 살아 있으며, 그들이 왕성하게 생명력을 뿌리며 변화해 갈 줄 몰랐다. 그리고 바람을 몰랐다. 언제나 불어 대는 바람을. 바람은 모든 것을 바꾸어 놓았다. 산을 옮기고 땅을 깎고 호수를 메웠다. 바람은 진흙과 자갈로 '길'을 막았다. 길의 존재를 알던 사람들도 있었지만 곧 다들 죽었다. 사람은 금방 죽으니까. 수백 년의 세월이 흐르고 사람들은 길의 존재를 잊었다.

슬슬 내가 무슨 생각을 하는지도 알 수가 없게 되어 가고 있었다. 바람이 부는 것 같았다. 역시 미친 모양이었다. 바람은 금속을 뚫고 불지 않는다. 나는 힘없이 주위를 둘러보았다. 길이 좀 밝아 보인다는 생각이 들었다. 빛은 지하에까지 미치지 않는다. 내가 제정신이라는 것을 확신할 수가 없었지만, 달리 믿을 것도 없었기 때문에 나는 주위를 더듬어 보았다. 바닥이 없는 곳이 있었다. 헤드랜턴을 켜려고 했지만, 힘이 남아 있지 않았기 때문에 손이 헬멧 위에서 그대로 미끄러졌다. 동시에 몸이 휘청하고 기울었다. 나는 아래로 떨어진 것 같았다. 그리고 기억이 나지 않는 걸 보면 중도에 기절한 것 같았다. 아니면 잠이 든 것 같기도 했다.

──왜 이제야.

누군가가 이유를 묻고 있다. 누가 내게 말을 걸고 있는 걸까? 누가 벌써 내 뒤를 쫓아온 걸까? 이상한 일이군. 문혁이 아무도 내려오지 않을 거라고 화를 내며 올라갔는데. 민석이 나보다 먼저 내려왔을 리도 없는데. 누가.

──왜 이제야.

무슨 소리지? 난 꿈을 꾸고 있는 건가? 꿈을 꾸고 있다면 난 아직 살아 있는 건가? 그게 아니면 이건 저승에서 통하는 인사법인가? '왜 이제야.' 그런데 그런 질문에는 뭐라고 대답해야 하지? '날씨 좋군요.' '안녕히 주무셨어요?'

──왜 이제야 오신 거죠.

나는 조용히 눈을 떴다. 의식이 눈꺼풀의 속도와 비슷하게 되돌아왔다. 숨을 쉬어 보았다. 산소가 폐로 들어오고 있었다. 나는 눈을 깜박이며 주위를 돌아보았다. 눈부신 것이 내 머리 위를 유영하고 있었다. 나는 정신을 차리지 못하고 눈의 초점을 잡기 위해 애를 썼다. 거대한 구체가 내 머리 위에서 빛을 뿌리고 있었다. 구체? 나는 곧 단어를 잘못 골랐다고 느꼈다. 저런 것을 '물체'라고 불러도 좋은 것일까? 대체 저게 뭘까? 왜 저런 것이 내 머리 위에 있는 거지?

……하고 생각하며 나는 '아래'를 보려고 했다……. 그리고 나는 혼란에 빠지고 말았다. 어디가 '아래'인지 알 수가 없었던 것이다. 한참 뒤에야 나는 내가 유리처럼 보이는 투명한 바닥에 누워 있다는 것을 깨달았다. 구체 위로 나 자신의 모습이 비치고 있었다. 공간감이 한참 뒤에야 되돌아왔다. 위와 아래가 한 바퀴 돌았다. 일어나고 싶었지만, 몸이 물에 푹 젖은 것처럼 무거웠다. 꼼짝할 수가 없었다.

― 왜 이제야 오신 거죠.

완전히 혼미해진 상태로 고개를 들었고, 그를 본 순간 더욱 혼미한 상태가 되고 말았다. 흰 옷을 입은 사람이 내 머리 위에 떠 있었다. 그는 보통 사람의 세 배는 되는 크기를 하고 있었고, 하얀 지팡이를 한 손에 들고 있었으며 머리에는 다섯 개의 기둥이 있는 하얀 왕관을 쓰고 있었다. 남자인지 여자인지 분간할 수 없는 외모에다, 하얀 드레스를 입고 있었고, 은발의 머리카락이 그 위로 늘어져 있었다. 그의 몸 뒤로 투명하게 반대편의 벽이 비쳐 보였다.

맙소사. 정말로 있었군. 정말 있을 줄은 몰랐는데.

― 너무나 오랫동안.

지사는 눈도 깜박이지 않고 말했다. 그의 목소리는(물론 인간이 아니라서 그렇겠지만) 정말로 이상하게 들렸다. 마치 목소리가 물처럼 흘러내려서 다시 솟구쳤다가, 다시 가라앉는 것처럼 들렸다. 다른 표현으로 말하면, 고장 난 스피커에서 소리가 커졌다 작아졌다 하며 지직지직 들리는 것 같았다.

　―너무나 오랫동안 기다렸습니다.

　나는 망연자실 그를 올려다보았다. 왜 이제야, 왜 이제야 왔느냐고? 이봐요. 당신 보기에는 굼벵이처럼 느려 보였는지 모르겠지만, 난 죽을 힘을 다해 내려왔다고요. 그게 내 최선이었어요.

　―왜 연락이 끊어졌지요? 다른 사람들은 어떻게 되었습니까? 왜 다시 연락하지 않으셨죠?

　그는 질문하고 있었고, 나는 대답할 말이 없었다. 나는 내가 뭔가 엄청나게 잘못한 모양이라고 생각했지만, 뭘 잘못했는지 알 수가 없었다.

　―왜 이동수단을 쓰지 않았습니까? 왜 ○○○을 쓰지 않았지요? 왜 걸어 내려오셨죠? 당신이 오신 ○○는 걸어 내려올 만한 길이 아닙니다. 어째서 혼자 내려오신 겁니까? 다른 사람들은 어떻게 되었습니까?

　미리 말해 두지만, 그의 말은 내가 편의상 여러분이 알아들을 수 있도록 고친 것이다. 그는 표현하기도 힘든 고어를 쓰고 있었다. 사극에 나오는 어법에다가 정체불명의 외계어를 섞은 것 같았다. 나는 그가 말하는 거의 모든 명사를 알아들을 수가 없었다.

　나는 간신히 힘을 내어 주위를 둘러보았다. 내가 있는 곳은 조그만 운동장만 한 공간이었다. 머리 위로는 내가 내려온 길인 듯한 아치형의 구멍이 보였다. 벽은 '금속으로' 만들어져 있었고 수천 년은 방치된 것처럼 심하게 녹슬어 있었다. 모니터라든가 버튼 같은 기계부속들이 얼핏얼핏 눈에 들어왔다. 보이는 대로 말하자면, 이곳은 흔히 보는 격납고처럼 보였다. 배나 비행기를 집어넣는. 하지만 비행기라니. 땅속에?

　"여기가 어디지?"

　생각이 입을 뚫고 나오고 말았다. 그에게 질문한 것이 아니었는데, 지사가 입을 열었다.

―무슨 뜻으로 하시는 말씀입니까?

내가 무슨 뜻으로 한 말일까?

"당신은 누구죠?"

그는 잠시 대답하지 않았다. 표정이 바뀌지 않아 그의 침묵을 이해하기는 힘들었지만, 인간의 입장에서 말하자면 '당황하는 것' 같았다.

―나는 이 ○○○의 ○○ ○○○입니다.

여전히 명사는 하나도 알아들을 수가 없었다.

"메인 컴퓨터 ○가 뭐지? 그게 이름인가?"

그는 다시 한동안 입을 다물었다. 설명할 말을 찾고 있는 것 같았다.

―어디서 오셨습니까?

현명한 질문이었다. 나는 어디서 온 것일까? 나는 다시 아래를 내려다보았다. 그리고 흰 소용돌이가 거품처럼 돌고 있는 구체를, 무슨 물체라고 부르기에는 너무나 거대하여 차마 이름을 붙이기도 뭣한 것을 한참 동안 내려다보았다. 나는 그런 곡선을 본 적이 없었다. 내가 살고 있는 이 세계는, 나를 중심으로 위로 향하여 폐곡선을 그린다. 하지만 내가 보고 있는 것은 공처럼 내가 있는 곳에서 바깥쪽으로 굽어지고 있었다. 마치 거울에 비친 세계처럼, 마치 역전된 세계처럼, 모든 것이 거꾸로 된 세상처럼. 나는 어디에서 온 걸까?

"나는 땅 밑으로 내려왔어."

지사라고 해도 내가 그 사실을 부정하도록 하지는 못하리라.

"여긴, 땅 밑인가?"

그는 잠시 생각하는 것 같았다.

―중력이 향하는 곳을 아래라고 부르신다면 그렇게 말씀하셔도 좋

겠습니다만.

—제 입장에선.

지사가 조용히 말했다.

—당신이 땅 밑에서 오셨습니다.

세상 모든 것에는 반작용이 있다. 한쪽 극으로 치닫고 나면 다음에는 다른 쪽 극으로 떨어진다. 미쳐 버릴 것처럼 혼란스러운 상황을 겪게 되니 오히려 무서울 정도로 머리가 맑아졌다. 아무것도 이해할 수 없는 동시에 거의 모든 것을 이해할 수 있었다.

생각을 정리해 보자. 지금 이곳의 중력은 분명히 지상보다 크다. 몸을 가누기가 힘든 것을 보면, 내가 지하에 있는 건 분명하다. 중력이란 내려갈수록 커지지 작아지지는 않으니까. 그리고 산소. 지하에는 빛이 비치지 않는다. 빛이 비치지 않는 이상 식물은 자라지 않고, 식물이 자라지 않는 한 산소는 생기지 않는다. 누군가가, 산소를 필요로 하는 어떤 존재가 일부러 자연을 거스르지 않는 이상에는.

나는 다시 아래를 내려다보았다. 구체, 구체라고 부르기에는 너무나 커서 뭐라고 불러야 할지 모를 것을. 그것을 볼 때마다 숨이 막혔다. 이유를 알 수 없는 진한 그리움이 솟구쳤다. 대체 그게 무엇인지 알 수가 없었다.

"저건 뭐지?"

내가 물었고, 지사는 뭐라고 대답했지만, 여전히 알아들을 수가 없었다. 나는 그저 멍하니 그것을 내려다보았다.

사람이 처음 망원경으로 하늘을 올려다보았을 때 이런 기분을 느꼈을까. 망원경이 발명된 뒤에 사람들은 하늘을 올려다보았다. 구름 너머에 희미하게 어른거리는 다른 세상을 좀 더 자세히 보기 위해서. 하지만 사람들이 구름 너머로 본 것은 반대편의 '지상' 이었다. 뒤집어진 땅이 우리의 머리 위에 놓여 있었고, 사람들이 그곳에 뒤집어져 살고 있었다. 그곳의 사람들도 마찬가지로, 자신들의 머리 위에 거꾸로 매달려 살고 있는 우리들을 볼 수 있었다. 사람들은 혼란에 빠졌고, 꽤 오랜 시간이 지난 뒤에야 사실을 받아들일 수 있었다. 이 세상은 위를 향해 곡선을 그리며 휘어져 있고, 우리는 그 내벽에 붙어서 살고 있다는 것을. 하늘이란 단지 땅과 땅 사이에 놓인 텅 빈 공간에 불과하다는 것을.

여러분이 아시다시피, 우리가 살고 있는 세계는 원기둥 모양이며, 가운데 축을 중심으로 4분에 한 번씩 회전하고 있다. 세상이 그렇게 빨리 회전하는 이유는 아무도 알지 못하지만, 어쨌든 그 덕분에 사람은 땅에서 떨어지지 않고 살 수 있는 것이다. 절벽에서 사다리가 기울어져서 떨어지고, 지표에서 끊이지 않고 바람이 부는 것도 같은 이유다. 땅이 회전함에 따라 공기도 같이 회전하니까. 지하로 내려갈수록 중력이 커지는 이유도, 회전축으로부터 멀어져 감에 따라 원심력이 점점 커지기 때문이다. 이것이 내가 알고 있는 세상의 모습이다.

학자들은 하늘에 아무것도 없는 것처럼, 땅 밑에도 아무것도 없을 거라고 말했다. 내려갈수록 점점 중력이 커진다면, 어느 이상 내려가면 결국 중력이 너무 커져서 사람은 물론 그 무엇도 그 아래에선 살 수 없을 것이고, 중력이 모든 것을 찌부러트리고 말 거라고. 그것이 세상의 끝이요, 한계이며, 인간이 내려갈 수 있는 하한선이라고. 하지만 지금은 모든 상식이 뒤집어지고 있었다.

"난 도무지 뭐가 뭔지 모르겠어. 땅 밑으로 내려오면 대지의 여신의 배꼽 위로 떨어진다든가, 거대한 거북이나 코끼리가 판을 돌리고 있을 거란 상상은 해 봤지만. 아냐. 그거야 어렸을 때 해 봤던 상상이지. 난 땅 밑에 뭐가 있을 거라고도 생각해 본 적이 없…….”

나는 다시 아래를 내려다보았다. 이상하게 심장이 뛰었다. 묻고 싶은 것이 있었다. 아주 어렸을 때부터 묻고 싶었던 것이었다. 어쩌면 그건 내가 아니라, 내가 태어나기 전부터 있었던 것이, 수천 년의 생과 죽음을 겪다가 우연히 내 몸에 정착한 어떤 존재가 지녔던 의문이었을지도 모른다. 나는 오랫동안 그 질문의 해답을 찾고 있었다. 내 목숨과 영혼을 다해서.

내가 물었다.

“이 아래에 무엇이 있지?”

지사는 대답했지만, 여전히 명사는 알아들을 수가 없었다. 나는 다시 질문했다.

“우주 ○가 뭐지?”

— 무한한 시간과 공간을 포함하며 만물을 포함하는 전체를 의미합니다.

나는 웃고 말았다.

“무슨 선문답인가? 철학적인 개념인가?”

— ‘모든 것’을 의미하는 단어입니다. 저 자신도 그에 관한 정보가 부족하여 충분히 설명해드릴 수가 없습니다.

생각지도 못한 답이었다. 나는 더듬거리며 물었다.

“땅 밑에, ‘모든 것’이 있다고?”

— 그렇습니다.

“눈으로 볼 수 없는 건가? 무슨…… 정신세계에 속한 건가?”

— 볼 수 있습니다. 인간의 시력과 기술로 조망하기에는 너무 거대하

지만, 시야가 허락하는 한은 보실 수 있을 겁니다.

"그럼 왜 보이지 않는 거지? 난 자격이 없는 건가? 뭔가 시험을 통과해야 하는 거야?"

지사는 다시 당황하는 것 같았다.

―그렇지 않습니다.

"그럼 왜 볼 수 없는 거지?"

―간단히 말씀드리면.

―이 안에 불을 켜 놓았기 때문에 창에 빛이 반사되어 바깥의 풍경이 보이지 않는 겁니다.

나는 말을 알아듣지 못하고 멍하니 그를 마주보고 있었고, 그는 한참 생각한 후에야 제대로 설명할 수 있는 방법을 알아냈다.

―불을 꺼 드리겠습니다.

그리고 지사가 사라졌다. 동시에 어둠이 세상을 덮었다. 나는 다시 방향감각을 잃고, 위와 아래와 좌우와 사방을 잃어버렸다. 나는 반쯤은 공포에 사로잡히고, 반쯤은 심장이 터질 것 같은 흥분에 사로잡힌 채 일어날 일을 기다렸다. 서서히, '바깥'이, '모든 것'이, '만물과 무한한 시간과 공간을 의미하는' 것이 모습을 드러내기 시작했다.

나는 말을 잃고, 내 아래에 끝없이 펼쳐진 것을 내려다보았다. 정신을 잃을 것처럼 깊고 검은 공간이 내 아래에 펼쳐져 있었다. 그 공간에 무수히 많은 빛나는 것들이 흩뿌려져 있었다. 공간이 내 주위를 천천히 회전하고 있었다. 빨려들 것처럼 그 깊이를 느낄 수 있었다. 경이와 두려움이 동시에 전신을 휘어잡았다. 나는 일생 그렇게 넓은 공간을 본 적이 없었다. 일견 밤하늘처럼 보이는 공간이었지만, 내가 지금까지 알고 있던 하늘과는 비교도 할 수 없었다. 끝도 경계도 없었고, 그 뒤로 저쪽 편의 지상도 보이지 않았다. '모든 것'이라고 이름 붙여도 좋을 법한 세계였다. 한참을 들여다보고 있자니, 쳐다볼 수 없을 정도로 빛나는 것이 그 '지구'라는 이름의 구체 뒤에서 모습을 드러내었다. '지구'의 등에 황금색 띠가 드리워지더니, 보라색으로, 붉은색으로, 다시 하얀색으로, 다시 노란색으로, 다시 파란색으로 빛을 바꾸었다.

얼마나 잤는지 알 수가 없었다. 꿈속에서 나는 끝도 없는 공간을 흘러 다녔다. 그리고 다시 눈을 떴을 때에도 그 검고 찬란한 공간은 내 눈앞에 펼쳐져 있었다. 꿈이 아니라는 것을 확인한 뒤 나는 다시 눈을 감았다. 컴퓨터라는 이름을 가진 지사는 아무 말 없이 조용히 떠 있었다. 나는 그가 얼마나 오랫동안 인류가 다시 내려올 날을 기다려왔는지 생각해 보았다.

역사상 얼마나 많은 문명이, 땅 밑에 무엇이 있는지 알아냈고, 또 얼마나 여러 번 그것을 잊어버렸을까? 우리에겐 기회가 있을까? 나는 이 지혜를 지상으로 전할 수 있을까?

나는 최후의 물 한 방울을 마시며 생각했다. 나는 길을 올려다보았다. 헤드랜턴의 배터리도 다 되었다. 얼마나 오랫동안 암흑 속을 헤매야 할지 알 수 없다. 잠깐 정신을 파는 것만으로도 방향감각을 잃어버릴 것이다. 비대해진 중력은 괴물처럼 나를 짓누를 것이다. 내 한계는 분명했다. 나는 많이 올라갈 수 없을 것이다. 애초에 예상했던 것처럼.

그래도 나는 올라갈 생각이었다. 틀림없이 구조대가 오고 있을 것이다. 어쩌면 거의 다 내려왔을지도 모른다. 그리고 구조대가 오고 있다면 조금이라도 거리를 좁히는 편이 좋을 것이다. 설령 구조대가 오지 않는다고 해도 나는 올라갈 것이다. 그래서 가능한 지상과 가까운 곳까지 올라가 메시지를 남길 것이다. 언젠가 나를 뒤따라 내려올 사람들이 볼 수 있도록. 내 이전에 내려왔던 하강자가 나에게 알려주었던 것처럼.

— 내려가라.

라고.

땅 밑에, '모든 것'이, '만물과 무한한 시간과 공간'이 있다고.

그러니까 우리는 더 아래로 내려갈 수 있다고.

얼터너티브 드림

/ 김덕성

서울산업대학교 문예창작학과를 졸업하였다. 학과 내 장르 문학 모임인 '잘 팔리는 문학회' 창립 멤버이다. 현재 '일렉'이라는 닉네임으로 프로 최면가 및 라이프 코치로 활동 중이다. 블로그: (http://blog.naver.com/elec9999)

불과 반년 전이었다. 그랬다. 내 일상이, 그리고 이 세상이 뒤틀어지기 시작한 것은 겨우 반년밖에 되지 않았다. 기억을 치밀하게 되짚어 보면, 분명 올해 4월 말 무렵. 꼭 그쯤부터 뭔가 달라지기 시작했다. 하지만 그 당시 딱히 변화의 계기가 될 만한 사건 같은 건 일어난 바 없다. 그렇다고 유달리 저지른 일이 있는 것도 아니었다. 문제의 2006년 4월 28일을 전후로 해서 내게 일어났고, 내가 한 일이라곤 모두가 따분하고 그저 그런, 그렇지만 안 할 수는 없는 종류의 일들뿐이었다. 대충 밥 먹고, 늦잠 자고, 지각하고, 퇴근하고, 낄낄거리며 TV 보고, 인터넷에서 허우적대고, 새벽까지 게임하고, 하던 대로 섹스하고, 기타 등등 그렇고 그런 일들.

누구에게 해코지를 한 적도 없었다. 호혜를 베풀거나 반대로 후의를 입은 기억도 없다. 굳이 뭔가 특별 비슷한 일을 찾자면 전철 안에서 주운 물건을 몰래 마셔 버린 일인데, 그런 일쯤 때문에 상황이 이렇게 꼬여 버린 것이라 생각하기엔 무리가 있었다.

그 물건은 당고개행 막차, 상계역에서 당고개역으로 넘어가는 마지막 구간에서 내 눈에 들어왔다. 난 사람들 없이 텅텅 빈 열차 맨 앞 칸에 홀로 앉아 졸고 있었고, 부스스 눈을 떴을 때 그건 내 맞은편 좌석에 나뒹굴고 있었다. 당고개역에서 내리면서 자연스럽게 그건 내 손에 들려 있었는데(주인이 없었으니까 당연히 슬쩍) 덕분에 난 꽤나 횡재한 기분이었다. 겨우 생수 한 병이긴 하지만 그건 아직 뚜껑도 따지 않은 새것이었고, 결정적으로 녀석의 값이 무려 2만 원이나 되었기 때문이었다. 물값치곤 건방지다. 어떤 미친놈이 이런 걸 2만 원이나 주고 산단 말인가. 아무리 몸에 좋다손 쳐도 500원짜리나 2만 원짜리나 마시면 오줌으로 나오는 건 매한가지 아닌가?

그래도 비싼 값을 하는지 여타 생수와는 달리 이 녀석은 빛이 투과하지 못하도록 검은색 불투명 플라스틱 병에 담겨 있었고, '잠재 에너지 각성을 도와주는 신비의 해저암반수'라는 라벨이 제법 고급스럽게 드러져 있었다.

성분함량	각종 미네랄 및 쿤달리니 각성을 돕는 신비의 케테르 함량 어쩌고 기타 등등.
원 수 원	일본 요나구니 해역의 최고수심 지역 암반에서 채취한…… 어쩌고저쩌고.
용 량	아마도 800밀리리터.
용기재질	분명히 페트.
유통기한	'용기 상단의 측면 표기일까지'라는데 대충 2008년 중순까지였던 것 같고.
수 입 원	코스믹 유니온 & 뉴 월드 오…… 그리고 뭐였더라?

가   격   무려 20000원 정.

낯선 용어에, 물레방아? 어쩌면 강철 테를 두른 수레바퀴 모양의 처음 보는 회사 마크. 자세히 뭔진 몰라도 비싼 거니까 몸에 좋으려니 생각했고, 어쨌든 마셨다. 미적지근한 데다 기대와 달리 아무 맛도 없었다. 당연한 거였겠지만, 마시니 헛배 부른 것도 다른 물과 마찬가지. 결국 마지막 몇 모금인가는 마시다 말고 길 위에 쏟아 부었다. 빈 병은 집 앞 버스 정류장에 놓인 종량제 쓰레기봉투 속으로 안착. 사기당한 느낌이 밀려왔지만 곧 잊었다. 내 돈 주고 산 것도 아니었으니까. 집에 들어가선 씻은 뒤 곧장 게임을 했다. 아니, 밥을 먹었던가? TV를 봤던가?

이렇게까지 얘기하고 보니, 수상한 냄새가 나는 듯도 하다. 확실한 건 그 암반수를 마신 4월 28일 이전에는 지금과 같은 기이한 변화는 일어날 조짐조차 없었다는 것. 그리고 이러한 변화(내게 일어난 그 변화가 대체 뭐냐고 성마르게 채근하지는 말라. 읽다 보면 곧 자연히 알게 될 테니까.)에 그 물이 작용했을 가능성이 어쨌든 조금이나마 존재한다는 사실이었다. 적어도 그날 아침 머리 감을 때 샴푸랑 같이 눈에 들어간 물이나 양치하면서 삼킨 물, 점심 먹고 식당에서 마신 보리차, 프레젠테이션 끝나고 마신 커피, 잠자기 전 마신 냉수 한 모금 따위와 동등한 정도의 혐의는 부여해야 공정한 거 아니겠는가.

핵심은, 그날 나의 체내로 침습했던 그 많은 물들 중에 과연 어떤 놈이 범인인지 가려낼 방도가 없다는 것이었다. 혹 그날이 아니라 다음 날 마신 물 중에 문제가 있는 거였다면? 아니, 물이 범인이긴 한 거야? 공기는? 서울 시내 가득한 미세분진은? 초음파, 저주파, 혹은 20헤르츠에서 20,000헤르츠 대역의 가청음파는? 전자파는? 환경호르몬은? 직장 상사의 폭언은? 어린 시절 학대당한 경험은?

 원인이 무엇이 됐든, 확실한 건 그 불가지(不可知)의 원인으로부터 전개된 모종의 현상이 나를 서서히 변화시키기 시작했다는 사실이었다. 그리고 확실한 것 한 가지 더, 그 변화는 아직 진행 중에 있다는 것.

 이유 없이 신경질이 치솟다가는, 필요 이상으로 웃었다. 시계 초침 소리가 너무 크게 들려 책을 읽을 수 없었다. 매운 음식을 도저히 먹을 수 없게 되었다. 주당이던 내가 술 냄새를 맡는 것만으로 구토감을 느끼게 되었다. 그리고 밤이면 꿈을 꿨다.

 꿈이야 누구나 으레 꾸는 거지만, 같은 배경을 한 꿈이 매일매일 이어진다면 그건 평범한 일은 아니리라. 사실 내가 느낀 변화의 핵심이 바로 이 꿈에 있었다. 남녀를 불문하고, 신경이 예민해지는 것쯤이야 달의 기조력 등에 따라 얼마든지 있을 수 있는 일이다. 그러나 이런 형태의 꿈을 꾼다는 것은 지금껏 겪어 보지 못한 미지의 경험이었다. 그로 인해 조금씩이지만 나의 일상에는 균열이 가고 있었다. 현실과 환상을 갈라 놓던 두터운 벽에 금이 가고 있는 것인지, 아니면 혼연일체가 되어 있던 현실과 환상이 이제야 박리되고 있는 것인지는 모호했지만 말이다.

 어쩌면 이 모든 일들의 원인이, 단순히 내가 미쳤기 때문이라고 결론짓는 것이 합리적인 설명이었을지도 모르겠다. 신경과민이니 초기 정신분열증세니 뭐니 하는 식으로 말이다. 하지만 난 누가 물으면 이렇게 대답하고 싶은 기분이었다. 미치는 것도 나쁘지 않다고 생각해요. 왜냐고요? 적어도 지루하진 않잖아.

 난 꿈을 꾸기 시작하던 초창기, 항상 이렇게 자랑하고 싶었다.

 보라. 나의 이 육중해진 팔다리를. 한 걸음 한 걸음 발을 뗄 때마다 느껴지는 이 중량감은 또 어떠한가. 점점 회색빛을 띠며 두터운 가죽으로 화해 가는 피부는 마음을 든든하게 해 준다. 머리는 갈수록 커져 갔고, 귀가 점점 자라나 뺨을 덮었다. 조금씩 길어지던 코는 이미 자유자재로 움직이며 턱 아래까지 닿을 수 있었다!

결론부터 말하자면, 꿈속의 나는 서서히 코끼리가 되어 가고 있었다. 뭐, 관점을 달리해서 본다면 급격히라고 해도 별 상관은 없을 것이다. 이전에 코끼리가 되어 본 적이 없었기 때문에 어떤 수식을 붙이더라도 그건 주관적이고 상대적인 판단이 될 테니까.

나는 나 자신의 몸을 생생히 느낄 수 있었다. 슬금슬금 잇몸을 뚫고 자라 나오려는 엄니의 감촉부터, 강건한 뼈대, 굳건한 힘줄, 튼튼한 혈관, 큼지막한 내장기관의 약동까지도. 나는 완벽히 나였다.

"그렇게 생생하게 꾸는 꿈을 자각몽이라고 부르지 않냐?"

"무슨 몽?"

"무식하기는. 넌 자각몽도 모르냐?"

희원은 돌솥비빔밥을 먹으며 내 얘기를 듣곤 핀잔을 주었었다. 평소엔 머리가 빈 듯하지만 관심 분야에서만큼은 제법 인텔리 태가 나는 희원이었다. 나는 이후 이어진 희원의 잘난 척을 한 귀로 흘려 넘겼었다. 그러나 네이버 백과사전과 지식인을 검색해 알아본 결과 희원의 말은 얼추 믿을 만한 정보였음이 밝혀졌다.

자각몽(自覺夢) : 자신이 꿈을 꾸고 있음을 인지하는 상태에서 꾸는 꿈. 수면자가 꿈속 자신의 행동이나 상황을 어느 정도 제어할 수 있는 통제력을 가지나, 완전한 장악력을 가질 수는 없다. 우연히 꾸게 되는 경우가 많지만 의도적으로 자각몽을 꾸기 위한 훈련을 통해 경험하는 것도 가능하다. 티베트 밀교나 힌두교 등 일부 종교에서는 자각몽 상태를 신비주의적으로 보기도 한다. 그들은, 꿈에 대해 완전한 장악력을 지니는 자는 현실에 대해서도 그러하다고 믿는다.

하지만 자각몽을 꾸려고 일부러 노력하지 않아도 매일 밤 자각몽을 꾸게 되고, 그 꿈속의 사건과 무대까지 매일 이어서 꾼다는 경우(바로 내 경우)에 대해서는 나와 있지 않았다.
 당시엔 참으로 막막했다. 결국엔 차차 자각몽과 그에 관련된 현상들에 대해 정보를 얻고, 실제로 그것들과 맞부딪치며 준전문가 수준에까지 이르게 되었지만 말이다. 그렇게 되기까지 내가 겪은 경험들은 기이하고 환상적이고 파국적이었으며, 절망적인 동시에 격렬했다. 반년여 동안의 그 모든 과정을 상세히 전달할 자신은 없다. 그러나 주마간산 격으로나마 따라가 보고 싶은 마음이 든다면, 다음으로 이어지는 나의 얘기를 들어 주기 바란다.

 그것은 아마도 내가 자각몽을 꾸고 있다는 사실을 자각한 지 26일쯤 지난 무렵의 일이었을 것이다. 그날 꿈에선 이후 사태가 전개되는 데 아주 중요한 발화점이 되는 요소를 발견했다. 물론 당시엔 그것이 가지는 의미를 전혀 이해할 수 없었으나, 실상 그것이야말로 변혁의 시작을 알리는 신호탄과 같았다는 것을 훗날 이해하게 되었다. 그날 꿈은 사냥터에서 다시 깨어나는 것으로부터 시작되었다.
 그날 나는, 꿈속으로 돌입하자마자 비등점 바로 아래에서 부글거리는 듯한 가벼운 분노가 심장에서 핏줄기를 타고 전신으로 퍼지는 기분을 느껴야 했다. 그 전날의 꿈에서 젊은 인간 한 마리를 때려 죽였었고, 그

고기를 반쯤 먹다가 깨어 현실로 돌아갔었다. 하지만 다시 꿈속으로 돌아왔을 때, 그 자리엔 핏자국과 뼛조각 몇 개만 남아 있을 뿐 사체가 온데간데없었던 것이다. 아마 내가 현실로 돌아간 사이 누군가 다른 굶주린 인간이 가로채 간(녀석들은 서로를 먹는다.)것일 터였다.

사실 처음 며칠 동안은 나도 이 꿈속에서 내가 무얼 할 수 있는지 전혀 알지 못했었다. 여타 꿈에서 그랬듯 자유의지를 망각한 채 마치 영화를 보는 듯한 피동적인 인식에 머물러 있었다고 할까. 하지만 같은 꿈이 반복되면서 나는 이곳 필드(Field)에서 사냥을 할 수 있다는 것을 알게 되었고, 곧 그것을 능동적으로 즐길 수 있게 되었다. 상상할 수 있는가? 코끼리 인간이 되어 광포한 사냥을 즐기는 기분을. 혹시나 해서 하는 말인데, 인간을 죽여서 먹었다고 해서 이상하게 생각하진 마시라. 그곳은 다른 세계였다. 그곳은 나의 꿈이고, 거기서 나는 코끼리 인간이었다. 당신들과 달리, 그곳에서 난 의문의 여지도 없이 인간이란 열등하고 야만적인 존재에 불과하다는 사실을 선험적으로 알 수 있었다. 그리고 실제로 그 녀석은 '짐승' 이었다.

배가 갈라진 채 죽은 여자의 시체가 가로누워 있었다. 그리고 녀석의 옆에는 깨어진 알 껍질과, 성숙되다 말고 알에서 끄집어내진(이것이 특기할 만한 점인데, 이놈들은 태생(胎生)이 아닌 난생(卵生)이다.) 태아의 시신이 반쯤 뜯어먹힌 채 나뒹굴고 있었다. 배를 채운 녀석은 발가벗고 나무등걸에 기댄 채 침을 흘리고 있었고, 오른손은 하체의 성기를 붙들고 위아래로 흔들며 소리를 지르고 있었다. 자위를 하며 괴성을 지르고 머리를 나무 등걸에 짓찧어 대는 그 '인간'의 눈동자에선 이성의 불꽃이라곤 눈곱만치도 찾아볼 수 없었다. 나는 절정에 도달해 막 사정하기 시작한 그 짐승의 목뼈를 우두둑, 망설임 없이 내리쳤고, 녀석은 원시적 오르

가슴의 정점에서 사망했다.

 상기와 같이, 존엄성과 위엄은 인간에게 있지 않았다. 바로 나, 코끼리 인간에게 있다. 그래서 나는 기꺼이 인간을 사냥할 수 있었다. 현실세계에서 인간이 그러하듯 말이다. 이빨을 딱딱 부딪치면서, 나는 새로운 사냥감을 찾아 어슬렁어슬렁 걷기 시작했다. 감히 내가 잡은 먹이를 가로챈 건방진 녀석(아마도 또 다른 인간)과 외나무다리에서 마주칠 수 있기를 기대하면서.

 당시 나는 아직 완전히 코끼리가 된 것은 아니었기 때문에 네 다리로 걷지는 않았다. 직립보행이 어색해지긴 했어도 걷고 뛰는 덴 무리가 없었다. 뿐만 아니라 손발가락이 짧고 굵어지긴 했지만 손을 오므려 물건을 쥘 만큼은 됐다. 무기를 하나 들면 제격이겠다. 그렇게 생각하자, 어느새 내 왼손에는 무지막지한 강철 도리깨가 쥐어져 있었다. 나를 만족시키는 이 꿈속의 기묘한 원칙 중 하나. "생각이 곧 물질을 만들어 낸다."

 하지만 네이버 지식인에 나와 있던 설명처럼, 아무리 꿈속의 물질세계라곤 하지만 내가 완전한 장악력을 지닐 수는 없었다. 예컨대 이런 것이다. 생각만으로 내 오른편으로 흐르고 있는 저 물줄기를 막아 버릴 수는 없다. 하지만 도리깨를 만들어 낼 수는 있다. 노려보는 것만으로 바위벽에 터널을 뚫을 순 없다. 그러나 암벽등반용 장구는 손에 넣을 수 있다. 뭐 그런 정도.

 나는 발을 내딛을 때마다 느껴지는 내 육체의 기분 좋은 중량감을 만끽하면서 강변을 따라 이동하기 시작했다. 바람이 시원했다. 흐응. 내 먹이를 가로챈 녀석이 어디로 갔는지 어렴풋한 예감이 다가왔다. 그 건방진 녀석은 젊은 인간과 나머지 시체들을 포식한 뒤, 오른편으로 보이는 갈대숲에서 개울물을 마셨다. 그러고 나선 어디로 갔지? 내면에서 즉각 답이 떠올랐다. 왼쪽. 방향을 틀어서 왼쪽으로 쭈욱.

그 방향으로는 산이 있었다. 수락산이었다. 현실세계의 수락산과 똑같지만, 어딘지 모르게 다른 느낌. 사람의 손길이 닿지 않은…… 보다 원시적인 느낌이랄까. 그러고 보면 내가 지금 밟고 있는 이 땅도 원래는 아파트가 들어서 있던 상계동 자리지만, 복개되지 않은 하천이 흐르고 풀숲과 나무가 무성했다. 마치 문명 이전의 서울을 그대로 옮겨다 놓은 것 같은 모습이었다. 이 가상의 서울엔 도로도, 승용차나 버스도, 전철도, 가스관도, 전봇대와 전선도, 광케이블망도, 기지국도, 아파트도, 빌딩도, 모텔도, 유흥가도, 병원도, 군대도, 국회의사당도, 우매한 대중도, 정치인도 없었다. 이 전인미답의 처녀지엔 오로지 나, 꿈꾸는 코끼리 인간만이 가벼운 흥분과 분노를 느끼며 활보하고 있었다. 그곳은 나의 영토였다.

나는 슬슬 속도를 높이며 달리기 시작했다. 거침없이 산을 오르며 적의 흔적을 쫓았다. 성난 코끼리의 무지막지한 돌파. 가로막는 나무는 쓰러뜨렸고, 수풀은 짓밟고 넘었다. 개울을 건너 절벽을 지나 비탈을 올랐다. 그리하여 수락산 중턱에 펼쳐진 널찍한 바위언덕에 도달했을 때, 나는 녀석과 대면할 수 있었다.

눈이 마주쳤다. 멈칫, 녀석의 몸이 굳었다. 나 역시 순간적으로 움직임을 멈췄다. 놀라움. 나는 당시까지 약 4주 동안 홀로 탐험한 그 꿈속에서, 나 외에 살아 움직이는 것은 인간밖엔 보지 못했었다. 다른 무언가를 불러내고자 노력했지만 그것은 내 의지 밖의 일인지 아무런 변화도 이끌어 낼 수 없었다. 그저 몸이 점점 코끼리로 변해 가는 과정에서 느끼는 희열과, 사냥의 쾌감에 만족했을 뿐. 하지만 드디어, 문제의 그날에 이르러서야 처음으로 뭔가 다른 놈이 모습을 드러내고야 말았던 것이다.

그렇다. 내가 쫓던 '적'은 예상과 달리 인간이 아니었다. 이것은 꿈에 대한 내 의지의 지배력이 보다 강해졌다는 뜻이었을까? 녀석은 곰이었다. 보다 정확히 말하자면 곰 인간, 혹은 곰이 되어 가는 인간. 혹시 나와 같은? 흥, 그래 봐야 꿈속의 존재. 녀석은 나와 달리 허구에 불과하다. 나는 그렇게 생각했다.

곰 인간은 인간들의 둥지를 습격하여 포식 중이었다. 지푸라기와 나뭇가지로 만든 둥지에는 부화를 앞둔 알들이 깨져 선혈이 낭자했고, 곰은 늙은 수컷 한 마리와 젊은 암컷 한 마리의 골통을 양손에 붙들고 부딪쳐 깨고 있던 참이었다. 멍하니 서 있던 곰 인간은 손에 들린 깨진 머리통에서 피와 함께 뇌수가 흘러내리자, 얼른 입을 벌려 후루룩 빨아먹은 뒤 거칠게 시체를 내팽개치곤 나를 향했다.

덩치는 엇비슷했다. 그러나 나는 무기가 있었고 놈은 없었다. 시시한 인간이 아닌 제대로 된 사냥감이 나타났다는 사실이 나를 기쁘게 했다. 딱, 딱! 이빨을 부딪치곤 쿵―한 발을 내딛어 위협했다. 피가 끓어올랐다. 녀석도 이빨을 드러내고 털을 곤두세우며 낮게 으르렁거렸다. 그것이면 충분했다. 더 이상 무슨 말이 필요 있으리.

뿌우우우―! 내가 포효를 내지르며 쇠도리깨를 휘둘러 달려드는 순간, 녀석도 흉성과 함께 거대한 앞발을 휘두르며 마주 달려들어 왔다. 녀석은 무식하게도 떨어지는 쇠도리깨를 오른쪽 어깨로 받아 내며 왼쪽 앞발로 내 머리를 후려쳤다. 녀석은 어깨에 받은 충격으로 휘청거리며 한쪽 무릎을 꿇었고, 나 또한 순간적으로 머리가 진탕되는 것을 느끼며 반대 방향으로 한쪽 무릎을 꿇었다. 하지만 녀석과 나는 전혀 충격을 받지 않은 것처럼 동시에 일어나며 돌진, 서로의 가슴팍에 육중한 발길질을 날렸고, 마찬가지로 동시에 타격을 입히며 뒤로 널찍이 나동그라져 굴렀다. 흙먼지가 자욱이 피어오르는 것보다 녀석과 내가 튀어 일어나 서로를 노려보는 것이 더 빨랐다. 강인한 투지, 놀라운 생명력.

오기가 치솟았다. 건방진 새끼…… 감히 꿈 주인과 맞먹으려 들어? 녀석과 나는 타오르는 눈길로 서로를 노려보며 천천히 옆으로 걸었다. 서로에게서 눈동자를 뗄 수가 없었다. 쇠도리깨를 움켜쥔 손아귀에 힘이 들어갔다. 만만치 않은 상대임은 대번에 파악되었으나, 공포는 느껴지지 않는다. 아무리 실제와 같이 생생히 느껴지는 꿈일지라도 꿈은 꿈. 결코 현실이 아니므로 죽거나 다쳐도 그만이다. 다음 날 또 꾸면 되니까. 말하자면 이건 게임 같은 것이다. 아주 현실감 넘치는.

천천히 옆으로 걸으며 기만동작. 기만동작. 다시 한 번 기만동작. 그러나 녀석도 나도 넘어가지 않았다. 별 수 없이 정면충돌이었다. 서로 유지되고 있던 간격은 단 한 걸음에 무너졌다. 녀석은 무지막지한 앞발을, 나는 살벌한 쇠도리깨를 내리찍으며 서로를 향해 돌진했다. 이번엔 녀석의 앞발이 마음대로 내 머리를 강타하도록 내버려두지 않을 셈이었다. 우선 녀석의 미간을 내리찍을 것처럼 쇠도리깨를 휘둘렀다. 그러곤 그것을 살짝 비껴 올려 녀석의 앞발을 쳐내는 것이 둘째. 그리고 그 반동으로 다시 미간을 노려 적중시키는 것이 셋째. 대갈통이 깨졌건 안 깨졌건, 녀석이 쓰러진 뒤엔 한 번 더 미간을 내리찍는다. 여기까지가 넷째. 이상, 향후 전투계획 개요.

그러나 그 찰나의 순간. 무서운 속도로 내 머리로 떨어져 내리는 녀석의 앞발이 점점 느려지기 시작했다. 그러고는 이내 마치 슬로모션을 보는 것처럼 느려졌다. 나의 쇠도리깨가 곰 인간의 미간을 직격해 들어가는 모습 또한 필름을 늘인 듯 천천히 보이기 시작했다. 대체 어떻게 된 일이지? 눈앞의 영상은 그치지 않고 점점 느려졌다. 그러곤 돌연 모든 사물이 마치 옆으로 잡아 늘이듯 비정상적으로 퍼져 나가며 시야가 암흑으로 물들었고, 천지가 붕괴하는 듯 연속적으로 울려 대는 굉음만이 어둠 속을 가득 메웠다. 갑작스럽게, 모든 것의 붕괴가 찾아왔다.

그러고는 눈을 떴다. 침대, 이불 속이었다. 천장이 보였다. 소리가 들렸다. 째르르르르릉—— 왼쪽 귀에 밀착된 알람시계가 우악스럽게 울려 대고 있었다. 세상이 붕괴되는 소리.

나는 미친 듯이 울고 있는 알람시계를 신경질적으로 쳐냈다. 코끼리 인간. 곰 인간. 쇠도리깨. 깨어진 알과 흥건한 피. 흘러내리는 뇌수. 그리고 알람시계.

침대 밑에 나동그라진 알람시계는 계속 성난 아기처럼 억척스럽게 울어 댔다. 가슴 깊은 곳에서는 견딜 수 없는 분노가 끓어올랐다. 그리고 그 분노는 그날 종일 내 안을 가득 메운 채 가라앉지 않았다. 회를 거듭할수록, 꿈속에서의 감정이 점차 강렬하게 현실에 여운을 남기기 시작하고 있었다.

곰 인간, 즉 타인과의 첫 조우.

당시엔 몰랐지만, 그것이 바로 파멸의 수레바퀴가 구르기 시작했다는 최초의 징후였다.

첫 만남 이후 며칠간은 더 이상 꿈속에서 곰 인간을 만나볼 수 없었다. 놈의 목을 내 손으로 꺾기 위해 혈안이 되어 놈을 찾았지만, 도대체 놈의 흔적이 보이지 않았기 때문이었다. 결국 의도와는 달리 녀석을 만나기 전과 마찬가지로 평화로운(?) 인간사냥의 나날들이 한동안 이어졌고,

나는 수락산 일대와 상계동 부근을 넘어 노원 일대까지 나의 행동반경을 넓혀 갔다. 가는 곳마다 산은 더욱 크고 우거져 있었으며 물은 훨씬 맑고 생기가 넘쳤다. 모든 지형지물은 거의 그대로였으나 보다 원시적 활력을 과시하고 있다는 점이 달랐다. 그리고 전술했다시피, 이곳 꿈속의 서울에선 문명의 흔적을 찾아볼 수가 없다는 점이 매우 인상적이었다.

비록 인간만 부지런히 잡아 죽여 뜯어먹는 나날이 이어졌지만, 나는 결코 곰 인간을 잡는 일을 포기한 것은 아니었다. 그 건방진 녀석을 찾아 작살을 낼 요량으로 노원 주위를 이 잡듯 수색했고, 직관과 물증을 적절히 배합해 가며 끊임없이 녀석의 흔적을 쫓았다. 꿈을 거듭하면서 희미하긴 했지만 놈의 흔적을 잡을 수 있었고, 점차 노원 부근을 벗어나 계속 행동반경을 넓혔다. 현실 세계에서라면 4호선 라인이 지나갔을 자리인 방학동, 창동 근방을 지나 쌍문동까지 갔는데 거기에서 녀석의 흔적을 놓치고 말았다. 어찌된 일인지 반사적으로 떠오르던 예감도 그 부근에 도달하자 더는 떠올라 주지 않았다.

그렇다고 영 수확이 없는 것만은 아니었다. 약이 오를 대로 오른 나는 인간이나 더 먹으러 개울가를 뒤지고 다니다가, 뭔가에 이끌리듯 자그마한 소나무 숲으로 걸음을 옮겼다. 그리고 거기서 기이한 놈들의 싸움을 목격하게 되었던 것이다. 이것은 곰 인간의 존재를 발견한 것만큼이나 의미심장한 사건이었으나 당시에 나는 이것 역시 대수롭지 않은 것으로 생각했었다.

한 녀석은 늑대 인간이었다. 하지만 놈은 강대한 야성으로 주위를 위압하는 전통적인 늑대 인간의 모습과는 약간 거리가 멀었다. 녀석은 마치 평범한 인간에서 이제 막 늑대 인간으로 변하기 시작한 것처럼 털도 듬성듬성 나 있었으며 손발톱이 그리 크지도, 날카롭지도 못했다. 그래도 샛노랗게 물든 동공과 제법 길쭉이 삐져나온 송곳니, 질질 흘려 대는 침만은 그럴 듯했다. 허나 그마저도 상대방에게 그다지 큰 위협이 되지는 못하는 것 같았다.

그 늑대 인간을 상대하고 있는 녀석은 그보다 조금 더 황당했다. 전신에 강철 슈트를 입은 채 양손에서 삐져나온 플라스마 소드를 휘두르는 거구의 외계인. 파랗게 인광을 발하는 쫙 찢어진 눈하며 우둘투둘한 파충류의 피부, 그리고 말이나 염소처럼 역으로 굽어 있는 무릎관절. 영락없는 질럿[1])

놈들은 내가 근처에 와서 지켜보고 있다는 것도 까맣게 모른 채 처절한 사투를 전개하고 있었다. 이놈들은 곰 인간보다 약하다. 서투르다. 나의 예감이 그렇게 말하고 있었고, 실제로 놈들이 싸우는 모양새만 봐도 나는 그것을 한눈에 알 수 있었다. 놈들의 상태는 마치 갓 코끼리로 변모하기 시작하던 초기의 내 모습과도 흡사한 분위기를 풍겼다. 지금의 나라면 다가가 손쉽게 둘 모두를 제압해 포식할 수 있을 거라는 자신감이 들었다.

그러나 난 그렇게 하지 않았다. 손쉽게 놈들을 때려 죽이느니, 놈들의 치고 박는 모양을 구경하는 것이 더 흥미롭겠다고 생각했기 때문이었다. 실제로도 그러했다. 놈들의 싸움을 구경하는 건 독특한 재미가 있었다. 마치 투견싸움이나 투계싸움을 구경하는 것과 비슷하달까. 놈들의 전투기술은 훌륭했다. 투지가 넘치고 동작은 기민했으며, 타격은 강렬

---

1) 1998년 블리자드에서 출시한 전략 시뮬레이션 게임 스타크래프트에 등장하는 프로토스의 기본 지상 유닛. 'Citadel of Adun' 이라는 건물에서 'Leg Enhancements'를 업그레이드하면 질럿의 이동속도가 증가되는데, 이것을 속칭 '발업' 이라 부르기도 한다.

하고 방어는 유효적절했다. 그리고 그 모든 것이 내 눈엔 하찮게 보였다.

녀석들은 치열하게 싸웠고, 결국 질럿의 플라스마 소드가 늑대 인간의 목구멍을 꿰뚫음으로써 승패가 결정 났다. 하지만 질럿도 무사하진 않았다. 오른쪽 허벅지 부분의 강철 슈트가 깨지고 우그러져 푸른 피가 철철 흘러내리고 있었으니까. 파란색 피. 어떤 맛일까? 구경을 마친 나는 성큼 발을 내딛어 수풀 밖으로 나아갔고, 고개를 들며 거칠게 포효했다. 뿌우우우—!

놈은 나를 발견했다. 그리곤 내 위치를 가늠하자마자 절뚝거리면서도 추호의 망설임 없이 플라스마 소드를 휘두르며 달려오기 시작했다. 나 역시 놈을 향해 돌진했다. 문득 의문이 떠올랐다. 나도 그렇고 곰 인간도 그렇고 이놈들도 그랬다. 이 꿈속의 놈들은 왜 하나같이 이렇게도 투쟁적인 것일까? 더 생각할 여유도 없이 충돌의 순간이 다가왔다. 그 무모한 질럿의 몸통을 들이받아 날려 버렸다. 멈추지 않고 달렸다. 먼지구름을 일으키며 무섭게 나뒹구는 놈을 쫓아가 무참히 짓밟으면서, 나는 나 자신이 어느새 네 다리로 달리고 있다는 사실을 깨달을 수 있었다. 나는 밟고 지나갔고, 방향을 선회하여 되돌아와 다시 한 번 놈의 온몸을 무자비하게 짓밟았다. 두 앞다리를 들어 올렸다가 일거에 내리쳤었다. 내리쳤었다. 내리쳤었다. 그 압도적인 파괴력 앞에선 프로토스의 기술력으로 만들어 낸 장갑도 무력했다. 강철 슈트를 박살내자 짓뭉개지고 너덜너덜해진 녀석의 뼈와 살이 드러났다.

허겁지겁 그 살을 포식했다. 녀석의 파란 피에서는 어릴 때 먹었던 한약 냄새가 났다. 녀석을 다 먹은 뒤 늑대 인간의 시체마저 다 뜯어먹고 우뚝 섰을 때, 나는 얼마 전만 해도 갓 자라나기 시작하던 나의 엄니가 어느새 입 밖으로 50센티미터 이상 자라나 그 날카로운 끝이 하늘로 향하고 있는 것을 발견할 수 있었다. 나는 자랑스럽게도 이제 완전히 네 다리로 굳건히 서 있었고, 보다 육중한 몸체를 가진 한 마리 거대한 코끼리가 되어 있었다.

이 꿈속의 또 다른 공식을 깨달은 것이 바로 그 무렵이었던 것 같다. "싸우고, 죽이고, 먹으라. 그리하면 진화하리라. 더욱 강대해지리라." 이것은 마치 일종의 온라인 게임의 룰 같은 것이었다. 몹을 사냥하거나 플레이어를 사냥하면 경험치를 얻고 레벨이 오르는. 대체 이러한 룰은 어떻게 해서 생겨난 것일까? 단지 나의 뇌가 만들어 낸 조화에 불과한 것일까? 그렇다면 왜 나 스스로가 이것을 통제할 수 없는가? 알 수 없었다.

어쨌든 꿈속에서는 그렇게, 야만적인 승승장구를 거듭해 갔다. 그러나 현실세계에서의 내 일상은 조금씩 망가져 가고 있었다. 걸핏하면 가족들에게 소리를 지르거나 명령을 하기 일쑤였고, 식탐이 비정상적으로 강해졌다. 당연한 말이지만, 부모님과 여동생은 그런 날 전혀 이해하지 못했다. 나는 단지 신경이 날카로워졌을 뿐이라고, 조금 요양이 필요할 것 같다고 얼버무렸지만 시간이 지날수록 가족들은 나의 정신상태를 의심하기 시작했다. 꿈 이야기를 해야 할까? 그럴 수는 없었다. 안 그래도 날 걱정스런 눈으로 바라보며 오랜만에 무당을 불러야겠다는 둥 굿을 해야겠다는 둥 수군거리는 판에, 그랬다가는 할머니 대에서 끊긴 신줄을 내가 이어받아야 된다는 소리가 나올 판이었으니까.

회사에 나가서도 나 스스로를 통제하는 것이 어려웠다. 나는 월례회의 시간에 갑작스럽게 쏟아지는 졸음을 어쩌지 못하고 엎드려 잠들어 버렸고, 막 꿈속으로 접어들려는 찰나에 나를 깨운 상사를 벽으로 밀어붙여 죽일 듯 목줄기를 틀어쥠으로써 부서를 발칵 뒤집어 놨다. 직장 동료들도 나를 슬슬 피했고, 한동안은 회식 자리에 나가기도 어려워졌다.

결국 제대로 얘기를 나눌 사람은 희원밖에 없었다. 희원은 나의 꿈 얘기를 처음부터 알고 있는 사람이었고, 그 개연성을 인정하고 있는 유일한 사람이었다. 나는 희원을 만날 때면 나의 불안정한 정신상태에 대해 양해를 구했다. 그리고 희원은 그것을 태연히 받아들였다. 지금은 비록 전공과 관계없는 출판 일을 하고 있지만, 한때는 열정적인 심리학도였다는 점도 나와 나를 둘러싼 정황들 자체를 그가 수월하게 받아들이는 데 큰 보탬이 되었으리라.

확실히 나의 얘기는 희원에게 지적인 자극을 주고 있었던 것 같다. 그는 마치 학부시절로 돌아간 듯 들떠 있었으며, 여기저기서 자료를 모으며 나름대로 나의 상황을 해석하려 시도 중이었다. 내가 희원에게 늑대인간과 질럿의 등장에 관해 설명해주자, 그는 가만히 얘길 듣고 나선 내게 이런 이야길 들려주었다.

"혹시 '돌고래 부르는 사람'이라고 들어 봤어?"

"글쎄. 못 들어 봤는데."

"좀 특이한 얘긴데 말이야. 왠지 너랑도 관련이 있을 것 같은 아이템이라서 말이지."

그러면서 시작된 희원의 이야기는 꽤 길었지만, 적당히 간추리자면 대충 이러했다. 그 이야기는 『섬 생활(Pattern of Islands, 1952)』이라는 자서전 속에 등장하는 일화였다.[2] 그 책을 쓴 사람은 남태평양의 길버트 제도에서 토지 감찰관 노릇을 했던 아서 프랜시스 그림블이란 영국인이었는데, 1914년부터 5년간 그곳에서 생활하면서 겪은 특이한 사건들을

---

2) 콜린 윌슨 저, 1999년 하서출판사에서 출간한 『아틀란티스의 유산』 중에서 이 책에 대해 언급한 것을 재차 인용했다.

책을 통하여 담백하게 묘사했다고 한다.

그 그림블이란 사람은 그곳 섬의 키티오나라는 늙은 추장과 사이가 좋았다고 한다. 어느 날인가는 추장이 그림블이 너무 말랐다며 돌고래 고기를 좀 먹을 것을 권했는데, 돌고래 고기를 어디서 얻을 수 있느냐고 묻자 추장은 아랫마을에 살고 있는 자신의 사촌이 대대로 이어져 오는 '돌고래를 부르는 사람' 이라고 말해 주었다.

그림블도 그곳 섬의 샤먼들은 일종의 마법으로 돌고래를 해변으로 불러오는 능력을 지녔다고는 들은 적이 있었다. 그는 그것이 도구를 사용하는 일종의 속임수가 아닐까 생각하고 있었는데, 추장의 말에 따르면 엉뚱하게도 그 마법은 특정한 꿈을 꿀 수 있는 능력에 달려 있다는 것이었다. 샤먼이 이 꿈을 꾸는 연습을 해서 능력을 갖추게 되면, 꿈속에서 그의 영혼이 신체를 떠나 '돌고래인' 들을 찾아가 마을로 와서 성찬을 먹고 춤을 추도록 권할 수 있다는 것이다. 그리고 돌고래들이 해변에 도착하면 재빨리 꿈속에서 돌아와 부족들에게 알려 돌고래들을 마중 나간다고 했다.

실제로 '돌고래를 부르는 사람' 은 그림블에게 그것을 보여 주기로 했다. 약속된 당일 그 샤먼은 사람들이 지켜보는 가운데 오두막에서 꿈을 꾸기 위해 잠들었다. 그리곤 한참 뒤 돌고래들이 왔다고 소리치며 발작을 했고, 기를 쓰고 일어나더니 천천히 해변을 향해 걷기 시작했다.

추장과 그림블을 비롯한 마을 사람 천여 명이 모두 그 뒤를 따라 해변으로 향해 갔다. 마침내 해변에 도착했을 때, 돌고래들은 이미 껑충껑충 뛰면서 빠른 속도로 모래사장으로 다가오고 있었다. 돌고래들은 얕은 물까지 들어와 마치 소함대처럼 의젓하게 정박했고, 마을 사람들은 해변에 서서 낮은 목소리로 읊조리듯 말하며 그들을 환영하기 시작했다.

남자들은 물속으로 들어가 돌고래들을 껴안아 뭍으로 밀었다. 그러고는 샤먼의 신호에 의해 일제히 그들을 들어 올렸고, 질질 끌다시피 모래사장으로 옮겨 왔다. 여자와 아이들은 주위를 돌며 꽃장식을 들고선 리듬에 맞춰 춤을 추며 박수를 치고 있었다.

  돌고래들은 아주 평화로운 표정을 지으며 아름답고 위엄에 찬 모습으로 뭍에 안착했다. 돌고래들이 마치 승리를 얻은 듯이 의기양양한 표정으로 편안히 휴식을 취하는 그때, 주민들의 태도는 돌변했다. 주민들은 남녀노소를 가리지 않고 하늘이 찢어질 듯한 쇤된 목소리로 비명을 질러 대며 펄쩍펄쩍 뛰거나 거만한 자세를 취했고, 꽃장식을 벗겨내 움직이지 않는 돌고래들의 몸통을 향해 던져 댔다. 그림블은 이 광경을, 차마 눈 뜨고 볼 수 없는 자만심과 경멸이 뒤섞인 격정의 폭발로 묘사했다고 한다.

  그러고 나서 주민들은 돌고래들을 꽃장식과 함께 남겨 둔 채 집으로 돌아갔다. 뒤에 바닷물이 빠져나가 돌고래들이 진퇴양난에 빠져 바싹 말랐을 때, 남자들이 칼을 들고 해변으로 몰려가 돌고래들을 학살했다. 그날 밤 쿠마 마을에선 향연과 춤판이 벌어졌고, 그림블은 돌고래 고기를 얻을 수 있었다. 하지만 차마 그것을 먹지는 못했다나.

  흥미롭기도 하고 오싹하기도 한 이야기였다. 하지만 다 듣고 난 뒤 나는 회원에게 이렇게 물었다.

  "재밌네. 그렇지만 내 꿈이랑은 별 관련이 없잖아? 나보고 꿈에서 돌고래라도 불러오라는 거야 뭐야."

  "뭐 그런 건 아니지만…… 네 꿈 못지않게 특이한 꿈 아니야? 꿈속에 가서 돌고래 인간들을 초대했다잖아. 그럼 꿈속에서도 현실에 대한 의식이 명확히 있었을 거 아니야. 그러니까 그 돌고래 불러오는 꿈인지 뭔지도 자각몽일 거란 얘기지."

"거기서 접점이 발생하긴 하는데…… 그래도 어려운데."

"내 얘긴 이거야. 혹시 알아? 네 꿈에서도 돌고래 불러오기처럼 현실과 연결될 수 있는 여지가 있을지도 모른단 거지."

꿈과 현실과의 연결. 곰 인간. 질럿. 늑대 인간. 그랬다. 지금까지 계속 그래 왔던 것처럼, 나는 결정적인 단서 앞에 직면하면서도 그게 어떤 의미를 가진 것인지 제대로 인식하지 못했다. 아니, 당시엔 그것을 해석하기엔 정황이 무르익지 않았으므로 어쩌면 당연한 일이라 해야 할지도 모르겠다.

여하튼 그날 회원이 제시했던 그 키워드는 이 대변혁의 과정에서 핵심이 되는 중대한 키워드 중 하나였고, 나는 얼마 지나지 않아 그것의 의미를 이해하게 되는 사건을 겪게 되었다.

회원이 다방면으로 알아봐 주고 있기는 했지만, 그렇다고 회원에게만 모든 것을 의지하고 있을 수는 없었다. 나는 혹 제도권 의학에서 일말의 힌트나마 얻을 수 없을까 하는 기대를 가지고 정신과에서 열어 놓은 인터넷 상담 게시판을 서너 군데 찾아봤다. 나의 상태를 꼭 고쳐야겠다거나 견디기 힘들다거나 한 것은 아니었다. 아니, 솔직히 말하자면 도리어 이 상태를 즐기고 있었고, 꿈속에서 얻은 또 하나의 세상을 스스로 박탈하고 싶은 생각은 추호도 없었다. 다만, 알고 싶었다. 이 기이한 시스템의 메커니즘을. 그것이 촉발된 원인을. 이 모든 일들의 숨겨진 전말을.

나는 비공개 게시물을 통해 세부를 제외한 대강의 사건 배경과 증상을 설명했고, 몇 군데에서는 답장을 받아 볼 수 있었다.

1. ……님께서 질문하신 내용의 요지는 한 달 이상 꿈을 꾸고 그것이 무척 생생하며, 아침에 몹시 피곤하고 졸리다는 것으로 이해하겠습니다. 꿈의 내용이나 횟수 및 그에 대한 회상의 정도는 개인차가 많기 때문에 일률적으로 규정하기는 쉽지 않습니다.

그러나 악몽이나 생생한 꿈을 꾼다는 것은 우울증, 불안장애, 히스테리를 비롯한 다양한 정신과적 장애나 급만성 스트레스 장애, 약물 효과 등으로 인해 일시적으로 나타날 수 있고 나르코렙시나 수면무호흡, 가위눌림 등과 같은 특정한 수면장애에서도 나타날 수도 있습니다. 문의하신 글에서 부수적인 다양한 증상에 대한 납득할 만한 설명이 없어 단정 지을 수는 없으나, 문득 쏟아지는 심한 졸림과 히스테리 증상 등이 수반된다면 나르코렙시의 가능성을 배제하기 어렵습니다. 그러니 내원하셔서 수면의학을 전공하시는 전문의와 상의……

이것은 강남의 유명하다는 정신과에서 온 회신이었다. 나르코렙시…… 해석하면 기면증? 찾아보니 시도 때도 없이 잠이 쏟아지는 병이란다. 잘못 짚어도 한참 잘못 짚었다. 게다가 내가 그렇게 강조한 자각몽의 '연속성'에 관해서는 일언반구도 없었다. 패스.

2. ……현대사회의 삭막함과 경쟁이 주는 스트레스로 인한 반감으로 동물성과 인간성이 반전된 세계를 창조하는, 무의식의 자연스런 작용입니다. 같은 꿈이 이어지는 것은 흔하지는 않지만 있을 수 있는 일로, 일시적인 현상이므로 곧 사라질 것입니다. 일반적으로 자각몽은 병증이 아니고, 매회 같은 배경이 이어진다는 것은 특이하긴 하지

얼터너티브 드림 155

만 큰 문제가 있는 증상이라곤 보이지 않습니다. 꿈을 꾸고 싶지 않으시면 일정 분량의 수면제 처방으로 효과를 볼 수 있을 것으로 사료되며, 감정적으로 격렬해지는 증상은 약물 처방으로 완화할 수 있으니 한번 내원하셔서 치료를……

모 대학병원 정신과로부터의 회신. 일반적인 일이라고? 큰 문제가 없다고? 수면제나 먹으라고? 더 들을 것도 없었다. 여기도 패스.

3. ……서면 진술만으론 자세한 도움을 드리기 어려우니, 일단 한번 내원하셔서 진찰과 상담을 받으시길 권합니다. 예약을 위한 폐 병원의 전화번호는…….

서초구에 위치한 모 병원. 가타부타 해설도 없이 간단 담백한 답신이 오히려 더 신뢰감을 주었다. 그래서 찾아갔고, 상담과 정신분석 결과 뚜렷한 원인은 알 수 없지만 내가 가벼운 히스테리 상태에 있는 것으로 밝혀졌다. 경구 또는 혈관을 통해 약물을 투입했는가 여부도 검사를 했다. 하지만 결과는 모두 음성. 그렇다면 원인은 약물 따위의 외부요인이 아닌 나 자신의 내면에 있다는 소리였다. 적어도 현대 신경정신의학에 따르자면.

이어 수면패턴 검사와 뇌파 검사도 실시했는데, 여기선 그래도 제법 내 증상에 맞게 납득할 만한 결과가 나왔다. 먼저 수면패턴 검사에서는 일반인에 비해 두 배에 가까운 REM(급속안구운동) 수면 상태가 반복되고 있음이 밝혀졌다. REM 수면 상태를 꿈 수면이라고도 부른다는 것을 생각하면 하나도 이상하지 않은 결과라 하겠다.

뇌파도 마찬가지였다. 잠이 들었을 때 검출된 나의 뇌파는 정상과는 거리가 멀었다. 깊은 잠을 잘 때 나타나야 하는 델타파가 수면 중 전혀 나타나지 않았던 것이다. 대신에 잠을 자는 내내 두 가지 패턴의 뇌파만이 검출되었는데, 그것은 꿈을 꾸거나 몽상에 빠져 있을 때 나타나는 세타파, 그리고 바쁘게 움직이거나 불안할 때 자주 나타나는 베타파였다. 잠자는 시간의 대부분을 자각몽으로 보내는 나의 상태를 나름대로 합리적으로 설명해 주는 결과라 하겠다.

그럼 낮 동안의 뇌파는 멀쩡하냐 하면, 그것도 아니었다. 애석하지만 비정상. 깬 상태에서 활동적으로 움직일 땐 알파파와 베타파가 나타나는 것이 보통이다. 하지만 나의 경우엔 아니었다. 히스테리 증상이 일어날 때는 숙면을 유도하는 델타파가 발생하고 있었고, 그 외 대부분의 시간엔 꿈을 꾸는 상태인 세타파가 약하게 지속되는 것으로 드러났다. 깨어 있는 동안에도 꿈을 꾸는 뇌파라니.

낮 동안 나의 뇌가 그려 내는 델타파와 세타파의 교차곡선. 왜 그렇게 꿈속 감정의 여운이 깬 뒤까지 길게 남아 있었는지, 왜 그리도 신경이 날카로웠는지, 문득 문득 왜 그렇게 잠이 쏟아졌는지도 대충 설명이 된 셈이었다.

하지만. 가장 본질적인 문제는 그대로 남아 있었다. 뇌파 분석을 통해선 증상이 나타나는 양상까진 설명이 되었다. 그렇지만 대체 '왜' 그런 상태가 발생하고 있는가 하는 문제에 대해서는 아무런 답을 찾을 수가 없었다.

정신분석과 검진만으로는 더 이상 진전을 볼 수 없었기에, 결국은 며칠의 여유를 두고서 최면요법을 써서라도 그 원인을 찾아보기로 했다. 그중 이 방면에서는 가장 뛰어난 기법을 자랑한다는 네오 엘먼(Neo

Elman)[3] 최면요법을 통해 비교적 최근의 일부터 시작해 순차적으로 연령 퇴행을 유도받았다. 깨끗했다. 국민학교 4학년 때 짝사랑하던 여자애에게 뺨을 맞은 사건 외에는 별다른 트라우마가 없었다. 의사는 전생까지의 퇴행을 권했으나 거절했다.

직감 때문이었다. 나의 상태는 결코 내면의 숨겨진 상처나 전생의 쇼크 따위에 있지 않다는 내면의 강렬한 느낌. 그것은 마치 코끼리 인간일 때 곰 인간을 쫓으며 문득 문득 떠오르던 그 직감과도 비슷했다. 놈은 이 개울을 건넜어. 놈이 저 언덕을 넘었군. 아니, 놈은 결코 여기서 뛰어내리지 않았어. 그래. 그리고 이 의사가 지껄이는 말은 엉터리야. 틀렸어.

연령 퇴행을 통해서도 원인을 찾지 못하자, 의사는 지속적인 상담치료와 더불어 약을 투여받고 음악치료를 병행할 것을 권했다. 그 말을 해석한다면 다음과 같으리라. '당신의 증세를 낫게 해 준다는 보장은 없소. 그러나 결과에 상관없이 당신에게 거액을 청구할 거라는 사실만은 반드시 약속하리다.' 기타 등등.

나는 숙면을 유도하는 음악 시디를 받아와 회원에게 선물했고, 처방전은 구겨서 버렸다. 의사가 보름치를 처방해 놓은 약은 다름 아닌 디아제팜(diazepam)이었다. 주먹구구식 신경안정제 따위를 순순히 먹어 줄 만큼 내가 어리석지 않다는 사실을 몰랐던 것일까. 어떤 병원이 됐든, 다시 병원을 찾을 일은 더 이상 없을 것 같았다. 며칠간 돈을 가져다 바친 결과 거기서 알아낼 수 있는 만큼은 다 알아냈으니까.

---

3) 서구 현대 최면가들 사이에 최고의 최면가로 손꼽히는 '데이브 엘먼'의 뒤를 잇는 최면가 그룹을 일컫는다. 엘먼의 테크닉을 중심으로 하여 가장 최신의 기법들을 흡수해 발전해 나가는 실용주의적 흐름을 따르고 있다.

그리고 그날 밤 꾼 꿈은, 전혀 예상치 못했던 방법으로 내가 느꼈던 그 직감이 정확했음을 확인시켜 주었다. 그날은 희원과 저녁식사 후 밤을 함께 보내게 되었고, 한차례 격렬한 폭풍우가 지나간 뒤 우리는 뿌듯한 만족감과 함께 지쳐 쓰러졌다. 그날 그 탈진상태에서 잠 속으로, 그리고 다시 꿈속으로 접어들었던 일련의 과정은 마치 현실과 가상공간을 연결하는 보이지 않는 문을 통과하는 것과도 같았다.

나는 희원의 가슴에 얼굴을 파묻고 눈을 감은 채 나의 의식이 깊고 따뜻한 물속으로 가라앉는 것을 느꼈다. 그러곤 이내 암흑. 완전히 잠 속으로. 하지만 곧이어 의식이 되살아나며 꿈이 시작된다는 것을 명확히 알았고, 나의 무의식 세계가 구축해 놓은 미지의 땅 위에서 육체적으로나 정신적으로나 완전한 코끼리 인간으로 재정립되는 과정을 온전히 인식할 수 있었다.

그때 나는 문득 깨달았다. 회를 거듭할수록 이 모든 과정들이 좀 더 명쾌해지고 있었고, 소요되는 시간은 점차 짧아지고 있었다는 사실을. 이것은 내가 결코 단절되지 않는 항구적인 각성상태를 유지하게 되었다는 것을 의미했다. 현실에서야 두말할 것 없고, 꿈에서조차 '항상' 현재의식을 유지한다면 어떻게 되는 것일까? 인생을 두 배로 살 수 있게 되는 건가? 결국에는 미쳐 버리는 건 아닐까? 과연 이런 현상이 얼마나 지속될까? 영원히 끝나지 않는다면 어떻게 해야 할까?

현실에서 꿈으로. 그리고 꿈에서 현실로 전환되는 과정이 이런 식으로 점점 짧아진다면, 종내에는 텔레비전의 채널을 바꾸듯이 순간적으로 꿈과 현실 사이를 횡단하게 될지도 모른다는 생각이 들었다.

그 무렵 꿈속 서울에서 나는 이미 곰 인간의 뒤를 쫓아 혜화동 부근까지 가 있는 상태였다. 거기까지 이르는 도중에, 나는 제법 많은 수의 인간 이외의 존재들과 마주쳐야 했다. 놈들의 출현은 조금씩이지만 분명히 점점 더 빈번해지고 있었다. 거의 완전한 파충류 수준에 도달한 벨로시랩터[4], 제법 살이 붙은 거대 돼지인간, 걸어 다니는 파리끈끈이 주걱인간 등을 각각 박살냈고, 먹었다. 그 와중에 인간도 꾸준히 포식했음은 물론이다. 그 결과 나는 하루가 다르게 강대해지고 있었다. 심지어 현실 생활 따위야 어떻게 되든 말든 상관없다는 생각이 들 정도로.

그날 꿈에서 징후가 나타난 것은, 방송통신대학이 있던 자리에서 맞부딪친 저글링[5] 한 마리(아드레날린 업 상태의)를 압살시켜 뜯어먹은 뒤 잠시 쉬고 있을 때였다. 저글링의 뼈와 살이 소화되면서 점차 내부의 힘이 고양되는 것을 만끽하고 있던 나는, 문득 꼬리뼈 부근에서 뭔가 뜨거운 에너지가 꿈틀거리는 것을 느꼈다. 그것은 마치 꿈틀거리는 뜨거운 액체, 또는 빛에너지로 이루어진 한 마리 뱀처럼 나의 척추를 휘감고 상승하기 시작했다. 나는 전혀 몸을 움직일 수가 없었다. 그 빛의 유동체는 척추를 쭉 타고 올라와 목뼈를 지나 두개골까지 도달하고야 말았고, 그 순간 수백만 개의 섬광탄이 작열하듯 강렬한 빛이 머릿속을 가득 채웠다. 당시엔 몰랐지만, 그것이 바로 내 인생 최초 쿤달리니 각성의 순간이었다.

빛이 한동안, 아마도 꽤 오랫동안 지속되는 동안 나는 지복(至福)의 상태에 있었고, 그 빛 외의 다른 어떤 것도 생각하지 않았다. 허나 그 빛

---

4) 지질시대 백악기 후기에 살았던 육식공룡. 작은 몸에 비해 높은 지능, 날카로운 이빨과 발톱, 날렵한 동작을 이용해 자기보다 큰 공룡도 사냥할 수 있어 '날랜 사냥꾼'이라는 이름이 붙었다. 아시아 지역에서 발견된 공룡 가운데 가장 사납고 잔인한 육식공룡이다.
5) 1998년 블리자드에서 출시한 전략 시뮬레이션 게임 스타크래프트에 등장하는 저그 종족의 기본 지상 유닛. 아드레날린 업그레이드를 하게 되면 이동 속도와 공격 속도가 증가된다.

이 차츰 사라지면서 표면의식이 돌아왔고, 그러자마자 나는 이마가 간지러운 것을 느꼈다. 처음엔 단지 가려운 정도였지만 얼마 안 있어 그 간지러움은 미칠 듯 심해졌고, 얼마 지나지 않아 이마 뼈 안쪽에서 뭔가가 뒤틀고 갉아 대는 듯한 기이한 고통으로 변모했다. 그것은 꿈속에서도 현실에서도 일찍이 겪어 보지 못한 감각으로, 방금 전 빛과 함께 도달했던 지복의 상태와는 극과 극을 달리는 저열한 감각이었다. 도저히, 참을 수가 없었다.

뿌우우우우─!

나는 떨쳐 일어나며 포효했고, 달리기 시작했다. 꽝. 꽝. 숲을 헤집고 달리며 아름드리 나무들을 보이는 대로 들이받아 쓰러뜨렸다. 그러나 그것으론 부족했다. 나는 내 몸집만 한 바위들을 향해 돌진했고, 쪼개질 때까지 들이받고 또 들이받았다.

이윽고 내 이마는 피투성이가 되고 바위는 산산이 부서져 파편화될 지경에 이르렀을 때, 그제야 뼈 안쪽에서 헤집고 나오던 그 통증은 사라졌다. 강대한 코끼리인 나조차도 지치는 것을 느낄 지경이었으니 내가 쏟아 부은 힘이 얼마나 위압적이었을지는 짐작이 가고도 남았다. 그러면서 정신없이 달린 덕분인지 어느새 나는 청계천 근처까지 와 있었다.

가만히 선 채 격해진 숨을 고르면서, 나는 나의 이마에 뭔가 물리적 변화가 생겼음을 알아챌 수 있었다. 바위를 들이받아서 생긴 생채기와 타박상이 있었지만, 그게 전부는 아니었다. 그와는 다른 종류의 무엇. 나는 당연하다는 듯 그 사실을 눈치 챌 수 있었지만, 내 이마 위에 생겨난 이상 그것을 직접 눈으로 볼 수는 없는 노릇이었다. 나는 이미 사족 보행을 하고 있었기에 손 대신 코를 말아 올려 이마를 만져 보았다. 몇 개의 사선. 그리고 원형의 돌기가 느껴졌다. 대체?

나는 곧장 청계천 개울가로 내려가 물에 이마를 비춰 보았다. 물살 때문에 제대로 된 형상을 확인할 수가 없었다. 나는 물결이 잔잔해지기를 '원했고', 그러자마자 물 표면의 일부가 마치 거울과 같이 평평하게 정지했다. 수면에 흉폭해 보이는 코끼리의 거대한 면상이 비쳤다. 그 이마의 한가운데에 도드라져 있는 흰색 문양. 그것은 지름 30센티미터가량의 수레바퀴였다. 세 개의 살대가 중심점에서 교차하며 바깥으로 뻗어 별 모양(*)을 만들었고, 원형의 굵은 테두리 하나가 그것들을 감싸고 있었다. 그것은 뼈 자체가 살을 뚫고 돋아 나와 만들어진 것이었다.

순간 나의 사고는 정지했다. 머릿속이 텅 비면서 단 한 문장만이 100만 킬로와트의 밝기로 명멸했다. "잠재 에너지 각성을 도와주는 신비의 해저암반수." 내 이마에 돋아난 문양은 전철에서 주운 생수병 라벨에 그려져 있던 그것, 물레방아 혹은 단단한 수레바퀴처럼 생긴 바로 그 문양과 같은 것이었다.

마치 어긋나 있던 전신 뼈마디가 한꺼번에 제자리를 찾는 것처럼, 그간의 의구심들이 일순간에 아귀가 맞아떨어지기 시작했다. 희원이 제시한 키워드, "꿈과 현실과의 접점." 더 이상 의심할 바 없었다. 이 모든 일들의 원인은 바로 그 괴상한 생수에 있었던 것이다. 어린 시절 학대당한 경험 때문도, 현대인의 만성 스트레스 때문도, 새집 증후군 때문도 아니었다.

그렇다면 탐색의 초점을 어디다 맞춰야 하는가는 명약관화했다. 그 생수병에 대해 기억할 수 있는 모든 것들을 되살려 조사하고 분석해야 하리라. 케테르. 쿤달리니. 요나구니. 코스믹 유니온. 뉴 월드 오…… 뉴 월드 오더? 신세계질서?

나는 끓어오르는 전율과 당위성 부족한 환희, 그리고 지향성 잃은 분노에 휩싸인 채 홀린 듯 자리에서 일어섰다. 골반과 척추에서 한차례 우두둑거리는 소리가 났고, 나는 언제 사족 보행을 했었냐는 듯 자연스럽게 두 다리로 섰다. 코끼리 인간에서 코끼리로. 코끼리에서 다시 코끼리 인간으로. 네 발로 달리는 코끼리가 된 이후에도 꾸준히 체격이 자랐었기 때문에, 두 다리로 일어서자 나의 신장은 4미터에 육박했다. 전신에 강인하기 그지없는 우람한 근육들이 빈틈없이 튀어나왔고, 그 위의 피부는 이미 강철갑주처럼 단단했다. 귀는 축 처지는 대신 양옆으로 활짝 펼쳐져 호쾌하게 뻗었다. 두 개의 엄니는 휘어져 올라가 약 70센티미터에 달했으며, 상아빛이 아닌 짙은 금빛을 띠고 있었다.

    이러한 변화는 빛의 상승과 폭발, 그리고 그로 인해 이마에 물레방아 문양이 드러난 것과 관련이 있는 듯했다. 아마도 물레방아 문양의 획득은 이 꿈속 세계에서 일정 수준 이상을 넘어섰다는, 즉 충분한 경험치를 쌓아 레벨 업을 했다는 뜻이리라 짐작했다. 그간의 학살과 포식에 더해, 아드레날린 업 저글링을 해치움으로써 나도 모르는 사이 임계점을 돌파한 것이 분명했다.

    그들과의 연결이 발생한 것은, 복잡한 생각에 잠겨 있느라 진일보한 신체의 감각에 채 익숙해지기도 전이었다. 이리저리 몸을 움직여 보고 있는데, 돌연 내 이마 위의 물레방아가, 뼈로 된 그 수레바퀴가 천천히 회전하기 시작했다. 그와 동시에 그간 간헐적으로 일어났던 직관적 감각이 갑작스럽게 증폭되었고, 그 상태가 유지되기 시작했다. 뿐만 아니라 맹목적으로 나 자신을 지배해 오던 강렬한 투쟁심이 거짓말처럼 중화되었으며, 그것을 통제할 수 있게 되었다. 그럼으로써 나는 평정심에 도달했고, 동시에 내가 '네트워크'에 편입되었다는 사실을 깨달을 수 있었다. 나와 같은 경지에 도달한, 이 꿈속의 절대강자들만의 네트워크에.

갑작스런 지각 수준의 변화에 놀랄 새도 없었다. 일단 그 감각을 획득하자, 가장 먼저 타 존재들의 숫자와 위치가 자연스럽게 파악되었다. 총 수효가 열하나…… 열셋…… 열여덟…… 서른둘. 그것은 치열한 투쟁을 거쳐 물레방아 문양을 획득한 자들, 강대한 힘을 지닌 자들의 수효였다. 놀라운 일이었다. 나 외에도 끊임없는 투쟁과 승리를 통해 힘을 키워 온 존재들이 이 꿈속에 존재할지도 모른다는 생각은 했다. 하지만 그 수효가 이 정도일 거라고는 생각해 본 적이 없었다.

내 꿈속에서 내 뜻대로 할 수 없는 경쟁 상대들이 무려 서른둘이라! 허구의 존재들과 아귀다툼해야 한다는 사실에 분노해야 할지, 아니면 투쟁하고 파멸시킬 수 있는 대등한 존재들이 있다는 사실에 기뻐해야 할지 감을 잡을 수 없었다. 대체 이것은 누가 짜 놓은 틀일까?

이 꿈속 세계가 위계가 나뉘어 있는 레벨 업 시스템이라는 것은 이제 자명했다. 코스믹 유니온? 뉴 월드 오더? 그것은 어떤, 단체의 이름일까? 기업의 이름일까? 어떤 자들이기에 이런 고도로 조직화된 꿈을 꿀 수 있도록 조정된 '물'을 만들어 파는 것일까? 아니, 판매하는 것이기는 한 건지도 의구심이 들었다. 비록 부작용이 조금 있기는 하지만 꿈속에서 또 다른 삶을 즐길 수 있도록 해 주는 이러한 '물'을 개발했다면 그 부가가치는 실로 막대할 것이다. 그런 물이 겨우 2만 원이라는 것은 말이 되지 않는다. 그렇다면 시판 전 비공개 임상실험을 위해 무작위로 배포한 것일까? 혹은 우연히 외부로 유출된 것을 내가 손에 넣은 것은 아닐까?

여러 가지 생각에 잠겨 있는 찰나, 근처에 있던 녀석 하나가 대뜸 말을 걸어왔다.

'초기 멤버치곤 조금 늦었군. 네가 서른세 번째다.'

녀석의 말은 귀가 아니라 이마를 통해 들려왔다. 난생 처음 경험하는 텔레파시. 동시에 녀석과 나 사이에 마치 공간을 꿰뚫는 터널이 생긴 것처럼 시야가 열렸고, 가시거리 너머에 있을 녀석의 모습이 똑똑히 보였다. 마찬가지로 눈이 아닌 이마를 통해서였다. 녀석의 위치는 아현동. 그는 거대한 독수리 인간이었다. 나보다 강한가? 답은 즉각 떠올랐다. 강했다.

'어쨌건 인증 단계에 도달한 걸 축하한다. 비밀번호는 243627. 생각이 있다면 찾아오라.'

꿈속 코끼리 인간에겐 정묘한 발성기관이 없었기에 그간 낼 수 있었던 소리라곤 뿌우우 하는 포효뿐이었다. 하지만 이마의 물레방아 문양은 나로 하여금 자연스럽게 말다운 말을 할 수 있도록 해 주었다. 나는 이 꿈을 꾸게 된 이래 최초로, 말을 했다. 최초라는 의미를 두기엔 시답잖은 질문이긴 했지만.

'……인증 단계? 그게 무슨 뜻이지?'

'지금 네 머리에 돋아난 그 물레방아 문양을 뜻한다.'

'어디로, 누구를 찾아오라는 거야?'

그러나 독수리 인간은 내 물음에 답하지 않은 채 텔레파시와 원거리 투시를 일방적으로 차단해 버렸고, 나는 더 이상의 아무런 정보도 얻을 수 없었다. 알면 알수록 더욱 기이하기만 한 이 꿈속에는 얼마나 많은 비밀이 숨어 있는 것일까. 일단은 다른 녀석들이 있는 곳을 찾아가 담판을 지어야 할까? 녀석들의 숫자가 만만치 않은데 혼자서 위험하진 않을까?

처음으로 꿈속에서의 죽음을 생각해 보았다. 그러면 정말 어떻게 되는 것일까. 그걸로 영영 끝일까? 이 꿈을 꿀 수 없게 되는 건 사양하고 싶은데. 그렇지만 왠지, 단순히 꿈을 더 이상 못 꾸는 정도로 끝나진 않을 것 같다는 예감이 들었다.

하지만 이 꿈속의 경쟁 상대들이 얼마나 많건, 얼마나 강하건, 나는 놈들 앞에서 물러서지 않을 것이다. 나는 이 꿈의 주인이므로. 그리고 내가 상대해야 할 서른둘의 적수들 중엔 그 녀석, 곰 인간도 포함되어 있었다. 그것은 즐거운 일이었다.

희원과 처음 알게 된 것은 1년 전쯤이었다. 당시는 내가 싸이월드에 미니홈피를 개설해 한창 그림을 올리고 있을 때였다. 어려서부터 그림을 즐겨 그렸던 나는 페인터와 타블렛을 이용해서 그린 그림들을 싸이의 갤러리 게시판에 올려 두는 취미가 있었다. 만화가나 일러스트레이터를 지망하던 꿈 많은 대학생 시절의 관성 탓이랄까.

그중, 별 생각 없이 그린 그림 중에 맥도날드의 친숙한 캐릭터인 로날드를 그린 그림이 있었다. 빨간색 뽀글머리에 광대분장을 한 로날드가 피투성이의 어린아이와 어깨동무하고선 해맑게 웃고 있는 그림을 그로테스크한 필치로 그려 낸 작품이었다. 그런데 마침 그 그림이 미니홈피 랜덤 파도타기를 하고 있던 희원의 눈에 든 것이 발단이었다. 그 역겨우면서도 유쾌한 분위기에 매료된 희원이 문제의 그림 '로날드와 정다운 친구'를 스크랩해 가면서 장문의 리플과 함께 방명록을 남겼고, 그것이 우리 사이 첫 교류의 시작이었다.

처음엔 그림에 대한 얘기로 서로의 싸이를 오가며 방명록을 남겼지만, 점차 다양한 얘기를 나누게 되면서(21세기의 새로운 노예제 신자유주의라든가, 빅브라더 사회가 오고 있는데도 대중들은 관심도 없다든가, 결국 나도 할 수 있는 일은 아무것도 없다든가 하는 시시콜콜한 얘기들) 속칭 '코드가 맞는다'는 것을 느꼈고, 며칠 못 가 일촌을 맺었다. 둘 다 서울에 살았기 때문에 직접 만나는 것도 어렵지 않았다. 비록 희원이 유부녀이긴 했지만 나이는 동갑내기. 허물없는 사이가 되기까지 그리 오랜 시간이 걸리진 않았다.

나는 희원에게 새롭게 밝혀진 자각몽과 생수와의 관계, 그리고 물레방아 문양을 획득한 강자들의 존재 등 꿈속에서 새로이 접어든 국면에 대해 설명하기 위하여 연락을 시도했다. 그러나 마침 그녀가 남편과 함께 있을 시간이어서 전화 통화는 힘들었고, 그래서 난 그녀와 나를 최초로 연결해 준 매개체이자 지금도 유용한 접촉수단으로 삼고 있는 싸이를 자연스럽게 찾았다.

희원의 싸이 비밀방명록에 글을 남길 요량으로 싸이에 접속했을 때, 나는 의외로 그녀에게서 먼저 쪽지가 와 있음을 발견할 수 있었다. 쪽지를 클릭해 내용을 열어 본 순간 나는 뭔가 설명할 수 없는 기이한 감각에 사로잡혔다.

> ♡다정한 쪽지
> ••••••••••••••••••••••••••••••
>
> 보낸이: 함희원   (2006-9-28 03:54)
>
> 돌아다니다가 이런 곳을 발견했어. 네가 한번 직접 들어가 보는 게 좋겠다. 게시판에 네가 궁금해할 만한 자료들이 널려 있더라고. 행운을 빈다.
> 클럽: [집자모] 연속성 집단 자각몽 현상을 연구하는 사람들의 모임

모니터 화면과 그것을 바라보는 나 자신을 제외한 세상 모두가 정지한 것처럼 느껴졌다. 연속성 자각몽. 그것은 나에게 해당되는 것이다. 그러나 집단? 집단 자각몽은 무엇이란 말인가? 설마…… 설마 그렇다면……?

나는 내면에서 전개된 추리와 그 답을 애써 외면하면서 바삐 키보드를 두들겼다. 싸이월드 클럽 검색을 이용했고, 찾아냈다. 의외로 비밀클럽이 아닌 일반공개 클럽이었다. 클릭. 가입. 클럽장은 백지현이라고 되어 있었다. 창립연월일을 살펴보니 생긴 지 불과 두 달 밖에 되지 않았다. 가입 인원은 300여 명. 게시판부터 쭉 둘러보았다. 게시판 카테고리 분류는 대강 다음과 같았다. 〔가입인사〕, 〔자유게시판〕, 〔자각몽의 메커니즘〕, 〔자각몽과 유체이탈〕, 〔자각몽 체험담〕, 〔꿈과 향정신성의약품〕…….

주요 게시판의 자료들은 나로선 눈이 번쩍 뜨이는 것들이 아닐 수 없었다. 하지만 가장 중요한 게시판인 〔연속성 집단 자각몽 체험 연구〕에만은 들어갈 수가 없었다. 클럽에서 그 게시판만이 비공개였던 것이다. 나는 뭔가에 사로잡힌 듯 클럽을 이 잡듯 뒤졌고, 공지사항에서 그에 관련된 글을 찾아볼 수 있었다. 글의 요지는 단순명쾌했다. '비공개 게시판 이용을 바라는 회원은 클럽장에게 쪽지를 보내십시오.' 나는 게시자 백지현을 클릭해 쪽지를 보냈다. '비밀게시판을 이용하고 싶습니다. 어떻게 하면 됩니까?'

초조했다. 쪽지를 보낸 뒤 답장이 오려면 반나절쯤은 지나야겠거니 생각하며 컴퓨터를 켜 둔 채 거실에 나가 진한 블랙커피를 타 돌아왔는데, 나의 예상은 여지없이 빗나가 있었다. 발신자는 백지현. 모니터 화면에는 어느새 새로운 쪽지가 도착했음을 알리는 팝업이 튀어 올라와 있었던 것이다. 나는 마른침을 삼키며 쪽지를 열었다. 거기엔 나의 뇌리를 찌르는 단 한 마디만이 적혀 있었다.

'비밀번호는?'

머릿속이 하얗게 비는 느낌이었다. 이미 클럽명을 본 순간 직감이 내려 놓은 판단을 애써 부정하고 싶었지만, 현실은 점점 처음의 그 판단이 옳다는 것을 증명해 보여 주려 하고 있었다. 나는 아무 생각도 할 수 없었다. 마치 뭔가에 홀린 사람처럼 키보드를 두들겨 답신을 보냈다.

'243627.'

이어 실시간으로 답신에 대한 답신이 도착했다.

'게시판 사용이 허가되었습니다.'

점점 빨라지는 심장박동을 억누르면서 나는 게시판을 클릭해 들어갔다. 거기에는 단 한 개의 게시물만이 올라와 있었다. 그것은 연구회원들만을 위한 비공개 홈페이지 도메인의 링크였다. 난 그곳에 접속하여 또 한 차례의 보안 인증과 가입절차를 마쳤고, 정식 연구회원으로 로그인하여 그곳의 게시판을 살펴볼 수 있었다.

그러자, 희미하게 남아 있던 의심의 여지는 일거에 무너져 내렸다. 지금까지 내가 꾸었던 꿈은 나 혼자만의 꿈이 아니었다. 내 꿈이 아니었다. 나는 꿈을 다른 자들과 공유하고 있었던 것이다!

연구회원 게시판에 글을 올린 자들의 닉네임들을 본 순간, 그것은 자명해졌다. 독수리, 새스콰치, 악어, 사자, 우르크하이, 기린, 현무, 플레시오사우르스, 아나콘다, 원숭이, 화이어뱃…… 심지어 아칸까지. 그 중엔 곰도 있었고, 나의 닉네임은 내가 설정하지 않았음에도 이미 코끼리로 등록되어 있었다. 이건 누가 누구의 꿈속으로 들어가고 말고의 문제가 아니었다. 오히려 나를 비롯한 이들 모두가 하나의 꿈 데이터베이스에 '접속' 했다고 보는 편이 더 타당할지도 몰랐다. 그런데, 그런 것이 정말 가능할까? 그것을 이미 뼈저리게 겪었고, 또한 이렇게 그 증거를 눈앞에 똑똑히 보고 있으면서도 나는 믿을 수가 없었다.

그러나 표면의식이 현실 인식을 거부하든 말든 나의 무의식은 이미 그 모든 것들을 받아들이고 있었고, 나는 반 삼매상태 속에서 그곳 게시판의 모든 것을 흡수하기 시작했다. 그리하여 정리된 결과는 대충 이러했다.

이곳 모임은 제각각의 직업에 제각각의 연령대의 사람들, 쉽게 말해 남녀노소 각계각층 갑남을녀들이 모여 이루어진 것이었다. 그리고 그 회원들의 공통점은 딱 두 가지였다. 서울에 거주하고 있다는 것. 그리고 약 두 달 전, 4월 말쯤을 전후하여 그 '물' 을 마셨다는 것.

그들이 그 물을 마시게 된 경위는 대개 나와 비슷했다. 버스에서, 공원 벤치에서, 혹은 나처럼 전철 의자에서. '우연히' 주운 것이다. 문을 잠가 놨던 차 안에서 그 병을 발견한 사람도 있었고, 점심시간에 자리를 비운 사이 사무실 책상에 놓여 있는 것을 발견한 사람도 있었다. 심지어 친구가 주운 것을 빼앗아 마신 사람까지. 그 어떤 경우든, 그 물을 배포한 주체가 누구인지를 역추적할 수 있을 만한 단서는 털끝만치도 찾아낼 수가 없었다는 점만은 한결같았다.

이들은 초기에 뿌려진 그 생수병의 수효를 200개가량으로 추산하고 있었다. 그리고 그중 10여 병은 주인을 만나지 못하고 버려진 것으로, 나머지 180여 병 이상은 훌륭히 제 역할을 해낸 것으로 추정했다.

그렇다면 그 수효는 어떻게 해서 계산된 것일까? 여기선 4월 말 무렵 처음 물을 마신 사람들을 일컬어 '초기 멤버' 라고 불렀는데, 현재까지 각성 상태에 이르러 이곳에 가입한 자는, 독수리 인간의 말대로 나를 포함해 딱 33명이었다. 이곳 게시판 중 [사냥당한 수습생] 게시판에는, 지금까지 '연속성 집단 자각몽'에 접속하는 데 성공했으나 진입 초기에 일종의 NPC(Non Player Character)라 할 수 있는 인간 무리에게 린치를 당해 사망하거나, 또는 타 수습생과의 충돌로 포식당한 수습생들의 명단이 지속적으로 업데이트되어 있었다. 누군가 타인을 먹었을 땐 누구를 먹었는지가 반드시 기록되었으며, 만일 잡아먹힌 수습생이 타 수습생을 잡아먹은 경력이 있다면 그것까지도 먹은 자의 경력에 포함시켰다.

그런 식으로 정리되어 있는 게시물들을 종합한 결과, 총 180명에 달하던 초기 수습생들 중 140명가량이 이중 삼중으로 먹혔음을 일목요연하게 알 수 있었고, 아직 먹히지 않았으나 각성 임계점에 도달하지 못한 채 꿈속을 유랑 중인 자들이 10여 명임을 알 수 있었다. 그 숫자들을 제하고 나면 나를 포함한 이곳 회원들의 숫자가 나오는 것이다. 33.

업데이트 된 게시물 중에는 내가 먹은 자들의 명단도 올라와 있었다. 늑대 인간, 질럿, 벨로시랩터, 돼지, 끈끈이주걱, 저글링. 그중 끈끈이주걱이 먹은 코모도 도마뱀과 저글링이 먹어치운 허수아비(아마도 오즈의 마법사의?)까지 모두 더하면, 내가 먹은 수습생의 수는 모두 여덟이었다. 적어도 기백 마리는 될 인간, 그리고 여덟 명의 수습생을 먹어치우고 나서야 나는 쿤달리니 각성이라는 상태에 도달할 수 있었던 것이다.

비교적(比較的) 일반에게 낯선 용어인 쿤달리니는, 비교적(祕敎的) 용어였다. 나도 모르던 단어였으나 이곳 게시판을 통해서야 처음 알았는데, 그것은 티베트 밀교나 인도문화권 수행자들 사이에서 일컬어지는 것으로 인간의 척추 끝(해부학에서는 미추, 선도에서는 미려골이라 부르며 밀교에서는 물라다라 차크라(Muladhara Chakra)[6]라 부르는 곳)에 감겨 누워 있는 근원적인 에너지를 뜻했다. 수행자들은 육체적 영적인 훈련을 통해 이것을 상승시켜 머리로 끌어올리는데, 이때의 상태를 바로 쿤달리니 각성이라 불렀다.

쿤달리니 각성을 이룬 상태에서는 갖가지 신비한 능력들이 깨어나는 것으로 알려져 있었다. 이를테면 내가 에너지의 상승과 함께 느꼈던 지복의 상태라든가, 독수리 인간과의 텔레파시나 투시 따위가 그 예일 것이다. 그러나 각성 상태에서 신비 능력이 생겨난다는 점은 같았으나, 현실 세계에서의 쿤달리니 각성과 꿈속의 쿤달리니 각성 사이에는 양립할 수 없는 중대한 차이점이 가로놓여 있었다. 그것은 바로, 꿈속에서는 각성 상태에 다다르기 위해 수행이 아닌 대량살상을 그 수단으로 삼는다는 점이었다.

결정적으로, 꿈속에서 죽는 자는, 죽었다. 단지 꿈에서 깨어나거나 그 꿈을 다시 꾸지 못하는 것이 아니라 말 그대로 죽는 것이다! 비록 꿈속에서처럼 온몸이 뜯겨 죽는 것이 아니라 돌연사 형태로(즉 지병이 악화되거나 신체 중 가장 취약한 부위가 기능을 정지하는, 혹은 그러한 여지가 없을 경우 급성 심장마비나 원인불상의 뇌사 등의 형태로) 죽음이 찾아오긴 하지만, 목숨을 잃는다는 점에 있어서는 본질적으로 같았다.

불교에서는 생각만으로 죄를 지어도 그 죄가 카르마에 남는다고 가르쳤던가? 하지만 나는 생각만으로가 아니라 실제로도 수차례의 살인을

---

6) 차크라는 산스크리트어로 수레바퀴라는 뜻으로, 인간의 신체에 존재하는 일곱 개의 에너지 센터를 말한다. 차크라들은 인체의 두정에서부터 회음까지를 일직선으로 가르는 선상에서 주요 선(腺)과 신경총에 각각 위치해 있으며, 일곱 차크라들은 모두 고유한 명칭과 색깔을 지니고 있다. 과거에는 신비가들 사이에서만 다뤄져 왔으나 근래에는 시각적 비침습 스캐닝 시스템인 PIP(Polycontrast Interference Photography)와 같은 장비를 통해 실시간으로 촬영하여 각 차크라의 상태를 확인하는 단계에 이르렀다. 여기서 물라다라 차크라는 제1차크라로서 인체의 회음부에 위치한다.

저지른 셈이나 마찬가지였다. 단지 살인했을 뿐만 아니라 그 고기를 먹었다. 아무런 거리낌도 없이. 그러나 어찌 된 일인지 나는 내가 그리 했다는 것이 전혀 이상하게 생각되지 않았다. 조금의 죄책감도 들지 않았다. 그 모든 것이 '당연하게' 느껴졌다.

'나' 라는 자아에 대한 인식이 중심을 잃고, 코끼리 인간 쪽으로 기울기 시작한 것이 바로 그 무렵이었다. 희원이 제시했던 키워드, 꿈과 현실의 접점은 이제 너무나도 거대하게 드러났고, 이 모든 사실이 처음으로 꿈속에서 타인(곰 인간)을 만났을 때 이미 암시되고 있었음을 그제야 확연히 깨달을 수 있었다. 더 이상 자각몽이 새롭게 얻은 유희거리나 이면의 삶이라는 생각은 사라졌다.

이젠, 인생의 중심이 어느 쪽에 있는가는 자명해졌다.

나는 처음에는 이 모든 소식을 희원에게 알리기 위해 애가 달았었다. 그러나 급격히 상황이 변하면서 나는 꿈속에서, 그리고 현실에서 내 앞가림을 하기에 바빠졌고, 그에 따라 차츰 희원을 생각하는 시간도 줄어들어갔다. 게다가 어찌 된 일인지 그 쪽지 이후 희원도 소식이 뜸해져서 먼저 연락을 해 오는 일도 없었다. 그렇게 부지불식간에 희원과 소원해지는 한편 나는 본궤도에 오른 꿈속 생활에 무섭게 탐닉하기 시작했다.

쿤달리니 각성과 함께 생겨난 능력 중 하나인 '투쟁심의 통제' 는 꿈속 활동의 질을 대폭 상승시켜 주었다. 그것은 초창기 코끼리 인간 때나, 코끼리 때와는 비교도 할 수 없는 우월감과 평정심을 내게 가져다줬다. 그러나 그 대가를 받아내기라도 하듯이 나의 현실 생활은 더욱 망가져 가고 있었다.

얼터너티브드림 **173**

깨어 있는 시간보다 잠들어 있는 시간이 더 길어졌다. 혈색은 창백해지고 머리숱이 줄었으며, 근골과 체격도 점차 왜소해져 갔다. 한편 피부에는 마치 저승꽃이 피기 시작하는 노인처럼 까만 반점들이 조금씩 생겨나기 시작했다.

가족들은 그런 나를 병원에 처넣기 위해 안간힘이었다. 그러나 가족들 모두가 달라붙어도 나의 힘과 고집을 꺾을 수는 없었다. 결국 무당을 불러 성대한 굿판을 벌이긴 했지만 아무런 효과도 없었음은 두말할 것도 없었다. 회사에선 내가 연이어 보름을 무단결근하자 서면으로 휴직을 권고하고 나의 인사기록 일체가 퇴직 심사에 부쳐졌음을 알려 왔다.

독수리 인간을 현실세계에서 직접 만날 수 있었던 것은 그 무렵이었다. '연속성 집단 자각몽 연구모임' 의 최초 오프라인 모임이 신촌에서 열렸기 때문이었다. 꿈속의 아바타가 아닌 연약한 인간의 형상을 한 채로 서로를 만난다는 것이 꺼림칙하기는 했지만 누구도 불평하는 자는 없었다. 사안이 중대 사안인 만큼 그런 것을 따질 계제가 아니었으니까. 바로 얼마 전에 모든 사건의 배후자들, 즉 '물' 을 배포한 자들이 보인 새로운 움직임을 감지해 낸 것이다.

우리는 방해받지 않을 독립된 공간이 필요했고, 그에 꼭 맞는 서비스를 제공하는 커뮤니티 카페를 빌려 첫 모임을 가졌다. 우리는 꿈속 서로의 신분을 확인할 수 없도록 익명성을 보장하기로 했으며, 유일한 예외는 독수리 인간에게만 두었다.

그가 바로 백지현이었다. 그는 백발이 성성한, 그러나 강단 있어 보이는 중늙은이였다. 그는 이 꿈속에서 가장 먼저 쿤달리니 각성에 도달한 자였고, 가장 많은 인간과 가장 많은 수습생을 죽인 살인왕이었다. 그는 아마도 우리 중 가장 강대한 자.

그는 빠른 속도로 각성 상태에 도달한 뒤, 꿈속과 현실세계의 경험과 지식을 총동원하여 그 자신이 경험한 것을 분석했고, 그 꿈이 자신 혼자만의 꿈이 아니라는 사실을 간파해 냈다. 그리하여 클럽을 개설한 뒤 비공개 게시판을 만들어 검증된 자들만을 받아들였고, 모임을 주도했다.

알고 봤더니 '연속성 집단 자각몽 연구 모임' 이라는 이름의 온라인 커뮤니티는 싸이월드에만 있는 것이 아니었다. 다음 카페, 네이버 카페는 물론 사람들이 많이 이용하는 포털 커뮤니티엔 어김없이 모임을 개설, 어디에 위치하고 있을지 모를 수습생들과 각성자들의 스펙트럼을 포용하도록 한 것이었다. 결국 어느 커뮤니티에 가입하든, 그가 발급한 비밀번호를 제대로 입력한 자들이 모이는 곳은 이곳 비공개 도메인 한군데였지만 말이다.

어떻게 모든 각성자들이 하나도 빠짐없이 자각몽 커뮤니티를 찾아와 최종적으로 이곳까지 접촉할 수 있었는지를 설명할 길은 없었다. 이전의 나였다면 아마도 그런 우연이란 존재할 수 없다며 강경한 입장을 보였을지도 모르겠다. 그러나 초감각적 지각을 경험해 본 '각성자' 가 된 지금은 그러한 우연이 결코 우연으로 보이지 않았고, 때문에 그러한 것이 조금도 이상하게 여겨지지 않았다.

'물' 을 배포한 자들은 자신들의 물을 마신 피험자(?)들이 이렇게까지 신속하고도 조직적으로 집단을 결성하리라곤 미처 예상하지 못했을 것이다. 일이 이렇게 된 것은, 그 '물' 을 마시게 된 수많은 사람들 중에, 단지 우연히 백지현이 포함되어 있었기 때문이었다. 그는 한국과학기술연구원의 뇌과학 분과 책임연구원 중 한 사람으로, 미국이 중심이 되어 연구 중인 뇌 구조와 홀로그램 구조의 연관을 밝히는 첨단 뇌과학 분야의 전문가였다. 또한 초심리학과 초개아최면(Transpersonal Hypnosis)에도 일가견이 있는 최면가이기도 했다.

만일 '물'을 배포한 것이 불특정 일반대중을 향한 실험이었다면, 그들 입장에서는 백지현이 그들의 타깃 안에 들어와 버린 것은 의도하지 않은 골칫거리가 될 터였다. 아니, 어쩌면 이런 형국을 노리고 일부러 백지현을 계획에 넣은 것일지도 모르는 일이었다.

물론, 나중에 알고 보니 백지현이 '물'의 개발에 연루되어 있는 음모자 일파였다는 식의 상투적인 반전이 기다리고 있을 가능성도 아예 배제할 수는 없었다. 하지만 한층 강화된 내 직감은 그게 아니라고 말하고 있었고, 난 나의 직감을 믿었다.

그 자리에 모인 33인은 실로 다양한 출신성분들을 갖고 있었다. 비록 각자의 신상을 밝힌 것은 아니었으나 겉모습에서 풍겨 나오는 분위기와 외모, 그리고 직관적으로 다가오는 느낌 등을 종합해 볼 때 대강의 정보는 추리해 낼 수 있었다. 화이트칼라와 블루칼라는 대략 반반이 섞여 있는 듯했고, 남녀의 비율은 6대4 정도로 남자가 우세했다. 연령대는 매우 다양했는데, 가장 놀라운 것은 초등학생까지도 포함되어 있다는 것이었다. 녀석은 제법 귀염성 있게 생겼을 사내아이였으나, 쿤달리니 각성의 탓인지 지나치게 표정과 행동거지에서 부자연스런 조숙함이 풍겼다. 겉보기엔 초등학생이지만, 저놈도 살인마인 것이다. 뽀글이 파마를 한 주부도 몇 보였고, 독서실에 가 있어야 할 것 같은 중고생들, 대학생쯤 되어 보이는 남녀들, 중년의 남녀도 몇몇 보였다. 그중엔 음침하게 생긴 한 여고생도 있었는데, 유독 그 여고생의 정체만은 본능적으로 '느낄' 수 있었다. 그놈이었다. 그녀가 바로 꿈속의 곰 인간이었다.

으득. 각성 이후 얻은 분노 통제력이 작용했다. 이곳이 꿈이 아닌 현실계라는 점도 분노를 억제하는 데 일조했다. 그리하여 나는 그 여고생의 골통을 빼개고 혀를 잡아 뽑으려 시도하는 것을 가까스로 막을 수 있었다.

눈이 마주치자, 곰 인간은 알 듯 모를 듯 웃음을 지어 보였다. 그 웃음에서 비린내가 풍겨 왔다. 다시 한 번 가까스로 참을 수 있었다. 대체 나는 왜 이토록 저 녀석에 대한 분노에 사무쳐 있는 것일까? 놈과 나는 의식적으로 서로에게 포커스를 맞추는 것을 회피했다. 곧 회의가 시작되려 하고 있었다.

이윽고 독수리 인간의 주재 하에 회의가 시작되었다. 진행은, 그가 발제하고 회원들이 돌아가며 질문하고 답변하는 형식으로 이뤄졌다. 자칫 중구난방이 되기 쉬운 진행방법이었지만 이곳 회원들에겐 아무런 문제가 되지 않았다. 이 무렵엔 서서히 꿈속에서의 고도 동시지각능력이 미미하게나마 현실로까지 투사되기 시작했기 때문이었다. 쉽게 말해 회원들은 자신이 말을 해야 할 때와 하지 말아야 할 때를 직감적으로 알았고, 일단 나온 말은 거의 본능적으로 이해할 수 있었다. 이곳 회의석상에서는, 현실세계에서의 나이와 신분을 떠나 상호간의 무조건적인 평대가 전제되었다. 초등학생과 노인도 아무런 위화감 없이 반말로 대화를 나누었다. 우리는 대등한 각성자들이었으니까.

"그러니까 그게 정확히 얼마 전이라는 거지?"

"약 보름 전."

"그럼 그 무렵부터 수습생 개체 수가 눈에 띄게 증가하기 시작한 현상이 설명되는군."

"놈들이 노리는 게 뭐지? 이 꿈속에 얼마나 많은 사람을 접속시키려는 거야?"

"이번 규모는 크다. 산출된 내용에 따르면 이번에는 순차적으로 천여 명, 혹은 그 이상이 접속해 올 것이다. 보름 전부터 시작해서 현재까지 300여 명이 접속에 적응했고, 접속에 적응해 가는 자들은 점점 늘어나고 있다."

"배포 방법은? 우리 때와 같은 방법?"

"아니. 몇몇 일선 관공서에 비치된 냉온수기에서 물을 마신 직원 및 일반 민원인들이 꿈을 꾸기 시작했다. 슬슬 적응하는 자들이 생기기 시작했어."

"그 밖에는?"

"일부 중고등학교에 비치된 생수를 마신 학생들이 꿈에 접속했다는 증거가 있지. 주로 강남권이다."

"조사된 지역들에 대한 생수 유통을 전담하는 업체들이 있는데, 총 다섯 개 업체들 모두가 수상한 행적을 보이고 있다. 다섯 개 사 모두 한 달 전쯤 대주주가 교체됐고, 회사 대표가 실종됐다."

"배후에 있는 놈들의 정체가 뭘까? 생수 업자들? 천만에. 그들은 장기판의 졸에 불과하지."

"이 기술은 특별해. 게다가 오컬트적이기까지 해."

"일반상식으로 추론하긴 어려운 자들일 듯하군."

"원하는 게 뭘까?"

"접속 중독자를 늘린 뒤 상업적 판매를 개시하려는 속셈일까?"

"어떤 경로를 통해 판매한다는 거지?"

"이 시스템에 상업적 가치가 있을까?"

"물론이지. 천문학적인."

"그 문제는 보류해 두기로 하지."

"놈들이 우리의 결성과 활동을 염두에 두고 있을지 궁금하군."

"놈들이 우리의 존재를 알 수도 있고 모를 수도 있어. 꿈속 세계를 프로그래밍한 놈들이니 그 속의 전개상황까지 모니터링하고 있다 해도 이상할 건 없지."

"그렇다고 해서 우리가 취해야 할 행동에 변수가 되지는 않아. 지금부터 우리가 해야 할 일은 하나지."

"사냥이다."

"새로 유입되는 자들에게 입지를 빼앗길 수는 없는 노릇 아닌가."

"어떤 경우를 상정해 봐도, 한번 확보된 비교우위를 놓치는 것은 어리석은 일이지."

"그렇다면 우리가 제일 중점을 둬야 하는 일은 뭘까?"

"사냥이지."

"그 다음엔?"

"사냥이지."

간단했다. 결론은 도출되었고, 착실히 시행되기 시작했다. 사냥이었다. 무차별적인 사냥. 토끼몰이. 대량학살. 갓 꿈에 접속하기 시작한 자들은 영문도 모른 채 하나 둘 속절없이 죽어 갔다. 그 당시 내가 죽이는 수습생은 하루에만도 수십에 달했다. 그것들의 머리통을 연달아, 생으로 오도독오도독 씹어 먹은 뒤 몸통을 쥐어짜 생혈을 마시면, 마치 전신에서 오르가즘이 느껴지는 듯한 황홀한 고양감을 느낄 수 있었다.

혹시나 해서 다시 말하지만, 이 당시의 살생은 초창기와 같이 이유를 찾을 수 없는 격정 속에서 이뤄지거나 하지는 않았다. 초창기의 살생이 우발적이고 감정적인 것이었다면, 이 당시의 살생은 의도적이고 유희적이었다고 할까. 비유적으로 표현하자면 전자의 나는 미치광이 살인자에 가까웠고, 후자의 나는 '보편적'이고 '훌륭한' 정치가에 가까운 셈이었다.

　최초 접속자 180여 명 중 각성자를 제외한 150여 명이 수면 중 돌연사 혹은 자연사로 사망함으로써 이 꿈속의 죽음의 시작을 알렸고, 우리들의 본격적인 사냥이 시작되면서부터는 멀쩡하게 잠들었다가 아침이면 싸늘한 시신으로 발견되는 자들이 조금씩 늘어 최초 사망자의 수효를 넘어서기 시작했다.

　그러나 인구 천만의 대도시 서울에서 그 숫자는 보잘것없는 것이었으며, 사망자의 분포가 워낙 광범위했기 때문에 그들 간의 유의미한 상관관계를 도출해 낸다는 것은 거의 불가능하다 할 수 있었다. 설령 사망자 간의 공통분모, 즉 기이한 형태의 자각몽을 밝혀 낸다고 할지라도 그 누가 상상할 수 있겠는가? 꿈속 죽음과 현실의 죽음 간의 그 부조리한, 그러나 완벽한 일치를.

　점점 각성 상태에 익숙해지면서 나는 초감각적 지각을 적절히 제어하는 법을 익혀 가고 있었다. 처음에 독수리 인간이 그렇게 했던 것처럼 타인과 접촉하고 싶을 때는 접촉할 수 있었으며, 끊고 싶을 때도 역시 그렇게 할 수 있었다. 시간이 지나면서 외부로부터의 접촉을 원천적으로 차단하는 테크닉도 익힐 수 있었는데, 나보다 상위 단계의 진화 상태에 있는 상대, 혹은 대등한 상대에게는 효력이 없다는 단점이 있었다. 이러한 시스템은 제각각의 우리 각성자들이 독수리 인간이라는 대표자를 통해 일원적인 행동을 할 수 있도록 해 주었고, 필요 이상으로 서로를 침해하지 않는 것을 가능케 해 주었다.

　각성자들의 네트워크, 가칭 '33인 위원회'에 속하게 되면서 알게 된

한 가지 특이한 사실이 더 있었다. 그것은 우리들이 결코 서울 밖으로 나갈 수가 없다는 것이었다. 적어도 꿈속에서만큼은. 우리는, 그리고 우리를 제외한 꿈속의 모든 존재들은 마치 보이지 않는 유리벽에 가로막힌 동물원 속 원숭이들처럼, 서울에서 경기도로의 그 장벽을 넘어갈 수가 없었다. 접경지역에서 그 너머를 볼 수는 있었다. 하지만, 결코 통과할 수는 없었다. 보이지 않는 거대한 유리벽 같다고 할까? 그 경계선을 아무리 강한 힘으로 내리쳐도, 내리친 그 힘은 고스란히 돌아올 뿐 어떤 물리적 변화도 초래할 수 없었다. 아니, 그건 유리벽이라기보다는 차라리 극도로 강력한 자기장이라 하는 편이 더 적절한 설명이 될지도 모르겠다. 같은 극성의 자석들이 필사적으로 서로를 밀어내고, 결코 서로 닿으려 하지 않듯이, 장벽과 우리는 결코 맞닿을 수 없었으니까.

"제발 좀 움직여 봐. 응? 어디 동네라도 한 바퀴 돌고 들어오든가 해라. 제발 좀. 누워 있지만 말고!"

"이 게을러 터진 노므 새끼야! 그렇게 집구석에서 잠만 쳐 자고 있으니까 몸이 그 모양으로 야위지! 아프면 병원엘 같이 가든가! 그것도 싫다고, 달래도 안 되고, 굿을 해도 안 되고. 대체 어떡하면 되냐? 어이구 속 터져, 어이구 속 터져!"

부모님의 푸념과 잔소리가 연일 이어졌다. 그러나 그들의 넋두리와는 달리 나는 게으른 것과는 거리가 멀었다. 나는 내내 부지런히, 바삐 움직였다. 꿈속에선 사냥해야 할 수습생들이 쉼 없이 들어오고 있었으니까. 하지만 부모님을 그런 식으로 납득시키기란 불가능한 일이었다. 대충 둘러대는 수밖에.

"……전 괜찮다니까 그러세요. 그냥 그동안 잠이 좀 부족해서 그러니까 걱정하지 마세요. 네? 푹 자게 그냥 놔두세요 좀. 저도 나름대로 생각이 있다니까요."

　새로이 꿈속으로 접속해 들어오는 자들은 처음의 나와 같이 이것을 단순한 꿈으로 생각했으며, 미숙했다. 하루에 10여 명의 수습생을 포식하게 되면서 나는 더 이상 인간을 먹지 않게 됐다. 썩은 내 나는 고기와 질 낮은 피를 먹고 마셔야 할 이유가 더 이상 없었던 것이다.

　내가 먹는 수습생들의 모습은 실로 다양했다. 각종 포유류와 파충류, 곤충류, 식물류뿐만 아니라 갖가지 신화에 등장하는 신과 짐승, 악마, 알려진 혹은 알려지지 않은 종류의 외계인, 각종 게임이나 만화의 캐릭터 등 그 종류엔 제한이 없는 듯했다. 추측하건대 꿈으로 접속하면서 쓰게 되는 육체의 형상은, 그 개인의 깊은 무의식 속에 잠재되어 있는 형상과 관련이 있는 것 같았다. 무작위로, 혹은 알 수 없는 어떤 기준에 의해서 잠재되어 있던 형상이 꿈——현실 속으로 현현하게 되는 것이다.

　한창 수습생들을 먹으며 성장하던 이때, 나의 신장은 7미터에 육박했다. 팔다리는 강건한 대리석 기둥과 같았고, 우둘투둘하던 피부는 눈부신 순백색으로 탈피했다. 멋들어지게 휘어져 하늘을 찌른 황금빛 상아는 길이가 2미터에 달했다. 한때는 가슴에 간신히 닿았던 나의 코는, 길고 굵어져 원하기만 하면 채찍처럼 휘둘러 강철이라도 우그러뜨릴 수가 있었다. 이마의 물레방아 문양은 더욱 돋아 나온 채 은백색 금속성을 띠었고, 시계방향으로 서서히 회전을 지속하고 있었다. 전신에는 정교하게 세공된 찬란한 금빛 갑주를 걸쳤고, 왼손엔 직경 3미터의 거대한 은륜(銀輪)을, 오른손엔 나의 키만 한 대력금강저(大力金剛杵)를 움켜쥔 채 만물을 오시했다. 진화를 거듭하면서, 나는 점차로 신격(神格)에 가까워지고 있었다.

　앞서거니 뒤서거니 하기는 했지만 각성자들은 대개 비슷한 수준으로 진화 가도를 달리고 있었다. 나는 최상위권은 아니었지만 그래도 평균 이상의 성취를 이룩하고 있는 편이었다. 나는 금강저와 은륜을 종횡무진 휘두르면서, 회의를 통해 결정된 내 관할구역인 서대문구에서 새로이 발생하는 수습생들을 닥치는 대로 사냥해 나갔다.

내 뱃속으로 들어간 수습생들의 숫자가 기백에 가까워질 즈음이었을 것이다. 희원과 연락이 완전히 끊어진 것은 그 무렵이었다. 그녀가 먼저 연락을 해 오지 않았음은 물론이었고, 문득 생각이 나 내가 먼저 연락을 시도하길 한두 차례 했었으나 닿지 않았다. 희원과는 더 이상 핸드폰으로도, 회사 전화로도, 인터넷으로도, 심지어 집 전화로도 접촉할 수가 없었다. 무슨 일인가 생긴 것이 분명했다.

예전 같았으면 직장으로라도 찾아가 보려 했겠지만 그러고 싶지 않았다. 이 볼품없는 현실의 육체를 가지고 밖을 나다니는 것이 그리 유쾌하지 못했을 뿐 아니라, 현실 세계에서 벌어지는 모든 일들이 하찮고 덧없이 느껴졌다. 그것은 비단 느낌 때문만은 아니었다. 실제로도 현실 세계는 생기를 잃고 어딘가 모르게 빛이 바래 가고 있었다. 문득 문득 지나칠 때면 사물들이 흑백으로, 때론 회갈색으로 보이곤 했다. 꿈속의 세계가 총천연색으로 강렬한 자극을 선사하는 것과는 아주 대조적이었다.

그렇게 시간이 흘러 본격적인 사냥이 시작된 후로 한 달이 조금 지났을 때, 33인 위원회의 멤버들이 살상한 수습생의 총 수효는 1100여 명에 달했다. 애초의 예상치를 조금 웃도는 수치였다. 그 정도면 수습생들은 거의 박멸 상태에 놓여 있어야 정상이었다. 그러나 어찌된 일인지 새로이 진입하는 수습생들의 수는 결코 줄지 않았다. 오히려 이전보다 더욱 높은 비율로 증가하고 있었다. 우리는 꿈속에서 서로의 네트워크를 개방했다. 회의였다.

'놈들이 계속 증가하는 이유가 뭐지?'
'메이저급 생수회사 하나가 넘어갔다. 놈들이 다시 손을 썼어.'
'그럼 얼마나 더 유입된다는 거야?'
'놈들의 목적이 뭐지? 돈을 벌기 위한 게 아니었단 말인가?'
'이걸 상품화하려는 게 아닌 건 분명해지는 것 같은데.'
'예상이 옳다면 놈들은 그치지 않을 셈이다. 계속해서 늘려 나갈 셈이야.'
'얼마나?'
'필요한 만큼. 어쩌면 서울시 전체로.'
'지나친 추측 아닐까?'
'정보를 종합해 봤을 때, 그렇게 가정하는 것이 가장 타당하다.'
'그렇다면 이제부터는 지금까지와 같은 방식의 사냥만으론 힘들 것 같은데.'
'위계를 이용해야 한다.'
'각성자를 양성하자. 그들을 죽이는 대신 굴복시켜 휘하에 거느리자.'
'세력을 형성하면 효율적인 관리가 가능하지.'
'체계적으로 움직일 필요가 있다.'
'이제부터 우리는 군림하고, 다스린다. 목표 달성을 위해, 다들 현실 세계로 돌아가는 시간을 좀 더 줄이도록 하자.'
 이후 유입되는 수습생의 수는 폭발적으로 증가하기 시작했고, 우리는 무차별적인 사냥 대신 위계 형성을 위한 계획적인 살상을 꾀했다. 각성자들이 탄생하기 시작했다. 그리고 우리는 그들을 굴복시켰다. 마치 중학생 일진회를 다스리는 고등학생 일진회처럼. 그리고 조직이 커지면

고등학생 일진회를 다스리는 조폭으로, 마피아로, 대기업으로, 정치세력으로, 그렇게 점차 단계를 밟아 나갈 것이었다. 군림하고, 다스리기 위해.

예상했겠지만, 당시 현실세계에서는 유례. 없는 난리가 연출되고 있었다. 원인을 찾을 수 없는 수면 중 돌연사 사건이 폭발적으로 증가하고 있었기 때문이었다. 처음의 1000여 명까지는 표면으로 드러나지 않았다. 돌연사라곤 하지만 지병이 악화되는 등 자연사에 가까운 양상을 보였기 때문에 문제가 될 만한 여지가 거의 없었다. 하지만 불과 한 달여 사이에 무려 4000여 명이라는 많은 수의 사람들이 잠을 자던 중 목숨을 잃어, 아침에 싸늘한 시신으로 발견되었다. 그리고 그 사망자 수는 날이 갈수록 증가하고 있었다.

 사망자 간의 어떠한 유의미한 상관관계도 발견되지 않았으며, 역학조사에서도 아무것도 발견되지 않았다. 그들 간의 유일한 공통점이라면 잠을 자던 도중 갑작스레 사망했다는 점, 그리고 그들 모두가 서울에 거주하는 서울시민이라는 것. 단지 그것뿐이었다. 실제로 서울을 제외한 전국 어디에서도 이러한 현상은 발생하지 않았다.

 대중들이 느끼는 불안은 결코 작은 것이 아니었다. 조류독감이나 광우병, 에이즈 따위는 어떻게 하면 피할 수 있는가 하는 지침이 존재하기에 그것이 내포하고 있는 치명적 위협에 비해 사람들이 느끼는 공포는 크지 않았다. 그러나 칼에는 눈이 없다는 말이 있던가. 그와 마찬가지로 이 수면 중 돌연사 역시 어느 누구를 찾아갈지 알 수 없는 죽음의 칼날과도 같았다. 잠이란 피하고자 해서 피할 수 있는 종류의 것이 아니었고,

그런 이상 누구나 그 희생자가 될 가능성이 있는 것이다.

미디어는 연일 이에 관련된 뉴스를 대서특필하고 있었다. 처음의 몇 건이 알려졌을 당시엔 연쇄 밀실살인 쯤으로 다뤄졌으나, 그 희생자 수가 늘어나고 그 무작위성이 명확해지자 다양한 원인 분석들이 등장하기 시작했다. 단순 심장마비로 해결의 실마리를 풀어 가려는 시도부터, 규명되지 않은 신종 바이러스일 가능성, 악성 수맥파에 의한 쇼크사라는 해석, 심지어 최근 있었던 비정상적인 태양 흑점의 증가에 탓을 돌리는 분석까지. 그중 그나마 개연성을 인정받는 것은 심장마비 설이었으나 설명이 불충분하여 온갖 설들이 나도는 것을 막기엔 역부족이었다. 그러나 그러한 접근들이 진상을 밝혀 낼 수 있을 리는 만무했다.

희원과 다시 연락이 닿은 것은 그 즈음이었다. 그녀가 먼저 전화를 걸어왔고, 만나기를 원했다. 그녀의 목소리는 음울했다. 무슨 일이 있었던 걸까. 당시 나는 밖을 나돌아 다니는 것을 극도로 꺼리고 있었으나, 희원을 만나기 위해서라면 그 정도 번거로움은 감수할 수 있었다. 희원과 만난 것은 신림동의 한 카페였다. 소파는 쿠션이 풍성해 안락했고, 왼편으론 통유리가 달려 있어 관악산 자락이 보이는 자리였다. 희원은 커피를 시켰고, 나는 아무것도 시키지 않았다.

"그동안 잘 지냈어?"

그렇게 말하는 희원의 얼굴은 몹시 야위어 보였다. 피부는 푸석해 보였고, 눈가엔 짙은 슬픔이 배어 있었다. 나는 짐짓 걱정스러운 투로 말을 건넸다.

"……얼굴이 많이 안 좋아 보인다. 너야말로 어떻게 지낸 거야?"

"연락 못해서 미안해……. 그간 좀 바빴어."

"대체 무슨 일이 있었기에 그래?"

"우리…… 우리…… 동훈 씨가……."

희원은 남편의 이름을 꺼내면서 눈시울이 붉어지더니, 메마른 표정으로 눈물을 흘렸다.

"우리 동훈 씨가, 죽었어……. 자다가, 아침에 일어나 보니까 차가워져 있었어. 내가 어떡하면 좋을까? 어떡해야 되니? 모르겠어……. 내가 이제 어떡하면 좋은 걸까?"

이어 희원은 딱딱하게 굳은 얼굴로 띄엄띄엄 그동안의 사정을 늘어놓기 시작했다. 희원의 남편은 수면 중 돌연사가 이슈화되기 직전, 약 한달 전에 잠을 자던 중 죽었다고 했다. 그래서 장례를 치르고, 재산을 처분하고, 한동안 모든 연락을 끊은 채 죽은 듯이 살았다고 했다. 하지만 시간이 흐르면서 황폐화된 마음이 조금은 진정되었고, 일상생활 쪽으로 정신이 돌아오면서 내게 연락을 한 것이다.

그녀에겐 기댈 사람이 필요했으리라. 남편이 죽어 버린 지금, 그녀가 찾을 사람이 나인 것은 어쩌면 당연한 일이었다. 우리는 그러한 관계였으니까. 그녀의 눈물은 절박했으되 천박하지는 않았다.

"무서워…… 무서워 지훈아……. 동훈 씨도 꿈을 꿨대. 너처럼 말이야. 죽기 얼마 전에 그 얘길 했었어. 혹시 그 꿈하고 뭔가 관계가 있는 건 아닐까? 응? 너 요새도 그 꿈 꾸니? 뭐라도 알고 있는 거 없어?"

나는 아무 말도 할 수가 없었다. 희원의 남편이 죽었을 무렵을 계산해 보면, 그 시기는 처음 우리가 무차별 사냥을 시작하던 때와 들어맞았다. 희원의 남편은 꿈속에서 죽었을 것이다. 우리들 중 누군가의 손에. …… 어쩌면 나의 손에.

"……아니. 이제는 안 꿔. 너한테 얘기했던 게 마지막이었어. 더 이상은 꾸지 않아."

희원은 빤히 나를 바라보았다. 눈물에 젖은 그의 눈길이 마치 나의 심장을 꿰뚫는 듯 느껴졌다. 나는 그녀의 시선을 피하려 눈길을 창밖으로 던졌다. 복잡한 시가지 건물들, 바쁘게 왕래하는 사람들이 보였으며, 그 너머 푸르른 관악산이 보였다. 그리고 그 관악산 봉우리 위에는⋯⋯.

나는 숨을 들이쉰 채 그대로 멈추었다. 나의 눈을 믿을 수 없었다. 관악산 봉우리 위에는 존재할 수 없는 것이 존재하고 있었다. 거기에는 물레방아가, 거대한 물레방아가 생겨난 채 천천히 돌고 있었다! 나는 그대로 자리를 박차고 일어났다. 테이블이 뒤집히며 커피잔이 바닥에 떨어져 깨졌고 재떨이가 나뒹굴었다. 희원이 소스라치게 놀라 손으로 입을 막으며 날 바라보았지만 나는 결코 시선을 창밖에서 뗄 수 없었다. 나는 눈이 찢어져라 부릅뜨고 그것을 무섭게 응시했다. 의심의 여지가 없었다. 그것은 내 이마에 새겨진 물레방아와 완벽히 같은 모양이었다!

"지, 지훈아?"

희원이 당황한 목소리로 나를 불렀지만 귀에 들어오지 않았다. 나는 문득 이마에서 뭔가가 회전하기 시작하는 것을 느꼈다. 아주 익숙한 느낌. 나는 전율하며 시선을 창밖에서 유리창의 표면으로 천천히 옮겼다. 유리창에 희미하게 비친 내 모습은 더 이상 인간의 것이 아니었다. 흰 피부와 금빛 상아, 기다란 코⋯⋯ 그리고 그 가운데 이마의 반을 차지한 채 천천히 회전하고 있는 물레방아!

"지훈아, 가⋯⋯갑자기 왜 그래, 응? 너 괜찮니?"

나는 비틀거리며 물러섰다. 나는 두 손을 들어 올려 내 얼굴을 만졌다. 인간의 것이 아니었다. 그것은 틀림없는 코끼리의 얼굴이었다.

"너 괜찮은 거야?⋯⋯도대체 왜 그래, 응?"

커피숍 안에 있던 사람들의 시선이 내게 집중되는 것을 느낄 수 있었다. 그러나 그들의 시선에서도, 희원의 눈길에서도, 나의 모습에서 이상함을 느끼는 기색은 전혀 보이지 않았다. 그렇다면 이 형상은 나에게만 보이는 것인가? 나는 선 채로, 가까스로 마음을 진정하고 희원에게 말했다.

"……희원아, 저 산 위에 뭐가 보여?"

"……뭐라고?"

"저 산꼭대기에 뭐가 보이냐고."

"대체 무슨 소리야. 너 갑자기 왜 이래?"

"뭐가 보이는지만 말해!"

"왜 이래? 산 위에 도대체 뭐가 있다는 거야!"

"ㅎㅎ…… ㅎㅎㅎㅎ!"

그래. 다른 사람들에겐 보이지 않는 거였다. 그런 거였다. 나는 희원을 홀로 놓아둔 채 미친 사람처럼 웃으며 커피숍에서 나왔고, 그 이후로 희원에게서는 더 이상 연락이 오지 않았다.

훗날 꿈속에 들어가 알아본 결과, 그날 내가 물레방아의 등장을 확인한 것과 같은 시각, 꿈속 세계의 관악산에서도 거대한 물레방아가 출현했음을 확인할 수 있었다. 그것은 차라리 하나의 계시였다. 우리는 본능적으로, 우리의 생명력의 근원이 바로 저 물레방아에 있음을 알 수 있었다. 그것은 경배의 대상이었고, 숭배의 대상이었고, 욕망의 대상이었다. 물레방아가 등장하면서부터 우리의 능력은 진일보하기 시작했다. 그간 수습생을 먹으며 쌓아 온 잠재력이, 물레방아의 등장과 함께 비로소 촉발되는 듯한 기분이었다.

33인 위원회 멤버의 대부분은 이때를 전후하여 2차 쿤달리니 각성을 경험했다. 그것은 첫 각성 때보다 무려 열 배 이상의 환희와 쾌감, 그리고 에너지의 상승을 가져다주었다. 이로써 33인 위원회는 일반 각성자들과는 완전히 차별화된 힘의 우위를 재확인할 수 있었다. 우리의 전반적인 능력은 대체적으로 진보했다. 그러나 한 가지 이상한 점이라면, 최초의 각성에서 획득했던 '투쟁심에 대한 통제력'을 부분적으로 상실했다는 점이었다. 강대해졌으나, 보다 무자비해졌고, 보다 참을성을 잃었다. 단지 그 정도. 그다지 문제가 될 것은 없는 사항이었다.

그쯤부터 현실세계에선 수면중 돌연사와 자각몽 간의 인과관계가 심각하게 거론되기 시작했다. 당시의 사망자는 총 2만여 명에 달했으며, 총 접속자 수는 추정하건대 무려 10만에 달했다. 관여된 인원이 그쯤 되고 보니 같은 경험을 공유한 자들이 드러날 수밖에 없었고, 차차 꿈속의 죽음과 현실의 죽음 간에 유력한 관계가 있다는 거짓말 같은 주장들이 속속 설득력을 갖고 제기되기 시작했다.

사회 각계에서 맹렬한 논란의 폭풍이 휘몰아쳤다. 서울의 돌연사 사건은 이미 전 세계의 이목이 집중되어 있는 기이한 대사건이었기에 이 사건을 과학적으로 규명하려는 시도는 한국뿐 아니라 세계 곳곳에서 이루어지고 있었다. 그러나 그 모든 시도들 간의 공통점이 있다면, 그것들이 모두 실패했다는 것. 그것뿐이었다.

11월, 가을이 저물어 가던 당시 33인 위원회는 각 멤버들이 휘하에 각각 100명의 중급 각성자를 거느리고, 중급 각성자들은 각자가 열 명의 각성자를 거느리는 체제를 구축한 상태였다. 총 구성인원 무려 3만 3000. 명령에 대한 절대복종이 아니면 꿈과 현실 두 세계 모두에서의 생명을 박탈하는 엄중한 군대식 지휘체계. 33인 위원회는 이들로 하여금 관악산 물레방아를 중심에 놓고 공사에 착수하도록 했다. 본거지가 될 수 있는 거대한 성을 쌓았으며, 그 가운데에는 화려하기 이를 데 없는 궁을 건축했다. 그리고 그 궁의 배경으론 거대한 물레방아가 자리하는 것이다. 그러는 와중에 휘하의 각성자들에겐 철저한 입단속을 하도록 하여 현실세계에서 꿈속에 관한 정보를 일절 흘리지 못하도록 일종의 보도통제를 실시하고 있었다.

그러나 그러한 시도도 부질없이, 총 접속자 수가 30만을 넘어서면서부터는 33인 위원회의 통제 하에 있지 않은 각성자들이 속속 늘어나게 되었고, 그들이 현실세계에서 꿈속에 대해 떠들어 대는 것은 어떻게 막을 방도가 없었다.

아버지와 여동생이 죽은 것은 그 무렵, 11월 말의 일이었다. 미처 내가 손을 쓸 새도 없었다. 각성자가 아닌 일반 수습생인 이상 꿈속에선 이성이 마비된 상태에 있을 수밖에 없었고, 그 상태에선 누가 현실세계의 누구인지를 구별할 수 있는 방법은 전혀 없었던 것이다. 나는 그들을 위해 눈물을 흘렸다. 그때까지만 해도 불완전하나마 슬픔을 느낄 수는 있었으니까.

그러나 얼마 후 나의 어머니가 각성 상태에 오르자마자 죽고 말았을 때는, 더 이상 어떠한 슬픔도 분노도 느낄 수 없었다. 그것은 제3의 쿤달리니 각성을 코앞에 둔 시점에서의 일이었다. 당시엔 이미 현실과 꿈의 상태를 순식간에 전환할 수 있었다. 앞서 묘사했던 것과 같이, 마치 텔레비전의 채널을 바꾸듯이 말이다. 하지만 오락프로에 푹 빠진 시청자가 좀처럼 교육방송을 틀지 않듯이, 나의 의식도 현실계보다는 대부분 꿈속에 맞춰지고 있었다.

나는 커피숍에서의 그날 이후 현실에서조차 나의 신체를 코끼리 인간으로밖에 인식할 수 없었다. 뿐만 아니라 관악산 물레방아를 중심으로 하여 지형지물조차도 꿈속의 것과 현실의 것을 겹쳐 보아야 했다. 때문에 나의 의식을 현실로 투사한다고 해도 그것엔 큰 의미가 없었다. 나의 현실은 허물어져 가고 있었다.

그러다가 제3의 쿤달리니 각성을 맞은 것은 겨울의 초입. 12월의, 11일이었다. 그것은 유례 없이 거대했다. 꼬리뼈 부근에서 세 번째로 솟구쳐 오른 빛의 유동체는 그 열기로 척추를 하나하나 녹여 없앴으며, 머리로 상승한 뒤에는 머릿속의 모든 것을 태워 버린 뒤 두개골을 꿰뚫고 밖으로 터져 나갔다. 형용할 수 없는 우주적 오르가즘이 전신에서 밀려왔다. 그 감각이 차츰 잦아들었을 때, 나의 신체는 보다 강대하게, 보다 정묘하게, 보다 아름답게 변모해 있었다. 두개골을 꿰뚫고 나간 빛은 머리 주위를 감싼 채 은은한 금빛 후광을 형성했고, 그것은 나 자신의 신격을 드러내 보이는 하나의 지표였다.

하지만 결정적으로, 그 모든 변화와 더불어, 처음 이 꿈에 들어왔을 때 느꼈던 감각. 본능적이고 이유 없는, 강렬한 투쟁심이 온전히 되살아났다. 이것은 우리들 33인 위원회에 있어서는 크나큰 비극이라 아니할 수 없는 변화였다. 이제 막 완공을 앞둔 성채와 궁궐로의 입주를 앞둔 우리들은, 이 변화로 말미암아 지금까지의 절제된 조화를 상실했다. 그러곤 분별없는 투쟁에의 길로 접어들어 버린 것이다.

가장 먼저 죽은 것은 아이러니컬하게도, 가장 강대하던 독수리 인간이었다. 그는 가장 먼저 3차 쿤달리니 각성에 도달했고, 무방비상태의 기린과 플레시오사우르스를 기습하여 살해한 뒤 새스콰치와 식인 인어, 골룸의 협공에 의해 사망했다.

내가 3차 각성에 달한 이후 가장 가까이 있던 자는 원숭이였다. 그 역시 나처럼 갓 3차 각성에 도달한 상태였으며, 그 형상은 영락없는 손오공이었다. 몸통엔 전설의 쇄자황금갑(鎖子黃金鉀)을 걸쳤으며 이마엔 금강고를, 오른손엔 여의금전봉(如意金箭棒)을 움켜쥐었다. 이 모습이 원숭이 인간의 신격의 발현인 모양이었다.

반면 나는 어깨 위에서 한 쌍의 팔이 더 생겨났다. 다리 사이에선 거대한 남근 링가가 치솟았고 머리 위엔 화려한 금관을 썼다. 허리엔 굵은 뱀 한 마리가 머리로 스스로의 꼬리를 삼키며 둘레를 감았다. 손오공과 마주쳐 적의를 떠올리자, 즉각 네 개의 손에 제각각 신병이기(神兵異器)들이 쥐어졌다. 첫 번째 왼손엔 연꽃 대신 금환도(金鐶刀)를, 두 번째 왼손엔 자비의 원반 대신 날카로운 톱날 박힌 은륜(銀輪)을, 첫 번째 오른손엔 손도끼 대신 대력금강저(大力金剛杵)를, 두 번째 오른손엔 희망과 길상의 卍자가 새겨진 조개껍데기 대신 거대한 묵철방패(墨鐵防牌)를 들고 있다는 점만 빼면, 그리고 상아가 하나가 아닌 두 개라는 점만 빼면 나의 모습은 힌두의 신 가네샤와 다를 바가 없었다. 코끼리로서 도달한 나의 신격은 바로 시바의 아들이자 파르바티의 아들, 군중의 지배자, 대환희자재천(大歡喜自在天) 가네샤였던 것이다.

여의봉이 나를 가리켰고, 길어졌고, 나는 그것을 묵철방패로 쳐 냈다. 여의봉은 금환도와, 그리고 금강저와 음속 이상으로 맞부딪치며 아크방전을 일으켰다. 나는 동시에 은륜을 날려 손오공의 목을 잘랐다. 분신, 허상이었다. 곧장 일곱 명의 손오공들이 일제히 다른 방향에서 여의봉을 휘둘러 왔다. 나는 일일이 은륜으로, 금환도로, 금강저로, 묵철방패로, 금빛 상아로 그것들을 쳐 냈으며, 코로 휘감아 우그러뜨렸다.

손오공이 주문을 외웠다. 십여 차례의 전격이 나의 정수리에 내리꽂혔다. 나는 온몸에서 아지랑이를 피워 올리면서 한쪽 무릎을 꿇었고, 손오공은 내 이마의 물레방아로부터 발해진 종횡파에 분신들을 잃고 한줌 선혈을 토했다. 그 순간 나는 고개를 있는 대로 뒤로 젖혔고, 내부의 빛을 끌어올렸으며, 다시 전방을 향해 고개를 던졌다. 뒤로 젖혀졌던 긴 코가 채찍처럼 앞으로 뻗었다.

콰아아아 —! 황금빛 참살(慘殺)의 에너지가 내 코로부터 손오공에게 몰아쳤다. 손오공은 법력을 끌어올려 그것을 극복했다. 결국 손오공이 공격을 이겨내고 지상에 굳건히 섰을 때, 이미 날려졌던 나의 은륜은 호선을 그리며 돌아와 그의 뒷목을 쳤다. 선혈이 치솟았다. 손오공은 근두운을 불렀고, 나는 그것을 흩어 버렸다. 손오공은 모든 힘을 다해 여의봉을 던지곤 뒤돌아 달렸으며, 나는 여의봉을 받아 낸 뒤 그의 등에 금환도를 날려 꽂았다. 손오공은 쓰러져 나뒹굴었고, 나는 쫓아가 짓밟은 뒤 금강저로 그 골통을 산산이 바수었다. 그리고 먹었다. 일찍이 맛보지 못한 역량의 축적과 성장이 느껴지는 최고급 육신이었다. 3차 각성은 이렇듯 재앙의 시작이었다. 어제의 동료가 오늘의 양식이 되었으며, 오늘의 승리자는 내일을 장담할 수 없었다. 결국 우리들은 이미 짜인 프로그램 위에서 이리저리 날뛰는 꼭두각시에 불과한 것이었다.

일단 우리가 서로를 죽이고, 죽기 시작하자 위계가 흩어지는 것은 순식간의 일이었다. 아직 안정적인 판단이 가능한 1차에서 2차까지의 각성자들은 제각각 무리를 지어 곳곳에서 할거를 시작했으며, 그 와중에 33인 위원회의 살아남은 멤버들이 무차별적으로 서로를, 혹은 하급자들을 살상하면서 대혼란이 빚어졌다.

그러한 대혼란은 비단 꿈속 세계에서만 빚어지고 있는 것은 아니었다. 살상을 통제하던 33인 위원회의 체계가 무너지자, 이미 늘어날 대로 늘어난 꿈속의 각성자들은 집단을 이룬 채 서로 실력투쟁을 하거나, 수습자들을 조직적으로 학살하기 시작했다. 그 결과 현실계에서의 사망자 수도 점차 늘어갔으며, 누적 총계가 약 20만에 달할 지경이 이르렀다. 도시는 패닉 상태에 빠져들었고, 산업시설들은 마비되었다. 미디어도 제 기능을 하지 못했으며 공권력의 힘마저 약화돼 치안이 무너졌다. 이 무렵엔 서울시민의 절대다수가 이 저주스런 자각몽의 올가미에 빠져 있던 것으로 추정된다. 도대체 어떻게 그게 가능했는지는 알 수 없으나, 언제부턴가 그 '물'은 상수도를 타고 서울시 전체에 급수되고 있었던 것이다. 일종의 결계로 둘러쳐진 서울시, 그 전체 인구가 꿈에 접속하게 되면서 꿈과 현실이 보다 긴밀히 공명하기 시작한 것이 바로 그 무렵이었다.

꿈속에서 서울 밖으로 도망칠 수 없다면, 현실 세계에서는 어떨까? 소용없었다. 이미 한번 물을 마신 자는 물리적으로 서울 밖으로 벗어난다 해도 꿈속에서는 서울에서 벗어날 수가 없었던 것이다.

이것은 정부의 소행이었을까? 혹은, 정부조차도 마음대로 좌지우지하며 뜻을 관철시키는 어떤 거대한 조직이 존재하는 것일까? 문득 생수병 라벨에 붙어 있던 브랜드가 떠올랐다. 코스믹 유니온 & 뉴 월드 오더…… 우주적 합일과 새로운 세계질서…… 언젠가 이런 얘길 들은 적이 있었다. 세상에는 스스로를 구름 위의 신들이라 여기며, 대중들 위에 군림하여 결국 세계를 통합하여 단일정부를 수립하려는 자들이 존재한다고. 혹시, 작금의 이 현실은 그러한 구상이 실현되어 가는 단계인 것은 아닐까?

강한 놈들만을 골라 사냥을 계속하던 내가 곰 인간과 맞닥뜨린 것은 33인 위원회의 파국이 찾아온 지 며칠 되지 않은 시점, 정확히는 12월

24일이었다. 당시 현실과 꿈은 이미 중첩되어 분리가 불가능할 지경이었다. 굳이 의식을 현실 쪽으로, 꿈 쪽으로 투사하려 생각할 필요조차 없었다. 그 양 측면들은 동시에 지각이 가능했고, 한데 뭉뚱그려져 떼어낼 수 없었다. 이곳 서울의 꿈과 현실은 같은 주파수로 공명하기 시작했고, 점차 합일에 가까워져 가고 있었다. 그러므로 내가 녀석을 만난 것이 현실계에서였는지, 꿈속에서였는지는 확실치 않은 일이었다.

그러나 확실한 것이 적어도 한 가지는 있었다. 녀석과 내가 만난 장소가 신림동 근처, 관악산과 그 거대한 물레방아가 왼편으로 보이던 곳이었다는 사실만큼은 분명했으니까. 놈과 나는 서로를 마주보고는, 이를 드러내며 웃었다. 녀석의 키도 역시 나와 같이 8미터에 육박했고, 머리엔 황금빛 후광이 둥글게 감싸고 있었다. 다른 점이라면, 나는 인공의 무기들을 잔뜩 들고 있었고, 녀석은 강인한 털가죽과 무섭도록 날카로운 발톱들만을 무기로 가지고 있다는 점뿐이었다.

우리는 이런 날을 고대하고 또 고대해 왔었다. 처음 만나 공격을 주고받았을 때부터.

그리하여, 우리는 격돌했다. 혼신의 힘을 다한 전투. 나는 녀석의 왼쪽 어깻죽지를 벨 수 있었다. 반면 나의 금환도는 부러졌고 원반은 쪼개졌으며, 은륜은 우그러지고 금강저는 여섯 조각이 났다. 두 개의 상아는 무참히 부러졌고, 왼 무릎은 반 이상 잘렸으며 오른쪽 눈은 실명했다. 나의 완패였다!

나는 속에서 빛을 끌어올렸고, 점점 다가오는 녀석을 향해 그 가공할 힘을 코로 뿜어냈다. 그러나 녀석은 그것을 아무렇지도 않은 듯 견뎌 냈고, 계속해서 다가왔다. 나의 숨통을 완전히 끊어 놓기 위해.

'크으으······!'

나는 도망치기 시작했다. 두려웠다. 회복. 회복해야 했다. 이렇게 여기까지 와 놓고 이렇게 쉽게 죽을 수는 없지 않은가? 나는 수습생이 많은 곳을 찾아 필사적으로 달렸다. 닥치는 대로, 눈에 띄는 대로 수습생들을 잡아먹었다. 회복해야 했다. 부족했다. 더, 더 먹어야 했다. 저희들끼리 죽고 죽이는 데에 정신이 팔려 있는 수습생들을 손아귀로 빨아들여 미친 듯이 먹으며 달렸다. 그럼에도 곰 인간은 마치 할 테면 얼마든지 더 해보라는 듯한 태도로 느긋하게 내 뒤를 쫓았다. 그리고 그것이 나로 하여금 더욱 공포를 느끼게 했다. 녀석은 대체 얼마나 더 강해진 것일까? 얼마나 강해졌기에 이 정도의 여유를 부리고 위압감을 줄 수 있는가? 아니, 그보다 먼저, 대체 놈과 나는 왜 그렇게 서로에게 강렬한 적대감을 품고 투쟁하는 거지? 없었다. 아무런 이유도 없었다. 이것은 그저 타인에 대한 순수한 증오였다!

내가 허겁지겁 수습생, 혹은 각성자들을 씹어 삼키며 나아가는데, 유독 겁이 없는 한 각성자가 눈에 들어왔다. 나의 등장과 함께 동료들이 혼비백산하여 사방으로 흩어지는데도 녀석은 마치 나를 보고선 그 자리에 굳어진 듯, 멍한 눈으로 서서 가만히 나를 바라보고만 있는 것이었다. 빨간색 뽀글머리 파마, 알록달록한 광대화장. 녀석은 맥도날드의 로날드였다.

놈이 뭔가 할 말이 있는 듯 입을 벌리려는 순간, 나는 놈의 몸을 낚아채 머리부터 씹어 먹었다. 와드득, 후루룹. 뼈를 씹었고 피를 삼켰다. 먹으면서, 나는 이 녀석 로날드가 누구인지 알 것도 같다는 생각이 문득 들었다. 누구? 누구지? 이건 누구……지?

나의 동작이 멈추었다. 그걸 떠올린 순간 나는 움직일 수가 없었다. 움직여지지가 않았다. 움직일 수가 없었다. 그러자 곰 인간과의 간격은 좁혀졌고, 녀석은 내 앞으로 다가왔다. 나의 사지에는 박차고 달려 도주할 힘이 더 이상 남아 있지 않았다.

태양이 곰 인간의 등 뒤에 떠 있었으나, 녀석의 그림자는 어디에도 보이지 않았다. 나는 문득 고개를 돌려 나의 그림자를 찾아보았다. 없었다. 우리의 그림자는 어느새 어디론가 사라지고 보이지 않았다. 꿈과 현실은 하나로 합쳐졌고, 우리는 우리의 그림자와 하나로 합쳐졌다. 분리되어 있어야만 하는 것들이 합일했다. 이것은, 하나의 세계의 종말이 아니고 그 무엇이란 말인가?

나는 로날드를 죽였다. 그리고 이제는 도망칠 수가 없다. 곰 인간은 날 죽일 것이다. 일순간 모든 것이 참으로 자명해졌다. 잠시 후 길고 날카로운 손톱이 내 정수리를 내리찍고, 비틀어 쪼개었다. 그것으로 나는, 이, 삭막한, 무자비한, 육신에서, 벗어날 수, 있었다.

· · ·

내 눈동자에서 생명의 불꽃이 꺼지기 직전, 찰나의 순간에 나는 보았다. 그 혼돈의 도가니 속에서, 그들, 물레방아의 주인들이 강림하는 모습을. 그들은 압도적인 신격을 몸에 두른 신인들이었으며, 혼돈의 쟁패에서 살아남은, 가장 강대한 13인의 각성자들(당연히 곰 인간이 포함된)의 경배를 받으며 물레방아 위에서 탄강하였다. 그들이야말로 배후에서 이 모든 것을 안배하고 조종한 흑막 뒤의 손들이었다. 탄강 이전엔 그들도 '인간'이었으나, 지금 이 순간 이후부터는 의심의 여지가 없는 '신'으로 군림하게 되리라.

그때 나는 근거 없는 예감을 느낄 수 있었다. 이곳 서울에서 벌어졌던 과정들이, 지금 이 순간부터 세계 곳곳에서 똑같이 일어날 것임을. 그리하여 이 세상에는 새로운 세계 질서가 확립될 것임을. 피와 압제의 새로운 세계 질서가.

나는 생명의 끈을 놓으면서, 희원이 따스한 빛 속에서 나타나 웃으며 나를 맞아 줄 것만 같은 기분이 들었다. 하지만 결코 그런 꿈과 같은 일은 벌어지지 않았다. 나는 빛을 잃었고, 이윽고 완벽한 어둠 속에 놓였다.

그것으로 나의 꿈은, 끝이었다.

사관과 늑대

/ 이한범

조이 SF 사이트(www.joysf.com)에서 운영진으로 활동 중이며, SF 카페-안드로메다(http://cafe.naver.com/sfreview.cafe)에서도 꾸준한 작품 활동을 하고 있다.

인성은 머릿속에서 입력한 시간이 되었다고 알리는 바람에 서류를 뒤적이던 손을 멈추었다. 아까부터 이때를 기다려 왔다. 인성은 책상에서 슬그머니 눈을 들어 창밖을 힐끗 바라보았다. 하지만 세상은 언제나 그랬듯이 어둠침침했다. 역시 하늘을 보고 시간을 짐작한다는 건 어불성설이었다. 아무리 눈썰미가 좋아도 항상 시커먼 세상에서 변화를 찾는다는 건 불가능한 일이었다. 인성은 아쉬운 감이 들어 한숨을 약하게 쉬었다. 가끔은 밝아지거나 어두워져 가는 세상을 보고 하루가 얼마만큼 흘렀는지 가늠하고 싶은 기분이 들었다. 무의미한 숫자가 아니라 주변 풍경을 보고 자신이 어디에 있는지 알고 싶었다. 얼핏 듣기로 지구에서는 그렇게들 산다고 했다. 아침에는 떠오르는 빛을 보고, 밤에는 가물거리는 별을 헤아릴 수 있다고 했다. 하지만 인성에게 아침이란 단지 눈을 뜨는 시간이고, 밤은 그저 경비 근무에 들어서는 시간일 뿐이었다.

"듣자 하니 지구에 살면 창밖만 쳐다봐도 시간을 알 수 있다던데."

인성이 중얼거리자 맞은편 책상에 앉아서 바쁘게 지시 사항을 정리하던 세희가 고개를 들었다. 단발이긴 하지만, 고개를 숙이느라 새까만 머리카락이 얼굴을 가린 상태였다. 세희는 아래로 늘어뜨렸던 머리카락을 뒤로 넘기며 물었다.

"또 그 말씀이시네요, 반장님. 이번에도 시간을 재 놓고 하늘이 얼마나 변했는지 살피셨군요? 시간이 흐르면서 하늘이 달라지는 걸 한번 보고 싶으세요?"

"아니, 딱히 보고 싶다는 건 아냐. 솔직히 그런 광경을 입체영상이 아니라 직접 눈으로 보게 된다면 굉장히 무서울 것 같거든."

인성은 시선을 컴컴한 창밖에 못 박은 채 대답했다. 세희는 고개를 갸웃거렸다.

"그러면 그런 말씀은 자꾸 왜 하시는 거예요? 누가 들으면 반장님 평생소원이 그런 건 줄로 알 거예요."

"뭐, 자세한 이유가 있어서가 아니라 궁금해서 그래. 무섭다고 해서 호기심까지 없어지는 건 아니잖아. 게다가 경비대대로 복무를 옮기니까 그런 느낌이 더하거든. 예전에는 몰랐는데, 밤중에 경비를 서는 일이 잦아지니까 문득 궁금해져. 낮이든 밤이든 풍경이 달라지면 경비를 서는 기분도 달라질 테니까."

인성은 그렇게 말하며 창에서 눈을 떼고 불빛이 훤한 행정반 사무실을 둘러보았다. 일과시간이 끝나 여기저기 텅 빈 책상이 어쩐지 쓸쓸하게 보였다. 지구에 살면 어두워지는 하늘을 보고서 그런 느낌을 받는다고 했다. 하지만 시간관념이 다른 인성으로서는 사무실에 둘밖에 없다는 사실에서나 그런 느낌을 찾아야 했다.

"그래서 밤마다 경비를 서는 느낌이 이상하세요, 반장님?"

"조금은 그래. 잠을 안 자니까 낮이 엄청나게 길어진다는 느낌이 들거든. 하지만 상관없어. 자네 같은 하사관이 있으니."

"음, 무슨 뜻으로 그렇게 말씀하시는지 모르겠지만 기분이 나쁘지는 않네요."

세히는 혀를 쏙 내밀며 싱긋 웃었다. 인성도 그 웃음을 보고 입가를 살짝 올렸다. 쓸쓸하니 뭐니 하는 느낌은 전부 사무실 밖으로 훨훨 날아가 버렸다. 경비대대로 보직을 옮긴 게 그렇게 나쁜 일만은 아니라는 생각이 들었다. 세히 같은 사람을 만날 줄 알았더라면 진작 옮기겠다고 신청하는 거였는데, 그러지 못해서 후회가 되기도 했다. 하긴 지금에라도 이렇게 와 있으니 다행으로 여겨야 했다. 게다가 사무실에서 단 둘만 당직 근무를 하다니 이건 하늘이 내린 선물이나 다름없었다.

"반장님, 갑자기 왜 그렇게 웃으시는 거예요? 무슨 좋은 일 있으신가 봐요?"

세히가 눈을 동그랗게 뜨고 묻자 인성은 웃음기를 지우고 고개를 저었다.

"응? 아니, 아니야. 내가 지금 하늘 이야기나 할 때가 아니지. 어디 보자, 말 나온 김에 면담 겸 순찰을 돌러 나가야겠어."

인성은 그렇게 얼버무리며 허둥지둥 일어났다. 행정반장은 소위 계급장이 박힌 모자와 의자에 걸쳐 두었던 두꺼운 외투도 집어 들었다. 그리고서 부리나케 밖으로 나가려는데, 세히가 신임 소위를 불러 세웠다. 세히는 인성이 빼먹은 순찰차 인식표와 당일 근무시간표가 그려진 감광판을 한 장 챙겨 주며 물었다.

"운전병을 부를까요?"

"내가 직접 운전할 테니까 됐어. 혹시 나 없는 사이에 행정반장이나 경비대대 당직장교를 찾거들랑 순찰 나갔다고 해. 그리고 병사들 찾아서 면담도 할 테니까 보통 순찰보다 더 오래 걸릴 거야."

"알겠습니다, 반장님. 그럼 다녀오세요."

"그래, 다녀오겠네, 하사."

인성은 간단한 경례를 받고 사무실 밖으로 나섰다. 경비대대 건물 안은 쥐 죽은 듯 고요했다. 복도로 나오자 하사관 몇 명만이 두런두런 이야기를 나누며 거니는 게 보였다. 조금만 발을 잘못 디뎌도 저벅저벅 발걸음 소리가 복도 전체를 울릴 것 같았다. 불이 들어온 사무실도 몇 개 없어서 사방은 생각만큼 밝지 않았다. 천장에 매달린 등은 불빛을 멀리까지 뻗치지 못해 오히려 안쓰러울 지경이었다.

인성은 주위를 둘러보며 다시금 지구를 떠올렸다. 지구에 살면 이런 분위기를 보고 밤이라고 느낄지 궁금했다. 그 별에도 밤만 이어지고 눈으로 덮인 지역이 있다는 말을 들었다. 그러나 항성이 적당한 거리에 있어 그런 지역은 극히 일부분에 불과하다는 말도 들었다. 지구 사람이 이 별에 오면 일 년 내내 밤과 겨울만 계속된다고 생각할 게 분명했다.

신임 소위는 하사관들에게 경례를 받으며 건물 밖으로 나왔다. 밖으로 나오자마자 추위가 매섭게 피부를 찔렀다. 인성은 하얀 입김을 허허 불며 순찰차로 향했다. 몇 시간 전에 사병들이 눈을 치웠건만 그새 또 눈이 내려 발밑에서는 뽀드득 소리가 났다. 인성은 실내 차고로 들어가 인식표로 문을 연 다음 누런 순찰차를 몰고 허옇게 털옷을 입은 도로로 나왔다.

순찰도 순찰이지만, 일단 중요한 건 사병 면담이었다. 인성은 눈길 위로 차를 몰고 가면서 누구부터 면담을 시작해야 할지 고민했다. 부임한 지가 닷새밖에 되지 않은 터라 아직도 둘러볼 곳이 많고, 이야기해야 할 상대도 많았다. 우선 장갑차 대기병은 다음에 해도 괜찮을 듯했다. 보행전차 조종수들도 아직은 차례가 아니었다. 초소 담당은 나중에 하나씩 확인하면 될 테고, 도보 순찰병들도 마찬가지였다. 어제는 탄약고 경비병을 면담했으니 오늘은 군견병을 상대할 순서였다. 군견병이라…… 어쩐지 불편했지만, 하는 수 없었다. 신임 소위는 군견병 면담으로 마음을 굳히고 기지 외곽 지역으로 방향을 돌렸다.

인성은 지금껏 군견병과 말을 주고받은 적이 단 한 번도 없었다. 물론 부대에 온 지 얼마 안 되는지라 경비병들 대부분과 이야기한 적이 없지만, 군견병에 그만큼 민감한 건 이들이 매우 특별하다고 들었기 때문이다. 신임 소위가 듣기로 군견 부대원들은 보통 사람과는 다른 정신세계에서 살아간다고 했다. 그들에게 말을 걸면 형편없는 발음으로 사고를 바꾸어야 한다느니 관념을 깨야 한다느니 장광설을 늘어놓기 일쑤라고 했다. 그 연설에 공감하는 이가 없는데도 군견 부대원은 타 병과 이등병부터 장교까지 상대를 가리지 않고 설교를 그만두지 않는다는 말도 들었다.

닷새 전에 부대 안내를 받는 날도 그랬다. 부대 이곳저곳을 돌아보다 인성이 군견 내무반을 안내해 달라고 하자 세히는 난감한 표정을 짓더니 운전병에게 군견 우리로 향하라고 지시했다. 운전병이 조종대를 돌리자 인성은 영문을 모르겠다는 투로 물었다.

"세히 하사, 내무반이 아니라 '우리'라고 했는데, 내가 잘못 들은 건가?"

"아닙니다, 소위님. 바로 들으셨습니다."

세히는 짧은 머리를 뒤로 넘기며 대답했다. 인성은 인상을 좀 쓰고서 다시 물었다.

"내무반이 아니라 우리라니? 하사, 난 동물이 아니라 사람을 만나러 가는 걸세. 그러면 내무반으로 가야 하는 거 아닌가?"

하사는 반짝이는 갈색 눈동자에 의문을 품고 물었다.

"소위님, 훈련소에서 군견병이 어떤 병사인지 배우지 않으셨습니까?"

"물론 배웠다네. 가상공간에서 같이 작전을 수행하기도 했지. 나도 군견병이 어떤 병사고 무슨 과정을 거쳤는지 다 알아. 하지만 그들이 우리에서 산다는 말은 들어 본 적 없어."

인성이 대답하자 세히는 고개를 갸웃거렸다. 뭐가 뭔지 잘 모르겠다는 표정이었다.

"음, 그러면 일단 처음부터 말씀드리겠습니다. 사실상 이 부대에 군견 우리라고 불리는 곳은 없습니다. 군견 내무반만 있을 따름입니다. 하지만 기지 부대원 대부분은 내무반이 아니라 우리라고 부릅니다. 그건 군견 부대원 자신들도 그렇습니다. 그래서 제가 우리라고 한 겁니다. 저는 소위님께서도 아시는 줄 알았습니다."

"그거야 이 부대 특성이 그런가 보지. 하사, 이제 막 도착한 내가 그걸 어찌 알겠나?"

세히는 이 대답을 듣고 갸름한 턱을 좀 문지르더니 발간 입술을 열었다.

"그건 단지 이 부대 특성만이 아닙니다, 소위님. 군견 부대가 있는 곳이라면 어디든지 내무반 대신 우리라고 부릅니다. 훈련소에서야 군견 내무반이라고 가르칩니다만, 그곳을 벗어나면 어느 보직에 근무하든 어느 부대에 복무하든 마찬가지입니다. 그래서 당연히 소위님께서도 군견 우리란 말을 아시리라 여겼습니다."

"그래? 그러면 자네 말이 틀렸다고 해야겠네, 하사. 내가 전에 근무하던 부대에서는 안 그랬거든. 난 거기서 군견 우리란 말을 들어 본 적이 단 한 번도 없어."

"저, 하지만 소위님께서는 전에 계시던 부대에서 근무하신 기간이 굉장히 짧습니다. 2개월 남짓이니 아예 군견이라는 말을 듣지 못하셨을 수도 있습니다. 혹시 그곳에서 군견 내무반이란 말은 들어 보셨습니까?"

세히가 묻자 인성은 바로 대답할 수 없었다. 그러고 보니 군견 내무반이란 말도 들어 본 적이 없었다. 내무반은커녕 군견이란 단어 자체도 거론한 적이 없었다. 신임 소위는 약간 짜증을 내며 대답했다.

"아니, 그런 적 없네. 따지고 보니 내가 경비대 소위인 주제에 군견 부대가 뭔지 새까맣게 모른다는 말처럼 들리는군."

"아, 그런 뜻은 아니었습니다."

세히가 당황하며 뭐라고 말하려 하자 인성은 손을 내저었다.

"그만두게. 그나저나 한참 가야 하나?"

"조금 더 가면 됩니다, 소위님. 군견 내무반은 특성상 기지 외곽에 있어서 거기까지 가려면 시간이 좀 걸립니다."

세히가 우리를 내무반이란 명칭으로 바꾸자 인성은 금세 기분이 풀렸다. 자신이 생각해도 기분이 오락가락하는 게 우스웠지만, 내색하지 않고 하사에게 말했다.

"그러면 군견 내무반은 놔두고 다른 곳부터 둘러보도록 하지. 군견 부대는 나중에 외곽 지역을 돌 때 들리도록 하겠네."

"알겠습니다, 소위님. 그러면 보행전차 소대로 안내하겠습니다."

이윽고 차가 보행전차 소대에 당도하자 세히는 앞장서서 이곳저곳을 안내했다. 신임 소위와 안내 하사는 병장들을 만나 질문을 던지거나 이야기를 듣고, 다리 달린 전차가 움직이는 걸 지켜보기도 했다. 한참을 그러다가 잠깐 휴게실에 들러 단 둘이 있게 되자 세히가 다가와 머뭇거리며 입을 열었다.

"저, 소위님. 아까 일은 죄송하게 되었습니다. 하지만 제가 주제넘게 나선 건……."

"됐네, 됐어. 자네 딴에는 날 생각해서 그런 거니까 다 이해하겠네."

인성은 그렇게 말하며 화제를 돌리려 했지만, 하사가 고개를 저으며 이야기를 이어 나갔다.

"그런 이유도 있지만, 비단 그 때문만은 아닙니다. 실제로 군견병을 만나시기 전에 알려 드릴 것이 있어서 그랬습니다."

인성은 이 말을 듣고 눈살을 슬그머니 찌푸렸다. 아까부터 군견을 들먹이며 아무것도 모르는 햇병아리 취급하는 게 마음에 들지 않았다. 자신이 이제 막 업무를 맡기 시작한 소위라 할지라도 이건 너무 심한 처사였다.

"하사, 나도 훈련소에서 배울 건 다 배웠네. 이론만 배운 게 아니라 가상공간에서 작전까지 다 수행했어. 초소 감시나 출입문 검색, 기동 장갑 부대는 물론이고 군견병과 같이 일해 보기도 했어. 그러니 더 이상 신임 소위 취급하지 말게. 하사나 사병들이 신임 장교를 우습게 안다는 말은 들었지만, 정말 너무하는군."

상관이 짜증 섞인 어조로 답변하자 세히는 적잖이 당황하는 눈치였다. 그러나 하사는 그대로 물러서지 않고 입을 열었다.

"제가 소위님을 무시한다거나 업신여겨서 이러는 게 아닙니다. 소위님께선 방금 훈련소에서 군견에 관한 건 다 배우셨다고 하셨습니다. 하지만 가상공간에 입력한 군견병과 실제 군견병은 엄청나게 다릅니다. 내무반과 우리가 결코 같을 수 없듯이 말입니다."

"그쯤은 나도 짐작하네, 하사. 뭐든지 이론과 실제는 다른 법이지. 어디 그게 군견뿐이겠나? 훈련소에서 본 장갑차와 실제 부대에서 굴러다니는 장갑차도 얼마든지 다를 수 있지."

세히는 그 말에 고개를 세차게 흔들었다. 절대 아니라는 걸 온몸으로 강조하는 것 같았다.

"겨우 그 정도라면 제가 미리 말씀드리려고 하지도 않았을 겁니다, 소위님. 이건 그렇게 간단한 문제가 아닙니다. 예비 사관들이 훈련소에서 배우는 군견 교육 과정에는 굉장히 중요한 사실 몇 개가 빠졌습니다. 이를 모른 채 군견병과 이야기를 하거나 지시를 내리면 매우 당황하실 겁니다. 실제 작전 수행에는 영향을 미치지 않겠지만, 부대원 사기 등을 봐서는 좋지 않은 결과가 나올 겁니다."

"그래? 그러면 군견병이 도대체 어때서 그러는 건가? 그들이 대놓고 장교에게 불만을 표시한다거나 뭐, 그러는 건가?"

인성은 여전히 인상을 풀지 않고 물었다. 세히는 잠깐 생각하더니 이윽고 말문을 열었다.

"군견병들은 보통 사람들과 다른 세계에서 살아갑니다, 소위님. 군견병이 되기 위해서 여느 사람으로서는 겪지 못할 어려운 과정을 거쳤기 때문입니다. 흔히 그 부대원들을 사람 대하듯 하는데, 그건 큰 실수입니다. 그들 역시 사람이긴 하지만, 스스로는 그렇게 생각하지 않습니다. 군견병들은 사람으로서 살아가고 싶어도 그럴 수가 없습니다. 더 정확히 말씀드리자면, 사람 흉내를 내며 살아가는 게 고작입니다. 한편으로 군견 부대는 경비대 내에서 입지가 굉장히 약합니다. 그래서 그 부대원들을 동물 취급하는 이들도 있습니다. 군견병 자신들도 어느 정도는 동물에 가깝다고 생각하는 편입니다. 그들이 내무반이란 말을 놔두고 우리에 머문다고 한 이유가 바로 이 때문입니다. 그래서 군견병들은 자신이 쓸모 있음을 증명하기 위해 당치도 않은 말을 늘어놓기 일쑤입니다. 아마 소위님께서 군견병과 면담할 기회가 생기시면 반드시 이런 이야기를 듣게 되실 겁니다. 그 엉뚱한 논리를 무시하려면 군견병이 어떤 병사인가 미리 알아 두시는 편이 좋을 거라 생각했습니다."

세히가 설명을 끝마쳤는데도 인성은 구긴 표정을 지우지 않았다. 대신 눈살을 더 찌푸리며 되물었다.

"훈련소에서는 듣지도 보지도 못한 이야기로군. 군견병은 자신을 동물처럼 여긴다고? 군견병은 사고방식이 다르다고? 방금 나한테 한 말이 사실인가?"

"사실입니다, 소위님. 뜬금없는 소리로 들리시겠지만, 군견병들과 이야기를 나누어 보시면 생각이 바뀌실 겁니다."

세히는 힘주어 고개를 끄덕였다. 하지만 인성은 부하가 한 설명을 완전히 이해하기 어려웠다. 신임 소위는 고개를 휘휘 저으며 말했다.

"자네 말을 듣고 보니 군견 부대를 꼭 방문해야겠다는 다짐이 생기는군."

"건방지다고 생각하실지 모르나 제가 말씀드린 건 꼭 기억하고 계시길 바랍니다. 아마 나중에 군견병과 면담하실 때 그들을 받아들이시기 더 쉬워질 겁니다. 자, 그러면 계속 보행전차를 둘러보시겠습니까, 소위님?"

인성은 짧은 머리를 쓸어 넘기며 닷새 전 기억에서 빠져나왔다. 소위는 하사와 이야기를 나누었던 소대 휴게실에서 조용하게 달리는 순찰차로 다시 돌아왔다. 세히가 한 말 때문에 면담을 하는 일이 어쩐지 꺼림칙했다. 인성은 손바닥이 축축해지자 잿빛 전투복 바지에 손을 쓱 문질렀다. 생각했던 것보다 훨씬 긴장감이 심했다. 말이 좋아서 장교지 아직까지는 사병을 대하는 게 어색했다. 부대 사정은 이제 막 임관한 소위보다 경험 많은 일등병이 더 훤할 테니까. 거기다 주위에서 주워들은 군견병 이야기 때문에 갈수록 자신감이 줄어들었다. 하지만 소위는 속으로 사병과 면담하는 걸 어려워하는 자신을 꾸짖고 조종대를 틀었다. 세히가 무슨 말을 했든 상관없다. 경비대 장교로서 해야 할 일을 하러 가는 것뿐이니까. 아니, 어쩌면 그 깜찍한 아가씨가 철딱서니 없는 소리를 한 건지도 모른다. 소위가 새로 부임했으니까 다른 사관들과 미리 짜 놓고 골탕 좀 먹이려는 것일 수도 있다. 인성은 자신이 그 속임수에 넘어간 게 아닐까 잠깐 동안 의심해 봤다. 하지만 아무리 의심해도 쉽게 답을 찾을 수 없었다. 군견병을 직접 만나 이야기를 하기 전에는 아무것도 확신할 수 없었다.

　소위는 길가에 차를 세우고 미세통신기를 작동시켰다. 몸 안에 있는 통신기를 조작하자 조금 떨어진 곳에 평면 영상으로 군견병 모습이 떠올랐다. 인성은 영상을 보고 이야기했다.

　"당직장교 인성 소위다. 근무 중에 이상 없나?"

　인성이 묻자 상대는 고개를 살짝 숙이며 인사했다. 군견병은 다른 병사들처럼 손을 들어 경례하지 않았다. 경례를 할 수는 있지만, 그 모습이 굉장히 우스워 보였기 때문이다.

　"옛, 행정반장님. 근무 중 이상 없습니다."

　군견병은 알아듣기 힘든 괴상한 발음으로 대답했다. 역시나 소문대로였다. 인성은 그 발음을 이해한 자신이 자랑스러울 정도였다. 대화가 통하는 편이 오히려 이상했다.

　"그래? 직접 만나서 보고를 듣고 싶군. 지금 어디에 있나?"

"3-5 초소 근처에 있습니다, 반장님."

"알았네. 내가 곧 갈 터이니 자넨 그 자리를 지키게나."

인성은 미세통신기를 끈 다음 군견병이 말한 초소를 향해 차를 몰았다. 외곽도로를 한참 달리자 차 불빛에 비친 높다란 3-5 초소가 보였다. 초소를 지나쳐 좀 더 달리자 눈 쌓인 도로에 서 있는 군견병이 나타났다. 야간에 외곽도로를 도는 군견병은 모두 여섯이었지만, 하필 저 병사를 고른 데는 다 이유가 있었다. 말단도 아니고 최고선임도 아닌 중간 계급이었기에 상대하기가 좀 더 수월할 터였다.

인성은 차를 몰아 좀 더 가까이 다가갔다. 군견병은 어디서 보든 눈에 확 띄었다. 하긴 사람처럼 보이지가 않으니 그럴 법도 했다. 인성은 막상 눈으로 보게 되자 군견병을 동물 취급한다던 세히 말이 이해가 갔다. 미세통신기로 영상을 볼 때는 못 느꼈으나 실제로 보니까 정말 짐승이 따로 없었다. 군견병은 어딜 보더라도 커다란 개에 지나지 않았다. 훈련소에서 배운 바에 따르면, 군견병으로 지원한 자는 1년간 군견과 함께 생활하며 친분을 쌓는다고 했다. 그러다가 1년이 지나면 의식을 옮겨 직접 군견을 조종한다고 들었다. 번거로운 작업이긴 하지만, 동물을 훈련시키는 것보다는 조종하는 게 나았다. 특히 여기처럼 빛을 찾아볼 수도 없고 시설도 뒤처진 식민 행성에서는 시각보다 후각과 청각이 뛰어난 경비병이 필요했다.

그 결과 생겨난 생각하는 동물, 저 속에 사람이 들어 있다고 했다. 인성은 인정할 수 없었다. 저게 어딜 봐서 사람인가. 의식을 저렇게 함부로 옮긴 마당에 어떻게 사람으로 대접한다는 건가. 정말로 저 동물을 사람 취급하는 자가 있다는 건가? 아무리 정신이 멀쩡한들 또 속내가 중요하다고 한들 겉모습은 영락없는 동물인데?

게다가 군견병이 조종하는 그 동물은 사람들에게 친숙한 애견이 아니었다. 엄밀히 말하자면, 그 동물은 개라고 볼 수 없었다. '크러스'라고 하는 이 생명체는 편의상 군견이라고 부르지만, 개가 아닌 새로운 동물이었다. 주위에서 흔히 보는 애견과는 생김새부터가 완전히 달랐다. 우선 몸집이 그랬다. 크러스는 몸무게가 성인 남성 절반가량에 이르고, 어깨 높이는 어른 허리에 조금 못 미칠 정도였다. 더군다나 얼굴은 사나움으로 가득했다. 매섭게 치켜뜬 눈, 기다란 주둥이와 뾰족한 송곳니, 쫑긋 선 세모난 귀. 털가죽은 잿빛이었는데, 코끝부터 꼬리까지 더욱 진한 잿빛 줄무늬가 물결치듯 수를 놓았다. 인성은 훈련소 시절, 입체 영상으로만 크러스를 접했는데도 저도 모르게 몸서리를 쳤다. 그렇게 생겨먹은 개는 난생 처음이었다. 개라고 하면 누구나 귀여움과 애교로 한껏 치장한 메토시나 치차르 같은 개를 떠올리게 마련이다. 대부분, 아니 모든 개들은 그렇게 생겨야 했다. 헌데 크러스는 그렇지 않았다. 보기만 해도 오금이 저릴 정도였다. 인성을 비롯한 예비 사관들은 가상공간에서 몇 번 크러스를 접하고서야 겨우 이 늑대 같은 동물에게 적응할 수 있었다. 그래, 늑대. 군견 부대원은 크러스를 가리켜 늑대라고 부른다는 말을 들었다. 인성은 늑대 영상을 딱 한 번 본 적이 있는데, 줄무늬만 제외한다면 크러스는 정말로 늑대와 비슷하게 생겼다. 그리고 뭐라더라. 늑대는 오늘날 개들의 먼 친척이라고 했던가. 하지만 인성은 그 말을 한 귀로 흘려 버렸다. 늑대와 개는 닮은 점이라곤 하나도 없었기 때문이다. 크러스와 개들이 전혀 닮지 않았듯이.

인성은 생각을 멈추고 차 밖으로 나와 몸을 기댔다. 군견병은 정자세로 서서 상관을 똑바로 올려다보았다. 목에는 계급, 이름, 군번 등을 표시한 목걸이를 했고, 방탄복도 입은 상태였다. 방탄복 한쪽 귀퉁이에는 크러스 코를 도안한 군견 표식이 새겨져 있었다. 인성은 목걸이를 슬쩍 쳐다보았다. 거기엔 '2년, 수진'이라고 나와 있었다. 수진이라면 여성들이 주로 쓰는 이름이었다. 하지만 이 사나운 동물은 아무리 봐도 암컷(아니, 여성)처럼 보이질 않았다. 그렇다고 대놓고 하반신을 살피는 것도 좀 민망했다. 신임 소위는 헛기침을 하더니 허연 입김을 날리며 말을 건넸다.

"서 있을 필요 없으니 앉게. 자네가 수진 사관인가?"

"예, 그렇습니다, 반장님. 2년 사관입니다."

인성이 감광판을 보며 묻자 군견병은 형편없는 발음으로 대답했다. 인성은 무의식중에 어깨를 으쓱하며 말했다.

"근무 중이긴 하지만, 면담이라 생각하고 편하게 대답하게. 군견 부대원과 이야기하는 건 처음이군. 나는 아직 군견 내무반밖에 가 보질 못해서 말이야."

인성은 '내무반'이란 말을 집어넣으며 군견병 눈치를 슬쩍 살폈다. 하지만 수진이라는 그 병사는 표정에 별 변화가 없었다.(어쩌면 인성이 눈치 채지 못한 것일 수도 있다.) 사람이라면 모를까 동물 표정을 읽는 데는 별 자신이 없었다. 더군다나 상대는 애견이 아니라 크러스였다. 사나움 말고는 아무것도 찾을 수 없는 얼굴이었다.

"내가 알기로 군견병은 사병과 똑같은 위치에 있다고 들었네. 사관이라고 불리지만, 실제 사관은 아니라고. 맞는가? 자네를 무시하려는 게 아니라 확실히 해 두자는 거니까 기분 나빠하지 말고 대답해 주게나."

"예, 맞습니다, 반장님. 그리고 군견병은 근무한 연도로 계급을 매깁니다. 그래서 이병이나 일병이 아니라 1년 사관, 2년 사관 등으로 나눕니다."

인성이 알아차리지 못한 건지(아니면 정말로 기분이 나쁘지 않은 건지)

수진은 대수롭지 않다는 투로 대답했다. 그러고 보니 엉터리 같은 발음만큼이나 어조도 한결같았다. 하긴 저 기다란 주둥이로 사람처럼 말을 하려면 그럴 수밖에 없었다. 아니, 어조가 실제로는 풍부한데도 인성 귀에만 그렇게 들릴 가능성도 따져야 했다. 알맹이가 어떻든 껍데기는 사람이 아니고, 사람 귀와 크러스 귀는 다를 테니까 그 차이를 염두에 둬야 했다. 신임 소위는 도무지 상대를 종잡을 수 없어 혼란스러웠다. 군견병이 다른 세계에 살든 그렇지 않든 대면하는 것만으로도 이질감을 풀풀 풍겼다.

인성은 겉모습이야 어떻든 상관하지 말자고 애를 쓰며 다른 질문거리를 찾았다.

"그래, 근무 중에 불편한 건 없나? 군견병이라면 냄새를 맡거나 소리를 들어서 임무를 수행할 텐데, 날씨가 추워서 헛갈리거나 하진 않나?"

"괜찮습니다, 반장님. 군견은 털가죽이 두꺼워 추위에도 아랑곳하지 않습니다."

수진은 서툰 발음이나마 조리 있게 설명했다. 인성은 계속해서 질문을 퍼부었다.

"흠, 그런가. 그러면 근무하는 데 평소와는 다른 점이 없나? 혹시 여건이 안 맞아 같이 근무하기에 불편한 사람은 없나? 경비당번을 바꾸었으면 하는 부대원은 없나?"

수진은 즉시 대답을 않고 날카로운 특유의 눈으로 쳐다보더니 시커먼 입술을 움직였다.

"불편한 점은 없습니다, 반장님. 근무에 최선을 다할 따름입니다."

군견병은 간단히 대답했지만, 소위는 곧이곧대로 받아들이지 않았다. 사전준비를 어느 정도 했으니 면담을 한 소득도 있어야 했다.

"자네는 근무에 불편함이 없다고 했는데, 속마음은 그렇지 않을 거야. 알다시피 난 이곳에 5일 전에 부임해서 부대 사정에 밝지 않다네. 하고 싶은 말이 있다면 들어 줄 테니 해 보게나. 오늘 면담은 반드시 차후에 반영할 테니."

하지만 이렇게 말해도 수진은 기다란 주둥이를 꾹 다문 채 대답할 생각을 안했다. 인성이 다시 덧붙였다.

"자, 보게나. 난 경비대를 이끌어야 하는 장교야. 자네는 내가 얼마나 큰 부담을 졌는지 모를 걸세. 장교라는 게 얼마나 울화가 치미는 직책인지 짐작하나? 수많은 경비병들이 날 바라보는 건 정말이지 어깨뼈가 부서질 정도로 무거운 짐이라네. 따라서 난 되도록이면 사병 하나하나까지 세세히 알아야 할 의무가 있어. 그게 괴팍하다고 대대 내에 소문이 자자한 군견병이라면 더더욱 그렇지. 그러니 군견 부대를 대표하는 셈치고 말해 보게나."

수진은 잠시 머뭇거렸다.(혹은 그러는 것처럼 보였다.) 그러나 이내 용기를 내는 것 같았다.(정말로 용기를 냈는지도 몰랐다.) 2년 사관은 다시 한번 검은 입술을 움직였다.

"무슨 말씀을 들으셨는지 몰라도 저희는 아무런 불만이나 문제가 없습니다, 반장님."

똑같은 대답이 돌아오자 인성은 모자를 톡톡 두드리며 되도록 친근하게 보이도록 말했다.

"정말 그런가? 뭐, 좋아. 한꺼번에 전부 말하기는 어렵겠지. 하나씩 해결해 보세. 오늘은 한 가지만 말해 주면 좋겠네. 난 걸핏하면 군견병이 동물이냐 사람이냐 따진다는 말을 들었어. 그게 무슨 뜻인지 이해가 안 가네. 어차피 자네 몸은 자네 소유가 아니지 않나? 그러니 이런 논쟁이

대관절 무슨 소용인가? 자네가 크러스 몸을 그렇게 아낄 필요가 있나? 어차피 나중에 제대하면 원래 몸으로 돌아갈 텐데. 어디를 가든 붙어 다니니 크러스에게 정이 든 건가? 불만이 없다는 소리는 그만하고 솔직하게 털어놓게나. 부탁이네."

수진은 장교에게 '부탁한다'는 말을 듣자 몹시 동요하는 것처럼 보였다. 2년 사관은 입을 우물거리더니 목소리를 점점 크게 키웠다.

"말씀드려도 받아들이지 못하실 겁니다, 반장님. 전 지금까지 수많은 사람들에게 군견 부대원을 이해시키려 노력했습니다. 하지만 성공한 적이 한 번도 없습니다."

"난 최대한 마음을 열고서 듣겠네. 설명해 보게나."

수진은 한숨을 쉬더니(인성의 눈에는 그렇게 보였다.) 상관 요청대로 설명을 시작했다.

"그러면 말씀드리겠습니다, 반장님. 반장님께서는 방금 크러스 몸은 제 것이 아니라고 하셨습니다. 하지만 잘못 알고 계신 겁니다. 비록 다른 동물의 몸이기는 하나 의식을 옮긴 이상 저는 크러스입니다. 군견병이 곧 군견이라는 뜻입니다."

"군견병이 곧 군견이라는 건 나도 아네. 자네들이 크러스의 몸을 움직이고 있으니 당연한 소리 아닌가."

"아니, 이건 단지 조종한다는 간단한 뜻이 아닙니다. 저희는 크러스의 몸으로 의식을 옮겼습니다. 동물을 일일이 훈련할 필요가 없도록 아예 군견병이 군견 그 자체가 되었습니다. 하지만 그 과정은 그리 만만한 게 아닙니다. 반장님께선 완전히 다른 감각으로 세계를 보는 느낌이 어떤지 아십니까?"

인성은 잠깐 고민했으나 별로 어려울 것도 없는 질문이었다. 다른 감각으로 세상을 보면 그저 다르게 느껴질 테니까. 그게 전부 아닌가. 그래서 이내 대수롭지 않게 입을 열었다.

"대충 짐작이 가긴 하네. 크러스의 눈으로 세상을 보면 사뭇 다를 것 같군."

하지만 수진은 머리를 흔들었다.(인성이 보기에 그건 너무 인간다운 행동이어서 어울리지가 않았다.)

"그렇지 않습니다. 반장님께선 이해 못하십니다. 왜냐하면 이건 애초에 이해할 필요가 없는, 이해를 떠난 문제이기 때문입니다. 저희는 의식을 옮긴 다음에 모든 걸 새로 시작해야 합니다. 심지어 걸음마부터 적응해 나가야 합니다. 한 평생 두 발로 걸었기에 네 발로 걷는 것이 익숙하지 않기 때문입니다. 군견병 중 상당수는 의식을 옮기고 한 달이 지나서야 겨우겨우 네 발로 기어 다닙니다. 처음부터 정신과 육체가 뚝 떨어져 있기에 가상공간에서 훈련하는 것도 별 소용이 없습니다. 가령 꼬리라는 낯선 신체 부위가 생긴 게 얼마나 어색한지 모르실 겁니다. 전기를 쿡쿡 찔러 대며 자극한다고 익힐 수 있는 게 아닙니다."

수진은 줄무늬 진 꼬리를 살랑살랑 흔들며 잠깐 말을 멈추었다. 생각할 여유를 주기 위해서인 것 같았다. 그러나 인성은 무얼 생각해야 할지 알 수 없어 계속하라는 손짓을 했다. 군견병은 이내 꼬리 흔드는 걸 멈추더니 설명을 이었다.

"하물며 신체부위도 이런데 외부를 바라보는 시점이 달라지면 그게 얼마나 당황스럽겠습니까? 전 제가 군견으로서 눈을 떴을 때가 아직도 기억납니다. 무의식 속에서 적응 훈련을 받긴 했지만, 처음 눈을 떴을 때는 정말 제정신이 아니었습니다. 아무리 눈을 깜빡여도 이전 세상이 돌아오지 않는 겁니다. 하는 수없이 전 코로 세상을 바라보는 법을 배웠습니다. 아니, 배운 게 아니라 그냥 적응했습니다. 애초에 감각이란 걸 배울 수는 없는 법이니 말입니다. 군견병들은 흔히 '후각이 시각화된다'는 말을 합니다. 냄새를 맡을 때마다 익숙한 외부 정보가 들어와 알 수 없는 형체로 바뀌는 겁니다. 그 광경을 느끼실 수 있습니까?"

인성은 차에 기댄 자세를 좀 바꾸더니 볼을 긁적였다.

"대충, 대충은 상상이 가네."

"아니, 그렇지 않습니다. 이렇게 말씀드려서 죄송하지만, 반장님께선 자신이 그걸 상상한다고 착각하시는 겁니다. 왜냐하면 배울 수가 없기 때문입니다. 반장님께선 열을 감지하실 수 있습니까?"

"아니, 할 수 없다네. 난 강화 인간이 아니야. 하지만 다른 기기를 이용할 수 있지. 열을 감지하는 게 뭐가 어떻다고 그러는 건가?"

"기기를 통해서 열을 감지하는 것과 처음부터 열을 감지하도록 되어 있는 건 다릅니다. 전자는 열 감지로 실제 세상에 어떻게 부딪힐지 도저히 인지할 수 없을 겁니다. 반장님을 포함한 보통 사람들은 적외선이란 게 무언지 배워야만 사물을 대할 수 있습니다. 인간의 눈은 가시광선으로 인식하도록 되어 있기 때문입니다. 반면 후자는 열 감지가 무언지 배울 필요가 없습니다. 우리가 보는 법을 배우지 않는 것과 마찬가지입니다. 사람들은 그냥 보고 그걸 받아들입니다. 누군가 홍채가 이렇고 조리개가 저렇다는 걸 설명해서가 아닙니다."

인성은 까다로운 설명에 관자놀이를 문질렀다.

"아니, 그래서. 그래서 이런 이야기를 하는 이유가 뭔가? 내가 크러스 시점을 절대로 이해하지 못한다는 걸 알려 주려고 그러는 건가?"

"예, 바로 그겁니다. 그리고 그건 크러스를 만나기 전 저희도 그랬습니다. 하지만 그런 상태에서 바로 의식을 옮기면 동물의 몸에 적응하지 못해 큰 혼란에 빠지고 맙니다. 아니, 혼란에 빠진다는 표현은 너무 미약합니다. 그런 상황에선 거의 미치기 일보 직전까지 갑니다. 육체라고 하는 물리 상태 역시 주변 환경이 영향을 끼쳐 끊임없이 바뀐 결과입니다. 그리고 정신은 언제나 육체를 따르는 법입니다. 따라서 물리 상태가 바뀌면 정신상태와 사고방식까지 달라지게 마련입니다. 헌데 맨 정신으로, 그러니까 인간의 사고방식을 간직한 채 의식을 옮기면 어찌 되겠습니까. 그건 전혀 낯선 환경, 낯선 세계로 아무런 준비 없이 들어가는 것과 마찬가지입니다. 그래서 의식을 옮기기 전에 군견병과 크러스는 관계를 맺습니다. 이렇게 관계를 맺은 인간과 크러스는 하나 된 생명체라고 볼 수 있습니다. 그렇다고 해서 정신을 공유한다는 뜻은 아닙니다. 군견병이 크러스의 몸을 움직일 때 보다 쉽게 적응하도록 다리를 놓는 것에 가깝습니다."

수진은 말하다 말고 잠시 턱을 움직였다. 크러스의 입으로 한참 설명하자니 통증을 느끼는 모양이었다. 수진은 턱을 움직인 다음 말을 계속했다.

"설명을 멈춰서 죄송합니다, 반장님. 저는 말을 길게 하는 데 익숙하지가 않습니다."

"괜찮네. 내가 보기에도 그 길쭉한 입으로 말하기는 꽤 불편할 것 같으니. 그런데 말이야, 어, 자네는 군견병이 일반인과 다른 사고를 하는 것처럼 설명했네. 그러면 일상생활도 보통 사람들과 다르다는 뜻인가? 예를 들자면, 음, 혹시 농담 같은 것도 하나?"

장교는 어설프게 손을 휘저으며 물었다. 2년 사관은 고개를 끄덕이며 대답했다.

"물론 군견병도 일반인과 같은 시점을 유지하려고 노력합니다, 반장님. 군부대에 속한 이상 보통 사람들과 어울려야 하고, 그러자면 고립된 사고를 피해야 합니다. 저희 역시 시시껄렁한 농담을 주고받습니다. 별것 아닌 것 같지만, 그런 행위를 함으로써 알게 모르게 인간성을 유지할 수 있기 때문입니다. 저희가 농담을 하는 건 단순히 웃거나 시간을 때우기 위해서가 아닙니다. 군의관이 진단하고 내린 처방입니다. 살기 위해서, 인간성을 유지하기 위해서 그럴 수밖에 없습니다. 그렇지 않으면 주변 사람에게서 점점 멀어지게 될 겁니다. 절 둘러싼 세계는 인간과 전혀 다릅니다. 아까 정신은 물리 상태와 주변 환경을 따른다고 말씀드렸습니다. 그러니 이런 유치한 방법이라도 동원하지 않는다면 어찌 인간다움을 유지하겠습니까? 잡담을 그만두는 순간 저는 죽게 될 겁니다."

"죽는다고? 그깟 농담 좀 안 했기로서니 숨이 끊어진다는 말인가?"

"그런 뜻이 아닙니다, 반장님. 인간 흉내를 내든 말든 전 여전히 숨을 쉴 겁니다. 하지만 살아간다는 건 단지 먹고 숨 쉬는 게 전부가 아닙니다. 저 자신을 잃어버린 다음 살아간다면 그게 무슨 소용이 있겠습니까. 전 이미 변했습니다. 하지만 더 변하는 건 싫습니다. 그게 얼마나 무서운 일인지 아십니까. 그걸 삶이라고 할 수 있겠습니까."

인성은 심각한 표정으로 팔짱을 꼈다.

"자넨 간단한 걸 너무 복잡하게 받아들이는군, 군견병. 다른 몸을 조종한다는 게 뭐가 그리 대수라고 그러는 건가? 나도 가상공간에서 다른 존재가 되어 본 적이 있다네. 당황하긴 했지만 목숨이 위태로울 정도는 아니었어. 자네들만 육체와 정신이 연결되느니 하는 경험을 한 게 아니란 걸세. 알아듣겠나?"

수진은 상대가 장교라는 걸 잊고 답답하다는 것처럼 목소리를 높였다.

"지금까지 무슨 말을 듣고 계신 겁니까? 기껏 정신 상태나 조작하는 것과 육체가 바뀌는 걸 비교할 수 있다고 보십니까? 말씀드리지 않았습니까. 타고난 감각은 배우는 게 아닙니다. 그런데 그 감각이 뒤바뀌면 어떻게 될지 짐작이 안 가십니까. 살아가는 기반이 흔들릴 거란 생각이 안 드십니까."

신임 소위는 손가락으로 미간을 꼬집었다. 아무리 면담이 중요하다고 해도 더 이상 이런 헛소리를 들어 줄 수는 없었다.

"그래서 도대체 결론이 뭔가? 무슨 소리를 하고 싶어서 이렇게 어려운 이야기를 잡고 빙빙 도는 건가? 크러스를 감싸는 이유나 대답해 보게."

"저희는 단순히 늑대를 좋아하거나 사랑하는 게 아닙니다. 지금껏 말씀드렸듯이 크러스 자체가 되어서 숨 쉬고 살아가는 겁니다. 그러니 늑대를 변호하지 않으면 어쩌겠습니까. 저희는 살아남기 위해서 그럴 수밖에 없습니다."

수진은 그렇게 말하고 설명을 끝마쳤다. 그러자 인성은 몇 분 동안이나 골똘히 생각에 잠기더니 턱밑을 긁적이며 물었다.

"좋아, 지금까지 한 이야기는 그렇다고 치세. 그러면 뭘 원하는 건가? 동물이랑 그렇게 가까우니까 정말로 동물 취급을 해 주었으면 좋겠나? 모든 경비대원들이 그렇게 대접을 해 주면 복무에 만족하겠나?"

수진은 기이한 눈빛으로 인성을 쳐다보았다.(인성으로서는 기이하다고밖에 달리 설명할 길이 없었다.) 아까 보았던 날카로움은 사라지고 없었다. 군견병은 천천히 입을 열었다.

"절대로 그렇지 않습니다, 반장님. 저희가 동물이라면 굳이 인간성을 유지하기 위해 애쓰는 일도 없을 겁니다. 아니, 동물은 아예 그런 시도조차 못합니다."

"그래? 그러면 대안은 하나로군. 난 군견병을 동물 취급한다고 들었네. 머무는 곳도 내무반이 아니라 군견 우리로 불린다면서. 이제부터 관행을 바꾸겠네. 외모로 차별하지 말고 사람대접을 해 주라고 지시하겠네. 자네들은 여전히 인간이니까 말이야."

하지만 수진은 또다시 고개를 저었다.

"저희는 인간이 아닙니다, 반장님. 몸이 바뀐 이상 예전 그대로 남아 있을 수 없습니다. 저희가 인간이라면 무엇 때문에 인간성을 유지하려 애쓰겠습니까? 본성은 타고나는 것이며, 역시 물리 환경에 영향을 받을 수밖에 없습니다."

이번에는 인성이 답답하다고 목소리를 높일 차례였다.

"이것도 안 된다, 저것도 안 된다 하면 어쩌자는 건가? 자네 위치를 생각하게, 군견병. 자넨 사병이야. 지금 장교를 놀릴 생각인가? 내가 마음을 연다고 했지만, 장난을 받아 줄 생각은 없네. 내가 면담하는 건 자네 기분을 맞춰 주기 위해서가 아냐. 어디까지나 군견병이 다른 경비대원과 어울릴 수 있는 방안을 마련하기 위해서라네. 그 점을 명심하게."

수진은 (역시 어울리지 않게) 고개를 끄덕였다.

"반장님께 장난을 치려는 건 아닙니다. 또 다른 해결책을 말씀드리려는 것뿐입니다."

"또 다른 해결책?"

인성이 반문하자 수진은 눈에 빛을 띠고(분명히 빛을 띠었다.) 이야기했다.

"그렇습니다, 반장님. 저희는 인간도 아니고, 그렇다고 동물도 아닙니다. 저희는 무언가 다른 존재입니다. 그러니 군견병을 그렇게 여겨 주셨으면 좋겠습니다. 그게 바로 군견병을 있는 그대로 대하는 길이고, 저희가 원하는 겁니다. 왜 저희가 인간이나 동물이라는 오해를 받아야 합니까? 누군가 반장님을 무언가 다른 존재로 대한다면 기분이 어떠실 것 같습니까. 저희가 바라는 건 실상 너무나도 간단한 겁니다. 어려운 논의를 거칠 필요조차 없는 겁니다. 지성을 가진 생명이라면 마땅히 누려야 할 권리, 그리고 당연히 가져야 할 욕구를 해결해 주는 겁니다. 이 밖에도 여러 가지 바람이 더 있지만, 시작은 여기서부터입니다. 군견병을 군견병으로 인정하는 그때부터 다른 문제들도 해결할 수 있습니다."

"인간도 동물도 아닌 다른 존재라……."

인성은 간신히 입 밖으로 내뱉었지만, 그 다음부터는 제대로 생각을 이을 수가 없었다. 수진이 말한 다른 존재가 도저히 와 닿지 않았다. 눈앞에 있는 군견병은 털가죽을 뒤집어쓴 사람이요, 말하는 동물이었다. 거기까지였다. 거창하게 이러니저러니 설명을 붙일 만한 구석이 없었다. 깊이 생각해 볼 필요도 없는 문제였다. 전부 다 뜬구름 잡는 소리였다. 오직 군견병들만 그걸 모르는 상태였다. 그들만 착각 속에 빠져 허우적거리는 셈이었다. 자신들이 마치 대단한 생물이라도 된 것마냥, 자기 연민에 취해 비틀거리는 꼴이었다.

문득 인성은 이게 지시사항 몇 가지로 해결할 만한 일이 아니라는 걸 깨달았다. 소위는 뭐라고 할 말이 없어 입술을 깨물며 잠깐 침묵을 지키다가 말을 꺼냈다.

"자네가 오늘 한 이야기를 신중하게 고려해 보겠네. 오늘 면담은 여기까지 하지. 수고했어. 계속 탐지에 힘써 주게나."

"알겠습니다, 반장님. 계속 근무하겠습니다."

수진은 속내를 알 수 없는 얼굴로 인사했다. 인성은 그 얼굴을 바라보며 마지막으로 무언가를 떠올리지 않을까 기대했다. 허나 잿빛 줄무늬로 이루어진 벽만 버티고 서 있었다. 하는 수 없이 차문을 여는데, 질문 하나가 막 떠올랐다. 인성은 문을 그대로 연 채 수진에게 물었다.

"참, 한 가지 궁금한 게 있는데, 자네는 암컷, 아니 여군인가? 수진이라는 이름은 대부분 여성들이 쓰지 않는가. 신분조회를 하면 알게 되겠지만, 그냥 궁금해서 물어보는 걸세."

"반장님께서 생각하시는 그대롭니다. 전 여군입니다. 물론 이 크로스의 몸도 암컷입니다. 의식을 옮길 때는 성별도 고려하기 때문입니다."

"그랬군. 난 자네를 처음 보는 순간 수컷, 아니 남성으로 생각했다네."

인성은 차체를 두드리며 말했다. 수진이 고개를 끄덕였다.(이번에는 그나마 좀 어울렸다.)

"하긴 제가 남성으로 보이는 것도 무리는 아닐 겁니다. 사람들은 사나운 동물을 봤을 때 무조건 수컷으로 생각한다는 말을 들었습니다. 그래서 절 남자로 착각하신 겁니다."

"자네 말이 맞아, 수진 사관. 솔직히 사나운 동물이면 다 수컷으로 보이게 마련이지."

인성이 대답하자 수진이 가까이 오며 말했다.

"지금 이 자리에서 확인하고 싶으시다면 증거를 보여 드릴 수도 있습니다. 젖꼭지는 방탄복에 가려져 안 보일 테니 성기를 보시면 됩니다."

"원 참, 부끄럽지도 않은가? 자네는 아직 처녀일 텐데, 대놓고 그런 말을 하나?"

"상관없습니다, 반장님. 저는 군견병입니다. 애당초 젖꼭지나 성기를 드러내는 게 부끄러웠다면 몸을 완전히 가렸을 겁니다. 다시 말씀드리자면, 저는 인간이 아닙니다."

수진은 아무렇지도 않다는 듯 대답했다. 처녀다운 수줍음이나 속살을 감추고픈 마음은 전혀 엿볼 수 없었다. 이 말에 소위는 딱딱하게 굳은 얼굴로 힘없이 고개를 끄덕였다. 그러나 입으로는 아무 대답도 하지 않았다. 인성은 뭐라고 우물거리며 재빨리 차에 타더니 뒤도 돌아보지 않고 경비대대로 향했다.

읽기 전에

단편 「로도스의 첩자」는 시오노 나나미 씨가 기술한 역사기록 『로도스 섬 공방전』에서 기본적인 영감을 얻었다. 따라서 본 작품에는 역사적인 실존 인물들과 가공인물이 뒤섞여 나오며 극적인 플롯은 전적으로 필자가 지어낸 허구지만 역사적 배경은 실제이다. 『로도스 섬 공방전』은 본 작품을 현실감 있게 구성하는 데 많은 도움이 되었다. 이 자리를 빌어 즐거운 영감을 북돋아 주신 시오노 나나미 씨께 감사드리는 바이다.

에드가 후버

"카데토(cadetto)에 관한 오늘 논문발표는 정말로 실증적이더군요."

브라운 박사가 적포도주가 반쯤 담긴 와인 잔에서 내게로 시선을 옮기며 말했다. 저녁 광선이 심포지엄이 끝난 뒤 만찬장에 모인 학자들의 아직 채 풀어지지 않은 긴장을 야금야금 갉아먹고 있었다.

"마치 중세 봉건 유럽에서 나서 자란 사람이 직접 발표한 것 같잖아요, 글쎄."

나와 같은 학과를 맡고 있는 주디스 메릴 교수가 한 술 더 거들었다.

"하지만 논문을 위해 목숨을 내놓는 건 질색이에요."

테이블에 앉은 사람들의 시선이 일제히 그 반동적인 목소리를 찾아 나섰다.

"말이 좋아 학자지 창과 방패도 없이 탐험에 나선 돈키호테와 뭐가 달라요?"

나는 테이블 밑으로 손을 내밀어 그 반동분자의 손을 지그시 감싸 쥐었다. 알코올 때문일까? 손가락 사이로 그녀의 맥박이 느껴졌다.

"부인,「실례로 본 카데토 계층의 사회 생존양식」같은 논문을 쓰려면 직접 그들과 만나 그들의 말에 귀를 기울여 보는 것만큼 확실한 방법론이 어디 있겠습니까?"

브라운 박사가 점잖게 내 아내를 달랬다. 학계에서 그는 나의 잠재적인 경쟁자나 다름없었지만, 내 위신을 세워 줄 정도의 재치는 지닌 사람이었다.

"맞아요, 봉건제로 유지되던 중세 유럽에서 카데토, 다시 말해서 귀족의 장남이 아닌 아들들은 아버지의 지위와 재산을 몽땅 물려받는 맏형과는 천양지차죠. 성인이 되면 그들은 귀족에서 하루아침에 천덕꾸러기 건달로 전락하게 되니까 말예요.

그들은 허울만 귀족이지 졸지에 가난뱅이가 되어 버린 꼴이나 진배없잖아요. 성직자나 군인이 되는 길만이 그나마 유일한 대안이었죠. 졸지에 혈통 빼고는 농노와 다를 바 없는 나락으로 떨어진 귀족 젊은이들, 이들의 스트레스와 분노는 당대 사회에 어떤 영향을 끼쳤을까요? 안타깝게도 귀족들은 체질상 위선적이고 허영심이 많아 그러한 속내를 기록으로 그리 많이 남겨 놓지를 않았답니다. 직접 만나 물을 수만 있다면 그보다 더 좋은 방법이 어디 있을까요?

거듭 말씀드리지만, 그들의 처지와 심리를 객관적으로 이해하는 것은 중세를 이해하는 또 하나의 길이랍니다. 부군이신 아론 이슈마엘 교수는 역사학계에 무척 귀중한 공헌을 하신 거예요. 자랑스럽게 여기셔야지요."

메릴 교수가 이번에도 브라운 교수의 말을 장황하게 거들었다.

"당신 남편도 그렇게 생각할까요, 메릴 교수님? 당신도 역사복원학을 전공하셨으면서 단 한 번도 과거로 직접 탐사를 떠나지 않으신 걸로 아는데요. 사실 타임머신을 코앞에 갖다주어도 선뜻 과거로 떠나는 학자들은 열 손가락으로 꼽기도 힘들걸요. 왜 제 남편만 별동대처럼 역사학이 풀지 못한 고르기우스의 매듭을 풀러 다녀야 하나요?"

그럼 그렇지. 주디스 메릴의 어쭙잖은 설교가 아내에게 먹혀들 리 있겠어? 무심한 척, 나는 내 술잔에서 눈을 떼지 않았다. 그래, 하긴 오늘 주제발표는 그리 나쁜 편은 아니었지. 사실 그 논문의 골격을 떠받칠 실례들을 꼼꼼하게 수집하느라 내 목이 열 개도 더 필요했으니까.

"물론 역사복원학의 기본은 역사적 사건이 벌어진 과거 현장을 직접 찾아가 구체적인 사료들을 수집하고 이것을 기존 역사학과 접목시켜 연구하는 거예요. 하지만 전공했다고 다 과거로 떠난다면 과거의 시간대란 시간대는 온통 역사학자들로 북적거릴걸요. 연방정부도 아무리 학술적인 연구라지만 그 정도까지 배려해 줄 수는 없지요. 이유가 무엇이든 과거를 드나드는 이들이 늘어날수록 우리가 살고 있는 현재가 침해당할 확률도 높아지니까요. 과거의 역사를 직접 찾아 나서는 일은 신중에 신중을 기해야 한답니다.

그리고 절…… 지칭하시니까 드리는 말씀인데, 역사복원학에는 사료 수집도 중요하지만 그것을 기존 역사학과 짜 맞추는 역할도 아울러 중요한 거라고요, 이슈마엘 부인."

참, 주디스는 내가 아내를 처음 만났을 때, 그녀가 역사학과 대학원생이던 걸 모르겠군. 그때 바로 옆에 앉은 킴벌리 교수가 내 옆구리를 쿡 찔렀다. 나보고 무마하란 뜻이다. 허참, 어쩌겠나? 나한테 마저 못한 화풀이를 자네들한테 하는 건데. 내가 뭐 화풀이할 시간이나 제대로 줬어야 말이지. 나는 멍청한 표정으로 킴벌리에게 씨익 웃어 보였을 뿐이다.

"역사복원학은 학문으로 정립된 지 불과 50여 년밖에 되지 않지만 우리에게 미친 영향은 실로 어마어마하답니다. 우리는 죽은 역사가 아니라 생생하게 살아 숨 쉬는 역사를 캐내게 된 거죠. 역사학의 혁명이나 진배없어요!"

저런저런, 주디스는 흥분한 나머지 역사복원학자의 마누라에게 역사복원학을 떠들어 대고 있군.

"우리에게 전해 내려오는 역사는 승리한 자의 기록이에요! 만약 이슬람교가 유럽을 완전히 지배하게 되었다면 오늘날의 미국은 어떤 나라가 되었을까요? 분서갱유를 저지른 진시황과 인종개량을 주창한 나치 그리고 역사왜곡을 밥 먹듯이 한 일본 제국주의는 또 어떤가요? 만약 이들이 승리했다면 역사는 훨씬 다르게 씌었을 테죠.

결국 객관적인 역사를 바로 세우기에는 인류 역사에 빈칸이 너무 많아요. 그런데 어느 날 갑자기 역사복원학이 그 빈칸을 채우기 시작한 겁니다. 학자로서 이 이상의 행복이 어디 있을까요?"

주디스의 어조는 열정적이다 못해 마치 학생들에게 강의하는 것 같다. 내가 아내 앞에서 가장 조심하는 태도가 바로 저런 식인데······.

주디스의 말이 맞기야 맞다. 역사란 늘 그 시대와 지역을 지배한 민족에 의해 일방적으로 기록되었으니까. 가장 전형적인 예로 『성경』이 있지 않은가. 이스라엘 민족이 아직 부족국가의 기틀도 마련하지 못하던 시절 부근 지역에 살던 페니키아인들은 훨씬 더 정교하고 세련된 문화를 누린 선진민족이었다. 하지만 이스라엘 제사장들의 눈에는 '블레셋'이란 야만인으로만 비쳤을 뿐이다. 아테네 사람들처럼 해외통상으로 먹고살다 보니 사회 분위기가 개방적이어서 복잡하고 다양한 문화들을 자연스럽게 함께 수용한 페니키아인들을 이스라엘 사람들은 우상숭배라는 꼬투리만 침소봉대하여 일거에 진정한 하느님을 알아보지 못하는 '야만인'들로 격하시켜 버렸다.

언제나 역사는 승리자의 전유물이었다. 패한 쪽은 변명할 기회조차 변변히 주어지지 않으며, 역적, 죄인, 패륜아, 폭군 따위의 오명을 있는 대로 뒤집어쓴다. 이러한 예는 동양에서도 낯설지 않다. 중국 하나라의 걸(傑) 임금이나 은나라의 주(紂) 임금은 세상이 혀를 내두르는 악당이자 폭군으로 전해 내려온다. 만약 반대로 그들이 승리자였다면 역사는 어떻게 기록했을까? 당 태종 이세민은 왕위 계승 경쟁자들인 친형과 동생을 죽이는 것으로도 모자라 아버지를 협박해 황제의 자리에 오른 패륜아지만, 후세 사람들은 그를 성군으로 추앙하고 있지 않는가.

한때 동북아시아의 강국이었던 고구려의 다섯 번째 임금이 된 모본왕의 경우도 다르지 않다. 『삼국사기』에 따르면, 그는 대무신왕의 아들로 품성이 대단히 흉폭했다고 전해진다. 하지만 실제로는 그는 중국의 북방 요충지인 요동지방을 유린함으로서 대내외적으로 국가의 강성함을 보여 주었을 뿐 아니라 기상이변으로 굶어죽는 백성들을 구제한 임금이었다. 사실 알고 보면 모본왕은 6대 태조왕을 옹립한 무리들의 쿠데타에 의해 죽음을 당한 뒤 폭군이라는 누명을 뒤집어쓴 것이다. 모본왕은 비류나 부족 출신으로 해(解)씨였고 태조왕은 이후 고구려가 망할 때까지 왕조를 이어간 계루 부족 출신으로 고(高)씨였다. 모본왕에게는 자신의 혈육으로 익(翊)이란 이름의 태자가 있었다. 만약 모본왕이 폭군이어서 몰아내야만 했다면 왕권의 정통성을 감안할 때 당연히 익이 왕위를 물려받았어야 할 것이다. 그러나 모본왕이 살해되고 난 뒤, 익은 왕의 자격

로도스의 첩자 235

이 없다면서 성씨도 전혀 다를 뿐만 아니라 겨우 일곱 살에 불과한 궁(宮, 태조왕)이 즉위하는 해프닝이 일어났다. 결국 모본왕에 대한 부정적인 기록들은 고주몽 계통의 계루부 사람들이 정변을 일으켜 왕실을 교체하면서 새로 지어낸 소설이나 진배없었다.

그렇다고 이러한 권력 다툼을 어느 한편의 시각으로만 보기에는 곤란하다는 데에 역사 해석의 아이러니가 있다. 사실 그 뿌리를 따져 가면 고구려의 초대 임금은 고씨 성을 가진 계루부 사람 고주몽이었다. 하지만 정변을 통해 해씨 성을 가진 비류나부 사람 유리왕이 주몽을 지방 총독으로 밀어내고 그 자리에 올랐으며, 후세 고구려인들은 성이 분명 다름에도 불구하고 두 사람의 부자연스런 권력승계를 왕조의 위상을 드높이기 위해 부자간의 자연스런 왕위계승으로 미화시켜 놓았다. 그러니 두 부족 간의 권력투쟁을 배경으로 한 일방적인 홍보전은 피장파장인 셈이었다.

이러한 권력투쟁 못지않게 전란이나 천재지변으로 인류사에 귀중한 문헌들이 하루아침에 소실되는 재난이 일어나기도 한다. 내가 언제고 탐사 과제의 하나로 불타 버린 알렉산드리아의 무세이온(Museion)을 고려하고 있는 것도 그 때문이다. 무세이온은 헬레니즘 시대에 이집트의 프톨레마이오스 왕의 명령으로 알렉산드리아 시에 건립된 일종의 박물관 겸 도서관이자 연구소로서 당대의 세계적인 학자들이 모여 연구에 열중했다고 한다. 불타기 전까지 소장되어 있던 책의 수가 적어도 50만 권이 넘었다 하니, 세계의 독서 인구가 오늘날의 몇 만 분의 1에도 미치지 못했을 시대에 이 같은 방대한 규모의 도서관이 있었다는 사실은 기적이 아닐 수 없다.

결국 이런저런 현실을 고려하면 역사학자들의 손에 정확한 사료가 과연 얼마나 들어올 수 있을까? 따라서 역사복원학은 불충분한 사료를 직접 학자의 과거 현장 방문을 통해 객관적으로 보완해 준다는 데 무엇과도 견줄 수 없는 가치가 있다.

하긴 이 얼마나 아이러니인가. 역사의 인과율을 신봉하는 학문이 타임머신에 의지해 연구하는 날이 오다니. 하긴 과학과 테크놀로지의 비약적인 발달이 우리의 사회와 문화를 얼마나 뒤바꾸어 놓았는가를 생각하면 그리 놀랄 것도 없지.

아내의 불평은 여전히 계속되었다.

"저도 한때는 이이가 로도스 섬의 전장을 누비고 다닌 끝에 얻어 온 성과물에 경도되었던 역사학도랍니다. 그때의 모습에 반해 결혼해 버렸는지도 모르죠. 하지만 이이는 해도 해도 너무해요. 완전히 중세유럽에 미쳤다고요. 지난 8년간 이이가 과거로 몇 번을 떠났는지 아세요? 그것도 주로 십자군전쟁, 백년전쟁, 장미전쟁…… 전쟁터만 단골로 돌아다녔다고요. 두 아이의 아버지라면…… 이젠 다른 방식으로도 연구를 할 수 있는 것 아니겠어요?"

아내의 맥박이 아까보다 더 빨라진 것 같다. 지금 그녀의 눈빛은 내가 백년전쟁에 참전한 기사 계급을 연구하고 오겠다며 집을 나섰을 때의 망설이던 어두운 눈빛 그대로다. 불과 3일 만에 나는 아내에게 돌아왔다. 그러나 그것은 아내의 기준시간으로 보면 그렇다는 것일 뿐, 나는 실제로는 그 전쟁터에서 1년이 넘도록 버티면서 연구를 했다. 다만 내가 현재 시대로 돌아오는 시간좌표를 아내와 작별한 지 3일 후로 맞춰 놓았을 따름이다. 그래도 그 3일간이 아내에게는 내가 연구하며 보낸 1년보다 길었으리라. 게다가 이런 편법은 부작용도 만만치 않다. 주위 사람들이 보기에 내가 아내보다 훨씬 더 빨리 늙어 가는 것처럼 보이는 것이다.

하긴 학문하는 사람에게 주위 사람들의 눈이 무슨 상관이랴. 하지만 자기보다 눈에 띄게 빨리 노화되는 남편을 보고 있자니 아내의 마음이 편치만은 않으리라.

만찬이 열리고 있는 호텔의 베란다는 산 너머로 미끄러지지 않으려고 안간힘 쓰는 태양의 은퇴식을 보기에는 이상적인 자리였다. 문득 살육전이 끝난 뒤 살아남은 자들이 로도스 섬의 성벽에서 전송하던 석양이 떠올랐다. '내일도 저 해거름을 다시 볼 수 있을까.' 당시 모두의 머릿속에는 아마 그 생각뿐이었을 것이다. 만찬장을 거닐며 담소하는 사람들 사이로 아직도 입씨름을 벌이고 있는 주디스와 아내의 모습이 멀찍감치 보였다. 브라운 박사는 어디로 갔을까?

내가 받아 주지 않기 때문에 아내는 화가 나 있다. 하지만 누군가는 총대를 메야 한다.

역사복원학을 공부했다고 해서 누구나 과거를 드나드는 전문가가 되는 것은 아니다. 찾아갈 시대에 대한 철저한 연구와 준비, 튼튼한 체력, 탐험가로서의 오랜 경험, 신중한 상황 판단과 처세 능력 등 학자라는 자격만으로는 부족한 여러 가지 조건들이 함께 요구된다. 게다가 역사를 왜곡시키지 않기 위해서 최악의 경우에는 자살도 마다하지 않아야 한다. 그래서 아내 말대로 나 같은 현장파는 역사복원학자들 가운데서도 열 손가락 안에 꼽힌다. 그렇지만 아내가 이해해 주지 못하는 것은 언제나 부담이 된다. 그녀는 때로는 아이들보다도 더 나를 이해해 주지 못한다. 물론 나에 대한 소유욕이 아이들보다 강한 탓이겠지만.

"아, 이슈마엘 교수님 여기 계셨군요! 한참 찾았습니다."

작달막한 키에 눈매가 선해 보이는 사내, 문화자원부의 사무관 존 글렌이다. 오늘 주제발표를 준비하는 데도 이 친구의 도움이 적지 않았다.

"오늘 심포지엄은 교수님 덕분에 분위기가 살았다고 해도 과언이 아닙니다."

"과찬을 말씀을…… 그런데……."

나는 의례적인 답례를 하면서 글렌의 머리 위에 보이는 또 하나의 머리와 시선이 마주쳤다.

"아, 인사하시죠. 그렇지 않아도 이분 때문에 교수님을 찾았습니다. 한번 뵙고 싶다고 해서요. 이분은 역사 관련 에세이를 쓰시는 자유기고가 에드가 후버 씨입니다. 후버 씨,"

우리는 간단하게 서로 목례했다. 후버라 소개된 이는 눈매가 날카로운 중년 사내였다. 역사 칼럼니스트라고? 처음 보는 얼굴인데…….

"실은 후버 씨가 이번에 월간《역사탐구》의 청탁을 받아 지중해 연안의 중세 유적들을 소개하는 시리즈물을 쓰게 되었는데, 로도스 섬 유적 연구의 권위자이신 이슈마엘 교수님의 자문을 얻고 싶다는군요."

"《역사탐구》라면 학술지가 아니로군요."

내가 약간 마땅치 않다는 듯이 대답했다.

"네, 대중들에게 역사에 대한 지식을 계몽하는 대중잡지죠. 하지만 아무리 그래도 어느 정도 전문성과 품격은 갖춰야 글이 설득력을 갖는 법이라……."

관리가 나서서 변명을 해 주는 사이 그 중년 사내의 입술은 한 일 자 그 자체였다. 무엇 때문인지는 모르지만 글렌은 이자에게 한풀 꺾여 보였다. 나로서는 후버라는 인물의 인상이 왠지 께름칙했지만 글렌의 소개를 물리치기도 껄끄러웠다. 글렌은 연방정부와 나를 이어 주는 중요한 연줄이니까.

"로도스 유적 발굴 건은 학회에 발표한 지가 이미 8년이 넘었는데, 뭘 더 알고 싶으신 겁니까?"

"이 책 기억하시죠?"

대답 대신 후버는 대뜸 내게 얇은 책 한 권을 내밀며 질문을 던졌다.

"『로도스 섬의 마지막 십자군』이라…… 안토니오 델 카레토가 쓴 거군요."

마치 옛 친구를 만난 듯 나는 그 책의 표지를 쓰다듬었다.

"이 책을 제노바 수도원에서 찾아낸 사람이 바로 교수님이죠?"

"그렇소만……."

"안토니오 델 카레토는 1522년 지금의 터키 남단에 있는 로도스 섬에서 술레이만 1세가 거느린 10만의 오스만 투르크 군에 맞서 성이 함락될 때까지 사수했던 성 요한 기사단의 일원이었습니다."

그는 뭔가 내게서 다짐받고자 하는 말투다.

"네, 안토니오도 500명의 기사 가운데 한 명이었습니다만……."

나는 은근히 나도 모르는 사이에 심리적인 방어자세를 취했다.

"이 책에는 공방전의 시작에서부터 투르크군의 인해전술에 마침내 기사단이 항복하고 섬을 떠나기까지의 과정이 안토니오의 눈을 통해 담겨 있습니다. 교수님, 교수님께서는 이 기록이 부상한 오른쪽 다리 때문에 기사단을 떠난 안토니오가 제노바의 수도원에 들어갔을 무렵 집필되었을 거라고 추정하셨죠?"

"에, 그 책이 발견된 곳은 제노바 부근 수도원의 오래된 서고였습니다."

"근데 말입니다……."

그의 고개가 거무스름한 하늘로 젖혀지는가 싶더니 다시 내 눈에 내리꽂혔다.

"이 책의 원본이 어디 있는지 기억하고 계십니까?"

"그야 물론 이탈리아 고문서 박물관에 있을 거요. 내가 거기에 기증했던 걸로 기억하니까."

"이것 말이죠."

그가 가방에서 책 한 권을 또 하나 꺼내 들었는데, 그것은 누릇누릇한 얼룩이 지고 끝이 닳아빠진 낡은 책이었다.

"그걸 어떻게……?"

존이 의아스럽다는 표정으로 후버를 쳐다보았다.

"그 정도의 힘은 있지요. 허허, 오해는 마십쇼. 물론 정식으로 기사 취재를 위해 허락받고 빌린 거니까. 나중에 온전히 반납할 겁니다. 그보다 더 중요한 것은 이 책에는 미심쩍은 구석이 한둘이 아니라는 사실입니다. 물론 교수님도 알고 계시겠지요?"

마치 내가 재판정의 피고가 된 느낌이군. 이 친구의 말투 하나하나가 내 얼굴 표정을 읽어 내려 달라붙는 거머리 같았다. 글렌만 아니었다면 애당초 말 상대도 하지 않았을 작자다.

"후버 씨, 아니 당신은 이슈마엘 교수의 연구결과를 불신한다는 말이오?"

사람 좋은 글렌이 예기치 않은 분위기에 불편해하는 심기를 드러냈다. 나는 아무런 말도 꺼내지 않았다. 도대체 무슨 꿍꿍이로 날 만나자고 한 걸까?

"그렇게 말하지는 않았습니다. 저는 다만 교수님의 연구 자체가 그릇된 토대 위에서 출발한 것이 아닌가하는 의혹이 들었다는 얘깁니다."

"무슨 뜻이오? 72쪽으로 된 안토니오 델 카레토의 이 필사본 수기는 그 당시 로도스 섬 공방전에 참여했던 다른 이들이 남긴 기록이나 역사학자들의 문헌과도 일치하고 있소. 그리고 내가 직접……."

"안토니오를 만나셨다 이거죠? 물론 당시 축성 기술자로 로도스 섬에 초빙되었던 마르티넨고와 요한 기사단의 또 다른 일원이었던 장 파리소 드 라 발레트, 잠바티스타 오르시니 같은 인물들도 만나셨을 테고요."

후버는 내 말을 끊으며 알 수 없는 미소를 지었다.

"문제는 책의 내용이 아니라 그 내용을 담은 책 자체에 있습니다."

잠시 나와 글렌은 이 오만한 역사평론가 앞에서 말문을 잃었다.

"책 자체……?"

"그렇습니다. 그 기록이 담긴 종이와 잉크에서 수상한 점이 발견되었기 때문입니다."

"더 이상 말을 빙빙 돌리지 말고 말하시오, 후버 씨."

나는 짐짓 평정을 가장하기 위해 조금 전에 베란다로 들고 나온 와인 잔을 찾았지만 갑자기 눈에 보이질 않았다. 어디다 두었을까?

"잠깐, 흥분하지 마십시오. 먼저 본론으로 들어가기 전에 번데기 앞에서 주름 잡는다고, 주제넘지만 교수님 앞에서 역사적인 진실을 몇 가지 짚어 보고 가도록 하지요."

후버는 베란다에 놓인 장식이 거의 없는 흰색 테이블에 앉더니 나와 글렌에게 옆자리에 앉으라는 시늉을 해 보였다. 이자와 굳이 긴 이야기를 나눌 가치가 있을까? 그러나 얄궂게도 글렌은 머뭇머뭇하면서도 슬그머니 그의 옆에 앉았다.

"안토니오가 살았던 16세기 유럽이나 지금이나 제지기술은 그 작업과정이 얼마나 더 기계화되어 있느냐가 다를 뿐 기초처리과정 자체는 별반 다를 바 없죠. 유럽 최초의 제지공장이 프랑스에 들어선 게 1189년이고……."

"에로 지방이었죠."

마지못해 나도 앉으며 덧붙였다.

"에, 그럴 겁니다, 교수님. 게다가 1276년에는 이탈리아에도 제지공장이 세워졌으니 그보다 300년 뒤의 사람인 안토니오가 모국에서 로도스 섬으로 파견되면서 종이를 가져오기는 별로 어려운 일이 아니었을 테죠."

"당신은 안토니오가 그 공방전의 기록을 이탈리아에 돌아와서 남긴 것이 아니라 그 전투의 현장이었던 로도스 섬에서 작성했다고 보는 모양인데, 그건 뭐 아무래도 좋소. 당신 말대로 안토니오가 그 기록을 써 두었다가 패전 후 이탈리아로 돌아가서 제노바의 그 수도원에 맡겼을 수도 있으니까.

중요한 것은 그게 아니오. 14세기 말쯤 되면 독일에서 목판 인쇄용지를 이탈리아에서 수입할 정도로 안토니오의 모국에서 종이 사정은 풍족했소. 필사본의 경우에는 수도사들이 주로 필경사 노릇을 했고. 그런 맥락에서 본다면 안토니오가 종교 기사단의 기사였다는 사실과 맞아 떨어지지. 그는 기사인 동시에 수도사였기 때문에 성경이나 기타 관심사를 손으로 써서 기록으로 남기는 것이 하등 이상할 게 없다오."

이자는 대체 내게 무슨 이야기를 하고 싶은 걸까?

"그렇다면…… 교수님……."

후버는 잠시 뜸을 들였다. 그는 마치 게임을 즐기는 듯한 야릇한 표정이었다.

"교수님은 당시 유럽에서는 무엇을 종이 원료로 썼는지도 아시겠지요?"

"주로 '목화'와 '아마'라오. 현대로 들어오면서 가문비나무나 활엽수 같은 목재펄프로 주원료가 바뀌었지만."

"그럼 안토니오의 책은 종이 성분에 문제가 있다는 말씀입니까?"

글렌이 그 낡은 책을 손가락 끝으로 살짝 문지르며 한발 앞선 질문을 던졌다.

"그렇기도 하고 아니기도 하답니다."

"무슨 소리요?"

궁금해진 내가 나도 모르는 사이에 되물었다.

"먼저 이 책자의 보존 상태를 한번 눈여겨보시기 바랍니다. 총 72쪽 가운데 대부분은 비록 오랜 세월 속에서 색이 바래고 지질이 손상되었지만 충분히 읽을 수 있을 정도로 보관 상태가 양호합니다. 하지만 뒷부분의 13쪽은 종이가 너덜너덜하다 못해 손을 대면 푸석거리면서 가루처럼 부서지기도 합니다. 왜 이런 일이 일어났을까요?"

"재료가 서로 달라선가요?"

글렌이 퍼즐을 푸는 듯한 표정으로 물었다.

"바로 그겁니다. 이 소책자의 지면 대부분은 목화에서 추출한 섬유질과 조각 천을 섞어서 만든 종이입니다. 당시로서는 고급지에 속했죠. 그런데…… 이상하게도 맨 뒤의 13쪽만은……."

후버는 만족스런 표정으로 말끝을 사렸다. 자신도 모르는 사이에 글렌과 나는 침을 삼키며 그의 말이 맺어지기를 기다렸다.

"마닐라삼에서 추출한 것입니다."

"마닐라삼?"

16세기의 유럽 상인들이 종이 원료를 구하기 위해 필리핀 해역까지 진출했다는 얘긴가? 제지 기술이 서기 105년에 중국에서 발명된 이래 8세기 무렵 중앙아시아와 아랍지역을 통해 육로로 유럽까지 전파되기는 했지만 주위 환경이 다른데 재료까지 똑같이 쓸 수는 없었다. 더구나 당시의 중국과 중앙아시아 및 중동 근방에서조차 마닐라삼이 종이 원료로 쓰인 적은 없다. 마닐라삼이 본격적으로 펄프 원료가 된 것은 비교적 현대로 들어와서의 일이다.

"만약 이 책이 정말 안토니오가 쓴 것이라면, 그는 마닐라삼으로 만든 종이를 대체 어디서 구한 것일까요? 아직 바스코 다 가마나 마젤란이 지중해 해안을 벗어나기도 전의 시대에 말입니다."

글렌이 내 얼굴을 쳐다보았다. 대체 내가 무슨 표정을 지어 보일 수 있을까?

"더구나 이 마닐라삼 재료는 그 성분을 정밀분석해 보니까 아황산을 써서 표백되었음을 알게 되었습니다. 그렇기 때문에 목화와 조각천을 원료로 만든 페이지는 바래기만 했을 뿐 지금도 거의 멀쩡한데 뒤의 일부 페이지들은 이처럼 상대적으로 많이 훼손된 것입니다. 그렇다면 16세기에 화학약품을 통한 표백이 가능이나 했을까요?"

"그럼 이 책의 뒷부분은 혹시 현대에 와서 누군가가."

이렇게 말하며 속 좋은 글렌도 이번에는 약간 흔들리는 것 같았다. 내 얼굴을 바라보는 저 시선이라니.

"당신은 내가 학자의 양심을 내팽개치고 역사문헌을 일부 조작했다고 말하고 싶은 거요?"

나는 테이블을 뒤엎을 듯이 노기등등하게 외쳤다.

"진정하십쇼, 교수님. 당신이 이 문헌을 학계에 공개한 것은 불과 8년 전입니다. 현대의 종이는 아무리 화학처리가 많이 된다 해도 그 기간 동안 종이가 이렇게까지 낡아 버리지는 않습니다. 문제의 13페이지는 얼핏 보아도 몇 십 년은 족히 되어 보입니다. 이슈마엘 교수, 당신은 이제 겨우 30대 중반을 넘어섰습니다. 태어나기도 전에 당신이 문헌 조작을 할 수는 없는 법이지요."

이 친구 나를 철저히 놀리고 있군. 하지만 일단 이런 식으로 나오니 나도 그의 말을 끝까지 들어 볼 도리밖에 없었다. 도대체 무슨 속셈일까?

무장해제당한 듯한 나와 글렌 앞에 후버는 득의양양한 논조로 다시 말을 이었다.

"처음에는 저도 문제의 13페이지가 당신은 아니더라도 누군가가 악의적인 조작을 한 것이 아닐까 의심을 품었습니다. 아울러 이 책 전체의 필체가 똑같다는 것도 수수께끼였습니다. 한두 문장도 아니고 13페이지를 앞의 필체와 똑같이 흉내 내 쓴다는 것은 보통 일이 아니잖습니까. 하지만 놀랍게도 문제의 그 페이지들은 어쩌면 조작이 아닐지도 모른다는 사실을 발견하게 되었습니다."

이 친구, 아예 내 혼을 빼려고 작정을 하고 왔군. 나는 짜증스런 얼굴로 글렌에게 내 의사를 표명했다. 글렌도 미처 후버가 어떤 마음으로 나를 만나자고 했는지는 몰랐다는 제스처를 내게 해 보였다.

"제 가까운 친구 중에 소립자 물리학 연구소의 연구원으로 있는 사람이 있습니다. 그에게 이 책이 얼마나 오래되었는지 알아봐 달라고 부탁했죠. 결과는 인상적이었습니다. 방사성 동위원소 탄소연대 측정법으로 조사해본 결과 뒤의 13페이지는 앞의 페이지들과 마찬가지로 똑같이 550년가량 되었음이 밝혀졌습니다."

"그렇다면 어쨌거나 이 책은 안토니오가 전부 다 쓴 것은 분명하군요. 그런데 어떻게 이런 일이 있을 수 있는 거지?"

글렌이 아리송하다는 표정으로 나와 후버를 번갈아 쳐다보았다.

"이유는 뜻밖에도 간단합니다. 이슈마엘 교수, 당신은 왜 안토니오 델 카레토에게 현대에서 가지고 간 종이를 주었습니까? 시간여행에서 착시물(그 시대에 속하지 않는 물건)을 찾아간 시대에 남겨 두거나 그곳 사람들에게 나눠 주는 행위는 법으로 엄격하게 금지되어 있습니다. 당신은 중대한 월권을 한 겁니다. 당신의 사소한 행위가 우리의 오늘을 위험에 빠뜨릴 수 있습니다."

이 친구는 프리랜서 칼럼니스트가 아닌 게 분명하다. 나는 침을 꿀꺽 삼켰다.

"내, 내가…… 휴대용 컴퓨터라도 가져갔다가 들키면 어떻게 되었겠소?"

"저는 기록용으로 종이를 가져간 것에 대해 말하는 것이 아닙니다. 종이를 왜 안토니오에게 주었습니까?"

"그건……."

나는 이마에 오른손을 가져갔다. 어느새 내 머리가 땀으로 흥건히 젖어 있었다.

"시간여행자는 떠나기 전에 철저한 보안 및 안전교육을 받습니다. 당신도 예외는 아니었죠. 더구나 당신은 시간여행에 초행길도 아니었고요. 그렇다면……."

"교수님이 선선히 종이를 안토니오에게 내주었을 리는 없고……."

이젠 글렌마저 후버의 말에 넘어가는 듯한 낌새다.

"아론!"

다급한 메릴의 목소리에 나는 반쯤 나갔던 정신이 되돌아왔다. 어느새 메릴이 내 어깨를 잡아 흔들고 있었다.

"부인에게 가 봐요. 너무 과음했어요. 내가 말렸는데도……."

나는 글렌에게 가볍게 목례하며 일어났다. 아울러 후버를 향해서도

로도스의 첩자 **247**

한마디 하는 것을 잊지 않았다.

"탐정 나리, 추리소설치곤 재미있었소."

"또 만나게 될 겁니다."

후버가 침착하게 대답했다.

곯아떨어진 아내를 안전벨트로 묶어 놓은 채 돌아오는 차 안에서 나는 간간이 들리는 그녀의 흐느낌마저 신경 쓰이지 않을 정도로 날이 곤두서 있었다. 후버의 정체는 무엇일까? 내게서 무엇을 확인하려는 것일까? 단순한 탐정이나 흥신소 직원이라면 그처럼 날카로운 질문을 내게 하지는 못했으리라. 그렇다면……

이마 허드서커

"질문 있습니다, 교수님."

엄지손톱에 얇게 코팅한 내 시계가 이미 수업시간이 끝난 지 3분이 넘었음을 일러주었다. 이렇게 작은 시계의 장점 가운데 하나는 대화 도중 상대방의 기분을 거스르지 않으면서도 얼마든지 시간을 훔쳐볼 수 있다는 점이다. 아무튼 나는 동료 학생들을 짜증 나게 만들 수도 있는 마지막 질문을 던진 눈치 없는 학생이 누군가 주위를 살폈다. 곧 생머리가 길고 탐스러운 한 여학생의 눈과 내 시선이 마주쳤다. 검푸르고 큼지막한 눈이 도전적으로 불타올라 보였다.

"강의시간 내내 교수님은 역사복원학이 역사학에 긍정적으로 기여한 측면만을 반복 강조하시더군요. 하지만 역사학에 시공간을 자유자재로 주무르는 테크놀로지가 개입하는 바람에 오히려 진짜 역사가 뒤집어질 위험성도 아울러 고려해야 하지 않을까요?"

귀에 못이 박히도록 들어 온 말이다.

"자네는 전공이 뭔가?"

역사복원학은 그 자체가 희귀 학문이다 보니 세계 어느 대학에서나 교양과목으로 개설된 곳이 없다. 고작해야 4학년 졸업반의 전공선택과목 가운데 하나일 뿐이다. 더구나 나처럼 진짜 역사복원학을 연구하고 있는 학자가 강의를 맡는 대학은 이 대학을 비롯해서 세계에서 대여섯 군데뿐이다. 그나마 내가 매번 이 과목의 강의를 맡는 것이 아니라 주디스 메릴 교수의 부탁으로 가끔 특강 형식을 빌려 강단에 서는 것이 전부이다. 어디까지나 연구 전담교수로서 나의 주된 책무, 즉 과거의 시공간을 몸소 헤매고 다니면서 다른 학자들이 깊이 있는 연구를 할 수 있도록 가치 있는 사료들을 발견하고 정리하는 일이 최우선이니까 말이다. 그런 내게 역사학 초보자들이 늘 던지는 첫마디는 이 여학생과 같은 우려 섞인 논조다.

"역사학을 부전공하고 있는 종교학과 3학년 이마 허드서커입니다."

내 책상의 출석 데이터 체크 버튼을 눌렀다. 이 녀석은 이 강의에 몇 번 들어오지도 않았군. 막연히 역사학의 테크놀로지화에 반감을 품고 있는 이상주의자인 게야. 그렇다면 오늘 내가 이 강의를 맡는다는 것을 알고 들어온 것이 분명해. 그래서 이처럼 식상하고 뻔한 질문을 위해 때를 기다려 온 거야.

"역사복원학은 단순히 역사학 테두리 안의 문제만은 아니라고 생각합니다, 교수님. 특히 연구 과정상의 사소한 실수가 중대한 종교 문제로 비화한 사례를 보더라도……."

"하하하, 나는 담배를 피우지 않소, 허드서커 양."

"예?"

내 말에 수업이 제때 끝나지 않아 심드렁해하던 다른 학생들도 일제히 눈가에 총기가 돌아오기 시작했다.

"지금 이마 양은 슈미트 박사가 과거에 두고 온 라이터 사건을 꼬집고 싶은 거잖소?"

"네, 슈미트 박사의 책임 소재를 두고 벌써 4년째 재판을 질질 끌고 있죠."

일명 '슈미트 사건' 또는 '라이터 사건'이라 불리는 이 사건은 최근 몇 년간 역사복원학의 가치 논란과 맞물려 모든 역사학도들의 첨예한 관심사였다. 그것을 비전공자가, 아니 부전공자가 물고 늘어진 것이다.

"하지만 슈미트 박사가 차라투스트라에게 그것을 넘겨준 건 고의가 아니었소."

"그렇다면 그가 어떻게 해서 라이터를 조로아스터교 신도들에게 들켰는지도 아시겠네요."

"재판기록을 보면 그때 그는 자기 방에서 혼자 담배를 피우고 있었다지……."

"재판기록까지 찾아보셨습니까?"

그녀 옆의 남학생 하나가 불쑥 끼어들었다. 이제 이 질문은 강의실을 메운 30여 명의 관심을 한데 모아 가고 있었다. 따분한 오후의 강의가 막상 끝나고 나서야 학문의 열기가 서서히 달아오르다니. 원래 강의용 교수 타입과는 거리가 먼 나지만, 이렇게 되니 나 역시 약간 흥분이 되기 시작했다.

"아, 나 역시 시간여행자이자 역사학자 아닌가. 슈미트의 처지를 먼 산 바라보듯 할 수야 있었겠나."

앞줄에 앉은 역사학과 학생들 10여 명이 고개를 끄덕이자, 이마 허드서커가 고삐를 늦추지 않고 말을 이었다.

"B.C. 6세기에 불을 자유자재로 다루는 도구가 사람들 눈에 띄었으니 불을 숭배하는 신도들이 가만있었을 리 없죠. 더구나 당시 박사는 이교도로 의심받아 난처한 지경에 있었고요. 박사가 기꺼이, 아니 이 표현은 정정하죠. 살기 위해 그들에게는 신물(神物)이나 다름없는 라이터를 넘겨주는 바람에 박사는 졸지에 신의 계시를 받은 자로 둔갑하고 말았어요.

결과적으로 박사는 하고 싶은 연구를 마음껏 다하고 우리 시대로 돌아올 수가 있었죠. 변호사와 학계는 이러한 상황논리를 빌어 박사의 실수를 감싸고 있습니다. 슈미트 박사가 라이터를 놓고 온 대가로 얻어온 생생하고 귀중한 자료들을 보라는 거예요. 하지만 이유가 어찌 되었건 간에 착시물이 될 위험성이 높은 소지품을 멋대로 휴대한 채 1700년 전을 방문한 것은 명백히 시간여행 안전규칙을 위반한 체제위협 행위입니다."

이 녀석 말투가 점점 시간안전국 관리들을 닮아 가는군. 나는 업의 속성상 시간안전국 사람들과 자주 부대끼게 된다. 하지만 나는 그들의 뭔가 의심하는 듯한 기분 나쁜 태도가 늘 비위에 거슬렸다. 그들은 나 같은 학자들이 연구한답시고 행여 뜻하지 않은 사고를 치지 않을까 늘 신경이 곤두서 있었다.

"하긴 슈미트 박사와 나는 개인적인 친분은 없지만 들리는 말로는 엄청난 골초였다고 하더군."

나는 짐짓 나와 아무 상관없다는 투로 대꾸했다. 사실 나와 무슨 상관이람? 슈미트가 나 같은 시간여행 전문 역사학자였다는 점만 뺀다면 내가 그에게 무슨 흥미를 갖겠는가. 이토록 슈미트의 이야기를 집요하게 물고 늘어지면서 나의 대답을 들으려는 까닭이 대체 뭘까?

로도스의 첩자 251

"오늘날 조로아스터교를 보세요, 교수님. 기독교, 불교, 이슬람교와 함께 세계를 아우르는 유력한 종교가 되어 있지 않습니까? 원래의 역사대로라면 이란 지방에서 태동해서 페르시아 왕조 때 국교로서 전성기를 누렸던 조로아스터교는 이슬람교가 강성해지면서 힘을 잃게 되죠. 그 후 8~10세기 사이에 일어난 종교 박해 탓에 개종을 거부하는 소수만 남고 역사의 장에서 사라졌어야 합니다. 그런데 보세요. 슈미트 박사가 뒤집어 놓은 현실의 역사를. 조로아스터교는 오늘날에도 근동 지방과 아프리카에서 유력한 종교의 하나로 군림하고 있잖아요."

"이마 양의 종교는 뭔가?"

"교수님, 제 논지를 흩뜨리지 마세요. 제 개인적인 종교 때문에 조로아스터교를 비방하려는 것이 아니지 않습니까?

진짜 역사에서 오늘날까지 살아남은 조로아스터 교도는 개종을 피해 인도의 봄베이 지역으로 이주한 사람들과 이란에 남아 있던 소수(일명 '파르세')밖에 없어야 합니다. 그러나 그 신물이 이란 지방의 지배계급을 완전히 홀려 버린 겁니다.

엄지손가락 하나만 살짝 비벼 대면 허공에서 갑자기 불을 토해 내는 신의 영물! 이건 기독교의 성궤보다도 더한 겁니다. 아시겠어요? 성궤는 이제는 전설과 신화의 영역으로 넘어가 버렸지만 이 라이터는 고이고이 오늘날까지 모셔 내려오고 있단 말입니다. 보이지 않는 신을 외친 마호메트가 아후라 마즈다의 성스러운 불과 과연 얼마나 당당하게 맞설 수 있었을까요? 조로아스터교의 창시자 차라투스트라가 이 라이터를 자신의 분신이자 아후라 마즈다의 성화(聖火)라고 그들의 경전 『아베스타』에 새겨 놓았으니 말입니다. 물론 잘 아시다시피 원래의 『아베스타』에는 그런 구절이 전혀 없어야 하죠. 이 모든 게 다 슈미트 박사의 학자로서의 양식을 저버린 이기적인 행동 덕분입니다. 시간안전국에서 진짜 역사를 수시로 백업해 두지 않았다면 어느 누구도 이러한 변화를 알아채지조차 못했을 것입니다."

"이마 양은 그래서 슈미트 박사의 재판을 여론 재판으로 몰고 갔다고 생각하는 게로군?"

"아마 그렇지 않을까요? 현대인들에게 시간여행의 무책임한 행동에 따른 재난이 무엇인지를 일러주기 위해서 말입니다. 시간안전국이 백업 해둔 진짜 역사야말로 이제는 있을 수 있었던 역사적 가능성 가운데 하나로만 남아 있을 뿐입니다. 시간안전국이라 해도 이미 바뀐 역사를 또다시 섣불리 뜯어고칠 엄두를 내기란 쉽지 않으니까요."

이마 허드서커 바로 옆에 앉은 건장한 체구의 남학생이 말을 받았다. 그 학생이 끼어든 의도는 분명치 않았지만 교실의 열기는 문을 나서고 싶어 좀이 쑤신 일부 학생들의 한탄을 덮어 버렸다.

"그 공개재판은 뜻하지 않게 결과적으로 수억이 넘는 조로아스터 교도들의 분노를 사고 말았죠. 재판소 앞에서는 연일 시위가 벌어지고 있어요. 조로아스터교를 더 이상 모독하지 말고 시간안전국을 폐쇄하라고 성토하면서 말예요. 이 얼마나 웃기지도 않는 일입니까?"

이마 허드서커가 말하고 싶은 결론이 코앞에 다가와 있었다.

"종교인들로선 당연한 선택이겠지. 좋아요. 나와 30여 명의 학생들의 귀중한 시간을 빼앗아 가면서 이런 지루한 이야기를 늘어놓는 까닭은 뭐지? 종교학과 학생."

나는 어조는 차분했지만 다소 위압적인 표정으로 물었다.

"과거의 시간보다는 현재의 시간이 중요하다는 말씀을 드리고 싶어서입니다, 교수님. 학문 탐구를 위해 현실을 뒤흔드는 일이 과연 현명하다고 볼 수 있을까요?"

잠시 침묵이 흘렀다. 그녀는 내게 별로 놀랍지 않은 승부수를 던졌다. 순진하다고까지 할 수 있는 어리석은 질문…… 하지만 이 질문은 이 자리에 함께 앉아 있는 다른 역사학도들의 인생관을 좌우할 수도 있다. 역사학과 학생들은 모두 내 입이 떨어지기만을 기다리는 표정들이었다.

"그럼…… 내 한 가지 물어보지. 과거 없이 현재가 가능할 수 있을까?"

이마 허드서커는 예상대로 얼굴을 곧추세운 채 내 시선을 피하지 않았다. 아무래도 찜찜했다. 그녀는 어제 심포지엄에서 만난 불청객과는 또 다른 차원에서 불길한 인상을 주었다. 어제 만난 녀석은 아무래도 시간안전국 냄새가 났지만 그녀는 좀 달랐다. 시간안전국은 시간여행을 통한 역사 연구 자체는 결코 반대하지 않았다. 역사복원학이야말로 시간안전국의 존재 의의를 찾을 수 있는 일 가운데 하나였으므로. 오히려 내가 하는 연구의 정확성과 정밀도를 높일 수 있도록 지원해 주는 것이 그들의 일이었다.

나는 이마 허드서커의 검은 홍채가 뿜어내는 적의를 거침없이 들이마셨다.

"이마 양, 자네는 역사학을 부전공하고 있다 했지…… 그렇다면 역사를, 인류의 역사를 얼마나 정확하게 알고 있지?"

또 잠시 침묵이 흘렀다. 역사학도라 해서 반드시 나와 같은 신념을 갖고 있다는 보장은 없었다. 따라서 나는 이 논쟁을 반드시 이겨야만 했다.

"논문이나 고문서를 뒤져서, 유적을 뒤져서…… 그뿐인가?"

이마는 여전히 말이 없었다.

"자네가 종교학을 전공하고 있다지. 만일 자네가 개인적으로 신봉하는 종교가 있다면, 그에 관해 자네는 과연 얼마나 알고 있을까?"

"그야……."

나는 그녀가 말하기 전에 말머리를 잘라 버렸다.

"종교는 지식이나 머리로 이해하는 것이 아니라 하겠지. 나로서도 종교의 그러한 측면을 굳이 부정하고 싶은 마음은 전혀 없네.

하지만 만약, 만약 말일세. 자네가 예수나 부처를 직접 만나 가르침을 받을 수 있다 해도 그 기회를 포기하겠나?

지금 우리가 이해하고 있는 그분들의 가르침이 과연 한 치의 왜곡이나 어긋남 없이 곧이곧대로 전해진 것일까? 그것을 확인해 보고 싶지 않나? 오늘날에도 예수나 성모 마리아의 현신을 자기 눈으로 직접 보았노라고 주장하는 사람들이 왕왕 나오고 있고 또 많은 사람들이 그 사실 여부를 가리기 위해 몰려들지 않는가? 이것은 자네가 부인하건 안 하건 대부분의 사람들은 종교적 역사에 대해서도 제대로 알고 싶어 한다는 뜻이 아닐까?"

"그것은 신성모독입니다."

강한 어조로 말을 꺼낸 이는 뜻밖에도 이마가 아니었다. 그녀 뒷자리에 앉아 있는 머리칼을 푸르게 염색한 또 다른 여학생이었다. 이제 감이 잡혔다. 이마는 개인적인 질문을 하러 온 것이 아니라 의견을 피력하고 나아가서는 내게 경고하러 온 것이다. 이마는 한 일 자로 입을 다문 채 표정의 변화가 없었다.

"좋아, 그럼 종교 문제는 이 정도에서 그만하지. 어차피 '라이터 사건' 이후로 5대 종교의 발상지로 역사복원학 탐사여행을 떠나는 것이 금지되었으니까."

"역사복원학의 가장 큰 장점은 단순히 과거로 가서 소실된 사료를 구해 오는 일 따위가 아닙니다."

불쑥 나와 이마의 논쟁에 끼어든 이 새로운 목소리의 주인공은 맨 앞자리에 앉아 있는 남학생이었다.

"역사복원학의 참다운 의미는 바로 제국주의적인 역사해석의 여지를 원천봉쇄해 준다는 데에 있잖습니까?"

그는 뒤통수에 이마 패거리의 따가운 눈총을 의식했겠지만 아랑곳하지 않았다. 솔직히 역사복원학이 아니라 어떤 학문을 하더라도 학자로서의 소신 없이는 제대로 성과를 기대하기 어려운 노릇 아닌가. 나는 줄곧 이마를 의식하던 시선을 그 남학생 쪽으로 돌리면서 말을 이어받았다.

"물론 지금도 제국주의적인 연구 환경으로부터 역사학이 완전히 자유롭다고는 할 수 없지. 일례로 역사복원학을 연구할 수 있는 여력을 가진 국가 자체가 전 세계에서 몇 개국 되지 않으니까. 타임머신을 이용해서 근현대사를 연구한다면 이것은 역사의 공정한 재발굴보다는 국가와 민족 간의 불필요한 대립과 전쟁의 불씨를 만들어 내겠지."

"그래서 세계 연방 의회는 타임머신이 가서는 안 되는 불가침 시공간 영역을 지정했습니다. 그 규약에 따르면, 어떤 타임머신도 현재로부터 500년 이내의 시간대에는 일체 근접할 수 없게 되어 있습니다. 그 때문에 그 기간에 해당하는 역사복원학 논문은 발표할 공간 자체가 존재하지 않죠. 혹시 있을지도 모를 학자들의 불법적인 연구 의욕의 싹을 아예 잘라 버린 셈입니다."

앞줄에 앉은 남학생이 또다시 거들어 주었다.

"맞네. 역사복원학 자체가 인간이 만들어 낸 것이라 그 정도의 안전장치는 있어야겠다고 일반인들은 물론 학자들까지 동의한 거지.

우리 한번 곰곰이 생각해 봅시다. 과거의 역사학은 제국주의적인 연구조건으로부터 과연 얼마나 자유로울 수 있었을까? 물론 지금도 그러한 조건이 완전히 사라졌다고는 볼 수 없지. 하지만 역사복원학 덕분에 역사의 수수께끼나 잃어버린 과거가 생생하게 복원되는 바람에 우리는 인류의 과거를 좀 더 정확하고 객관적으로 바라볼 수 있게 되었네. 나치스의 게르만 민족주의 같은 어리석음은 인류의 과거를 들여다볼수록 더욱 분명해지지. 전쟁도 마찬가지네. 인류사의 수많았던 전쟁을 승리자의 기록에 의해서만이 아니라 균형 잡힌 시각으로 바라볼 수 있게 해 줌으로써 우리는 인종, 국가, 종교에 구애받지 않고 서로를 이해하고 감쌀 수 있게 되지 않을까? 실수하지 않는 개인이 없듯이 과오를 저지르지 않는 민족은 없는 법이네. 중요한 것은 잘못을 정확히 알 수만 있다면 똑같은 바보짓을 다시 저지르지 않을 가능성이 높아진다는 사실이야.

역사복원학은 우리가 어떻게 쓰느냐에 따라 온갖 분규의 온상이 될 수 있지만 우리가 얼마나 현명하냐에 따라 인류를 화합으로 이끌고 서로를 편견 없이 이해할 수 있도록 하는 축복받은 학문이 될 수도 있네. 역사복원학은 악하지도 선하지도 않아. 책임은 우리에게 있는 것이지."

"교수님은 인간의 균형 잡힌 자기절제력이 보편적인 기질이라고 보십니까?"

오랜만에 이마가 되받아쳤다.

"인간의 이성을 믿냐고? 그 질문에는 이러한 예로 답하겠네. 과거에 원자폭탄이 개발되었을 때 사람들은 과연 인류가 그것을 제대로 제어할 이성을 갖추고 있는지 불안해하던 시절이 있었지. 지금은 어떤가? 만약 원자폭탄의 노하우를 이용한 원자력의 발전이 없었던들 명왕성까지 갈 수 있는 효율적인 우주선 엔진을 만드는 일이 가능했을까? 여러분도 알다시피 이제 지구는 자급자족하기에는 너무 경제규모가 커져 버렸네.

태양계 행성들 여기저기서 보내 오는 물자와 자원 없이는 지금과 같은 풍족한 생활은 유지하기 곤란하지.

내 이야기는 이제 간단해졌네. 우리가 원자력을 포기하고 석기시대로 돌아갈 수 있을까? 아예 모른다면 모를까 이미 알고 있는 편리한 기술을 과감히 집어던지고 동굴로 되돌아갈 수 있을까? 역사학도 마찬가지라고 보네. 인류가 공존공영의 길로 나아갈 수 있는 쓸모 있는 테크놀로지를 발견하고도 그 위력에 압도되어 뒷걸음치는 것만이 능사일까? 역사가 말해 주고 있듯이 이미 발견되어 세상에 알려진 테크놀로지를 아예 본 적도 없는 것처럼 방치해 둘 수 있을까? 구더기 무서워 장 못 담근다는 속담이 있지 않은가. 문제는 역사복원학이 아니라 우리 자신이네. 역사복원학을 제대로 관리하지 못한다면 원자력은 물론이고 어떤 신기술도 우리의 편이 되어 주지 않을 것이네.

나는…… 인간을 믿네. 그게 역사학을 연구하는 이유이기도 하고……."

이제 학생들은 완전히 패가 갈라졌다. 앞줄에서 열심히 역사복원학의 가치를 지지해 주는 학생 하나, 이마 허드서커의 패거리, 흥미가 없는 것은 아니지만 학점 따는 것과는 관련이 없어 침묵을 지키는 대다수 학생들, 뒷좌석에서 엉덩이가 근질거려 안절부절못하는 학생들, 그새를 못 참고 누군가와 팔찌시계에 달린 전화기로 통화하는 학생 등……. 이제 매듭을 지어야 할 때다. 이 이상 얘기해 보았자 동어반복이 될 터였다. 뒷좌석 어딘가에서 한 학생이 박수를 쳤다. 누가 시키지도 않았는데 그 박수는 전염이 되어 온 교실을 휩쓸었다. 학생들은 호소하고 있었다. 제발 좀 끝내 달라고. 그 와중에 이마 주변에 몰려 앉은 학생 몇 명의 로봇 같은 표정을 보고 있자니 문득 물 위에 뜬 기름 같다는 비유가 떠올랐다.

하지만 자기 패와는 달리 이마만은 엷은 미소를 지었다. 물론 내 의견에 동조하는 웃음이 아닐 테지만.

"끝으로 한 가지 부탁할 게 있네, 이마 양."

박수가 잦아들자 내가 말했다.

"앞으로는 긴 설명을 듣고 싶을 때는 내 연구실로 찾아오지 않겠나? 나 역시 학생 시절에는 자네처럼 눈치 없는 친구를 못마땅해했거든."

너털웃음을 터뜨리는 학생들을 뒤로 한 채 나는 미소를 머금고 강의실을 나섰다. 교정에 듬성듬성 자리 잡고 있는 밤나무의 꽃향기가 너무 짙어 약간 메슥거리는 느낌을 받았다. 매일 맡는 냄새에 오늘따라 민감한 것은 누군가 내 연구실의 서류들을 헤집어 놓았다는 사실을 오늘 아침에서야 깨달은 탓인지도 모르겠다.

안토니오 델 카레토

"교수님, 손님이 아까부터 기다리고 계신데요."

연구실로 들어서자마자 조교 바이올 양이 쪽지를 내민다.

"누구?"

나는 받을 생각도 않고 질문부터 던졌다. 오늘이야말로 어지간하면 집에 일찍 들어가서 아내와 아이들의 점수를 딸 생각이다.

"무슨…… 후버 씨라고 하던데요."

나도 모르는 사이 마치 거머리를 손에 쥐는 모양으로 그 쪽지를 건네받았다.

'대학 구내 커피숍에서 기다리겠습니다. 후버.'

이마 허드서커와 주고받았던 지적 논쟁 탓에 상쾌해졌던 기분이 순식간에 곤두박질치는 느낌이었다.

"당신이란 사람, 정말 예의도 없군."

나는 후버의 면상을 갈겨 주고 싶은 마음을 가까스로 억누르며 커피잔을 거머쥐었다. 내 잔과 잔받침이 거칠게 부딪치며 달그락거렸지만, 후버는 개의치 않는 표정이었다. 그의 얼굴은 지난번 만났을 때와 다름없이 어떤 확신에 차 보였다.

"무슨 말씀이신지……."

"당신 말고 누가 역사학자의 고리타분한 연구실을 뒤지는 데 흥미를 갖겠소?"

잠시 불편한 침묵이 흘렀다. 한적한 금요일 오후인지라 커피숍에는 두 사람밖에 없었다.

"어떻게 생각하시든 그건 제가 대답할 성질의 것이 아니군요."

짐짓 잡아떼는 그를 보며, 너무 흥분하면 나만 손해라는 생각에 나는 조금씩 마음을 추슬렀다. 구내 커피숍 특유의 찌든 커피향까지 덩달아 마음을 산란하게 했다. 커피잔을 들어 올리니까 아침에 연구실에서 활활 타오르던 분노의 불길이 원액의 깊이를 알 수 없는 표면에 비쳐 일렁이는 것 같았다.

"그것보다는…… 성 요한 기사단의 몇몇 주요 인물들에 관해 교수님에게 확인해 보고 싶은 게 있는데요."

"어쩜 도청까지 하고 있는지도 모르겠군."

"당시 기사단 단장이었던 필리프 드 릴라당은 기록에 따르면 1534년에 죽었죠, 교수님?"

"나도 지금쯤은 당신이 누군지 대충 짐작은 가오."

"요한 기사단이 투르크 군의 인해전술을 상당기간 막아 낼 수 있을 만큼 견고한 성을 설계했던 건축가 가브리엘로 마르티넨고 대령은 그 공방전 후에 베네치아로 돌아가 1544년 죽었고……."

"하지만 이보쇼, 후버 씨. 도대체……."

"안토니오의 문헌에 아주 매력적인 인물로 묘사된 기사들 가운데는 프랑스 출신의 장 파리소 드 라 발레트를 빼놓을 수 없겠죠. 기사단장의 비서관이었던 그는 로도스 섬의 전투 당시 28세에 불과했지만 후에 릴라 당의 뒤를 이어 기사단장이 되었고 1568년까지 살았지요."

"……나한테서 뭘 원하는지 모르겠구려."

"그런가 하면 좀 멋대로 구는 구석이 있기는 하지만 용맹 하나는 알아주는 이탈리아 출신 기사 잠바티스타 오르시니는 어떤가요? 그는 분명히 투르크 군과의 전투가 치열했던 그해 12월 18일 25세의 나이로 아라곤 성벽에서 전사했다고 봐야겠죠?"

"이봐요, 지금 나랑 농담 따먹기 하자는 거요? 뭐요?"

"네, 오르시니가 그 때 죽은 건 틀림없을 겁니다. 안토니오의 문헌 말고도 그것을 입증해 주는 단편적인 기록들이 남아 있으니까. 그럼…… 그 공방전의 주요 기록을 남긴 안토니오 델 카레토 자신은 어떻습니까, 교수님?"

후버의 마지막 물음은 이전까지와는 달리 강한 의혹을 풍겼다. 나는 어안이 벙벙하지 않을 수 없었다. 중세에 벌어진 전투기록을 재료로 그는 새로 추리소설을 쓰겠다는 얘긴가, 뭔가?

"안토니오는……."

나는 무어라 말하려다 그만두어 버렸다. 뭔가 알 수 없는 불길한 육감

로도스의 첩자 **261**

이 내가 섣불리 말하는 것을 말렸다. 일단은 이자의 의중을 정확히 파악하는 것이 급선무였다.

"……요한 기사단이 로도스 섬에서 철수한 뒤 몇 년간 함께 난민생활을 한 끝에 수도원에 들어갔다고 하셨죠. 교수님의 주석에 따르면 말입니다. 전투의 부상으로 오른쪽 다리를 마음대로 쓸 수 없었던 게 가장 큰 원인 같은데, 그 뒤 그는 잠시 수도원에 머무르면서 교수님이 발견하신 그 당시의 전쟁기록을 남겼다고 추정됩니다.

그 뒤 전해지는 이야기로는 그는 북아프리카로 건너갔다는 설이 유력하죠. 거기서, 그는 이슬람 해적에게 붙잡힌 기독교도들을 노예의 신분에서 풀어주도록 몸값을 주선하고 그 가운데 병을 얻은 사람들을 돌봐주는 종교단체에서 활동하다가 죽었다는데 정확한 사망년도는 알려져 있지 않지요."

"꼼꼼히도 기억하고 있구려. 다 알면서 굳이 왜 물어보는 거요?"

그가 던질지 모르는, 예측 못할 질문에 대비해 내 근육은 나도 모르게 약간 움츠러들었다.

"이상하지 않습니까, 교수님? 로도스 섬에서 벌어진 공방전에 참여해서 비교적 이름을 날렸던 요한 기사단의 기사들 가운데 유독 카레토만이 말년이 불분명하단 말입니다.

로도스 공방전에 참여했던 핵심 기사 가운데 한 사람이었던 장 파리소 드 라 발레트의 경우를 볼까요? 그는 1557년 후임 기사단장 직에 오르고 1565년 몰타 섬에서 다시 한 번 투르크 군을 맞이해 멋진 복수전을 벌인 다음 1568년 사망했다고 여러 가지 기록들이 입증해 주고 있지요. 심지어는 전사한 기사나 기사단의 일원이 아니었던 축성 기술자의 생몰년까지 이런저런 문헌을 열심히 뒤져 보면 알아낼 수 있더라고요. 이에 비해 그 뒤에도 한참 더 오래 살았고 라 발레트보다도 젊었던 안토니오의 행적은 북아프리카로 떠났다는 언급 이후로는 어떤 기록에서도 분명치 가 않다 이겁니다."

어느새 그는 만년필에서 나오는 빛을 커피숍 탁자에 투영해 보며 연월일을 대조하고 있었다. 그것은 사실 만년필이 아니라 일종의 미니컴퓨터로 그것이 담고 있는 정보는 그 끄트머리에서 뿜어지는 빛을 통하여 어디에고 비춰볼 수 있었다. 휴대가 매우 편리하고 많은 정보량을 담을 수 있기에 나도 과거로 탐사를 떠날 때 가져가 보려 했던 적이 있는 기종이었다. 하지만 시간안전국에서 금지시켰다. 내가 주로 탐구하러 떠났던 시대는 아예 만년필조차 존재하지 않았던 것이다. 지금 보니 이 모델은 최신버전인 모양이었다. 내가 마음에 두었던 것보다 3분의 1은 더 작아 보였다.

"그래서요?"

감을 잡은 내가 평정을 되찾으며 되물었다.

"설마하니 16세기의 역사기록이 털끝 하나 손상되지 않고 남아 있으리라고 기대하는 거요?"

"물론 정말 안토니오가 세인의 시야에서 멀리 떨어진 곳으로 가 버렸다면 그럴 수도 있겠지요, 교수님. 그러나 이를테면…… 안토니오가 그냥 주변 친지들에게 그렇게 둘러댔을 수도 있지요. 속셈은 정작 딴 데 있으면서 말입니다."

"내가 안토니오의 기록을 조작이라도 했다는 말이오?"

나도 모르게 갑자기 내 목소리가 격해졌다. 그럴 수밖에 없는 것이, 학자의 양심이 의심받을 때는 아무리 얌전한 학자라도 제정신일 수 없는 법이다.

"대체 무엇 때문에……?"

잠시 침묵이 흘렀다. 그는 물끄러미 내 눈을 들여다보았다. 나는 정말 이런 타입의 인간을 싫어한다. 냉정을 가장한 채 심문하는 데 희열을 느끼는 존재들…… 이자는 시간안전국의 보안과 소속이 분명하다. 갑자기 내게 후버를 소개해 주던 존 글렌의 어색해하던 표정이 떠올랐다.

"그 말씀에 대해 직접적인 답변을 하기 전에 지난번 만났을 때 지적했던 중요한 문제점 하나를 다시 환기시켜 드리고 싶군요."

그는 마치 내 마음에 이는 잔물결 하나도 놓치지 않겠다는 눈빛으로 나를 바라보며 말을 이었다.

"전에 말씀드렸다시피, 안토니오가 쓴 원본은 종이의 재질이나 제작 방식으로 미루어보건대 적어도 서로 몇 백 년 이상의 차이가 나는 쪽들이 함께 뒤섞여 있지만 방사능 연대 측정법으로 확인해 보면 같은 시대의 것으로 판명됩니다. 뒷부분의 수수께끼의 종이들을 안토니오는 어떻게 구한 것일까요? 과연 안토니오는 그 기록을 전투가 끝난 지 몇 년 뒤에 이탈리아의 모 수도원에서 썼던 것일까요? 무엇보다도 궁금한 것은……"

그는 잠시 뜸을 들였다. 만년필 컴퓨터는 꺼져 있었다.

"그는 왜 그 기록을 남긴 뒤 황급히 북아프리카로 사라져야 했을까요? 그는 왜 요한 기사단 안에 남아 있질 못했을까요? 단지 다리를 절게 되어서? 목숨을 내건 대가로 당시 유럽에서 가장 부유한 고리대금 금융 조직 중 하나였던 그 기사단에 거처 하나 마련할 수 없었을까요? 또 그는 이탈리아에 있는 어머니에게 돌아갈 수도 있었지만, 그렇게 하지 않았잖습니까. 로도스 섬에서의 공방전 이후 그는 기록 하나만 달랑 남긴 채 세인의 눈길에서 펑 하고 사라진 것입니다."

"설사 그랬다 한들 그건 전적으로 안토니오의 마음 아니겠소? 그게 우리와 무슨 상관이란 말이오? 그 사람이 종적을 감춘 이유와 동기까지 역사학이 꼬치꼬치 캐내야 할 어떤 당위성이라도 있소?"

"당위성이라……."

후버는 잠시 그 단어를 입 안에서 우물거리면서 음미하는 듯했다.

"이런 가정을 한번 세워 보면 어떨까요."

그의 허연 이빨이 탐욕스럽게 두툼한 입술 사이로 번뜩였다.

"2150년에 살던 한 역사복원학자가 중세의 로도스 섬으로 찾아갑니다. 오랜 세월에 걸친 십자군 전쟁의 결말이 이슬람 세력의 손을 들어 주자, 당시 본의 아니게 기독교 세력권의 최전방이 되어 버린 로도스 섬에서 두 세력이 다시 격돌하는 상황을 자세히 조사하는 것이 목적이었죠.

그는 유태인 의사로 변장해서 그 기사단 안에 자리를 얻습니다. 유태민족은 모국을 잃은 이래 지중해 세계에서부터 유럽에 이르기까지 각지로 뿔뿔이 흩어졌는데 언제 어디서든 이방인 신세를 면치 못했지요. 이러한 대우는 중세 유럽에서도 더 심하면 심했지 다를 바가 없어서, 언제 박해받고 추방당할지 모르는 만큼 의사나 장사꾼 같은 전문직을 가져 사회에 뿌리를 내릴 수 있도록 자녀들을 교육하는 것이 상례였습니다. 유태인은 아무리 뛰어나도 군무에 종사할 수 없었다고 하죠. 목숨을 바칠 조국이 없는 사람들이었기에 신용을 얻지 못했던 거지요. 어쨌거나 그 바람에 중세와 르네상스를 통해 의사집단에서 유태인을 빼 버리면 의사라는 직업 자체가 소멸해 버릴 판이었다고 하니까 알 만하죠. 이러한 현상은 이슬람 세계에서도 별반 다르지 않았다니까요. 이 역사복원학자는 그 시대적 풍조를 시의적절하게 잘 이용했던 셈입니다."

"그건 가정이 아닐세. 있는 그대로 말하고 있을 뿐이야."

그는 내 퉁명스런 대꾸에 잠시 말을 멈춘 채 나를 바라보았다. 이 작자는 눈동자가 마주치면 물러설 줄 모른다.

"제가 마저 끝마치게 해 주시면 좋겠습니다만……."

할 수 없이 나는 마음대로 하라는 손짓을 해보이며 손톱에 내장된 시계를 슬쩍 들여다보았다. 무려 30분이 넘게 예상치 않은 내 개인시간이 낭비되고 있었다. 시간안전국 직원이라는 심증만 들지 않았더라면 이 작자가 뭐라고 지껄이거나 말거나 일찌감치 자리를 뜨고 말았을 것이다.

"그런데 그 의사, 아니 역사복원학자는 재수 없게도 기사단의 의심을 사 투르크와 내통하는 첩자로 내몰립니다. 실제로 첩자가 있다는 심증을 갖게 하는 사건이 일어난 뒤였고……. 기록에 따르면, 기사단의 부단장이 배후 인물로 되어 있죠. 의사의 방에서는 미래에서 가져온 약간의 이상한 비품들과 알아볼 수 없는 언어로 쓴 암호문들이 발견되어 옴짝달싹할 수 없게 되고 말았죠. 물론 여기서 암호문이란 실제로는 그 학자가 보고 느낀 바를 우리 현대어로 적어 놓은 것에 불과했을 테죠. 그러나 당시 사람들에게 그런 얘기가 어디 통하겠습니까? 누명을 벗기는커녕 좀 더 긴 고문을 당할 뿐이겠죠. 아무튼 그 학자는 제대로 자기변명 한번 못해 보고 지독한 고문 끝에 참살당하고 맙니……."

"지금 소설이나 듣고 있을 정도로 내가 한가한 줄 아시오, 후버 씨?"

극도의 짜증과 분노가 뒤섞였지만 최대한 자제해서 말하다 보니 내 어조가 마치 오디오 스피커가 낼 수 있는 영역을 넘어서는 바람에 찌그러지는 것 같은 느낌을 받았다. 적어도 내게는 그렇게 들렸다.

그는 싱긋 웃으면서 말을 이었다.

"유태인 의사가 첩자로 몰린 것은 사실이죠, 이미 교수님이 8년 전에 발표하셨다시피?"

"당시 내가 유태인 의사로 가장했던 것은 물론 사실이오. 더욱이 내 혈통 속에는 진짜로 유태인의 피가 흐르고 있소. 의사란 내 본모습 그대로 그 시대에 다가가기에 가장 안성맞춤인 직업이었던 거요. 이 시대의 내가 지닌 정도의 지식이면 거기도 의사 노릇도 그리 어려운 것은 아니었고……. 단, 첩자로 몰린 의사는 내가 아니었소. 거기에는 유태인 의사들이 나 말고도 여러 명 있었소. 그만큼 뒤를 캐고 다녔으면, 그 무렵의 로도스 섬의 병원시설이 이탈리아 최대 규모의 병원과 맞먹었다는 역사적 사실을 모르지는 않을 거요. 무슨 근거로 당신은 내가 당신 소설의 주인공이라고 단정하는 거요, 대체?"

"평론은 소설을 다 듣고 하는 법입니다, 그렇잖습니까?"

시간안전국 보안과 놈들은 다 이렇게 재수 없는 부류일까? 내 학문은 그 성격상 시간안전국과 긴밀한 관계를 가질 수밖에 없지만 주로 교통과나 수송과 쪽 사람들과만 부대끼기 때문에 이런 더러운 대접은 정말 참을 수가 없었다.

"그런데 말입니다. 제가 지은 소설에서는 안토니오가 그 의사를 심문하거나 아니면 그 심문과 관련된 일을 맡게 됩니다. 고문 과정에서 허약한 학자는 되는 소리 안 되는 소리 다 지껄여 댈 수밖에 없겠죠. 그 과정에서 결국 고통에 못이긴 그 학자는 자기가 어디에서 왔으며 무엇 때문에 왔는지를 실토할 거구요. 물론 다른 사람들은 다 웃어 젖혔겠지만, 유독 안토니오만은 호기심을 갖습니다. 사실 그때는 10만 대군의 인해전술을 펼치는 투르크 군 앞에서 아무리 철벽같은 성벽을 가졌다지만 요한 기사단이 전멸하기 딱 좋은 일촉즉발의 상황이었습니다. 안토니오는 매일 그 첩자, 아니 학자에게 마실 것과 먹을 것을 갖다주며 미래 세계에 대한 이런저런 정보를 얻습니다. 이미 온몸 여기저기가 부러지고 살이 터질 대로 터진 처지에 그 학자가 숨길 게 뭐가 있었겠습니까? 그는 재수 없게도 몸에 지녔던 자살용 캡슐조차 먹을 기회가 없었던 모양입니다.

그래서…… 안토니오는 생각에 잠깁니다. '어차피 이 전쟁은 승산이 전혀 없는 버티기에 불과하다.' 물론 실제 역사가 그것을 증명해 주고 있고요. '설사 이 전쟁에서 살아남는다 해도 나는 이제 유랑하는 요한 기사단의 뒤꽁무니나 평생 쫓아다녀야 할 거다.' 하고 말입니다. 그는 교수님이 지난 주말 심포지엄에서 발표하신 논문 주제의 산 증인, 바로 카데토 아닙니까. 그는 귀족 출신이지만 장자가 아닌 까닭에 빈털터리나 다름없습니다. 겉만 번지르르한 속빈 강정이랄까요. 그가 요한 기사단을 선택한 것은 출세의 기회를 잡기 위해서인데, 요한 기사단의 수명이 오늘내일 하는 겁니다.

그는 결단을 내립니다. 그 첩자의 말이 진실이건 아니건 그의 말을 믿어서 손해 볼 게 없다는 생각이 든 거죠.

안토니오는 그 학자를 꼬여서, 뭐 다 털어놓으면 목숨만은 살려 준다는 뻔한 수법을 썼겠지요. 미래 세계로 가는 방법을 알아낸 뒤 처형장으로 보냅니다. 사실 교수님도 아시다시피 그건 방법이랄 것도 없잖아요. 원래 시간여행자는 과거로 떠나기 전에 시간안전국의 수송과 관리와 언제 돌아올 건지 미리 협의를 해 두어야 합니다. 그리고 약속한 그 시점이 되면 시간안전국의 타임머신이 시간여행자가 지닌 휴대용 발신기의 위치를 파악해서 그에게 시간터널을 만들어 주니까요. 물론 처음에는 안토니오도 상당히 주저했을 겁니다. 단테의 『신곡』을 믿던 시대의 사고방식으로는 불경스럽기 짝이 없었을 테니까요. 하지만 매일매일의 구역질나는 살육전은 안토니오에게 생사의 갈림길에서 선택을 하게 만들었고 마침내 안토니오는 전투 기록을 작성하기 시작합니다. 이것은 당시 상황을 역사로 남기려는 목적 못지않게, 만일에 대비해 자신의 미래를 위한 알리바이를 만들어 둘 필요성을 느꼈던 거죠. 미래세계에서 자신의 증발을 확실하게 믿어 줄 만한 정보를 과거의 역사 기록 사이에 슬쩍 집어넣는 수법이라…… 기가 막히지 않습니까.

그런데 한 가지 작은 문제가 생깁니다. 기록을 하다 보니 종이가 다 떨어지고 만 것입니다. 아직 자신의 증발을 합리화할 알리바이는 적어 넣지도 못했는데 말입니다. 투르크 족에게 완전 포위된 처지에 외부에서 종이를 들여온다는 것은 상상도 못할 일입니다. 그는 혹시나 하는 마음에 그 유태인 의사의 방을 뒤집니다. 아니나 다를까 종이 다발이 발견되질 않겠습니까. 진짜 학자라면 종이는 기본으로 지녔을 거라고 추정하는 게 상식이니까요. 물론 중세 사람인 그가 방사성 동위원소 연대측정법을 걱정했을 리 만무합니다. 그는 그 기록을 밀봉한 다음 성 어딘가에 묻어놓습니다. 예를 들면 조르주 성채 부근 같은 곳이 아니었을까요. 이런 곳이라면 바다와 닿아 있는 저지대라 투르크 군이 공격해 오기도 마땅치 않았을 테고……. 또 실제로도 성 요한 기사단이 로도스 섬을 본거지로 삼은 지 200년이 지나도록 그 부근에서는 이렇다 할 싸움이 일어난 적조차 없으니까요. 이에 비해 그 성채에서 약 200미터 정도 떨어진 당부아즈 성문부터는 지면이 올라가 적의 공격에 취약한 편이기 때문에 이런 곳에다 기록을 묻고 싶지는 않았겠죠.

어쨌거나…… 이런 와중에서 밤새도록 살육전을 벌이느라 녹초가 된 어느 날 새벽, 안토니오는 몸에 휴대하고 있던 발신기의 작동음을 들으면서 우리가 살고 있는 현재, 즉 그의 미래세계로 오게 됩니다. 시간안전국의 타임머신은 발신기만 챙기지 귀환자의 신상까지 시시콜콜 따지는 기계는 아니었으니까요. 안토니오는 상황을 파악하자마자 성벽 어딘가에 숨겨 놓은 자신의 기록을 꺼내 이탈리아의 오래된 수도원 한 곳을 찾아가 그곳의 문서보관소 안에 슬그머니 꽂아 둡니다. 원래 이런 곳에는 오래된 문헌들이 부지기수로 쌓여 있는지라 낯선 책 한 권이 어두컴컴한 구석에서 새로 발견된다 해서 그리 놀랄 일도 아니지요. 그는 누구보다도 수도원의 오랜 전통과 생리를 잘 알고 있는 성직자 겸 기사 아닙니까. 그는 그 수도원의 고문서들을 연구하는 척하고 장기 체류하다가 자신의 기록을 어느 날 갑자기 찾아낸 것처럼 꾸밉니다. 안토니오는 그 학자로부터 개인적인 신상과 하는 일까지 그대로 전수받았던 것입니다. 그 다음부터는 제가 설명드리지 않아도 되겠지요, 안토니오 씨?"

"허허허······."

나는 배꼽이 떨어져 나가라고 웃어 젖혔다. 후버는 내 반응에 개의치 않았고 기분 나빠 하지도 않았다.

"그래서 뭐가 어쨌다는 거요? 소설가 양반? 하하하······."

후버는 말투가 좀 더 사무적으로 변했다. 이 또한 나를 심리적으로 제압하기 위한 술수인지 모른다.

"안토니오는 자신이 직접 600여 년 전에 써 놓은 기록을 실마리로 삼은 것처럼 행세하며, 로도스 섬을 다시 찾아가 그 폐허를 용의주도하게 발굴함으로서 역사학계의 주목을 받습니다. 사실 그 기록은 안토니오에게는 장식에 불과했지요. 그곳의 세세한 내용은 원래 머릿속에 다 들어 있었으니까······. 놀랍게도 그는 그 학자의 빈자리를 소리소문 없이 그럴 듯하게 메워 버리는 솜씨를 발휘했습니다."

상당히 긴 침묵이 흘렀다. 나는 아무 말도 할 가치를 못 느꼈다. 망상에 도취된 녀석과 무슨 대화를 한단 말인가? 어이없어서 웃자고 해도 너무 기가 차서 그렇게 되질 않았다. 시간안전국의 보안과 녀석들이 늘 신경과민이라는 것쯤은 한 다리 건너 들어 알고 있었지만 막상 당해 보니 이만저만 짜증스런 상대가 아니었다.

"22세기에 살아 보니 어떻습니까? 안토니오 씨!"

나는 웃음기 가신 얼굴로 커피를 한 모금 마셨다. 보안과의 녀석들 가운데 나를 이런 식으로 의심하는 팔푼이들이 얼마나 될까?

"당신 죄목은 살인과 시간여행법 위반에 해당됩니다."

"그래서…… 이 자리에서 체포할 거요?"

나는 비아냥거리는 투로 물었다. 웨이트리스가 다가와서 빈 잔에 커피를 다시 채워 주었다. 후버는 허를 찔린 듯 잠시 나를 멍하니 바라보더니 다시 애초의 심드렁한 미소로 돌아갔다.

"소설 얘기는 그만하도록 하죠. 어차피 증거가 있으니까."

"뭐? 정신없는 소리 작작하라고, 이 양반아! 안토니오는 전형적인 이탈리아인이고 나는 유태인일세. 검은 곱슬머리와 이 매부리코가 안 보인단 말인가, 자네는?"

마침내 나는 폭발하고 말았다. 웨이트리스와 여주인이 힐끔 돌아본다. 아마 대학 구내에서 내가 큰 소리 내는 것은 처음 보았을 것이다.

"역사학이 전공이라고 해서 요즘 생물학이 어떤 수준인지 모른다 이겁니까? 인종적 특성과 피부색을 멋대로 바꾸고 조합하는 일은 10여 년 전부터 임상실험 중이었고 특히 요새는 젊은이들 사이에 인종 성형이 첨단 유행이라는 것 정도는 아실 텐데요. 당장 저 웨이트리스를 놓고 봅시다. 두툼한 입술에 뚜렷한 쌍꺼풀, 북구 유럽인의 피부색, 동양인의 살결…… 당신만 다른 세기에 살고 있습니까? 머릿속에 든 것만 빼고는 뭐든지 다 바꿔 놓을 수 있는 세상 아닙니까? 모든 건 시간이 다 해결해 줄 거요. 내가 당신이 찾아간 병원과 수술기록 일체를 찾아낼 테니."

"이런…… 이젠 아예 대놓고 협박을 하시는구만그려……. 좋아, 그렇다치고 아까 말한 증거가 뭔지나 들어 봅시다. 뭘로 내가 안토니오란 것을 입증할 거요?"

아무리 과대망상증 환자라도 그러한 사람이 중요한 자리에 있으면 신중하게 대응해야 하는 법이다. 일단 내 쪽에서도 상황을 정확하게 파악해야 했다. 시간안전국 수송과의 잘 아는 간부에게 손을 쓰기 전에 말이다. 융통성 없는 관리들의 덕을 보면서 연구를 하려면 이 정도의 불편이나 오해쯤은 감수해야 하는 걸까.

"필적이죠."

"필적?"

"진짜 아론 이슈마엘 교수와 당신, 안토니오 델 카레토의 필적을 비교 감정하는 겁니다."

"뭐 대단한 방법을 발견해 냈나 했더니…… 그게 그거구만. 대체 당신 정체가 뭐요? 역사 연구가라는 것은 순전히 거짓말이지, 시간안전국 사람?"

후버는 두 팔을 들어 올려 어깨를 으쓱해 보였다.

"디엔에이 혈청 검사를 해 보면 금방 판가름 나지만, 지금으로서는 이슈마엘 교수의 머리카락 한 올조차 구할 수 없는 처지니까요."

"대체 나를 의심하게 된 동기가 뭐요?"

약간 두통이 생겼지만, 진정해야 했다. 나는 웨이트리스를 향해 손짓했다. 좀 더 많은 카페인이 필요했다.

"우리에게는 언제나 시간 질서의 확립이 제1의 과제입니다."

'우리' 라는 단어를 씀으로서 후버는 처음으로 자신의 정체를 간접적으로 드러냈다. 여기서 우리란 두말 할 것 없이 '시간안전국' 을 지칭하는 것일 터였다.

"시간여행자의 사소한 실수가 인류의 궁극적인 운명을 어떻게 비틀어 놓을지 아무도 예측할 수 없으니까요.

그래서 우리는 일단 시간여행자가 우리 시대로 돌아오면 그의 행동거지를 몇 년이고 눈에 안 띄게 관찰하는 게 원칙입니다. 만약 2차대전 무렵의 독일로 갔던 시간여행자 대신 그 사람 흉내를 낸 다른 과거인이 귀환한다면 어떻게 될까요? 더구나 그 과거인이 아돌프 히틀러라면……?

따라서 600여 년 전의 로도스에서 돌아온 당신이 일정 기간 동안 우리 부서의 감찰 대상이 되는 것은 당연하고도 자연스런 수순이었죠. 그런데 우리는 이내 흥미로운 사실을 깨닫게 되었습니다. 시간여행을 떠나기 전의 당신과 돌아온 뒤의 당신은 생긴 건 흡사해도 사고방식이나 행동에서 완전히 딴판이었던 겁니다. 그 뒤로 우리는 당신의 일거수일투족에 주목하게 되었죠."

이런 말을 듣고 나니 나 역시 혼란스런 기분이 되었다. 사람은 자기 자신을 객관적으로 바라보기가 참으로 어려운 법이다. 그러고 보니 나는 이제까지 사람들의 역사를 연구하면서도 나 자신을 돌아본 적은 한 번도 없지 않은가?

"대체…… 내가 뭐가 어떻게 달라졌기에?"

"물론 처음에는 이렇다 할 의심을 하지 않았습니다. 그저 관례로 한동안 하는 관찰에 지나지 않았으니까. 하지만 곧 이상한 점이 눈에 띄더라 이겁니다. 원래 이슈마엘 교수는 괴짜로 소문난 사람입니다. 젊은 소장파 학자였음에도 역사학자로서의 연구 성과를 학계에서 인정받을 정도로 학문적 깊이가 있었지만, 한편으로는 사람을 무척 가려 만나고 공개적인 자리를 기피하는 특이한 캐릭터였죠. 일례로 로도스로 떠나기 전만 해도, 대학에서 그는 연구 교수로만 일했을 뿐 학생들 강의는 거의 맡지 않았습니다. 그를 아는 사람들의 말에 따르면, 차라리 그를 만나려면 스톤헨지나 사해(死海)의 동굴을 뒤지는 쪽이 더 빠를 거라고 농담할 정도였으니까……. 가족들조차 10여 년간 서로 왕래가 없었는 데다 학계 동료들조차 그가 이런저런 학술지에 부지런히 발표해 대는 논문은 자주 대할지언정 같이 식사 한번 하기가 쉽지 않았습니다. 그가 자신의 전문 분야를 중세로 잡고 과거로만 돌아다녔던 행태도 이로 미루어볼 때 이해가 안 가는 바도 아니지요. 한 마디로 말해서, 그는 은거하는 고집불통 괴짜 교수의 전형이었다고 할까요. 자, 그럼 당신이 돌아온 뒤의 8년간을 비교해 볼까요?"

후버는 계속 말을 이어 나갔지만 요지는 간단했다. 6년여 전 로도스 섬에서 돌아온 뒤 내가 180도 달라졌다는 얘기다. 내가 돌연 사교적인 사람이 되어 이런저런 심포지엄이나 세미나에 자주 참석하고 사람들과 어울리는 것을 즐기더니만 돌아온 지 불과 반년도 안 되어서 열렬한 사랑에 빠져 결혼에 성공했다 이거다. 그러고는 아이를 둘이나 낳고 전형적인 가정을 이루었고. 그러나 아무리 독야청청하리라 외쳐도 사랑하는 여자에게 정신을 빼앗기고 나면 원래의 페이스를 유지할 수 없는 법 아닌가. 나는 분명 사교적인 사람은 아니었지만 그녀를 만나면서 많이 변한 게 사실이었다. 나 역시 외톨이로 지내는 나 자신이 즐거워서 그런 것은 전혀 아니었거니와, 그저 사람들과 있으면 마음이 편치 않았을 뿐이었다. 아내와의 만남은 그러한 나를 다시 조립하는 계기가 되었다. 물론 이런 개인적인 얘기까지 후버에게 털어놓을 생각은 추호도 없었다. 어쨌거나 그 바람에 후버의 엉뚱한 상상력을 자극했던 모양이다.

"물론 외모는 뛰어난 성형기술 덕분에 거의 구분이 되지 않는 게 유감입니다만…… 당신은 분명 다른 사람입니다. 그건 지난 8년간의 당신의 행적 하나하나가 증명하고 있지요. 격심한 전쟁터에 갔다 와서 성격이 바뀌었다? 뭐, 그런 가정을 해 보지 않은 것도 아니지요. 하지만 더욱 이상한 것은 당신이 그처럼 사교적으로 바뀌었으면서도 이제까지 직계가족과도 한 번도 만난 적이 없다는 사실입니다. 아무리 중요한 명절날에도 당신은 전화 한 통으로 때우고 말지요. 그처럼 사회성이 풍부하고 많은 친구를 갖게 된 사람이 정작 자신의 가족과는 8년 동안 전화 몇 통으로 때우고 말다니…… 당신이 생각해 봐도 이상하지 않습니까?"

"그래서 당신은 내 연구 논문들을 찬찬히 뒤져 보기 시작했구려. 전화 도청이나 미행만으로도 모자라서……. 으음, 이건 사생활보호법에 어긋날뿐더러 명백한 인권침해라고 생각되지 않소?"

약간 지친 표정으로 내가 물었다. 더 이상 화내고 자시고 할 가치도 없다는 생각이 들었다. 그는 세계정부에서 가장 끝발이 좋은 시간안전국 소속이었고, 그것도 서슬이 시퍼런 보안과 소속이었고, 나는 그냥…… 좀 유명한 일개 대학교수에 불과했다. 손톱시계는 이미 내가 커피숍에 들어온 지 한 시간 반이 넘었음을 새삼 일깨워 주었다.

"시간여행자들에게는 사안에 따라서 그러한 권리가 유보될 수 있습니다. 당신이 타임머신을 타고 떠나기 직전 수송과 직원들이 분명히 공지해 주었을 텐데요. 시간보안법 제8조 9항에 의거하여…… 어쩌구 저쩌구 하면서 뭐 외우라던 거 있지 않았나요?"

듣고 보니 그랬던 기억이 나긴 한다. 하지만 늘 대수롭지 않게 지나쳤었다. 나는 쓴웃음을 지었다.

"세상의 질서가 토대부터 무너지는 데야 인권이고 뭐고 따질 계제가 되겠습니까? 당신이 우리 시대에 돌아왔을 때는 안토니오 델 카레토 본

연의 모습이었겠죠. 우리가 당신의 소재를 파악하는 데 한 달 남짓 걸렸
고……. 그러니 그때는 이미 일이 다 끝나 있던 거죠. 당신은 이미 이 세
상의 기본적인 지식을 다 섭취하고서 아론 이슈마엘인 양 이탈리아의
한 수도원에서 고문서철을 들추고 있었으니까……."

"내가 어디로 귀환했는지는 시간전송 공사 상황실에 조회해 보면 금
방 알 수 있었을 텐데……."

시간여행은 과거로 갈 때보다는 미래(또는 현재)로 돌아올 때가 훨씬
간편했다. 과거로 가려면 시간의 화살을 역행시켜야 하고 그러자면 시
간여행자를 일시적으로 반물질로 바꿔야 한다. 더욱 큰 문제는 거의 무
한대에 가까운 에너지를 퍼부어야만 인과율을 역행하는 시간좌표를 설
정할 수 있다는 점이다. 그래서 새뮤얼 앤더슨의 시간역행 방정식이 발
견되기 전까지만 해도 과거로의 시간여행은 불가능했다. 마침내 앤더슨
이 역행 에너지의 99.9999999999999999……%를 허수로 반전시키는 방
법을 발견해 내기 전까지는.

그러나 이 같은 상쇄에도 불구하고 타임머신을 과거 좌표로 가동시키
려면 엄청난 에너지가 필요했다. 원래 그 기본값이 무한대였음을 감안
하면 이나마도 다행인 셈이다. 이에 비하면 현재로 돌아오는 것은 인과
율에 위배되지 않는 양(+)의 방향으로의 좌표 설정인지라 과거로 가는
데 필요한 에너지량의 1만 분의 1이면 충분했다. 그래서 타임머신 발신
기가 휴대용 사이즈로까지 작아질 수 있었던 것이다.

문제는 경제적인 이유로 과거에서 현재로 돌아오는 에너지 비용을 최
소화하다 보니 떠날 때와 마찬가지로 시간전송 공사의 전송실로 돌아올
수는 없다는 점이다. 그 바람에 시간여행자는 휴대용 타임머신 발신기
가 있던 바로 그 장소의 현재 시점으로 돌아오게 된다. 그래서 시간여행

자는 귀환한 뒤 한 달 반 안에 시간안전국에 자진신고를 하게 되어 있다. 오지에 떨어지게 될 가능성을 고려해서 그렇게 기간을 정한 것이다. 과거에는 사람들이 살던 곳이라도 현재에는 황무지나 다름없게 되어 있을 수도 있기 때문이다. 그러나 시간전송 공사의 타임머신 중앙제어장치는 내 발신기가 현재 시대의 어느 지역에 출현했는지를 바로 알아낼 수 있다. 이런 장치 덕분에 설사 내가 칼라하리 사막 같은 곳에 떨어지더라도 즉각 구조대가 출동할 수 있었다.

"그것 참, 늘 그렇지만 관공서끼리는 업무 협조가 잘 안 되는 것이 문제지요. 심지어는 쓸 데 없는 파워게임까지 일삼으니까. 공교롭게도 당신이 도착한 날은 세계정부 수립 기념일입니다. 온 세계의 공무원들이 노는 날 당신이 찾아왔던 거요. 규칙상 당연히 귀환날짜를 그런 식으로 잡아서는 안 되었지만, 이슈마엘 교수가 1년가량 체류하고 싶어 했기 때문에 공사 측 담당자가 귀환 날짜를 꼼꼼하게 따져 보지 않았던 것이 실수였죠. 그래서 당신이 언제쯤 돌아올 것이라는 것을 예상하고 준비했던 사람들은 우리밖에 없었던 겁니다. 공사의 컴퓨터는 그날 전력 공급을 받을 수 없었고……"

여태껏 내게 향하던 그의 총부리가 잠시 다른 쪽으로 비껴갔다.

"지금이라도 '시간안전국' 관할 하에 '시간 전송 공사'를 두어야 한다는 것이 우리 국의 일관된 입장이지요."

"정부는 시간안전국이 시간을 지배할까 봐 두려워하고 있잖소."

내가 반박했다. 사실 그렇게 우려하는 사람들이 많았다.

"그래요, 정부의 겁쟁이들이 우리의 진의를 오해하고 있죠. 시간안전국이 공사를 꽉 틀어쥐고 운영해야만 당신 같은 불청객들을 원천봉쇄할 수 있을 텐데……"

"이봐요, 후버 씨. 나는 정부의 공인된 시설을 이용해 과거로 갔고 연구를 위한 합법적인 허가도 받았소."

"예, 그랬죠. 당신이 아니라 이슈마엘 교수가요. 교수가 과거로 떠나던 날은 시간안전국 수송과 관리가 그 현장에서 공사 측의 진행을 지켜봤지만 돌아온 날 당일의 당신을 목격하고 증언해 줄 사람은 아무도 없어요. 그렇지 않습니까?"

나는 더 이상 대꾸할 필요를 못 느꼈다. 목격자가 없다고 해서 후버의 주장이 맞고 내 의견이 무시되어야 한다는 발상은 어불성설이다. 이 정도의 편집광이라면 무슨 수를 써서라도 나를 감옥에 넣으려 안간힘 쓸 것이다. 아니 어쩌면 나를 이 세상에서 내 몸의 분자 하나 안 남기고 없애 버리려 들지도 모른다. 이 세상에 속하지 않는다는 이유를 들어…….

솔직히 나는 연구에만 정신이 팔려 있었던 나머지 로도스의 전장에서 돌아온 날이 정확히 몇 일인지, 나아가서는 그날이 공휴일이었는지 아니었는지조차 관심이 없었다. 타임머신의 귀환방식을 그런 식으로 만든 게 내가 아닌 이상 목격자가 없다고 내가 왜 책임을 져야 한단 말인가? 물론 돌아온 나를 알아본 사람들이 몇 있기는 하다. 하지만 이런 날이 올 줄 대비해서 주소나 전화번호를 적어 놓았겠는가? 로도스 산골짜기에서 만난 배낭여행족을 지금 어디 가서 찾는단 말인가?

후버의 장광설은 계속되었다.

"당신과는 상관없는 얘기로 샜군요. 다시 필적 감정 건으로 돌아가 볼까요. 안토니오의 문헌으로 당신의 위선이 반쯤은 드러난 셈입니다."

"좋아요, 좋아. 나는 물리학자가 아니오. 안토니오의 문헌에 설사 당신이 말하는 바와 같은 결함이 있다고 칩시다. 그렇다 해도 그게 내가 안토니오일지 모른다는 당신의 터무니없는 망상과는 아무런 관련이 없잖소?"

사실 그랬다. 만약 그 문헌의 진위에 문제가 있다면 학자로서의 내 명예에 흠이 가기야 하겠지만, 그렇다고 나를 느닷없이 안토니오니 누구니 하는 식으로 몰아붙이는 짓은 황당하기 짝이 없었다.

후버는 약간 고개를 끄덕이면서 내 안색을 살폈다.

"진짜 게임은 이제부터입니다, 안토니오 씨. 진짜 이슈마엘 교수는 간첩으로 몰려 죽기 직전까지 자기 본연의 임무에 충실했을 테니까요. 다시 말해서 1522년에 벌어진 로도스 섬에서의 피비린내 나는 공방전을 자기 나름대로의 시각으로 기록해 놓았을 거라 이 말입니다. 가짜인 당신 입맛에 맞게 왜곡시켜 놓은 역사가 아니라, 요한 기사단이나 투르크 황제인 술레이만 1세의 입장 어느 쪽에도 치우치지 않은 역사를…… 역사복원학의 본질이 잘 드러난 진정한 역사를 말입니다. 그렇게 되면 안토니오, 당신의 술수가 바로 백일하에 드러나는 겁니다. 공사 측 자료에 나와 있듯, 16세기로 돌아간 이슈마엘 교수는 그 시대 사람들의 눈길을 끌지 않기 위해 기록도구로 잉크와 종이만을 가져갔었습니다. 깃털펜이야 그 시대로 가서 구입하면 되지만, 잘 정제된 잉크와 충분한 양의 종이를 구하는 게 쉽지 않을 거라 여겼던 탓이죠.

당신에게는 다행스러운 일이겠지만, 요즘 시대에는 수동 필기도구를 거의 쓰지 않는 탓에 로도스로 떠나기 전의 이슈마엘 교수가 직접 손으로 써서 남긴 기록은 찾을 수가 없습니다. 오늘날에도 통용되고 있는 자필 서명이야 연습해서 그대로 흉내 내면 그만이니까요.

그러나 역사복원학자라는 그의 직업 때문에 그는 과거인과 다를 바 없이 직접 손으로 능숙하게 글을 쓸 수 있는 훈련을 쌓았습니다. 안타깝게도 그렇게 연습하느라 썼던 종이들은 폐기되고 지금은 구할 수가 없습니다. 하지만 로도스행 여행이 그로 하여금 자신의 필적을 뚜렷하게 남기도록 해 주었습니다. 이슈마엘 교수가 직접 손으로 기록한 문헌의 필체와 당신의 필적을 정밀 감정한다면 당신이 가짜라는 게 드러나는 것은 시간문제입니다. 이슈마엘 교수는 로도스 성벽 어딘가에 자신의 기록을 숨겨 두었을 겁니다. 그게 우리 손에 들어오는 날, 수술로 뒤집어 쓴 당신의 번지르르한 껍질도 소용이 없게 될 테지요.

안토니오 씨, 한번 해 봅시다. 날 이길 자신이 있습니까?"

"내가 만나 본 안토니오는 그런 사람이 아니었소, 후버 씨."

이제는 후버가 나에게 던지는 덫의 윤곽이 어렴풋하게 보였다.

"겁쟁이는커녕 그는 너무 이상에 들뜬 젊은이인지라 몸을 돌보지 않고 앞장서다가 그만 한쪽 다리를 못 쓰게 되었다오. 당신은 왜 그가 전장에서 뒷걸음질 쳤다고 생각하는 거요?"

"글쎄요, 정말 한쪽 다리가 불구가 되었을까요? 그건 안토니오 당신이 자신의 알리바이를 좀 더 강화하기 위해 당시 주위 동료 기사들에게 그렇게 말했거나 다른 이들의 관련문헌에 첨삭을 가했을 수도 있죠. 어차피 시작한 역사왜곡인데, 못할 게 뭐가 있겠습니까?"

이쯤 되면, 나로서도 더 이상 침착을 가장할 필요가 없었다.

"미쳤군, 미쳤어. 당신은 미쳐도 한참 미쳤어."

"위장술에 비해 소설을 비평하는 솜씨는 별로군요, 안토니오 씨. 당신의 논문에도 나와 있으니, 이거 하나는 분명히 해 둡시다. 요한 기사단 사람들은 결코 성자가 아니었소. 인생의 돌파구를 잃어버린 사람들의 집합소였을 뿐이지. 안토니오 델 카레토는 그러한 전형 가운데 한 사람이었고……. 중세 기독교 세계 사람들에게는 오지나 다름없는 북아프리카의 어딘가로 가서 이슬람 교도들로부터 노예가 된 기독교인들을 구제하는 일을 하다가 언제 어디서 죽었는지도 모르게 생을 마감한 사내라……. 나보고 이걸 정말 믿으란 얘깁니까?"

"이보쇼, 후버 씨. 당신 말대로 내가 안토니오라 칩시다. 그리고 이슈마엘은 첩자로 몰려 죽었다고 치자고. 그렇다고 내가 그 자리를 탐낼 이유는?"

내 목소리가 격해졌는지 주인과 웨이트리스가 우리 쪽을 바라보았다. 손님들이 드문 시간이라 그나마 다행이었다. 하지만 정말 더 이상 참을 수가 없었다. 명예훼손 소송을 심각하게 고려해 봐야 할 것 같았다.

"답은 바로 당신이 며칠 전 발표한 논문에 나와 있지 않나요? 당신은 장자가 아니었기 때문입니다. 중세 봉건 유럽에서 귀족의 모든 재산과 지위는 장자가 물려받게 되어 있잖아요. 당신은 당시 신흥귀족이었던 델 카레토 가문의 둘째 아들……. 로도스 섬으로 기사를 자원해 온 이들의 대부분이 당신 같은 처지였죠. 생각해 보세요. 로도스에서 쫓겨나면 기사단 자체가 갈 곳이 마땅찮은 신세……. 패잔병 무리를 따라다녀 본들, 쇠락한 기사단의 형편으로 다시 옛날의 영광을 회복할 전망이 보이지도 않고……. 그래서 당신은 마지막 도박을 한 겁니다. 이슈마엘 교수의 말을 얼마나 믿었는지는 모르지만 더 이상 밑질 게 없는 처지였고……. 마지막 베팅을 해 본 거 아니겠어요!"

나는 조용히 자리에서 일어났다. 여기서 시끄럽게 굴면 나만 손해다.

"마음대로 해 보쇼, 한번. 나도 생각이 있으니까."

후버는 나를 올려다보면서 빙그레 웃음 지었다.

"이슈마엘 교수의 필사본만 발견되면 당신의 체포영장은 100퍼센트 맡아 놓은 셈입니다. 뭐 기다려 보십쇼. 우리 직원들이 동분서주하고 있으니."

"자신만만하시군그래."

"도저히 이슈마엘 교수의 진본을 찾을 길이 없다면……. 오늘날까지 전해 오지 않고 파기되었을 수도 있으니까……. 당신이 떠나 온 무렵으로 직접 찾아가 뒤지는 최후의 수단이 남아 있죠. 흠, 하긴 그렇게 되면 필적 대조를 할 필요도 없이 진짜 이슈마엘 교수와 안토니오를 동시에 만나 볼 수 있겠군……."

후버의 표정 없던 얼굴에 흥미로운 기색이 떠올랐다.

"당장 지금이라도 그렇게 해 보시지."

일어선 채 가방을 테이블 위에 올려놓으며 내가 말했다. 자리를 박차고 떠나고 싶은 마음은 굴뚝같지만, 마지막으로 한 방 먹여 줄 말을 궁리 중이었다.

"아직 그럴 필요까지야……. 당신도 대충 짐작하겠지만, 사실 그런 수까지 동원하려면 우리 국장의 결재가 필요합니다. 시간안전국 요원이라고 해서 마음대로 시간대를 드나들 수는 없는 법이니까. 더욱이 내가 16세기로 날아가 설치다가 자칫 오히려 시간줄기가 더 뒤엉켜 버릴지 모른다는 염려도 되고요. 신중함이 우리의 신조라는 것, 잘 아시죠. 말 그대로 그건 최후의 수단으로 남겨 두어야 더 공평한 게임이 되지 않겠어요?"

"이만 가야겠소, 후버 씨. 내 전공이 정신병리학이 아닌 게 유감이오. 그랬다면 좀 더 들어 줄 수 있을지 모르겠소만……."

나는 정문 쪽으로 한 걸음 내디뎠다가 다시 그를 돌아보았다.

"마지막으로 하나 물어봅시다, 홈스 양반. 내가 진범이라고 확신한다면 왜 당신은 이 사건을 몰래 수사하지 않고 내 앞에서 이렇게 시시콜콜 늘어놓는 거요? 설마 나보고 조심하라고 미리 경고해 주는 건 아닐 테고, 수사의 ABC를 내버린 까닭이 뭐요?"

 후버의 철판을 깐 것 같은 얼굴에 당혹감이 피어오르는 게 보였다. 아울러 어떻게 대답해야 지금까지 따 놓은 점수를 까먹지 않을까 궁리하는 표정도 읽을 수 있었다.

 "내가 대답해 주지, 잘난 수사관 양반. 당신은 그릇된 가정에서 출발한 심증만 있을 뿐, 뭐 하나 뚜렷한 증거가 하나도 없는 거요. 물론 당신네 국장이 그처럼 허황된 얘기를 듣고 엄청난 비용과 위험이 뒤따르는 시간여행을 쉽사리 결재해 줄 리도 없을 테고……. 그래서 궁여지책으로 나를 극도로 자극해서, 내 이성을 무너뜨려서 내게서 무언가 허점을 찾아내려는 거요? 그렇잖소?"

 후버는 입술만 달싹거리며 말이 없었다.

 "오늘 얘기는 내가 주인공만 아니었다면 정말 흥미로웠을 거요, 후버 씨. 당신이 시작한 이 게임의 승자는 이미 정해져 있는 거나 마찬가지요. 난 기록과 진실을 중시하지 당신만큼 창의적이지는 못하니까. 그러니 당신의 소설이 출간되면 내게도 한 권 보내 주지 않겠소?"

 후버와 허비한 시간이 적지 않은지라 나는 부랴부랴 서둘러서 지하버스 터미널에 도착했다. 집 부근 역까지는 20분 남짓이면 충분하다. 나처럼 과거 세계를 장기간 돌아다니는 사람에게는 자동으로 운행되는 지하버스가 안성맞춤이었다. 1년 내내 달구지만 타고 다니다가 갑자기 개인용 에어카(공기부양차)를 운전하려면 여간 까다로운 것이 아니다. 특히 시내 중심가는 아예 에어카로 들어갈 생각조차 말아야 한다.

 기다린 지 몇 분이 채 안 되어 지하버스가 도착했고 나는 성큼 안으로 뛰어들었다. 버스 안에는 아무도 타고 있지 않았다. 스무 명 분의 좌석이 마련되어 있는 버스에 승객이 하나도 없다니…… 왠지 께름칙한 기분이 들어 손톱시계를 들여다보았다. 4시 23분. 대학가 역이라 비교적 승객이 한산한 시간이긴 하지만 이 정도인 적은 없었다. 후버와 일도 있고 해서 불안해진 나는 창밖을 보려 했지만 이미 버스는 암흑의 터널을 달리고 있었다. 후버와 언쟁을 벌이느라 정신이 산란해진 바람에 역사에 사람이 몇 명이나 있었는지조차 기억이 나지 않았다.

나의 불길한 예감은 곧바로 사실로 확인되었다. 버스는 마치 대륙횡단 특급처럼 중간역들을 무시한 채 속도를 점차 올리고 있지 않은가! 이런 속도면 집 가까운 역까지는 7분이면 도착하고도 남을 것이다. 나도 모르는 새 식은땀이 흘렀다. 이 버스는 원래 시의 중앙통제센터에서 원격조종하게 되어 있다. 운전기사는 물론 운전석 자체가 따로 있지 않다. 내가 버스 구석구석을 살피며 어떻게 세울 수 없을까 궁리하는 사이, 예상대로 버스는 내가 마땅히 내려야 할 역사를 날렵하게 지나쳐 버렸다.

별 소용이 없을 것 같다는 생각이 들었지만 밑져야 본전이란 심정으로 비상벨을 눌러 보았다. 비상 신호음이 울렸지만 그것으로 그만이었다. 아무 반응이 없었다. 원래대로라면 중앙통제센터의 누군가가 말을 걸어 왔어야 마땅했다.

내가 이러지도 저러지도 못하는 사이 내 손톱시계는 어느새 다섯 시간 이상이 흘렀음을 알려 주었다. 달리고 있는 동안 문이 열릴 리 만무했고 버스는 서지 않았다. 도대체 이 버스는 어디로 가고 있는 것일까? 과연 목적지는 있기나 한 걸까? 고장일까? 아니면 누가……? 별의별 생각이 다 들었지만 후버의 패거리 짓은 아닌 것 같았다. 그랬다면 오늘처럼 그렇게 대놓고 나를 몰아칠 필요가 없었을 것이다. 그들에게 이런 식의 협박은 아무런 득이 되지 않았다. 그렇다면 누가…… 도시 지하버스의 중앙통제센터의 컴퓨터를 떡 주무르듯 할 수 있는 능력을 가진 것일까?

또 얼마나 시간이 지났을까. 밖은 칠흑 같은 어둠, 마치 거대한 진공의 우주 안에 나 혼자 달랑 남아 있는 것 같은 기분이었다. 시계를 들여다보는 짓도 포기한 지 오래되었다. 그러나 몸 안의 시계는 어김없이 때를 알려 주었다. 정말 저녁식사 생각이 간절했다. 아내와 아이를 데리고 모처럼 외식을 나설 참이었는데……. 영원히 가족을 볼 수 없을지도 모른다는 생각에 미치자 정말 공포감이 일었다. 자신이 낼 수 있는 최대 속도를 내느라 지하버스가 야생마처럼 나를 흔들어 댔다.

문득 나는 후각이 예민해지는 것을 느꼈다. 언제부터인지는 몰라도 해초나 짠물 냄새 같은 게 나고 있었던 것 같다. 지하버스의 창틈에다 코를 갖다 댄 나는 또 한 번 간담이 서늘해졌다. 통상 익숙해져 있는 터널의 냄새와는 다른 미립자들이 내 후각을 자극했다. 나는 한숨을 내쉬었다. 이 버스는 지금 해저 터널을 지나고 있는 게 분명하다. 지름길을 택하려고 단순히 만을 횡단하는 정도일까? 아니면……? 대서양 밑바닥일까, 태평양 밑바닥일까? 방향은 도무지 감을 잡을 수가 없었다. 원래 이 정도 급의 소형 버스로는 시내 통행밖에는 허가되지 않는다. 나를 납치하려는 이들은 정체가 뭔지 몰라도 대단한 수준의 친구들인 것만은 분명하다. 불행하게도 나를 위해서 거액을 몸값을 치러 줄 만한 후원자가 아무도 떠오르지 않았다.

꼬박 두 끼를 굶었다고 몸 안의 시계가 나를 질책할 즈음, 내가 탄 버스가 속력을 줄이기 시작했다. 얼마 지나지 않아 이 미치광이 버스는 어느 자그마한 지하역에 나를 내려 주었다. 여기저기 금이 가고 철골조에 녹이 슨 것으로 보아 폐기된 지 오래된 역사 같았다.

문이 열렸다. 나는 선뜻 나갈 엄두가 나지 않았다. 마냥 그렇고 있으려니까 밖에서 인기척이 났다. 창가로 특이한 복색을 한 여인 하나가 내게 나오라는 손짓을 하는 것이 보였다. 하는 수 없이 나는 밖으로 발을 내딛었다. 어차피 내 힘으로는 이 버스를 되돌아가게 할 수 없는 노릇이었으니까. 막상 나와 보니 승강장은 생각보다 넓었다. 아까 내게 손짓했던 여자에게서 몇 발짝 떨어진 거리에 10여 명이 넘는 사람들이 마찬가지로 유별난 차림새로 나를 유심히 바라보고 있었다.

"여기가…… 어딥니까?"

주눅이 들긴 했지만, 나도 모르게 질문이 튀어나왔다.

갑자기 그 일행 중 맨 앞에 서 있던 중년 남자가 주문을 외듯 뭐라 중얼거리기 시작했고 다른 사람들은 마찬가지로 알아들을 수 없는 언어로 후렴구를 붙이는 것 같았다. 전공분야가 아니라 제대로 알아들을 수는 없었지만 중동지역의 고대어 같았다. 문득 그 남자의 중얼거림 가운데 "아후라 마즈다의 이름으로……."라는 구절이 내 귀에 걸렸다. 어느새 나를 에워싼 사람들의 염불에서도 '미트라'라는 아후라 마즈다 신의 아들 이름을 걸러내 들을 수 있었다. 그제야 나는 감을 잡았다. 어느 정도 불길한 예감은 하고 있었지만, 종교집단에게 테러 대상이 된다고 생각하니 진땀이 솟았다. 그들이 입고 있는 묘한 제복은 조로아스터교의 고유 의상인 모양이었다. 내가 역사복원학자이긴 하지만 종교적인 문제와 나의 연구과제가 피곤하게 꼬인 적이 없는데 왜 이런 일이 생긴 것일까? 그들은 이제 역사복원학자들을 모조리 싸잡아서 배교자로 낙인찍으려는 것일까?

나를 환영(?)하는 일련의 의식이 끝나자, 일행은 두 줄로 나란히 섰고 나는 그 가운데 있었다. 반백의 수염을 멋지게 기른 초로의 제사장 같은 인물이 그 사이로 걸어오는 게 보였다. 순간 나는 왜 내가 이 자리에 초대받았는지 어렴풋이 알 것 같았다. 그 초로의 인물 뒤에는 여성 신도 몇 명이 따라오고 있었는데, 그중 맨 앞의 인물이 낯선 제복 탓에 처음엔 가물가물했지만 누군지 기억이 났다. 이마...... 이마 허드서커....... 그렇다. 바로 그녀였다. 그녀는 내게 경고를 하러 왔던 것이다. 강의 시간에는 마치 기성 종교의 입장에서 조로아스터교를 다소 힐난하는 척했지만, 그녀의 속뜻은 역사복원학에 대한 내 신념을 시험하는 데 있었던 모양이다. 그런 줄도 모르고 나는 그녀의 암묵적인 경고에 코웃음쳐 버렸고 그 결과 오늘 그들의 만찬에 손님으로 초대받은 것이다. 아니 어쩌면 나는 손님이 아니라 그들의 만찬거리 신세인지도 모르지만…….

나는 죽지는 않았다. 죽을 만큼 고생하긴 했지만. 다음 날 아침 나는 영국 템스 강변의 명물인 시계탑의 거대한 분침에 묶인 채로 발견되었다. 내 추측대로 나는 쫄쫄 굶으면서 대서양을 건넜던 것이다. 그들은 나를 때리지도 고문하지도 않았지만 먹을 것도 마실 것도 주지 않았으며 경고인지 설교인지 분간할 수 없는 연설을 장황하게 늘어놓았다. 나는 조로아스터교의 주신 아후라 마즈다를 모독한 벌로 완전히 발가벗긴 채 거대한 시계의 분침에 매달렸다. 내 온몸에 "조로아스터가 심판한 자"라고 페인트로 씌어 있었다. 물론 저항이라곤 불가능했다. 머리에 피가 몰려 생긴 두통 때문에 깨어나기 전까지는 인사불성이었으니까. 그들이 내게 뭔가를 주사했던 걸까? 딱히 기억나지 않는다. 그들은 밤새도록 교대로 돌아가며 나를 설교했고 아침 녘에 나는 거의 제정신이 아니었으니까.

아무도 내가 거기에 매달려 있을 거라고 생각하지 못했기에 구조되기까지는 꽤 오랜 시간이 걸렸다. 나는 목청을 돋워 살려 달라고 외칠 기력도 없었다. 경찰에 따르면, 나를 우연히 발견한 구세주는 관광차 그 아래를 지나는 한 독일인 부부의 손에 매달린 다섯 살배기 한 꼬마였다고 한다. 그의 예리한 눈에 축복이 있기를!

추운 것까지는 그런 대로 참을 만했다. 하지만 분침이 360도 회전하면서 내 머리를 땅 쪽으로 향하게 하는 동안은 머리의 피가 몰려 죽을 지경이었다. 특히 분침이 50분과 10분 사이를 오가는 동안 말이다. 만약 그들이 분침이 아니라 시침에다 나를 묶어 두었으면 나는 몇 시간을 못 넘기고 뇌출혈로 죽었을지 모르겠다.

아무튼 나는 그 대가를 톡톡히 치렀다. 내 발가벗은 사진은 포르노 잡지가 아닌, 전 세계의 일반 언론에 대서특필된 최초의 사례로 기록될 것이다. 이 정도 센세이션이면 또 다른 역사복원학자가 미래에서 나를 인터뷰하러 올지도 모를 일이다. 역사복원학의 고된 역사를 고증하기 위해 말이다. 아무튼 나는 탐험가로서의 건강체에도 불구하고 기아와 추위에다 기합까지 감수하느라 병원에서 한 달여의 회복기간을 필요로 했다. 조로아스터 교단 쪽에서는 이 사건과의 관련을 강력 부인했지만, 자칭 조로아스터교의 미래를 개척해 간다고 주장하는 모 단체들이 서로 언론에 전화를 해서 자기들이 한 짓이라고 우겼다. 물론 이 해프닝은 조로아스터교 산하 여러 강경파들이 함께 공모한 것일 수도 있다. 이마에 대해 조회해 보니 이미 휴학계를 낸 뒤여서 종적을 알 수 없었다고 병문안 온 주디스 메릴이 귀띔해 주었다. 이마가 내게 개인적인 악감정이 있어서 그런 게 아니란 건 이해하지만 나는 너무 놀랐고, 배고팠고, 머리가 아팠다.

이 사건의 최대 수혜자는 조로아스터 교도도 이마도, 선정적인 언론도 아니었다. 병실을 줄곧 지킨 내 아내는 내 앞에서는 내색을 안 했지만 이따금 구석에서 피식 웃곤 했다. 아내와 나는 한 달간 하루도 빠짐없이 함께 산책을 하고 시시콜콜한 이야기를 나누었다. 그녀는 내가 몇 년 만에 얻은 가장 긴 휴가를 만끽하고 있었다.

아론 이슈마엘

에게 해 동남쪽, 금세라도 소아시아에 착 달라붙을 것 같이 가까이 자리 잡은 로도스는 남서쪽에서 북동쪽을 향해 마치 럭비공을 세워둔 듯 떠 있는 섬이다. 전체면적은 1500평방킬로미터가 채 안 되고, 세로로 가장 길게 잡아도 80킬로미터, 폭 역시 가장 길게 잡아 38킬로미터밖에 안 된다. 등뼈처럼 산맥이 달리고 있는데 높은 산이라고 해봤자 1200미터 높이의 산이 하나 있을 뿐이다.

이곳은 고대로부터 이상적인 기후로 유명한 땅이다. 시가지는 가장 추운 2월에도 섭씨 2도를 밑돌지 않고 가장 더운 8월에도 응달에서는 25도를 넘을 때가 드물다. 양지의 기온이 30도를 넘으면 한여름이다…… 더운 계절에는 시원한 바람이, 추워지면 따듯한 바람이 불어서 로도스 섬의 기후는 온순하다고 정평이 나 있다. 산맥에서 흘러나오는 시냇물 덕에 물도 풍부하다.

……지중해의 낙원 같은 이 섬을 인간이 그냥 지나칠 리 없다. 역사시대부터 따져 봐도 B.C.1500년을 전후해서 크레타로부터 온 이주자가 섬의 북부에 살기 시작한 이래 에게 해의 다른 섬들과 마찬가지로 그리스 민족과 더불어 변천을 거듭해 온 땅이다. 알렉산드로스 대왕 시절에는 마케도니아의 편에 섰는가 하면, 로마 시대에는 귀족들이 학문과 요양을 위해

즐겨 찾는 곳이 되었으며, 1310년에는 이슬람 세력에게 예루살렘을 잃고 방황하던 십자군의 잔여세력인 성 요한 기사단에게 그 차례가 돌아온다.
—시오노 나나미, 『로도스섬 공방전』, 한길사, 1998년, 41~44쪽 발췌

장미꽃이 많이 핀다 해서 붙여진 이름 로도스. 그러나 이 섬의 새로운 정복자는 부겐빌리아와 하이비스커스다. 그나마 어두운 밤의 장막이 부겐빌리아의 자주색과 하이비스커스의 진홍색 꽃잎을 덮어 버렸고 레몬 열매의 노란색만 간신히 그 윤곽을 내비칠 뿐이다.

인부 둘이서 소리를 내지 않으려 진땀을 흘리며 성벽 아래를 파고 있었다. 눈에 띄지 않게, 날이 밝기 전에 그 기록들을 모두 찾아야 한다. 나의 두 번째 로도스 유적 발굴은 비밀리에 진행할 수밖에 없는 이유가 있다. 고맙게도 특유의 상쾌한 미풍이 땀이 땅에 떨어지지 않도록 손을 써 주었다.

나와 인부들이 작업하고 있는 곳은 공방전 당시 성문 가운데 하나였던 당부아즈 문에서 성 조르주 성채 방향으로 150미터쯤 떨어진 지점이다. 이제는 여기도 성벽 위에 기사들 한두 명이 보초 서던 시대와는 사정이 달랐다. 조심조심 가능한 한 소리 내지 않고 성벽 밑을 파들어 가야 했다.

지금 생각해 보면 후버라는 친구는 상당히 아는 게 많을 뿐 아니라 추리력도 비상한 수사관인 것 같다. 정확하게 이곳은 아니지만 그가 문헌을 안전하게 숨겨 둘 만한 곳으로 성 조르주 성채 부근을 예로 들었던 것을 보면. 그의 말대로 이 부근 성벽은 600여 년 전에 치러진 공방전에서도 별 파손을 입지 않고 지금까지 건재하다. 물론 내가 찾고 있는 것은 후버가 찾고 있는 것과 전혀 다른 것이지만.

지난 3년간 후버는 별 수단을 다 써 본 모양이다. 최근에는 수송과의 모 관리로부터 후버가 시간안전국 국장에게 직접 로도스 공방전 당시로 조사를 떠나게 해 달라고 결재를 올렸다가 욕만 먹었다는 후문을 들었다. 나로서도 명예훼손 소송을 심각히 고려해 봤지만, 세계정부의 정보기관을 상대로 싸움을 걸어 보았자 나만 손해라는 주디스의 충고를 받아들였다. 시간안전국의 승인 없이 내가 어찌 연구를 위해 과거로 떠날 수 있겠는가.

결국 나는 후버의 스토킹을 무시하기로 마음먹었다. 이것은 처음에는 오히려 후버의 의욕을 더욱 고취시키는 효과를 낳아서 적잖이 애를 먹었지만, 3년이 지난 현재 그도 한풀 꺾인 것 같다. 무엇보다 증거가 없지 않은가. 연대가 다른 종이로 만들어졌다는 안토니오의 기록만 제외하고는. 하지만 가령 그게 위서(僞書)라 해도 내 혐의가 입증되는 것은 아니다. 모든 게 그의 머릿속에서 맞춰진 정황논리들뿐이지 않은가.

그래도 감시받으면서 연구를 한다는 것은 즐거운 일이 못 된다. 그래서 이번 발굴을 위해서 나는 가짜 이름을 쓰고 아는 친구를 통해 위조 여권을 구했다.

"쉿, 조용히 하라고!"

긴장이 풀어진 인부들에게 다시 내가 주의를 주었다. 이 성벽 뒤는 몇 년 전에 지어진 호텔이 있다. 정확히 말하자면 호텔의 사면 벽 가운데 하나가 내가 올려다보고 있는 이 성벽이었다. 불필요한 주의를 끌어서는 곤란하다. 대신 인부들에게는 두둑한 사례를 하기로 되어 있었다.

"뭐가 곡괭이에 닿는데요?"

새벽 4시 30분, 동이 틀 채비를 갖추는 걸 보면서 예민해져 있던 내 신경이 재빨리 반응했다. 내가 직접 묻었지만 600년이나 뒤에 와서, 그것도 밤중에 은밀히 파내자니 시행착오가 많을 수밖에 없었다. 나는 구덩이의 흙을 손가락으로 파헤쳤다. 여행용 가방만 한 돌상자가 나왔다. 서류와 종이들이 비록 노랗게 바래기는 했지만 거의 원형 그대로 남아 있었다. 돌이 습기를 차단해 준 덕분이기도 하지만 이 지역의 건조한 기후도 한몫을 했으리라.

거칠게 묶인 서류철의 먼지를 툭툭 터는데, 갑자기 내 손에 전자수갑이 채워졌다. 황망해하는 나는 아랑곳없이 인부 하나가 반지에 대고 뭐라 중얼거렸다. 반지에 소형 전화기가 들어 있었나 보다. 또 한 친구는 수갑이 잘 채워졌는지 잘 살펴본 다음 내가 성벽에 등을 대고 있으라고 명령했다.

한 5분쯤 그러고 있었을까, 나로서는 참으로 암담하고 철렁한 순간이었다. 잠시 후 차에서 내린 사내의 머리카락은 불규칙한 주파수처럼 하늘로 들쑥날쑥 솟아 있었다. 잠결에 부리나케 달려온 티가 역력했다.

"안토니오 델 카레토, 당신을 시간 안전법 위반 및 아론 이슈마엘의 살인 혐의로 체포한다."

의기양양하게 떠들어 대는 후버의 얼굴보다 더욱 놀라웠던 것은 그를 따라 차에서 내린 여자였다. 등잔 밑이 어둡다고……. 내 연구실을 마음 놓고 언제나 뒤질 수 있는 또 하나의 인물이 나 말고 또 한 사람 있다는 사실을 깜빡하고 있었다. 나를 지난 5년간 챙겨 준 조교 바이올 메이크피스 양이 새삼 낯선 듯 후버의 등 뒤로 표정을 감췄다.

"도둑이 제발 저린다고……. 내 압박 작전이 주효했지. 결국은 당신이 찾아 나설 줄 알았소, 카레토 씨. 밤고양이처럼 로도스 성벽을 기웃거리다니, 당신의 수가 고작 그 정도밖에 안 되었던 거요? 내가 포기한 줄 알았던 모양이지. 이거 생각보다 실망인데. 하하하."

그 문서철을 뒤적이는 후버의 표정은 마치 어린아이마냥 즐거워 보였다. 바이올이 자동차 라이트를 그 쪽으로 맞추었다.

전자수갑은 신축력이 있어 아무리 잡아당겨도 내 피부에 상처를 주지는 않았지만 두 주먹 사이 거리를 10센티미터 이상 벌릴 수 없게 했다. 인부들까지 후버와 한패거리인 걸로 보아 그는 내가 집에서 떠날 때부터 일거수일투족을 감시한 게 분명하다. 어쩌면 내가 위조 여권을 만들려고 소개받은 그 친구도……. 그 친구한테서부터 정보가 새 나갔다면 그 다음부터는 내가 아무리 이리저리 교통편을 갈아타고 술수를 부려도 소용이 없었다는 얘기가 된다. 나는 피식하고 웃음이 나와 버렸다.

"아직도 할 말이 남아 있다 이겁니까, 카레토 씨?"

"흠, 번지수를 잘못 짚었네, 홈스 양반. 내가 밤을 이용해 발굴하려 한 건 자네들 때문이 아니야."

"로도스 공방일지 1522년에서 가을까지라…… 모두 열다섯 권 분량이군. 생각보다 큰 수확인걸. 엉, 지금 뭐라고 했죠?"

방금 전까지 나의 인부였던 한 사내가 건네준 서류를 받아 들면서 후버가 내 쪽을 바라보았다.

"바로 이 벽 뒤에 뭐가 있는지 알고 있나? '로도스 아일랜드 호텔', 이 섬에서 1, 2등을 다투는 특급호텔이지. 나, 아론 이슈마엘은 1522년 한 해 동안 조사하고 기록한 자료들을 한 치 앞을 내다볼 수 없는 급박한 상황 속에서 다 가지고 올 수가 없었다네. 그래서 상당량을 밀봉해서 급한 대로 바로 이 성벽 밑에다 묻었지. 세월이 지나 아무리 지형이 변하고 사람들이 이곳에 정착하고 떠나기를 반복한다 해도 이 성벽, 특히 당부아즈 문에서 조르주 성채까지 이어진 벽은 자네가 예측했던 대로 잘 보존될 거라도 판단했던 거지. 그 생각은 물론 그리 틀렸다고 볼 수 없네. 지금 우리 눈으로 확인하고 있다시피. 하지만 나로서도 전혀 예측하지 못한 게 하나 있었지."

해가 완전히 떠올라 이제 주위는 환하게 밝아져 있었다. 내가 쓴 기록들을 자신의 가방에 차곡차곡 집어넣으며 후버는 내 말을 건성으로 듣고 있었다. 이제 그는 내가 무슨 말을 해도 소용없다고 생각하는 모양이었다.

"이 길고 긴 성벽 가운데 하필이면 내가 그 자료를 묻어 놓은 자리의 성벽이 로도스에서 가장 번화한 호텔의 한쪽 벽이 되리라고 누가 상상이나 했을까? 이곳은 사계절 온난하고 관광객이 많아서 내가 아무리 학문적인 명분을 내걸고 부탁을 해도 호텔 측은 발굴 허가를 내 주지 않았다네. 하지만 나로서도 마냥 기다리고 있을 수만은 없었어. 이건 역사학에 기여할 귀중할 기록이니까……."

"얼마나 귀중한지는 필적 감정 전문가가 진단해 줄 거요, 카레토 씨."

후버가 나를 뒷좌석에 태우며 말했다.

"글쎄, 내가 지은 죄라고는 이것뿐일세, 가택침입 및 기물파손죄."

"그것도 추가하지요."

후버가 콧노래를 부르며 대답했다.

며칠 지나지 않아 나는 다시 자유의 몸이 되었다. 호기 부리던 후버는 견책을 받고 쥐라기로 파견 나갔다고 한다. 그날 밤 찾아낸 문헌들은 내가 써 놓은 것이니 현미경을 들이댄들 꼬투리가 잡힐 까닭이 없었다. 고개를 절레절레 흔들면서도 여전히 개운치 않은 표정으로 나를 내보내 주던 후버의 얼굴을 생각하면 지금도 1년치 밥 먹은 게 쑥 내려가는 기분이다.

후버의 새로운 임무는 공룡 복원학자들 일부가 불법적으로 공룡뼈를 밀반출한다는 혐의를 조사하는 거란다. 하지만 오히려 그는 스테고사우르스가 공룡학자를 먹어치우고 공룡학자로 둔갑해 우리시대로 돌아올까 봐 전전긍긍하고 있지는 않을까⋯⋯.

후버가 티라노사우르스의 고함에 놀라 불면증에 시달릴 즈음 나는 시간안전국에서 돌려받은 문헌들을 정리해서 로도스 섬 공방전을 주제로 한 심포지엄을 한차례 열었다. 발표는 대성공이었다. 최근 들어서는 조로아스터교를 비롯한 기성 종교들의 지도자들과 역사복원자들이 한데 모여 발전적인 대안을 모색하는 회담을 추진 중이었다. 그로 인한 화해 무드는 내가 마음 놓고 가족과 함께 외딴 바닷가에서 모처럼 휴가를 즐길 수 있게 해 주었다.

아들 녀석과 아내가 해변에서 비치볼을 갖고 노는 것을 바라보며 나는 비치의자에 반쯤 잠들어 있었다. 돌연 인기척을 느꼈을 때 나는 그 사람이 불청객이란 것을 눈을 뜨지 않고도 알 수 있었다. 아내와 아들의 웃음 섞인 목소리가 저 멀리서 들리고 있었으므로. 그 불청객은 내 옆의 비치 의자에 선뜻 앉았다. 마지못해 나는 눈을 떴다. 흰 양복을 단정하게 입은 사내가 나를 찬찬히 바라보고 있었다. 나보다 열 살쯤 많아 보였지만, 눈에서 나오는 빛에 나는 순식간에 압도되는 느낌을 받았다.

"이슈마엘 교수?"

"그렇습니다만⋯⋯."

나는 엉거주춤 일어나 앉으며 자세를 고쳤다.

"같이 좀 걸을 수 있을까요?"

"또 뭡니까? 두 번째 셜록 홈스요, 당신이?"

나의 퉁명스런 대답에 그는 빙긋 웃더니 플라스틱 디스켓 하나를 내밀었다.

"그 안에는 당신이 11년 전 한국의 모 병원에서 인종 성형수술을 받은 일체의 기록이 담겨 있소. 자, 이 정도면 나와 기꺼이 산책할 만한 선물이 되지 않을까요?"

잠시 입을 벌린 채 나는 한 마디도 하지 못했다. 갑자기 아내와 아들의 목소리가 갑자기 우주 저편으로 사라지는 에코처럼 아득하게 들렸다.

"나를 직접 체포하러 오기에 좀 지체 높으신 양반 같군요."

고개를 떨어뜨린 채 내가 말했다. 지금까지의 모든 노력이 단번에 산산조각 나다니…… 믿어지지가 않았다. 결국 내가 패배한 것인가.

"그건 당신의 비밀을 간직한 유일한 자료요. 병원의 원본 데이터는 지워졌으니까. 이건 단지 내 말이 거짓인지 확인해 보라는 뜻으로 준 것뿐이오."

다시 한 번 망치로 한 대 맞은 기분이 된 나는 받아 든 디스켓을 만지작거리면서 그 신사가 말하는 뜻을 되새김질했다.

"자네가 파 놓은 덫에 그 친구 잘도 넘어가더군. 만일에 대비해서 또 다른 알리바이를 11년간이나 묻어 놓고 기다리다니, 후버도 끈질겼지만 자네도 대단하이."

그는 일어나면서 아내와 아이가 놀고 있는 쪽과는 반대 방향을 가리켰다. 약간 고풍스런 흰색 중절모가 그의 풍성한 반백의 머리칼을 덮어 주었다. 나 역시 따라 일어섰다.

"사실 이번에 발굴된 문헌자료들은 언제고 꺼내려던 거였습니다. 호텔 측의 발굴 허가가 순조롭지 않아서 차일피일 하던 처지에 후버가 자꾸 들쑤시니까 결행을 했던 것에 불과합니다."

"아무려면 어떻소, 이제 정말 자유인데……."

인적이 드문 바위 언덕 위에서 그가 멈춰 섰다.

"무슨 뜻입니까?"

그는 수평선을 지그시 바라보았다. 세월의 무게도 이 사람만은 비껴가나 보다. 중년의 끝에 서 있는 그의 표정에는 세상을 손에 넣은 듯한 만족감이 흘러 넘쳤다. 그는 수평선 끝에 닿을 듯한 구름에 시선을 둔 채로 말했다.

"그 친구, 아직 자넬 포기하지 않았다네. 하지만 이젠 더 이상 자넬 괴롭히진 않을 걸세."

"네?"

"그 친구, 의욕이 좋은 건 알겠는데 어지간히 성가시게 굴어야지."

"쥐라기로 파견 나갔다는 소식은 들었습니다만……."

"내가 귀환 장치의 데이터를 약간 휘저어 놨지. 그가 귀환하려다 어느 시대로 나뒹굴게 될지는 나도 감이 잡히지 않는다니까."

계속 뚱딴지 같은 소리만 하는 그 앞에서 나는 상황을 이해할 시간이 필요했다. 바짝 긴장을 해서인지 머리가 약간 아파 왔다. 나는 바위 그루터기에 앉았다. 그 신사는 멀리서 비치볼을 주고받고 있는 나의 아내와 아들을 물끄러미 바라보고 있었다.

"안토니오 델 카레토…… 자네 역시 적응을 잘하는 편이군."

"시간안전국에서 당신을 본 적은 없는 것 같은데요. 거물인가요?"

"거물이라……. 글쎄 난 요즘에는 꽤 소박해져서……. 현재 직함은 시간안전국을 총괄하고 있는 국장일세. 뭐 옛날에는 몇 개 대륙을 다스려본 경험도 있지만……."

"네?"

"어차피 이슈마엘 흉내 내느라 역사 공부 좀 했을 테니 내 옛 이름 정도는 기억하고 있겠지?"

나는 바다 저편으로 디스켓을 집어던졌다. 이제 나의 아킬레스건은 염화나트륨과 염화마그네슘을 뒤집어쓰고 22세기에서 아예 사라지는 것이다.

"당신이 누군데요?"

그는 눈을 지그시 감더니 한 자 한 자 소중한 기억을 되살려 내는 듯한 투로 말했다.

"알렉산드로스, 알렉산더 대제……. 내게도 한때 이슈마엘 같은 학문만 아는 멍청이가 찾아온 적이 있었지. 나를 직접 눈앞에서 연구한답시고 말이야."

숨이 턱 막히는 느낌이었다. 나보다 선배가 있으리라고는 꿈조차 꿔본 적이 없었다.

"나와 그 학자는 거래를 했지. 서로의 역할을 바꿔 보기로. 나는 떠나기 전에 그를 섭정으로 앉혔지. 그에게는 직접 고대사회를 통치하는 노하우를 얻을 수 있는 절호의 기회였지. 그 무렵 난 내 절친한 친구 헤파에스티온을 잃고 실의에 빠져 있었거든. 나에게도 재충전이 필요했지. 하지만 결국 난 돌아갈 수가 없게 되어 버렸어. 지금까지 전해 내려오는 역사를 보면 내 부하들이 그 친구 말을 잘 안 들었던 모양이야. 그는 불과 며칠을 못 버티고 미라로 만들어졌어. 그리고 내가 요절했다고 온 천하에 공표되었지. 그의 미라는 300년이 넘도록 내 이름을 딴 도시에서 신으로 추앙받으면서 내 행세를 했다니까 그에게 너무 섭섭한 일만은 아니지. 아무튼 그 바람에 하는 수 없이 나도 이 시대에 눌러 살게 됐지 뭔가. 그때야 알렉산드로스라는 이름으로는 타임머신을 이용할 수 없었으니까. 이제 와서는 시간안전국을 내 손 안에 움켜쥐었지만……."

나는 가쁜 숨을 몰아쉬며, 2000년이 넘도록 세상을 호령하고 있는 사나이의 눈에서 꺼지지 않는 불꽃을 보았다.

"그럼, 왜 다시 돌아가지 않습니까?"

내 물음에 알렉산드로스는 살짝 윙크를 하면서 장난스런 표정으로 대답했다.

"나는 이제 대륙이 아니라 모든 시간을 지배하거든."

꿈꾸는 지놈의 노래

/ 복거일

1946년 충남 아산에서 태어나 서울대 상대를 졸업했다. 2007년 현재 문화미래포럼 대표로 있다. 저서로는 장편소설 『비명(碑銘)을 찾아서』, 『높은 땅 낮은 이야기』, 『역사 속의 나그네』, 『파란 달 아래』, 『캠프 세네카의 기지촌』, 『그라운드 제로』, 시집 『오장원(伍丈原)의 가을』, 평론집 『현실과 지향』, 『진단과 처방』, 『쓸모 없는 지식을 찾아서』, 산문집 『아무것도 바라지 않는 죽음 앞에서』, 『소수를 위한 변명』, 『국제어 시대의 민족어』, 『현명하게 세속적인 삶』과 공저 『자유주의, 전체주의 그리고 예술』 등이 있다.

다람쥐는 운동장 북쪽 가장자리에 멈춰 잠시 둘레를 살폈다. 산자락을 따라 꿩은 자주 내려왔지만, 다람쥐를 본 것은 처음이었다. 녀석의 털 위에 내리는 봄날 햇살이 하도 포근해 보여서, 민구는 창밖으로 손을 내밀 뻔했다.

그는 가슴을 펴고 숨을 깊이 쉬었다. 가슴은 들끓는 감정들로 아직 어지러웠다.

"파이젠. 파이젠이라······."

고개를 천천히 끄덕이면서, 그는 뇌었다.

20세기 말엽에 생명체들의 지놈을 해독하는 기술이 발전하면서, 비용은 빠르게 낮아졌다. 마침내 사람의 지놈이 해독되었다. 자연스럽게 침팬지의 지놈이 다음 목표로 떠올랐다. 침팬지는 사람에게 가장 가까운 종이었다. 사람과 침팬지가 갈라진 것은 겨우 500만 년에서 800만 년 전이었고, 사람과 침팬지의 유전자들은 98퍼센트나 같았다. 자연히 침팬지 지놈의 해독은 사람을 이해하는 데 큰 도움이 될 터였다. 그 일에 매달렸을 많은 팀들 가운데 텍사스의 야심 찬 벤처기업 하나가 맨 먼저 목표를 이룬 것이었다.

'이제 길성이가 보노보 지놈을 끝내면…….'

혀로 입술을 훔치면서, 그는 손을 마주 비볐다. 기대로 부푼 가슴이 실제로 부푼 듯 뻐근했다.

그의 친구인 언재대학교 최길성 교수는 보노보 지놈을 해독하고 있었다. 보노보는 원래 '피그미 침팬지'라고 불린 침팬지의 아종(亞種)으로 콩고 강 남안 지역에만 살고 있었다. 콩고 강이 침팬지와 보노보의 분화를 부른 것이다. 보노보 지놈의 해독 자료는 자체로 중요했지만 침팬지 지놈의 해독 자료와 교환될 수도 있었다. 파이젠의 것이든지, 아니면 경주에서 파이젠에 진 다른 연구소의 것이든지.

침팬지 지놈과 보노보 지놈을 갖추면, 침팬지와 보노보의 공통된 조상 침팬지의 지놈을 합성할 수 있었다. 이어 그렇게 합성된 조상 침팬지의 지놈과 사람의 지놈으로부터 침팬지와 사람의 공통된 조상의 지놈을 합성할 수 있었다. 이른바 '미싱링크(missing link)'의 유전자적 모습이 드러나는 것이었다.

그와 최 교수는 이미 그 일을 위한 계획을 구체적으로 세워서 그가 일하는 난곡연구소의 지원까지 얻어 낸 터였다. 침팬지 지놈의 해독은 당장 쓸모가 있었지만 미싱링크의 지놈을 합성하는 일은 당장엔 쓸모가 거의 없었다. 물론 그것은 지적으로는 무척 흥미로운 일이었지만 실제적 용도가 없는 일을 지원할 기관은 드물었다. 난곡연구소는 바로 그런 종류의 연구들을 지원했다. 난곡 박선후는 여러 가지 연구들에 손을 댄 아마추어 고고학자였는데, 물려받은 큰 재산으로 지적으로 흥미롭지만 실제적 쓸모는 적은 연구들을 지원하는 연구소를 세웠다. 평판을 생각하는 연구소들이 외면한 사업들이 난곡연구소 덕분에 수행되었고, 평범한 고생물학자이자 실패한 시인인 그도 어엿한 일자리를 가질 수 있었다.

다행히 미싱링크의 지놈을 합성하는 사업은 돈이 많이 들지는 않을 터였다. 많은 인원이 드는 것도 아니었고, 컴퓨터 타임을 빼놓으면 달리 들어갈 비용도 없었다.

눈앞에 선연히 나타났다. 그의 먼 조상의 모습이, 큰 나무들이 많은 아프리카에서 네 발을 쓰며 사는 털 많은 유인원이. 영영 지나가 버린 아득한 시절에 대한 그리움이 그의 가슴을 시리게 했다.

가슴에서 시린 물살이 잦아들자 그는 한숨을 길게 내쉬었다. 그리고 보지 않는 눈길로 내다보던 운동장에 눈길의 초점을 맞추었다. 느긋한 봄날의 햇살은 여전했지만 다람쥐는 보이지 않았다.

"실장님."

전신지가 조심스럽게 불렀다.

"응?"

눈 덮인 운동장을 내다보던 민구는 돌아다보았다.

"이것……"

그녀가 인쇄지를 그에게 보였다.

"이것 실장님께서 보셔야 할 것 같아서요."

"그래?"

그는 가볍게 고개를 끄덕였다. 피곤했다. 몸도 마음도. 미싱링크의 지놈을 합성하는 사업은 이제 막바지에 이르렀고, 그는 깨어 있는 시간을 모두 그 일에 바치고 있었다. 같은 일에 매달린 사람들이 많을 터였으므로 한시가 급했다. 경주에서 둘째는 별 뜻이 없었다.

문득 두려움의 손길이 그의 가슴을 움켜쥐었다. 그녀가 든 것은 신문의 기사를 인쇄한 것이었다. 그는 젊은 조수의 상기되고 걱정스러운 얼굴을 살폈다.

"실장님께서 빨리 보셔야 될 것 같아서……"

그녀의 손길이 가늘게 떨렸다.

그녀의 가늘고 긴 손가락들이 눈에 들어오면서, 아픔에 가까운 그리움의 물살이 그의 가슴을 훑고 지나갔다. 오래전, 다른 곳, 다른 여인의 손에서. 첫사랑은 깊은 각인이었다. 세월이 지나도 지워지지 않는.

오늘 샌프란시스코의 생명공학 기업 리커버는 사람과 침팬지의 공통된 조상의 지놈을 합성하는 데 성공했다고 발표했다. 이 공통의 조상은 '미싱링크'라고 불려 왔는데, 사람과 침팬지가 분화한 것이 500만 내지 800만 년 전이므로 적어도 800만 년 전까지 살았던 것으로 추정된다. 수전 크로닌 박사가 주도한 리커버의 연구 팀은 유전자 돌연변이의 속도에 관한 '거스먼 공식'을 사용하여 640만 년 전에 살았으리라고 추정되는 유인원의 유전자적 모습을 합성했다. 크로닌 박사는 자신이 합성한 유인원이 미싱링크의 실제 모습에 아주 근접하리라고 말했다……

멍한 마음속으로 몸의 먼 구석에서 힘이 밖으로 빠져나가는 듯한 느낌이 흘렀다. 그대로 주저앉고 싶었지만, 신지의 걱정스러운 눈길을 느끼고 그는 얼굴에 웃음을 올렸다.

"우리가 진 것 같구나. 그렇지?"

그녀는 불안한 웃음을 띠면서 고개를 살짝 끄덕였다. 그녀 눈 속에서 감정이 일렁이고 있었다.

문득 마음이 달떴다.

'동정? 걱정? 아니면······.'

그녀는 그의 눈길을 대담하게 받았다. 들여다볼수록 깊어지는 듯한 눈이었다. 바다처럼. 낯익었다. 오래전, 다른 곳, 다른 여인의 눈에서.

"진 것은 진 것이고."

저절로 나온 한숨이 그리 무겁지는 않았다.

"우리가 하던 일은 마저 해야지."

좀 밝아진 얼굴로 그녀가 고개를 끄덕였다. 동정도 걱정도 아닌 감정이 그녀 눈에서 보얀 몸을 드러냈다.

때로는 뻔한 얘기도 쓸모가 있었다. 하긴 이런 상황에선 뻔하지 않은 얘기가 나올 수도 없었다.

"다른 사람들도 알고 있나?"

"아직······."

그녀가 고개를 저었다.

"그러면 용수하고 미셸에게도 알려 줘. 그리고 다섯 시 반에 여기 모이도록 해."

그는 인쇄지를 흔들었다.

"이것에 대해 얘기하게."

"네."

"아, 그리고 발하시에 예약을 해 둬. 저녁 먹으면서 얘기를 좀 하지."

"네."

그녀 웃음이 환하게 피어났다. 이어 웃음의 송이가 오므라들어 눈 속으로 들어갔다. 빨아들이는 듯한 눈길로 그를 감싸더니 그녀가 충동적으로 다가섰다.

"실장님."

향기가, 처녀의 풋풋한 냄새가 그의 감각을 덮쳤다. 기억을 일깨우는 익숙한 냄새였다. 오래전, 다른 곳, 다른 여인에게서 맡던. 그는 그녀 등을 토닥거렸다.

"신지야, 고맙다. 이제 가서 다른 사람들에게 알려 줘라."

"예."

그녀 목소리에 물기가 어렸다.

그녀가 방을 나가자 그는 나머지 기사를 마저 읽었다. 미싱링크의 지놈이 합성되었으니, 다음 목표는 그 지놈을 실제로 디엔에이로 만들어서 미싱링크를 실체화하는 일인데, 유전공학의 빠른 발전을 생각하면 그 일은 그리 멀지 않은 장래에 실현될 수 있다는 얘기였다. 그런 일은 물론 인간의 존엄성에 대한 위협이 될 수 있으므로, 윤리적 문제를 안고 있으며 당연히 거센 논란을 부를 터였다. 크로닌 박사는 미싱링크를 디엔에이로 만들어내는 일에 관해서는 직접적으로 언급하지 않은 채 "과학적 연구는 나름의 논리를 지녔다."는 말로 대답을 대신했다고 기자는 썼다.

"나름의 논리라."

아직 살을 시리게 하는 처녀의 냄새를 음미하면서 그는 뇌었다. 그랬다. 과학엔 나름의 논리가 있었고, 그는 그 논리에 따라 움직이는 존재였다. 그에게 다른 선택은 애초에 주어지지 않았다.

젊은 축들이 운동장에 모이고 있었다. 수요일 오후마다 연구소는 일을 멈추고 직원들이 운동을 하도록 배려했다. 인기가 높은 것은 역시 축구였다. 풀로 덮인 경기장에서 힘껏 달리고 차는 축구보다 육체를 더 즐겁게 하는 운동은 없었다. 누가 공을 차 올렸다. 공이 골대 옆으로 날아가자 누가 부리나케 공을 쫓아갔다.

부러움과 서글픔이 살짝 어린 마음으로 그는 유니폼을 입은 젊은이들을 열린 창으로 내다보았다. 그가 이 운동장에서 공을 찬 지도 오래되었다. 마흔이 넘어서까지 찼는데, 헛발질이 많아지면서 그는 점점 자신의 나이와 남의 눈길을 의식하게 되었다. 젊은 친구하고 공을 다투다가 머리에 받혀 코 수술을 받은 뒤엔 마침내 운동장을 떠났다.

'나름으로 화끈하게 은퇴한 셈인데. 벌써 10년 가까이 되었구나…….'

축구처럼 격렬한 운동을 그만두면, 사람들은 배드민턴이나 탁구와 같은 가벼운 운동으로 바꾸었다. 그러나 그는 그렇게 하는 것이 어쩐지 서글퍼서 아예 그만두었다. 아침에 달리고 휴일에 등산하는 것으로 운동은 충분했다.

'쉰다섯. 이 나이에 내놓을 것은…….'

앞에 누가 선 것처럼, 그는 두 손을 펴 보였다.

'자식 하나 낳지 못했으니…….'

누가 호루라기를 불었다. 사람들이 운동장 가운데로 모이기 시작했다.

'자식을 낳지 못한 것이…… 유기체에겐 어쩌면 그것이 가장 큰 실패지.'

그는 두 손을 내려다보았다. 쉰여섯 해가 고스란히 담긴 메마른 손이었다. 쉰여섯 살은 아이를 낳기에 너무 늦은 나이는 아니었다. 그러나 그는 자신이 아이를 낳을 기회는 이미 지나갔다는 것을 알고 있었다. 어쩌면 결혼은 할지 몰랐다. 더 늙어서 더 외로워지면. 나이 지긋한 여자와. 그러나 젊은 여인을 아내로 맞아 아이를 낳을 수 있는 시절은 지나간 것이었다. 설령 그런 여인이 나온다 해도, 그로선 아이를 낳아 키울 자신이 없었다.

'신지는……'

부르지도 않았는데 슬그머니 고개를 내민 그 생각을 그는 서둘러 밀어 넣었다. 무슨 일이 있어도 신지는 넘볼 수 없었다. 만일 신지가 보다 적극적으로 나온다면 그로선 다른 길이 없었다. 그녀를 그녀 엄마에게 돌려보내는 것 말고는.

자꾸 그녀에게로 향하는 생각을 끊으려고 그는 운동장을 살폈다. 심판의 주의 사항을 듣고 서로 악수한 양 팀 선수들이 한데 모여 파이팅을 외친 다음 제각기 자기 위치를 찾아가고 있었다. 연구소의 축구팀은 모두 넷이었는데, 오늘은 '바이오'와 '에이아이'가 붙은 모양이었다. 말 그대로 '바이오'는 생물 분야 연구실들을 가리켰고, '에이아이'는 컴퓨터와 인공지능 분야 연구실들을 가리켰다. 심판은 행정실의 김인학이 맡은 모양이었다.

다시 눈길이 두 손으로 돌아갔다.

'결국 빈손으로…… 내 대에서 대가 끊긴 채…….'

호루라기 소리가 나고 경기가 시작되었다. 파란 유니폼의 바이오가 먼저 공격하기 시작했다. 그러나 패스 몇 번을 하다 공을 빼앗겼다. 노랑 유니폼을 입은 에이아이 선수들이 소리를 지르면서 앞으로 내달았다.

자기 대에서 대가 끊긴다는 생각은 그의 가슴속을 죄의식의 안개로 채웠다. 생명이 시작된 뒤 거의 40억 년 동안 그의 수많은 선조들 가운데 자식을 낳는 데 실패한 이가 단 하나도 없었다는 사실은 늘 그를 감동시켰다. 이제 그가 몇 억 세대를 이은 그 길고 질긴 가계를 끊은 것이었다.

"실장님."

이용수가 조심스럽게 그를 불렀다.

"응?"

어두운 생각을 마음에서 밀어내면서 그는 그의 수석 조수를 돌아다보았다. 용수는 컴퓨터 모델링을 전공한 선임연구원이었다.

"결과가 나왔습니다. 'all compatible'이라고 나왔습니다."

용수의 목소리는 억누른 흥분으로 좀 탁했다.

"그래?"

흥분의 뜨거운 물살이 속에서 차오르더니 온몸으로 퍼져 나갔다. 운동장에서 나는 소리가 문득 사라지고 거세게 뛰는 자신의 맥박만 들렸다.

"네."

조심스러운 미소가 용수 얼굴에 어렸다.

"드디어 성공했구먼."

용수의 조심스러운 웃음에 환한 웃음으로 답하고서 그는 실험실로 향했다.

그가 들어서자 메인 컴퓨터 화면을 들여다보던 신지와 미셸 창이 얼른 물러났다. 둘 다 흥분으로 얼굴이 발그스레하고 눈이 빛났다.

"어디 보자."

혼자 중얼거리면서, 그는 컴퓨터 앞에 앉았다.

미싱링크의 지놈을 합성하는 일은 그리 어려운 일은 아니었다. 침팬지의 지놈과 사람의 지놈이 워낙 비슷했기 때문이었다. 다른 유인원들과 마찬가지로, 침팬지는 염색체가 스물네 쌍이었다. 사람은 염색체가 스물세 쌍이었다. 유인원들의 염색체 두 쌍이 융합되어서 사람 염색체 2번이 된 것이었다. 그것만 빼놓으면 침팬지와 사람은 지놈에서 다른 점들이 아주 적었다. 그래서 침팬지가 본류고 사람은 아주 작은 집단에서 나온 지류라는 사실을 고려해서 적절한 가중치를 주면 미싱링크의 평균적 지놈은 어렵지 않게 얻을 수 있었다.

문제는 그런 평균점 지놈을 이루는 유전자들이 서로 충돌하지 않아야 한다는 점이었다. 그것을 검증하는 일이 힘들었다. 유전자들 사이의 관계가 워낙 복잡하고 유전자들이 만들어 내는 단백질들도 무척 많은 데다가 아직 그것들에 관한 지식이 제대로 알려지지 않아서, 유전자들의 공립성을 검증하는 프로그램을 만드는 일은 정말로 어렵고 더딘 부분이었다. 그는 지금도 검증 프로그램을 발전시키고 있었다.

검증 프로그램으로 합성된 지놈을 검증하는 데는 20분가량 걸렸다. 마침내 화면에 결론이 떴다.

"ALL COMPATIBLE. CONGRATULATIONS."

그는 'CONGRATULATIONS'를 가리켰다.

"이거 누가 집어넣은 거야?"

"제가 그랬습니다."

겸연쩍은 얼굴로 용수가 옆머리를 긁었다.

"이런 걸 뭐라 하는지 아나?"

셋이 눈길을 교환했다. 용수가 머뭇거리면서 대꾸했다.

"잘 모르겠습니다."

"그걸 '컴퓨터 옆구리 찔러서 절 받기'라 하는 거야."

웃음이 터지면서, 실험실은 축제 마당이 되었다.

그도 모르는 새 음악이 그의 마음속으로 스며들어 왔다는 것을, 그래서 그가 선율을 따라 흥얼거리고 있다는 것을, 민구는 깨달았다. 그는 잠시 기억을 더듬었다.「Love Is a Many-Spendored Thing」. 20세기의 영화 주제가였다. 나온 뒤 한 세기가 넘게 지났는데도 여전히 불리고 있었다.

그는 선율을 따라서 흥얼거렸다. 그의 가슴속 무슨 현이 울린 듯 그리움이 길게 울리면서 긴 여운을 남겼다. 작곡한 사람도, 작사한 사람도 오래전에 죽었지만 노래는 세월에 바래지 않은 채 여전히 사람들의 마음에 울리고 있었다. 뒤에 남길 만한 것이 자신에게는 없다는 생각이 쓸쓸한 바람으로 스쳤다.

"이 노래 좋아하세요?"

손에 잔을 든 채 신지가 물었다.

"응."

"무슨 노래예요?"

"20세기의 영화 주제간데.「Love Is a Many-Spendored Thing」이라고. 제목 그대로야. 사랑을 찬양하는 노래야."

그와 신지는 발하시에서 미싱링크의 지놈을 합성하는 데 성공한 것을 자축하고 있었다. 지난달에 약혼한 용수와 미셸은 오늘 저녁에 용수 부모님을 뵙고 저녁을 들기로 했다면서 일찍 나갔다.

그녀는 잠시 심각한 얼굴로 노래를 따라가더니 진지하게 말했다.

"저도 좋은데요."

"영화도 괜찮더라. 그때 영화 기술이 워낙 원시적이어서 좀 어색한 느낌이 들긴 하지만. 신지야, 무엇 좀 먹을래? 아니면 술을 좀 더 들고 먹을래?"

"술을 좀 더 마시고요."

그녀가 잔을 비웠다.

"그래라."

그는 포도주 병을 들어 그녀 잔을 채웠다.

"그런데 실장님은 왜 저를 싫어하세요?"

새 노래가 시작되자 그녀가 불쑥 물었다.

그는 그녀를 한참 쳐다보았다.

"무슨 얘기를 하냐? 내가 왜 너를 싫어해?"

"싫어하시잖아요? 제가 실장님께 적극적으로 의사 표시를 해도 실장 님은 반응이 없으시잖아요?"

그녀가 도전적 눈길을 던졌다. 술로 발그스레해진 얼굴이 잘 익은 토 마토 같았다.

"그건 다르잖아? 난 너를 좋아해."

그의 아랫배에서 뿌듯한 욕정이 고개를 들었다. 죄의식이 섞인 사랑 보다 더 강렬한 욕정을 일으키는 것이 있을까?

"난 너를 아껴. 사랑한다고 해도 뭐 틀린 말은 아냐. 하지만 그건 연인 으로서의 사랑은 아니고……."

"그럼 뭐예요?"

"음. 어쩌면……."

자신도 모르게 한숨을 쉬고서, 그는 말을 이었다.

"네 엄마의 친구로서 너를 아끼는 거라고 할까?"

"하지만 전 실장님을 연인으로 갖고 싶어요. 안 놓치게 꼭 껴안고 싶 어요."

그녀가 두 손을 마주 잡고 힘을 주었다.

"실장님, 제가 섹스어필이 너무 없죠? 그래서 저를 멀리하시는 거죠?"

"이건 섹스어필의 문제가 아냐. 넌 내겐 친딸이나 마찬가지야. 그리고 네 엄마가 나를 믿고 너를 맡겼잖아? 널 가르치라고. 널 유혹하라고 한 게 아니잖아?"

"전 엄마에 소속된 존재가 아녜요. 전 이제 다 큰 여자란 말예요. 실장님, 자꾸 엄마 뒤에 숨지 마세요. 비겁해요."

"난 누구 뒤로도 숨지 않는다. 그저…… 신지야, 실은 내일 네 엄마한테 너를 넘겨줄 작정이다."

"뭐라고요?"

이번엔 그녀가 놀랐다. 그는 또박또박 다시 말했다.

"그건 말이 안 돼요."

"말이 되든 안 되든, 이제 미싱링크 사업도 끝났으니 너도……."

막상 말을 꺼내 놓고 보니 가슴이 새삼 아파서, 그는 말끝을 흐리고 창 밖을 내다보았다. 20층 꼭대기 라운지에서 보는 야경은 늘 아름답고 신비로웠다.

'저 어둠 속 어디에도 내가 신지를 데리고 숨을 곳이 없다니…….'

"실장님."

"응?"

그녀가 그를 빤히 쳐다보았다.

"실장님, 실장님 문제가 뭔지 아세요? 실장님은 너무 시대에 뒤떨어졌어요."

그는 고개를 끄덕였다.

"그건 맞다."

"저는 저고 엄마는 엄마예요. 실장님이 엄마 연인이었다는 사실이 뭐가 그리 중요해요? 엄마랑 2년 동안 같이 살았다는 사실이 뭐가 그리 문제가 돼요?"

이번엔 그가 놀랐다. 신지가 그녀 엄마와 그 사이의 관계를 알리라고는 그는 생각지 않았었다. 서둘러 마음을 다잡고서 그는 나직이 타일렀다.

"신지야, 내 말 잘 들어라. 너는 예쁘고 섹시해. 나는 너를 좋아하고 사랑해. 나와 네 엄마 사이의 관계도 네 말대로 문제가 되진 않아. 사람들이 알면 수군거리겠지만 그게 뭐 대수냐? 그렇지만 신지야, 나는 좋은 배우자가 못 돼. 그게 궁극적 문제야. 나는 쉰여섯이다. 재산도 없고 사회적 지위도 없어. 너는 네 아이들에게 좋은 아빠를 갖도록 할 의무가 있어. 알겠니?"

그가 말을 끝냈어도 그녀는 생각에 잠긴 얼굴로 밖을 내다보고만 있었다.

"내가 너를 사랑하니까, 나는 내 이익보다 네 이익을 앞세워야 돼. 맞지?"

헤어짐의 아픔을 미리 맛보면서, 그는 호소했다.

"그게 사랑의 역설이다. 지금 나는 네게 가장 큰 위협이 되었어. 내가 자신을 통제하는 데는 한계가 있어. 너를 나로부터 지키기 위해서, 너를 네 엄마한테 돌려보내는 거야."

"그 '사랑의 역설' 때문에 엄마를 그냥 놓아준 거예요?"

그는 잠시 생각했다.

"그런 면도 조금은 있겠지. 나보다 좋은 조건을 가진 사람이 나타났다고 네 엄마가 말했고, 그래서 내가 네 엄마 집을 나왔으니까. 네 엄마 판단이 옳았지. 너처럼 예쁘고 똑똑하고 착한 아이를 낳았으니. 그리고 재산과 지위를 가진 남편 덕분에 자신의 정치적 야심을 이루었으니. 나랑 같이 살았으면 지금 네 엄마가 장관을 하겠니?"
"실장님을 버렸는데도 엄마를 미워하지 않았어요? 결혼할 때 엄마가 실장님 팔을 잡고 입장하셨다면서요? 친한 오빠라고 소개하고서요?"
"그런 얘기까지 했니? 네 엄마는 나를 아직 사랑한다는 것을 그런 식으로 표현했어. 자식을 위해서 보다 나은 배우자를 골라야 하기 때문에 나를 버릴 수밖에 없었지만……."
그녀가 문득 깔깔 웃었다. 웃음소리가 맑았다. 그녀가 잔을 들어 그에게 손짓했다. 그들은 잔을 부딪쳤다.
"실장님, 이거 아세요?"
포도주를 한 모금 마시고서, 그녀가 진지하게 물었다.
"그때 실장님께서 못 놓아주겠다고 펄펄 뛰셨으면 엄마가 그냥 실장님하고 결혼했으리라는 것을요?"
생각지 못했던 아픔이 문득 가슴을 후려쳤다.
"무슨 얘기냐?"
"제가 엄마한테 물었거든요. 아빠의 좋은 조건에 마음이 끌렸을 때 실장님께서 펄펄 뛰셨으면 어떻게 했겠느냐고요. 그랬더니 엄마가 그러데요. 붙잡으면 그냥 주저앉을 생각이었다고요. 정말 사랑한 것은 실장님이었다고요. 그런데 불평 한마디 하지 않고 짐을 싸더래요."
잠시 뜸을 들인 다음, 그녀가 단단한 목소리로 못을 박았다.
"그 얘기를 하면서 엄마가 한숨을 길게 쉬었어요. 그거 아세요?"
그는 그녀가 막 들려준 얘기가 맞다는 것을 알았다. 수연이는 그에게 외치고 있었는지도 모른다. 꼭 붙잡아 달라고. 조건이 좋은 배우자를 찾는 암컷의 본능을 이길 수 있도록 도와달라고. 그러나 그는 그녀의 안타까운 외침을 듣지 못했다. 상처받은 자존심을 감추려고, 사랑의 역설을 되새기기만 했었다. 회한의 물결은 거세게 일었지만 30년의 세월은 나름으로 한 일이 있어서, 그는 이내 마음을 다잡을 수 있었다.
"솔직히 몰랐다."
그는 잔을 비웠다.
"지금도 마찬가지예요."
그녀가 잔을 채웠다.
"사랑하니까 떠나보낸다. 실장님 그건 말이 안 돼요."
"말이 된다."
잠시 생각한 다음, 그는 단호하게 말했다.
"만일 그렇지 않다면 이 세상은 스토커들과 레이피스트들의 자식들로 득실댈 거다. 나는 자식을 낳는 데 실패했지만 스토커들과 레이피스트들이 보통 사람들보다 더 많은 자손들을 낳는다고 믿을 근거는 없다. 신지야, 그러니 내일 사무실 정리하고 나랑 같이 엄마한테 가자."
그녀는 잠자코 포도주를 마셨다. 그는 순간적으로 결정했다.
"그리고 엄마한테 내가 말하마. 이제 장관 그만둘 때가 됐다고. 이제 딸하고 같이 보낼 시간이 얼마 남지 않았다고. 너랑 같이 여행이나 하라고."

"내 얘기가 바로 그것입니다. 그 사람들은 존재한 적이 없고 존재할 권리도 없는 생명체들을 일부러 억지로 만들려는 것입니다. 한마디로 그 사람들은 괴물을 만들려는 것입니다."
사회자의 왼쪽에 앉은 나이 지긋한 사내가 흥분한 어조로 말했다.
그러자 사회자 오른쪽에 앉은 사내가 이내 말을 받았다.

"괴물이라 부르는 것은 지나친 일입니다. 미싱링크의 실체화는 사람과 침팬지의 공통된 조상의 평균적 지놈을 갖춘 생명체를 만들려는 과학적 노력입니다. 지금 우리 인류가 지닌 유전자들에 관한 정보를 한데 모아서 평균을 내면, 평균적 유전자들을 지닌 사람의 모습이 나옵니다. 그런 평균적 사람을 괴물이라 부를 수 있을까요?"

지난달에 미싱링크의 지놈을 합성한 일본의 MBR이 그 지놈을 실체화하겠다고 선언했다. 그러자 미싱링크의 지놈을 맨 먼저 합성한 리커버도 그 일을 시작하겠다고 선언했다. 그래서 침팬지와 사람의 공통된 조상이 컴퓨터에 담긴 유전적 정보 묶음에서 피와 살을 지닌 생명체로 조만간 태어날 터였다.

당연히 온 세계가 논란에 휩싸였다. 가장 거세게 반발한 것은 물론 종교계였다. 지금 세계적 방송회사 AIS의 시사 토론 프로그램 'Julie Sejal Show'에서도 그 일을 놓고 토론이 벌어지고 있었다.

"물론 괴물이죠. 그것은 신이 만드신 생명체들의 목록에 들어 있지 않은 것입니다. 그것을 괴물이라 부르는 것이 왜 문제가 되나요?"

조지 만하임이라고 소개된 종교철학자가 말했다.

"확실한 것은 사람은 신 노릇을 하면 안 된다는 것이죠. 그것은 필연적으로 재앙을 부릅니다."

민구는 잔을 들어 브랜디를 단숨에 마셨다. 목이 먼저 화끈거리더니 이어 속이 따스해졌다. 그러나 가슴의 빈 구석으로는 써늘한 바람만이 소리치며 지나갔다.

'신지는 지금 무엇을 할까?'

그는 침침한 눈을 들어 창밖을 내다보았다. 눈이 날리고 있었다. 그는 일어나서 창가로 다가갔다. 눈발이 제법 푸짐했다. 어느새 운동장이 눈으로 덮여서 마른 풀줄기들만 눈 위로 고개를 내밀고 있었다.

그는 기지개를 켜고서 어깨를 팔로 주물렀다. 종일 컴퓨터 앞에서 일했더니 온몸이 쑤셨다.

'좀 느긋하게 해야 되는 것 아닌가?'

그는 자신에게 물었다.

'마지막 고비라 마음이 급할 수밖에 없지만, 그럴수록……'

지금 그는 '루시 지놈' 사업을 마무리하고 있었다. 루시는 350만 년 전에 살았던 오스트랄로피테쿠스 여인이었다. 에티오피아에서 발견된 그녀의 화석은 잘 보존되었다. 오스트랄로피테쿠스는 미싱링크와 현대 인류 사이에 자리 잡았다. 그래서 한번 미싱링크의 지놈이 합성되면, 루시의 지놈을 합성하는 것이 필연적으로 다음 목표로 떠오르게 되어 있었다. 실제로 거의 한 세기 전에 위대한 진화생물학자 리처드 도킨스는 지놈의 연구가 현생 인류 지놈의 해독, 현생 침팬지 지놈의 해독, 미싱링크 지놈의 합성, 루시의 지놈의 합성, 루시 지놈의 실체화로 이어지리라고 예언했었다.

루시의 지놈은 이미 합성되었다. 어렵고 더딘 것은 미싱링크의 경우처럼 유전자들의 공립성을 검증하는 프로그램이었다.

푸짐한 눈발이 그의 지치고 쓸쓸한 마음을 부드럽게 쓰다듬고 있었다. 긴 한숨을 내쉬고서 그는 책상으로 다가가서 서랍을 열었다.

    정인형 씨와 김현실 씨의 차남 정수빈 군
    박수연 씨의 장녀 전신지 양

신지의 결혼 청첩장이었다. 오늘 받았다. 벌써 댓 번은 꺼내 읽었다. 신지가 청첩장 맨 밑에 쓴 글 때문이었다.

외삼촌께

　엄마한테 한 가지만 부탁했어요. 나를 데리고 식장에 들어갈 사람은 내가 고르겠다고. 제가 외삼촌을 대자 엄마가 놀라서 제 얼굴을 한참 바라보고만 있었어요. 엄마가 놀랄 때도 있다는 것을 처음 알았어요. 저를 잘 이끌어 주신 외삼촌 팔에 의지하고서 새 삶의 터전으로 들어가고 싶어요.

신지 올림

청첩장을 손에 든 채 그는 창밖을 내다보았다. 눈발이 더 푸짐해진 듯했다.
　'내 마음에도 저리 푸짐하게 눈발이 날릴 날이 있을까?'

민구가 실험실 문을 들어서는데, "빙고!" 하고 용수가 외쳤다. 그를 보더니 용수는 환한 웃음을 지었다.
　"실장님, 된 것 같습니다."
　"그래? 어디?"
　그는 메인 컴퓨터로 다가갔다.
　화면엔 "ALL COMPATIBLE. MISSION COMPLETED."라고 나와 있었다. 은은한 음악이 나오고 있었다. 용수가 이번엔 사운드까지 넣은 모양이었다.

차임이 울렸다. 그는 푸드 디스펜서로 가서 잔을 집어 들었다. 조금 맛보니 꿀물이었다. 시원한 꿀물이 마른 목을 축여 주었다.

오늘 저녁은 과음했다. 그의 연구실 다섯 사람만이 자축하기로 했는데 어떻게 소문이 퍼졌는지 다른 연구실 사람들에다가 행정실 사람들까지 찾아와서, 3차까지 하고서야 겨우 풀려났다.

그가 소파에 머리를 기대자 방 안 불빛이 좀 흐려졌다. 이어 음악이 나왔다. 전에 들어 본 적이 없는 노래였다. 아마도 20세기 노래일 터였다. 방은 그의 취향에 맞는 음악을 찾아내서 그에게 조심스럽게 선보이고 있었다.

이사 온 지 반년이 됐으니, 방이 그에 대해서 잘 알 만도 했다. 그가 입은 옷에 든 센서들로 그의 몸 상태를 알아내고 그런 상태에서 그가 무엇을 원하는가, 무슨 음식을 먹고 싶고, 무슨 음료를 찾을 것이고, 무슨 음악을 듣고 싶어 하며, 어떤 온도와 습도와 조도가 그의 상태에 맞는가 놀랄 만큼 정확하게 짚어 냈다. 방은 그에 대해서 그 자신보다 오히려 잘 알고 있었다.

붉은 술기운에 몸이 둥실 뜨는 기분이었다. 지난 세월이 바람으로 불어와서 살을 씻고 표표히 사라졌다. 늦가을 하늘 아래 빈 들판으로 남은 생애가 누워 있었다. 몇 십억 년의 세월이 다듬어 낸 정교한 육신이 너무 빨리 사라지는 것이었다. 아니었다. 너무 빨리 사라지다니. 누구도 호수에서 떠낸 한 바가지 물을 넘을 수는 없었다. 운이 좋으면 몇 바가지 물을 호수에 돌려줄 수 있었다. 더러 그처럼 그저 엎지를 수도 있었다.

신혼여행에서 돌아온 신지의 모습이 떠올랐다. 그녀는 호수에서 떠낸 물을 너그럽게 되돌려줄 수 있을 터였다.

늙어가는 육신은 이리 아까운데
젊음의 그림자 저리 짙어라.

술기운이 차츰 가시면서 몸이 다시 가라앉았다. 그는 창 쪽으로 고개를 돌렸다. 방 안 불빛이 아주 낮아지면서 창이 투명해졌다. 별이 총총한 하늘이 그의 가슴속으로 밀려들어 왔다. 어린 시절엔 하늘이 매연에 찌들어서 별을 보기 힘들었던 터라, 맑은 밤하늘은 그에게 늘 경이롭게 다가왔다.

메인 컴퓨터 화면에 떴던 'MISSION COMPLETED'라는 구절이 다시 떠올랐다. 그 말이 묘하게 마음에 얹혀서 자꾸 생각났다. 그랬다, 임무는 끝난 것이었다. 루시의 지놈은 만들어졌고 유전자들이 서로 부딪치지 않고 실제로 몸을 만들어 낼 수 있는 상태가 되었다. 이제 루시는 독특한 정체성을 지닌 존재였다.

물론 다음 단계는 루시의 지놈을 실체화하는 것이었다. 그러나 그것은 그나 연구소의 능력을 훨씬 넘는 일이었다. 디엔에이로 지놈을 실제로 만들어서 사람의 핵을 제거한 난자에 넣고 그것을 다시 여자의 자궁 속에 넣어서 키워 내는 일은 방대한 사업이었다. 난곡연구소로선 그런 일을 할 만한 자금도 기술도 없었다. 게다가 종교계의 거센 반대를 무릅써야 할 터였다.

'어쩌면 루시는 영영 컴퓨터 속에 든 정보의 패키지로 남을 수도……. 이 세상을, 햇볕이 내리고 바람 부는 이 세상을 맛보지 못하다…….'

문득 가슴이 답답해졌다. 컴퓨터 속에 갇힌 루시의 모습이, 350만 년 전에 에티오피아의 초원을 달렸던 여인이 기계 속에 갇혀 웅크린 모습이 떠올랐다.

루시는 날렵한 여인이었다. 그녀는 엄지와 검지와 중지로 물건을 잡아서 오버핸드로 정확하게 던질 수 있었다. 침팬지는 아직도 언더핸드로 제대로 겨냥하지 못한 채 던지고 있었다. 그녀는 말하지 못했지만 손으로 의사를 전달할 수는 있었을 터였다.

다시 술기운의 물살에 몸이 실렸다. 그 물살이 문득 350만 년의 세월을 거슬렀다. 짙은 그리움으로 살이 시려 왔다.

아득한 세상으로 흐른 그의 넋에 아련한 노래가 들려왔다.

    내 갇힌 몸은 그리느니
    풀밭 적시는 풋풋한 빗방울을
    내 머리 스치는 소금기 밴 바람을
    땀 찬 한낮의 질주를
    여기 이렇게 갇혀
    꼭꼭 접힌 내 넋은 그리느니
    사랑했던 이들을
    그들의 이름들을 목소리를
    내 육신에 담긴 사십억 겨울은
    사십억 여름은 그리느니
    땀 밴 살에 부서지는 햇살을
    바람과 서리로 풀리는 흙덩이를

"여기 서명하면 됩니까?"

민구는 계약서 맨 아래 밑줄이 쳐진 곳을 가리켰다.

"네. 김 실장님께선 거기 하시면 됩니다. 위에는 소장님께서 하실 겁니다."

행정실에서 국제 업무를 맡은 최석현이 말했다.

그는 계약서 두 부에 조심스럽게 서명했다. 목소리나 얼굴에 드러내지 않으려 애썼지만, 그는 가슴이 뿌듯했다. 자신이 만든 프로그램이 외국에 큰돈을 받고 팔려 나가는 것이었다. 그저 돈을 쓰면서 연구하는 것만 알았던 그로선 좀 얼떨떨하기도 했다.

그동안 그는 자신이 합성한 '루시 지놈'을 실체화할 만한 곳을 물색했었다. 일 자체가 어렵고 돈도 많이 드는데 실용적 가치는 뚜렷하지 않았다. 게다가 실체화에 대한 윤리적 논란이 거셀 터였다. 미국에서 미싱링크를 실체화하려는 시도는 종교계의 반대로 어려움을 겪고 있었다. 그래서 명목적 금액만을 받고 제공하겠다고 해도 선뜻 나서는 데가 없었다.

그가 낙심해서 포기하려는데, 중국의 제약회사에서 사겠다고 나섰다. 그것도 100만 달러를 내고서. 하얼빈에 있는 동북제약에선 유전자들의 공립성을 검증하는 프로그램에 눈독을 들인 모양이었다. 그것을 꼭 포함시켜 달라고 했다. 그래서 판매 가격은 20만 달러가 늘어났다.

"인센티브가 30퍼센트니 36만 달러가 되겠네요."

그가 건넨 계약서를 받으면서 최가 말했다. 웃는 얼굴이었지만 최의 목소리에는 부러움이 짙게 배어 있었다.

"여러분들이 도와주신 덕분에……. 이번에 최 대리께서 수고 많이 하셨습니다. 인센티브가 나오면 내가 술 한잔……. 최 대리께는 술 한잔으론 안 되겠다."

따라 웃으면서 최가 고개를 숙였다.

꿈꾸는 지놈의 노래 **325**

"감사합니다."

문이 닫히자 그는 창가로 다가갔다. 운동장 마른 풀들을 덮은 서리를 초겨울 햇살이 힘겹게 녹이고 있었다.

"잘 시집보내는 셈이지."

자신에게 이르고서 그는 고개를 끄덕였다. 알아보니 동북제약은 착실한 제약회사였다. 설립된 지 얼마 되지 않은 벤처기업이었는데, 특허도 여럿 가졌고 야심 찬 연구 사업들을 벌인다는 얘기였다.

아득한 옛날 수연이와 함께 결혼식장에 들어서던 때가 떠올랐다. 그때 수연이는 그의 귀에 속삭였다.

"오빠, 고마워. 사랑해."

결혼식장에 들어서면서, 신지도 그의 귀에 속삭였다.

"외삼촌, 고마워요. 사랑해요. 영원히 사랑할 거예요."

'영원히'라는 말이 그의 가슴에 길게 울렸다. 그리 길지 않은 목숨을 가진 생명체들에겐 영원한 것은 없었다.

이제 루시를 보내는 것이었다. 상상하기 힘들 만큼 아득한 세월에 따가운 초원의 햇살 아래 땀을 흘리며 달리던 여인이 새 삶을 얻으려고 떠나는 것이었다.

'내 팔을 잡고서. 수연이처럼. 신지처럼.'

내 갇힌 몸은 그리느니
풀밭 적시는 풋풋한 빗방울을
내 머리 스치는 소금기 밴 바람을
땀 찬 한낮의 질주를

이제 그녀는 풋풋한 빗방울도 소금기 밴 바람도 맛볼 수 있을 터였다.
'개똥밭에서 뒹굴어도 좋다' 는 이 세상을 긴 머리 날리면서 달릴 터였다.

    어둑한 버추얼 땅에서
    몸 웅크리고 기다리는 그대여
    내 비옥한 딸이여
    이제는 오라
    구만리 장공(長空)에 긴 머리 날리며
    내 메마른 살 적시는
    호곡(號哭)의 빗줄기로 오라

한숨을 길게 내쉬고서, 그는 새삼스러운 눈길로 방 안을 둘러보았다. 연구소에 둥지를 튼 지 어느새 스물아홉 해였다. 지식인으로서의 삶을 실질적으로 여기서 보낸 것이었다. 이제 이곳 삶도 루시를 시집보내는 것으로 끝난 것이었다. 'MISSION COMPLETED.' 컴퓨터 화면에 뜬 그 구절엔 용수가 생각하지 못한 뜻이 담겨 있었다.

문이 열렸다. 정현이가 웃음 띤 얼굴로 그를 바라보았다. 바로 선 모습이 말할 수 없이 우아했다. 사람은 두 발로 바로 서는 동물이었다. 사람이 된 것은 몇 백만 년 전 아프리카의 초원에 두 발로 바로 선 덕분이었다. 앳된 그녀 얼굴에 한순간 세 여인의 얼굴이 차례로 겹쳤다.

"실장님, 소장님께서 지금 시간이 나셨답니다."

"그래? 알았다."

그는 웃음 담긴 눈길로 그녀를 바라보았다. 고왔다. 350만 년 동안의 성 선택은 루시로부터 그녀를 만들어 낼 수 있었다. 그는 하마터면 덧붙일 뻔했다.

'참 곱다.'

그는 책상 서랍을 열고 흰 봉투를 꺼내 웃옷 안주머니에 넣었다.

향기

/ 노성래

온라인 게임 기획자로서, 나이트 온라인, 탄트라 온라인, 포포밍 온라인 등을 기획하였다. 저서로는 『바이너리코드』가 있다.

나는 잠에서 깨어났다. 며칠인지 모르지만 참으로 오랫동안 잠들어 있었다. 그러나 잠에서 깬 것은 분명한데 눈을 뜰 수 없었다. 팔과 다리를 움직여 보려 했지만 소용없었다. 아무런 소리도 들리지 않았다. 아픈 곳은 없었다. 가위에 눌렸다고 생각했지만 편안하고 쾌적했다. 스르르 잠들고 꿈을 꾸다 깨어나기를 반복해도 상태는 바뀌지 않았다. 내 몸에 의심이 생긴 나는 눈의 감각에 정신을 집중했지만 아무것도 느낄 수 없었다. 내가 뜨려고 하는 눈은, 그곳에 있을 것이라는 당연한 믿음이 만들어 낸 감각의 착각이었다. 눈이 없기 때문에 떠지지 않는 것이고, 귀가 없기 때문에 들리지 않는 것이고, 팔과 다리가 없기 때문에 움직일 수 없었던 것이다. 내 몸은 사라졌다. 나는 죽은 것이다.

생각 이외에는 아무것도 할 수 없었기 때문에 무척이나 지루하고 따분했다. 생각을 하면 의식의 흐름은 뒤죽박죽이 되어 버린다. 어떤 생각은 다람쥐 쳇바퀴 돌듯 짧게 반복될 뿐이다. 그러다 잠이 들고 꿈을 꾼다. 꿈에선 보고, 듣고, 말할 수 있다. 주로 먹는 꿈을 꾸는데 조금 전에는 테이블 가득 차려진 해물 요리를 탐식하고 있었다. 죽음이란 살아 있을 때보다 더욱 많은 꿈을 꾸는 것이다. 그러나 대부분의 꿈은 잠시 다른 궁리만 해도 잊힌다. 죽음이 이런 것이라면 정말로 재미없다. 의식이 맑을 땐 기억을 거슬러 올라간다. 꿈과 달리 기억은 잊히지 않기 때문이다.

기억은 끔찍했던 사고에서 시작된다. 비릿한 피 냄새와 살이 타는 역겨운 냄새, 오렌지색 제복을 입은 소방관들에게 둘러싸여 들것에 실리던 기억에서 어린 시절로 갔고, 지겨웠던 군 생활을 기억했고, 만나고 헤어졌던 여자들도 떠올려 보았다. 최근까지 만나던 연희는 어떻게 되었을까? 진지함이 결여된 채 서로의 몸을 탐하던 관계였지만 작별 인사를 못한 것이 마음에 걸린다. 그리고 잊고 있던 죄들을 기억해 냈다. 친구를 불러내어 내가 우울하다는 이유로 마음을 상하게 한 적이 있었다. 생각해 보니 나는 사람들에게 상처가 되는 말을 많이 하며 살았다. 성적인 욕구를 해결하기 위해 만났던 여자들도 있었다. 길거리에서 구걸하는 이들에게 연민을 느꼈지만 그들을 도운 적은 없었다. 거짓말도 많이 하며 살았으니 나는 참으로 죄가 많은 사람이다. 죽음은 삶을 심판받기 전에 스스로의 죄를 기억해 내고 반성하는 과정을 거치는 모양이다. 그리고 나는 음식에 대한 기억 속으로 빠진다. 죽음과 식탐이라니 전혀 어울리지 않는다.

처음에는 서른둘이라는 젊은 나이에 죽은 것이 억울했다. 그러나 곰곰이 생각해 보면 안타까울 것이 없었다. 내가 죽지 않았을 미래를 생각해 보았다. 3년 안에 대출을 끼고 아파트를 장만했을 것이다. 혼자 사는 게 지쳤을 때 무난한 여자를 만나 결혼을 했을 것이다. 아이를 낳아 키우다 보면 20년 정도는 눈 깜짝할 사이에 지나갈 것이고 그 사이 집을 몇 번 옮기고 가 보고 싶던 곳으로 여행도 다녔을 것이다. 노인이 될 때까지 일이 잘 풀렸다면 한적한 시골의 전원주택에서 앞마당에 개를 키우며 텃밭을 일구거나 낚시를 다니며 살았을 것이다. 나는 이렇게 죽어서 내 삶의 미래를 모두 지켜보았다. 나는 더 이상 죽음이 억울하지 않았다. 내가 이루지 못한 일들은 누군가 대신 이루어 줄 것이다. 삶에 대한 미련보다는 정리하지 못한 일 몇 가지가 마음에 걸린다. 책상 서랍과 장롱 속에 숨겨 놓은 비밀스러운 물건들, 사람들에게 약속했던 일들, 얼마 되지 않지만 빌려 놓고 갚지 못한 돈들, 나는 미래를 위해 정신없이 살아가는 것보다 자신의 주변을 깔끔하게 정리하는 것이 더욱 중요하다는 것을 깨달았다.

아무것도 없는 상태에 익숙해지자 나는 잠들어 있는 시간과 깨어 있는 시간을 조절하는 요령과 꿈을 기억하는 방법을 터득했다. 그러나 어떨 때는 내 의지와 상관없이 몽롱한 상태가 되었다가 잠들어 버린다. 나는 깨어 있는, 몽롱한 그리고 꿈을 꾸는 세 가지 상태를 주기적으로 겪는다. 과거의 기억보다 잠들어 있을 때 꾸었던 꿈에 대해 생각하는 시간이 많아졌다. 날아갈 듯 상쾌하고 기분 좋은 꿈을 꾸었다. 낡고 지저분한 역의 플랫폼에서 출발한 기차는 다도해처럼 수많은 섬들이 펼쳐진, 하늘빛 바다 위의 철로를 완만한 커브를 그리며 달리고 있었다. 창밖으로 지나가는 신비로운 섬들과 깎아지른 절벽, 플라스틱처럼 하얀 빛을 반사하는 모래가 가득 찬 해변을 바라보는 것만으로 가슴이 벅차게 뛰었다. 꿈에서 깨어난 나는 생전에 여행했던 장소들 중에서 비슷한 곳을 떠올려 보았지만 그렇게 아름다운 바다는 없었다. 어떤 꿈은 순수한 상상력으로 이루어지는 것 같다. 꿈속에서 살 수만 있다면 나는 행복해질 수 있을 것이다.

꿈에서 깬 내가 깜짝 놀란 이유는 오래전에 사라져 버린 육체가 느껴졌기 때문이다. 내가 느낀 것은 따뜻한 온기와 무게로 이루어진 존재감이었다. 나는 오랜 시간 심심했던 내 영혼이 무료함을 달래기 위해 가상의 감각을 만들어 낸 것이라 추측했다. 그러나 꿈에서 깨어날 때마다 감각은 더욱 뚜렷해졌고 의심은 확신으로 변해 갔다. 존재감은 아무것도 없던 나의 시공간에 끼어들어 자유로운 사색을 방해했다. 나는 쾌적함과 편안함에 끼어든 불편함에 대해 궁리해 보기로 했다. 나는 누워 있다. 옆으로 비스듬히 누워 있는 것이 영 어색하다. 궁리는 계속되었고 꿈에서 깨어날 때마다 새로운 감각이 더해졌다. 희미한 심장 박동이 느껴졌고 일정한 리듬으로 호흡이 더해졌다. 곰곰이 궁리한 나는 '환생'이라고 결론지었다. 나는 어미의 자궁 안에서 온전한 생명으로 자라고 있는 중이리라. 나는 무엇으로 자라고 있을까? 또다시 인간으로 태어나는 것일까? 아니면 짐승으로 자라고 있을까? 우리 안에 갇혀 사는 가축이 아니길 빌었다. 그리고 나는 내 의식에 대해 진지하게 고민했다. 전생을 기억하는 사람이 없으므로 앞으로 나는 기억들을 잃어버릴 것이다.

사후 세계와 환생에 대한 나의 추측은 모두 빗나갔다. 믿기 어려웠지만 나는 자궁이 아닌 병원의 침대에 비스듬히 누워 있었다. 물론 이런 '알 수 없는' 상태에서 깨어나 침대에 누워 있는 내 모습을 확인한 것은 아니지만 단절되어 있던 감각들이 조금씩 돌아오면서 더욱 구체적으로 나를 '느낄 수' 있게 되었다. 나는 그동안 몸을 움직이지도, 느끼지도 못하는 상태에서 잠들고 꿈꾸고 깨어나기를 반복했던 것이다. 내 입에는 튜브가 물려져 있었다. 튜브는 강제로 내 호흡을 돕고, 굶어 죽지 않도록 위장에 죽 같은 음식물을 밀어 넣는 용도일 것이다.

눈을 뜰 수 없었지만 낮과 밤은 구별할 수 있었다. 낮이 반쯤 지나면 사람들은 나를 반대 방향으로 눕힌다. 다른 모든 감각은 애매모호했지만 후각은 완벽히 회복되었다. 정신을 집중하면 들이켜는 공기에 섞인 냄새가 콧구멍 깊숙한 곳을 지나 대뇌에 스며드는 것을 느낄 수 있었다. 내가 누워 있는 방에 하루에 열댓 명 정도의 사람들이 왕래했지만 나 이외의 다른 환자는 없다는 사실을 냄새로 알아낼 수 있었다. 그리고 예의 몽롱한 상태 이전에 톡 쏘는 약물 냄새도 느낄 수 있었다.

달콤한 꿈에서 깨었다. 나는 고개를 움직여 보았고 차례로 팔과 다리를 움직여 보았다. 온몸이 결박되어 있는지 꼼짝할 수가 없었다. 낮에는 사람들이 서너 차례 방문해 내 몸을 이리저리 만져 보거나 바늘로 찔러 댔다. 나는 온몸의 감각에 집중해 보았다. 내가 느낄 수 있는 감각의 영역들이 확대되면서 내 피부를 찌르고 있는 수많은 바늘이 느껴졌다. 바늘은 몇 초 간격으로 나에게 따끔한 전기 신호를 보내고 있었다. 후각에 이어 청력이 회복되었고 주변 사람들의 목소리를 절반쯤 알아들을 수 있게 되었다. 그날은 정신이 맑았고 나는 남자와 여자가 나누는 대화에 귀를 기울이고 있었다. 무슨 동물 실험에 대해 대화를 나누고 있었는데, 두 사람의 얘기를 듣던 나는 몸을 움찔했다. 틀어막힌 입 사이로 그르렁거리는 신음이 터져 나왔다. 깜짝 놀란 남자가 다가와 내 몸 여기저기를 손으로 만져 보았고 귀에 똑딱이를 가져다 대었다. 나는 꼼짝하지 않은 채 누워 있었지만, 그들은 내가 얘기를 엿들던 것을 눈치 챈 것 같았다. 그 이후로 내가 누워 있는 방에서 대화를 나누는 사람은 없었다. 나는 이 병원에서 진행되고 있는 음모에 대하여 궁리해 보았다. 며칠 후, 드디어 그들 중 하나가 내게 말을 걸었다.

"강일수 씨, 내 말 들려? 들리면 고개를 살짝 움직여 볼래요?"

50대 초반의 인자하면서도 익숙한 목소리가 내 이름을 불렀다. 나는 그 목소리가 이 병원의 최고 책임자라는 사실을 알고 있었다. 두려움에 사로잡힌 나는 있는 힘을 다해 고개를 살짝 움직였다.

"내가 하는 말을 정확히 알아들을 수 있으면 다시 한 번 고개를 움직여 볼래요?"

나는 다시 한 번 고개를 끄덕였고 톡 쏘는 냄새가 나더니 예의 몽롱한 상태가 되어 버렸다.

"약간 어지럽지? 안정제를 투여해서 그래. 몸에 무리가 안 가도록 양을 조절하고 있으니까 걱정하지 말고. 지금은 무엇보다 정신적인 안정이 최우선이니까. 강일수 씨, 교통사고 난 것은 기억해요?"

물론 기억한다. 그 사고는 내 모든 기억의 출발점이었으니까. 나는 끔찍한 사고 이후 내 몸이 어떻게 되었는지 알게 된다는 두려움과 기대감에 빠져들었다. 팔과 다리는 제대로 붙어 있는 것 같았지만 화상 때문에 끔찍한 몰골이 되어 있으리라. 인자한 목소리는 자신을 홍 박사라고 소개했다. 정신이 몽롱해서 정확히 기억나진 않았지만 어디선가 들어 본 적이 있는 이름이었다.

"강일수 씨, 이제부터 내가 하는 얘기 잘 들어요. 일수 씨는 수술이 불가능할 정도로 내상을 입었어. 화상도 심해서 얼굴에 제대로 붙어 있는 게 없을 정도였지. 그런데도 끝까지 잘 버텨 주더라고."

나는 불이 운전석에 옮겨 붙었을 때 정신을 잃었고, 소방관들이 들것으로 실어 나를 때 잠시 깨어났었다. 그 이후는 기억이 끊겨 있고 아무것도 없는 암흑 속에서 깨어났다.

"여기는 한국대학의 생명공학연구소인데 들어 본 적 있지? 병원에서 일수 씨를 포기했기 때문에 우리가 연구소로 데려왔어. 어머니가 수술에 동의했고 수술은 성공했어. 그런데 그게 말이야…….”

홍 박사는 말하기 곤란하다는 듯 잠시 뜸을 들였다. 약에 취한 나는 홍 박사의 말이 끝나길 기다렸다.

"일수 씨를 살리기 위해 장기 이식용 무균 돼지에 일수 씨의 두뇌를 이식했어. 그것 말고는 방법이 없었어.”

아! 그래서 내가 죽지 않고 살아남았구나. 나는 돼지가 되었구나. 그래서 똑바로 누워 있지 못한 것이구나. 그래서 음식에 대한 꿈들을 많이 꾸었던 것이구나. 지금까지 느꼈던 육체의 이질감에 대한 궁금증이 깨끗이 풀렸다.

"강일수 씨, 상심이 크겠지만 지금은 살아남는 게 죽는 것보다 나아. 나중에 뇌사자의 몸을 구하면 다시 사람이 될 수 있고. 그러니 마음 편하게 먹어. 쓸데없는 걱정으로 몸 상하지 말라고.”

홍 박사가 처방한 진정제에는 최면 효과가 있음이 분명했다. 나는 기분 좋게 몽롱한 상태에서 홍 박사의 말에 설득되고 있었다. 그가 꺼져 가는 내 영혼을 돼지가 아닌 기계에 이식했다 해도 나는 믿었을 것이다. 그날 이후 홍 박사는 나와 자주 대화를 나누었다. 나는 여섯 달째 연구소 병실의 침대에 누워 있었다.

"강일수 씨, 몸을 묶고 있는 결박은 얼굴 붕대를 풀고 난 이후에 풀어 주도록 하지. 자네가 현실을 받아들이고 살려는 의지가 확실하기 전까지는 무엇보다 안정이 중요해. 도쿄에 계신 어머니께는 보름 후 얼굴의 붕대를 풀 때 오시라고 했어.”

약 기운에서 깨어난 나는 심각한 우울증에 빠졌다. 그러나 잠시라도 우울해지면 바로 진정제가 투여되었고 몽롱함에 빠져들었다. 홍 박사가 이 세상에서 제일 무서워하는 것이 나의 자살이었기 때문이다. 이러다 약물중독에 걸리는 것이 아닐까?

얼굴의 붕대를 푸는 날이었다. 나의 자해를 두려워하는 홍 박사의 배려로 인해 입에는 재갈이 물렸고 어느 때보다 몽롱하게 약에 취해 있었다. 다시 말하지만 약에 취하는 것은 기분 좋은 경험이다. 방에서는 종류가 다른 스물세 가지의 화장품과 향수 냄새와 여덟 가지의 약품 냄새가 났다. 방 안에는 서로 다른 냄새를 풍기는 아홉 명의 사람들, 홍 박사와 그를 도와주는 의사들, 장비를 살피거나 캠코더로 역사적인 순간을 기록하고 있는 조교들, 도쿄의 상점을 잠시 닫아 두고 세상과 다시 대면하는 아들을 보기 위해 먼 길을 오신 어머니가 있었다. 침대가 우웅거리며 비스듬히 누운 내 몸을 일으켜 세웠고 차가운 가위가 얼굴의 붕대를 스르륵 잘라 내며 콧수염을 간질이자 나는 귀를 쫑긋거렸다. 눈을 뜨자 밝은 빛과 함께 주변이 흐릿하게 보였다. 나는 눈을 몇 번 깜빡였다. 제일 먼저 시야에 들어온 것은 흰색 털이 듬성듬성 자라고 있는 분홍빛 코였다. 목 근육이 덜 풀어져 뻣뻣한 나는 눈알을 굴려 주위를 돌아보았다. 환희에 찬 사람들의 모습이 보였다. 흰색 와이셔츠에 노란 줄무늬 넥타이, 머리가 반쯤 센 홍 박사는 온화한 표정을 짓고 있었다. 그 뒤에서 어머니는 돼지가 되어 버린 아들을 딱한 표정으로 바라보고 있었다. 그리고 나는 눈을 아래로 굴려 비스듬히 일으켜진 나의 몸을 바라보았다. 분홍빛 돼지 한 마리가 침대에 누워 있었다. 약물에 취해 있던 나는 웃음이 나오는 것을 참을 수 없었다.

"꾸에에에에에엑."

주사기를 들고 있던 의사가 돼지의 두툼한 허벅지에 신경안정제를 놓았다. 여기 모인 사람들이 가장 두려워하는 것은 정신적 충격을 이기지 못한 내가 혀를 깨물고 죽는 것이었다. 약물에 취해 한참을 졸다가 일어나서 어머니가 떠먹여 주는 밥을 먹었고, 누군가 기저귀를 갈면서 내 몸을 닦아 줄 땐 수치심 때문에 일부러 잠든 척했다. 며칠 후 어머니는 도쿄의 상점을 비운 것이 걱정된다며 떠나 버렸다. 홍 박사는 나에게 거울을 보여 주었다. 거울 속에선 삐쩍 마른 돼지 한 마리가 고개를 기웃거리고 있었다. 홍 박사가 자상한 목소리로 말했다.

"머리에 십자 형태의 수술 자국이 보이지? 성형수술을 하고 털을 심으면 흉터가 감쪽같이 사라질 거야."

돼지 얼굴에 성형수술이라니, 나는 또다시 터져 나오는 웃음을 참을 수 없었다. 그러나 곧 심각한 우울증에 빠졌고 차라리 암흑 속에서 이런저런 상념에 빠져 있을 때가 나았다는 생각이 들었다. 나에겐 홍 박사보다 정신과 의사가 필요했다.

붕대를 풀고 3주 정도 지났을 때 나는 정말로 성형수술을 받았다. 수술이 끝난 후 조교들은 지저분한 나를 씻기고, 짧은 털을 깨끗하게 손질해 주고 옷을 입혀 주었다. 그리고 홍 박사는 나에게 개 목걸이처럼 생긴 것과 조끼를 보여 주었다.

"자네 구강 구조상 말을 할 수 없잖아. 자네가 예전에 말하던 것처럼 입을 웅얼거리면 목걸이가 성대와 턱 근육의 움직임을 해석하고, 조끼에 달린 스피커로 목소리가 나오게 해 줄 거야. 처음엔 힘들어도 자꾸 연습하면 익숙해질 테니 열심히 하라고. 그리고 부탁이 있는데 얼마 있으면 기자들이 찾아올 거야. 이것저것 물어보면 대답 잘해 주라고."

목걸이를 통해 겨우 대화가 가능해졌을 때 기자들이 찾아왔다. 홍 박사와 인터뷰가 끝나고 그의 연구 결과를 확인하기 위해 찾아온 것이다. 나는 기자들을 통해 새로운 사실들을 알게 되었다. 내 두뇌를 돼지에 이식한 이후 홍 박사는 열 차례가 넘게 해외 학계에서 발표회를 가졌고, 홍 박사와 나는 세계적인 유명인사가 되었다. 얼마 전부터는 정부 기관에서 홍 박사와 나를 지키기 위해 경호원을 파견했다고 했다.

한바탕 난리 법석이 끝나고 잠잠해질 즈음 나는 돼지의 몸을 이끌고 병상에서 일어나 네 발로 걸어 다닐 수 있는 정도가 되었고 비록 연구소의 정원으로 제한되었지만 산책도 다닐 수 있게 되었다. 그러나 부쩍 더위를 타게 된 나는 8월의 태양을 피해 아침저녁으로 잠깐 정원을 산책할 뿐, 하루의 대부분을 연구소 건물 내에서 보냈다. 연구소 사람들은 복도를 거니는 내 모습에 애써 무심한 척 행동했지만 그들은 흥분과 관심의 냄새를 발산하고 있었다. 서른두 해를 살아오면서 이렇게 많은 사람들의 관심을 가져 본 적이 있었나? 낙관적으로 변해 버린 나는 돼지의 몸 안에서 살아가는 것도 나쁘지 않다고 생각했다.

멀게만 느껴지던 가을이 왔다. 향긋한 포도 향기가 연구실 복도를 따라 흐르고 있었다. 조금 열린 창문 사이로 들어오는 시원한 바람을 음미하며 창밖을 바라보던 나는, 연구실 밖으로 나서자고 마음먹었다. 인자한 표정의 홍 박사와 뻣뻣한 티를 없애지 못하는 두 명의 경호원이 산책길의 동행이었다. 연구실 근처는 반듯하게 정돈된 주택가였고 옷가게와 술집, 노래방 등이 밀집되어 있는 4층짜리 상가가 제일 높은 건물이었다. 동네 주민의 절반 이상이 바이오 연구 단지의 과학자와 학생들과 그들의 가족이었는데 나를 알아본 사람들은 말로만 듣던 돼지 인간을 직접 보았다는 상기된 표정을 지으며 디지털 카메라를 꺼내 들었다. 모르는 사람들은 괴상한 전자 부품이 달린 옷을 입은 돼지와 함께 산책을 하는 홍 박사를 힐끗힐끗 쳐다보았다. 산책은 양보할 수 없는 나의 일과가 되었고 홍 박사가 자리를 비운 날에는 연구소의 의사들이나 조교들에게 떼를 써서라도 연구소 문 밖으로 나섰다. 새로운 골목에서 낯선 사람들과 마주치고, 작은 가게에서 물건을 사는 일에 익숙해질 즈음 나는 홍 박사에게 연구실을 떠나 내 삶을 살아가고 싶다고 말했다. 연구소와 홍 박사에게 신세를 진 것은 사실이지만 나는 실험실의 돼지가 아니었고 나에게 자유가 없다고는 생각하지 않았다. 홍 박사는 당황한 기색을 감추지 못하며 연구소로 돌아가는 길을 재촉했다.

연구소는 독립하겠다는 내 고집을 꺾지 못했고, 유명인사가 되어 버린 나를 강제로 감금할 수도 없었다. 나는 건강 상태를 체크하는 장치를 24시간 착용해야 하며 일주일에 하루는 연구소를 방문한다는 조건으로 자유를 얻었다. 정부 기관에서는 내 안전을 핑계로 경호원을 붙여 주었는데 운전기사가 필요하던 참이었기에 마음 편하게 받아들이기로 했다. 홍 박사는 내가 세상에서 살아가기 위해 필요한 것들을 준비해 주었다. 말을 할 수 있도록 도와주는 목걸이와 컴퓨터, 비상 연락 장치, GPS 등이 장착된 조끼는 기본이었고 내 조그만 아파트는 돼지가 사용할 수 있도록 특별히 제작된 가전제품과 가구들로 채워졌다. 오전에는 연구소에서 고용한 가정부가 방문해 집안일을 도와주었다.

내가 연구소를 나와 집으로 돌아왔다는 뉴스는 또다시 이슈가 되었다. 나는 신문이나 텔레비전의 뉴스에서 돼지의 모습을 보는 데 익숙해졌고 방송국에서 찾아온 사람들을 즐겁게 맞이하며 인터뷰에 응했다. 낙천적으로 변해 버린 성격 탓도 있지만, 세상으로부터 나를 보호하기 위해서는 나를 세상에 알려야겠다고 생각했기 때문이다. 내가 사람이라는 사실을 안다면 다리를 물릴까 두려워 소란을 피우거나 내 등에 자신의 아이를 태우고 사진을 찍으려는 몰상식한 사람들은 사라질 것이다. 길거리의 모든 사람들이 나를 알고 있을 때 나는 그들로부터 안전해지고 존중받을 수 있었다.

 방송에 자주 나오다 보니 나는 자연스럽게 방송계로 진출할 수 있었다. 방송국을 직접 방문해 촬영한 첫 방송은 진지한 사회자가 진행하는 토크쇼였다. 나는 최대한 밝고 쾌활하게 보이려 노력했고 얼마 후 코미디 프로그램에서 돼지 인간으로 출연해 달라는 제의를 받았다. 나는 흔쾌히 승낙했다. 생활에 필요한 모든 것들은 연구소에서 지원해 주었지만 언제까지라도 지속된다는 보장은 없었고 스스로 경제 활동을 해야겠다고 마음먹었기 때문이다. 내가 출연한 돼지 인간 코너가 성공을 거두면서 나는 온갖 쇼 프로그램에 불려 다녔다. 그러나 이내 나는 불쾌함과 우울증에 빠져들었다. 처음엔 조심스럽던 방송이 시간이 지나면서 선정적이고 음란하게 변질되고 있었기 때문이다. 연예인들이 출연해 저질 농담으로 한 시간을 때우는 생방송 쇼 프로그램에서 얼굴이 일반 사람들의 반쪽만 한 인형 같은 여가수가 나에게 질문했다.

 "저기요, 돼지 씨도 돼지고기를 먹나요? 김치찌개 같은 데 돼지고기가 들어가 있을 수도 있잖아요."

 나는 돼지고기에 아무런 혐오감이 없었지만 의식적으로 돼지고기를 피했다. 나는 돼지의 몸을 잠시 빌린 사람이고 적당한 육체가 생기면 언제든 인간으로 돌아갈 수 있으며 돼지고기를 일부러 안 먹을 이유가 없다고 대답했다. 얼굴이 반쪽만 한 여가수는 잠시 역겨운 표정을 지어 보이곤 멍청한 말투로 또다시 질문했다.

 "그러면 돼지 씨는 여자 돼지에게 매력을 느끼나요?"

 난 아니라고 분명히 대답했다. 어떻게 돼지를 보고 성욕을 느낀단 말인가? 나는 변태 동물 성욕자가 아니다.

"그래도 사람하고는 사랑에 빠질 수 없잖아요. 징그럽게······."

얼굴이 반쪽인 여가수는 무슨 상상을 했는지 두 손으로 얼굴을 가린 채 키득거리며 웃었다. 나는 화가 났고 이런 싸구려 토크쇼에선 다른 출연자들의 약점과 상처를 파고들면서 시청자들을 즐겁게 해야 하는 의무가 있었다.

"정말로 궁금하면 저처럼 돼지가 되어 보세요. 그런데 당신에게선 어젯밤 두 명의 남자와 침대에서 뒹군 냄새가 나거든요!"

그날 나는 방송 출연 금지 처분을 받았다.

방송이 원하는 것은 내가 아니라 사람의 말을 할 줄 아는 돼지였다. 그리고 나에겐 저급한 농담으로 사람 흉내를 내며 시청자들의 말초신경을 자극하는 것 말고는 할 수 있는 일이 없었다. 나는 나 자신도 속이고 있었다. 가수도 배우도 아닌, 그렇다고 지성인도 아닌 내가 방송에 출연해 돈을 벌겠다고 마음먹었던 것 자체가 방송의 속성과 돼지의 몸을 이용해 한몫 잡겠다는 계산이었다. 나는 더 이상 나에게 상처를 주지 않는, 돼지가 아닌 사람으로 인정받을 수 있는 일을 찾아야 했다. 그러나 내가 무엇을 할 수 있단 말인가?

나보다 나이가 세 살 적은 한지혜는 다큐멘터리를 다루는 케이블 TV의 취재 기자로 사교성이 좋은 아가씨였다. 나는 방송 출연은 물론 어떤 인터뷰에도 응하지 않겠다고 결심했지만 한지혜의 방문은 거절하지 않았다. 쇼 프로그램에서 내가 당한 수모를 잘 알고 있는 한지혜는 무리한 촬영이나 인터뷰를 강요하지 않았다. 나는 홍 박사가 주인공인 다큐멘터리에 몇 번 출연했는데 홍 박사의 도전과 성공을 그린 프로그램으로 나라는 존재에 대해 매우 객관적으로 보여 준 프로그램이었다. 그러나 상처가 없는 것은 아니었다. 나는 다큐멘터리를 보는 내내 발가벗겨진 내 모습을 보는 것 같은 수치심에 사로잡혀 있었다.

바람이 불어오자 나는 기분이 좋아졌다. 약속도 없었는데 무슨 일일까? 오전에 집안일을 돌봐 주는 가정부가 나간 지 얼마 되지 않은 시간에 한지혜 기자가 내가 좋아하는 음식들을 가지고 나의 아파트로 다가오고 있었다. 경호원은 아침식사 이후 자신의 방에 들어가 컴퓨터 게임에 열중하고 있었다. 나는 잠긴 문을 열고 복도에서 한지혜를 맞이했다.

"제가 오는 걸 알았어요?"

"지혜 씨가 건널목을 건널 때부터 알고 있었지. 커튼 사이로 들어오는 시원한 바람에서 지혜 씨의 향기를 느낄 수 있었거든."

"제가 사용한 화장품이나 향수는 다른 사람들도 사용하는 평범한 건데……."

"그것들을 사용하는 조합이 다르지. 그리고 사람들은 저마다 다른 향기를 가지고 있어."

"……!"

한지혜 기자를 따라간 곳은 서울 변두리에 위치한 조그만 방향제 회사였다. 전원 콘센트에 꽂아 사용하는 방향제, 스프레이 방향제와 냄새 제거제 같은, 나에게 익숙한 제품들을 내놓는 회사였는데 생각했던 것보다 젊은 30대 중반의 사장과 비슷한 또래의 이사 한 명이 내 이력서를 훑어보고 있었다.

"예전에는 IT 업체에서 근무하셨군요. 향기에 대한 지식이나 경험은 전혀 없고요. 화학을 공부한 적도 없고. 조향사는 힘든 직업입니다. 향수 회사에서 다루는 향기의 원료만 2000여 종이 넘는데 그 재료들을 조합해 새로운 향기를 만들어 내고 새로운 향기의 원료를 찾아내는 것이 조향사의 일입니다. 각 원료들을 구분해 내는 것은 물론 화학적 특성들도 이해하고 있어야 합니다. 한지혜 기자가 찾아왔을 때 사실 당황스러웠어요. 조향사는 뛰어난 후각을 가지고 있어야 하지만 후각이 뛰어나다고 해서 조향사가 될 수 있는 것은 아니거든요. 아마도 여러 곳에서 거절당했을 겁니다. 어쨌든 저희는 강일수 씨를 채용하기로 결정했습니다. 저희 회사는 방향제를 만드는 회사이지만 '센틀러브(Scentluv)'라는 신규 브랜드로 고급 향수 시장에 뛰어들기 위해 오랫동안 준비해 왔습니다. 강일수 씨는 센틀러브의 연구실에서 조향사 보조로 일을 시작할 것입니다. 언제부터 출근 가능해요?"

  박 사장 그리고 한 이사와의 첫 만남은 일방적인 인터뷰로 끝났지만 질문에 대답할 거리가 없던 나에겐 잘된 일이었다. 한 이사가 맡고 있는 연구실에는 스무 명 남짓한 연구원들이 있었고 두 명의 전문 조향사가 있었다. 다른 연구원들은 화학과 관련되어 보이는 복잡한 장비를 다루거나 하루 종일 컴퓨터 앞에서 데이터를 분석하는 일을 했다.

  나의 일과는 사람들이 일하는 모습을 지켜보면서 향수에 대한 자료 파일을 읽어 보는 것이 전부였다. 피에르는 하얗게 센 머리가 반쯤 벗겨진 예순일곱 살의 깡마른 노인이다. 파리의 유명한 향수 회사에 근무했었고 후각이 무뎌져 은퇴했는데 박 사장과 만나 센틀러브 사업팀으로 오게 되었다.

  그는 경험에 의한 전통적인 향기 제조법을 선호했고 조향 기술은 오로지 개인적인 능력과 훈련에 달려 있다는 원론적인 믿음을 가지고 있었다. 반면 나와 비슷한 또래인 최동훈은 화학자에서 향기의 세계로 빠져 든 친구이다. 그는 원료들의 화학적 성분 분석에 집착하는 경향이 있었다. 그리고 보조 조향사인 나는 '센틀러브'라는 브랜드를 세상에 알리기 위해 실험실의 자리를 차지하는 천덕꾸러기였다. 내가 하는 가장 중요한 업무는 이따금 찾아오는 방송국과 신문, 잡지사 등의 기자들을 위해 포즈를 잡아 주는 일이었다. 그래도 나는 내가 하는 일이 좋았다. 나는 연구실에 있는 2000여 종의 원료들이 발산하는 향기를 일일이 기억에 새기고 있었다. 실험실에는 향기 이외에 복잡한 장비들도 많았다. 성분 분석기, 기체 크로마토그래피, 미생물 분석기, 그러나 물건 하나 집어 들기 힘든 돼지의 앞발로 그런 장비들의 사용 방법을 배우는 것은 무리였고 향수의 원료가 담긴 병의 뚜껑이 열릴 때마다 나를 사로잡는 향기에 집중하느라 눈에 들어오지 않았다. 누가 돼지를 자신의 배설물과 뒤범벅되어 지내는 더러운 동물이라 했던가. 돼지는 향기 속에 파묻혀 살아가는 동물이다. 처음에는 감당할 수 없을 정도로 다양한 향기 속에서 혼란 상태에 빠져 있었지만 시간이 흐르자 수많은 향기들이 어떻게 이루어져 있는지 구분할 수 있게 되었고, 석 달 후 나는 연구실의 모든 향기를 기억하게 되었다.

내가 라임 향을 조금만 넣어 보자고 했을 때, 이미 스무 가지 이상의 원료가 배합된 시험관을 흔들고 있던 피에르는 인자하면서도 완고한 눈빛으로 나를 바라보았다. 그동안 말썽을 부린 적도, 고집을 피운 적도 없던 내가 앞발을 동동 구르며 꼬리를 동그랗게 말자 피에르는 라임 향 한 방울을 시험관에 첨가했다. 잠시 향기를 음미하던 피에르는 나에게 시험관에 들어 있던 원료들에 대해 물었고 나는 어떤 원료가 사용되었는지 정확히 대답했다. 믿을 수 없다는 표정을 잠시 지어 보인 피에르가 서툰 우리말로 나에게 물었다.

"가르쳐 준 적도 없는데 어떻게 알았어?"

"저 대신 유리병의 뚜껑을 열어 주었잖아요. 그때마다 저는 향기 속으로 빠져 들었어요."

뚜렷한 진전이 없던 향기 연구실은 나로 인해 활기를 되찾았다. 도박판도 벌어졌다. 피에르와 최동훈이 수십 개의 원료를 마구잡이로 혼합한 시험관을 내밀면 나는 그 용액 안에 첨가된 향기의 재료들을 알아맞혔다. 나에게 돈을 건 사람들이 항상 승리했고 이 사실은 박 사장과 한 이사의 귀에도 들어갔다. 나는 3개월 만에 보조 조향사에서 조향사로 진급했다.

피에르와 최동훈 그리고 나는 새로운 향기를 만드는 일에 박차를 가했다. 피에르는 풍부한 경험으로 향수의 주제를 결정했다. 파티에 어울리는 향수, 사랑을 이루어주는 향수, 아침에 어울리는 향수, 정열적인 빨간 옷에 어울리는 향수 등 여러 가지였다. 나는 피에르가 선택한 주재료에 다른 보조재료를 혼합에 향기를 완성했다. 최동훈은 그 향기들을 분석한 후 화학적 안정성을 갖도록 가공했다. 아쉽게도 어떤 향기들은 시간이 지나면서 변질되었기 때문에 포기할 수밖에 없었다.

우리의 작업은 가속도가 붙었고 나는 잠결에서조차 향기에 빠져 버렸다. 온갖 향기가 잠들어 있던 내 두뇌를 일깨우고 있는 느낌이었다. 나는 어떤 향수 디자이너도 느낄 수 없는 향기를 감지했고 어떤 돼지보다 향기를 표현하는 데 자유로웠다. 나는 코가 아닌 생각에 집중해 향기의 근원을 파헤치고 정제하고, 그것들을 조합해 새로운 향기를 만들었다. 향기를 만드는 작업은 수많은 재료를 굽거나 끓이고, 마늘, 생강, 파와 같은 양념을 첨가하고, 소금과 간장으로 간을 맞추고, 참기름이나 후추로 마무리를 하는 요리와도 같다. 향기에 빠져 있는 순간 나는 돼지의 몸에 갇혀 있는 현실에서 자유로울 수 있었다.

뛰어난 사업가인 박 사장은 피에르와 최동훈 그리고 내가 조합한 수십 개의 향수를 가지고 런던에서 전시회를 열기로 결정했다. 전시회의 주인공은 바로 나였다. 전시회는 웃음거리가 될 수 있었고, 코끼리가 그린 추상화 전시회처럼 돼지가 만들어 낸 독특한 향기의 전시회 정도로 전락될 수 있었다. 그러나 박 사장은 승부사 기질로 무장한 채 기관차처럼 돌진했다. 피에르와 최동훈도 박 사장의 생각에 힘을 실어 주었다.

'처음에는 돼지 인간의 향수 전시회가 매스컴을 장식할 것이다. 그러나 호기심으로 전시회를 찾은 사람들이 돌아갈 땐 향기에 매료되어 있을 것이다.'

박 사장은 전시회에 선보일 향수 개발을 위해 해외에서 수많은 원료를 구입했다. 실험실의 원료 보유량은 8000종 이상으로 늘어났고, 재고 부담과 전시회 준비로 인해 회사 재정이 휘청거릴 정도였다.

세상에 하나밖에 존재하지 않는 향기. 센틀러브의 향기 전시회는 대성공으로 막을 내렸고 나는 전시회에 거의 모습을 드러내지 않았음에도 유명인사가 되어 있었다. 신문의 1면에는 티셔츠와 바지를 입고 있는 돼지의 얼굴 사진이 헤드라인으로 실렸으며 서울로 돌아오는 비행기에선 항공사의 배려로 짐칸의 동물 우리가 아닌 1등석 객실을 이용할 수 있었다.

과거와는 다른 이유로 인터뷰 요청이 쇄도했지만, 나는 모두 거절하고 확장 이전하는 향기 연구실을 꾸미는 데 온 신경을 쏟았다. 아침저녁으로 최첨단 장비들이 들어오고 있는 향기 연구실만큼 내 주변의 많은 것들이 변했다. 싸구려 방향제를 만들던 센틀러브는 세계의 주목을 받는 고급 향수 브랜드가 되었고 나는 졸지에 기술이사 겸 연구소장이 되었다. 사람들의 시선에 섞여 있던 조롱과 미래에 대한 불안감은 사라졌다.

생명공학 연구소의 홍 박사로부터 특별한 연락을 받은 것은 무더운 여름을 다시 한 번 견디 낸 선선한 가을이었다. 나는 외부와의 접촉을 단절하고는 새로운 향기를 찾기 위해 주문한 허브들을 분류하는 일에 몰두하고 있었다. 나는 전화 통화 후 잠시 멍한 상태가 되었고 한참 머뭇거리다가 저녁식사에 한지혜 기자를 초대하기로 마음먹었다. 기쁜 일을 가장 먼저 알리고 싶은 사람이었기 때문이다. 그녀와의 관계가 개선될 수 있다는 막연한 기대감도 있었다.

"연구소에서 나에게 맞는 뇌사자의 몸을 찾았다고 하더군. 홍 박사님이 수술 일정을 잡자고 연락했어. 뇌사자가 어떤 사람인지 물어봤지만 끝까지 가르쳐 주지 않는데."

전채 요리가 나오기도 전에 말을 꺼내버렸다. 한지혜 기자는 놀라움을 감추지 못하며 축하해 주었다.

"인간으로 돌아가는 과정을 저희 방송국에서 다큐멘터리로 제작할 수 있을까요?"

물론 나는 한지혜 기자의 요청을 승낙했다. 지금까지 그에게 많은 도움을 받았고 그가 속한 방송국에서 제작하는 프로그램은 다른 방송국의 쇼 프로그램처럼 저속하지 않았기 때문이다. 한지혜 기자가 나에게 다큐멘터리 제작에 관한 독점권을 요구하기에 그것도 승낙했다. 한지혜 기자는 기쁨에 들떠 있었지만 나는 우리 사이의 간격을 느꼈고 음식이 빨리 나오기만을 기다렸다.

홍 박사의 치밀한 준비 덕분에 수술 일정은 빠른 속도로 진행되었고 그 사이 나는 미친 돼지처럼 새로운 향기를 조합해 내는 일에 매달렸다. 잠을 줄였으며 식사 시간을 아끼기 위해 연구원들이 챙겨 준 음식들을 물과 섞어 마셔 버렸다. 한지혜 기자와 다큐멘터리 촬영팀이 가끔씩 질문을 던져 내 작업을 방해했지만 몇 초 안에 집중력을 회복할 수 있었다.

꽁꽁 얼어붙은 대지를 녹인 겨울비가 흙 속에 잠들어 있는 대자연의 향기들을 깨우던 날 나는 마지막 검사를 받기 위해 생명공학 연구소를 찾았다. 나는 그날 처음으로 내 두뇌가 이식될 죽은 사람을 볼 수 있었다. 짧은 머리, 건강한 근육질의 잘생긴 남자였다. 나는 이 사내가 격투기 시합에서 뇌진탕으로 쓰러진 후 깨어나지 못했다는 사실을 알고 있었다.

"강일수 씨, 다시 사람이 되는 기분이 어때? 사람의 몸을 되찾으면 여행도 마음대로 다니고 연애도 할 수 있을 거야."

홍 박사가 물었다. 며칠 전부터 24시간 내내 나를 쫓아다녔던 촬영감독과 한지혜 기자가 동행한 자리였다. 심장이 너무 심하게 뛰어 예전에 홍 박사가 자주 처방해 주던 안정제가 필요하다고 생각했다.

"일수 씨의 몸 상태는 최고이고 수술이 실패할 가능성은 없어. 그러나 쉽지 않을 거야. 겪어 봐서 알겠지만 수술 후 몇 달 동안 감각으로부터 완전히 단절될 거야. 그래서 준비한 것이 있어."

홍 박사가 와이셔츠의 단추만 한 전자 부품을 보여 주었다.

"우린 자네의 두뇌에 이 칩을 이식할 거야. 이것을 통해 자네에게 메시지를 전달할 수 있고, 자네의 심리 상태도 파악할 수 있어. 그때보다는 준비가 많이 되어 있지. 예전처럼 일수 군을 암흑 속에 혼자 내버려 두지는 않을 거라고."

홍 박사에게서 물씬 향기가 느껴졌다. 런던의 향기 전시회를 마치고 돌아와 우정과 감사의 뜻으로 선물한 세상에 단 하나밖에 없는 향기였다. 나는 향기를 놓치지 않기 위해 천천히 숨을 들이마셨다. 혼란스러웠던 마음이 차분히 가라앉았다.

"홍 박사님, 죄송하지만 당분간은 돼지로 지내고 싶어요. 아직 찾고 싶은 향기가 너무 많거든요. 이제 세상 밖으로 나가 세계 곳곳을 돌아다니며 향기를 찾고 싶어요."

생명공학 연구소에서 출발한 차가 서울 시내로 들어서고 있을 때, 조금 열린 검은색 창문 사이로 들어오던 차가운 바람을 음미하던 나는 사람들이 붐비는 시내를 산책하고 싶어졌다. 나를 말리던 경호원 겸 운전기사는 뒤따라오던 방송국 차에서 촬영감독과 함께 내린 한지혜 기자와 대화를 나누고 나서야 안심을 한다. 나는 몇 발을 걸었다. 온갖 매연 냄새, 속이 안 좋은 취객이 남기고 간 역겨운 악취, 다양한 쓰레기 냄새가 인도의 바닥을 향하고 있는 내 코를 괴롭혔다. 나는 눈을 감고 무겁고 뻣뻣한 고개를 한껏 들어 코를 킁킁거렸다. 길거리 곳곳에서, 빌딩과 빌딩 사이에서 내가 조합한 향기들이 느껴졌고, 기쁨으로 충만한 나는 가슴이 터질 듯 외쳤다.

"꿰에에에에에엑."

2217년 8월 8일. 천안 갈무리 개인병원.

단지 넘어졌을 뿐이다. 두 발로 직립하며 무거운 머리를 어깨 위에 이고 사는 대부분의 인간이 가끔 그러하듯, 그냥 어느 순간 두 발이 평행감각을 상실하여 넘어진 것이다. 그러나 박 영감은 죽었다. 그리고 그의 육신은 10분 전에 하진석의 병원으로 도착했다. 박 영감은 진석을 언제나 젊은 선생이라고 불렀다. 진석의 숨겨진 내력을 알지 못하는 박 영감에게 진석은 어리게만 보였을 것이다.

진석은 2년 전에 자신이 꿰매어 준 박 영감 어깨 위의 도톰한 수술 자국을 더듬었다. 그리고 어제 처방해 준 감기약을 기억해 냈다. 일주일치를 처방해 주었으니, 그의 집에는 아직 6일치가 남아 있을 것이다. 진석은 박 영감이 아직 감기에 걸려 있을 거란 생각에 애석해했다.

박 영감의 사인을 알아내는 것은 어려울 것이 없었다. 외상은 뚜렷했다. 딱히 개두를 할 필요조차 없어 보였다. 박 영감은 계단에서 뒤로 넘어졌고 계단의 모서리에 부딪쳐 후두부에 강한 충격을 받았다. 충격이 단단한 섬유골격으로 밀봉된 두개골에 상처를 내기에는 역부족이었겠지만, 그 아래에 약동하는 동맥혈을 파열시키는 데에는 큰 어려움이 없었을 것이다.

그리하여 내출혈.

피는 고이고, 장시간 산소를 공급받지 못한 뇌의 일부가 괴사하기 시작했을 것이다. 그리고 그리 길지 않은 시간이 지난 후에 박 영감의 연수는 마지막 호흡 신호와 심장박동 신호를 보내고는 회백질의 대뇌와 마찬가지로 괴사에 이르렀을 것이다. 호흡 정지에 이은 맥박 정지, 뇌사에 이은 심장사를 통해 박 영감은 의학적으로 완벽하게 죽은 것이다.

인간은 생각보다 훨씬 쉽게 병이 들거나 다친다. 특히나 늙은 육신은 더욱 그러하다. 하진석의 병원에는 그런 늙은 환자들이 언제나 줄을 이었다.

진석은 신을 노하게 한 죄로 영원히 돌을 정상에 올리는 형벌에 처해졌다는 시시포스를 떠올렸다. 그가 하는 일도 그와 조금도 다를 것이 없어 보였다. 화분을 텔레비전 위에 옮기다 허리를 다쳐 진석을 찾아온 환자는 얼마 안 있어 그 화분을 다시 내리다가 손목을 다쳐 찾아올 것이다. 노인들은 환절기마다 알레르기약과 감기약을 그에게 요구할 것이다. 그리고 그들에게 어느 한순간 몰개성한 죽음이 찾아와 인생을 거두어 갈 것이다. 그러면 적어도 그들의 돌 굴리기는 끝이 난다.

진석은 박 영감의 사인(死因)을 간단히 정리하고는 시내의 큰 병원에 연락했다. 아직 환자 두어 명이 그의 진찰을 기다리고 있었지만, 그는 더 이상 돌을 정상으로 굴리고 싶지 않았다. 정상에 올려진 돌은 균형을 잡지 못하고 금세 반대편으로 굴러 떨어질 것이다. 적어도 오늘은 그러고 싶지 않았다. 안치소에 있는 그에게 간호사의 호출이 왔다.

"하 선생님, 환자분이 기다리고 계십니다. 언제 오신다고 전해 드릴까요?"

"부검이 길어진다고 전해 드려. 내일이나 모레 다시 찾아오시라고."

"네, 그리고 오늘 일정 안 잊으셨겠죠. 일곱 시에 강원택 박사님 외진 있으십니다."

"아, 그래. 잊을 리 없지."

그는 가볍게 한숨을 내쉬고는 시계를 바라봤다. 5시 22분. 아직 20분은 여유가 있었다.

강원택은 전신일괄대체재(全身一括代替財)를 개발한 여섯 명의 박사 중 한 명으로 현재 전 세계에 열세 개밖에 없는 불멸자의 도시(immortal city) 중 하나인 서울에서 거주 중이었다. 사실 전신일괄대체재를 개발하였음에도 필멸자(mortal)를 고수한 강원택이 불멸행정특구인 서울 시내의 중심가에 살 권리는 없었지만, 그는 행정에서조차 예외적인 유명 인사였다.

시간이 5시 45분을 지날 즘, 하진석은 강원택을 만나기 위해 자리에서 일어났다.

2217년 8월 8일. 서울 IC(immortal city) 강원택 박사의 저택.

하진석은 몇 가지 의료도구를 챙겨 넣은 왕진가방을 비스듬히 들고는 방으로 들어오라는 호출이 떨어지기를 기다렸다. 다양한 목재를 풍부히 사용하여 내부 인테리어를 한 강원택 의원의 집은 마치 르네상스 시대의 명문가를 연상케 했다. 그러나 그에게 목재가 주는 의미는 바로 재력의 상징이었다. 나무를 하나 벨 때마다 지불해야 하는 환경부담세를 생각해 볼 때, 이는 집 안 전체에 금칠을 한 것이나 다름없었다.

"하 박사님, 들어오세요."

스피커를 통해 젊은 여인의 목소리가 들리고 그의 앞에 있던 문이 열렸다. 문은 열렸지만, 바로 강원택 의원의 방으로 연결된 것은 아니었다. 열린 문 사이로 그의 방으로 통하는 기다란 복도가 보였다. 진석은 복도로 들어섰다. 그의 앞에서 한 사내가 다가오고 있었다. 노인이었다. 젊었을 때에는 꽤 강건한 느낌을 주었을 듯한 체구의 사내가 뭔가 비통한 표정으로 강원택 박사의 방을 나서고 있었다. 그 사내는 진석의 시선을 느꼈는지 고개를 들었고, 하진석과 눈이 마주쳤다. 그 순간 그의 표정은 마치 종이처럼 잔뜩 구겨졌다. 그의 표정에는 너무나 많은 감정이 복잡하게 얽혀 있었기 때문에 진석은 그 표정이 무슨 이유 때문인지 짐작하기 어려웠다. 그것은 절망 같기도 했고, 분노 같기도 했다. 사내는 이내 고개를 떨어뜨리고는 빠르게 그의 곁을 스쳐 지나갔다.

진석이 방 안으로 들어서자 강원택 박사가 침대에서 몸을 반쯤 일으키고는 진석을 맞아들였다. 콜라겐이 빠져나간 피부 위에는 균열과 같은 잔주름이 가득했고, 일평생 신통찮은 표정만 지어 왔을 터인 그의 근육은 얼굴 여기저기에 깊은 고랑을 파고 있었다. 그는 162년의 삶을 얼굴에 지고 있는 '노인' 이었다.

"어서 오너라. 한 달 만에야 찾아오다니, 왕진이 아니면 올 생각이 없는 게냐?"

"아뇨, 그렇지 않습니다. 일이 바빠서 그렇죠. 외할아버지."

강원택의 입꼬리가 비틀어졌다. 복도에서 마주쳤던 노인과 달리 강원택의 표정은 감정이 전혀 담기지 않아 무슨 의미인지 알기 어려웠다.

"병원을 옮길 계획이라고 들었는데, 아직 천안인 게냐? 8년이나 했으면 주민들이 이상하게 생각할 만한데."

"조만간 옮겨야겠지요. 지금은 그냥 동안이라 좋겠다는 듯이 농담으로 넘어가고 있습니다."

"되도록 조심, 또 조심해라. 필멸자들이 불멸자들을 얼마나 증오하는지는 잘 알고 있을 게다. 그래, 그래, 너만큼 잘 아는 사람도 드물겠지. 그러니 조심하라는 게다. 경아는 네 일에 관해서 뭐라고 하지 않더냐?"

"일을 좀 멀리 나간다는 것 외에는 좋은 일이라고 생각하더군요. 그녀는 불멸자의 봉사를 노블리스 오블리제쯤으로 생각하는 거 같아요."

길지 않은 대화를 나누는 동안 하진석은 강원택의 혈당치와 혈압을 검사하고, 골밀도 스캐너로 뼈 상태를 살폈다. 그리고 주사기로 나노 머신을 혈관 속으로 흘려 보내 콜레스테롤로 인한 동맥경화를 예방했다.

"근데, 아까 방에서 나온 사람은 누구죠? 노인이던데. 언제나 필멸자들을 조심하라고 하지 않으셨던가요?"

강원택 박사는 쓰게 웃으며 말했다.

"그건 불멸자에 한해서지, 나야말로 저승에 한발 걸치고 있는 필멸자 아니더냐."

"그들은 할아버지의 필멸 고수를 위선이라고 생각할 겁니다."

"껄껄, 적어도 그들은 날 오해하지 않고 있군. 나 자신도 나를 오해하고 있었는데 말이야."

"……"

진석은 강원택 박사가 말을 돌리고 있다는 것을 깨닫고는 더 이상 묻지 않았다. 진석은 의자에서 일어나 강원택 박사의 이불을 여며 주며 말했다.

"나노 머신은 내일 아침에 소변으로 나오니까 거름종이로 걸러서 분

필멸의 변 359

리수거해 주시고요. 현재 골밀도 수치가 조금 낮은 편이니까 영양사한테 언질하고 가도록 할게요. 그리고……,"

진석은 미처 말을 맺지 못하고 다시 의자에 풀썩 주저앉았다.

"왜 그러냐?"

강원택 박사가 깜짝 놀라 진석에게 물었다. 급격하게 몰려들어 머릿속의 혈류를 엉키게 했던 어지러움이 조금씩 사라지고 있었다. 진석은 숨을 몰아쉬며 힘겹게 말을 이었다.

"아……무래도 때가 된 모양이군요."

"갱신…… 말이냐?"

"17년 전에 한 차례 갱신을 했으니 슬슬 때가 됐죠. 그래도 굉장히 오래 쓴 편인데요."

"……이번이 벌써 여섯 번째구나. 그렇게 긴 세월은 아니었는데. 그만 가 보거라."

강원택 박사는 쉬기 위해 돌아누웠다. 진석은 순간적으로 외할아버지의 눈가가 젖어 있는 걸 보았지만, 강원택 박사는 돌아누운 채 미동도 하지 않았다.

진석은 저택을 나서면서 이곳저곳에 연락을 돌렸다. 의체의 노후화 징후가 어지러움으로 시작하는 것은 가장 일반적인 경우였다. 이대로 방치한다면 한 달이 되기 전에 의체의 기능이 정지될 것이다. 어지럼증과는 달리 사지가 저린 현상으로 노후화 징후가 시작된다면 그 부위를 시작으로 천천히 근육마비가 되는 것이 보통이었다.

진석은 서울아산생명연구원에 자신의 주치의를 연결하여 날짜를 잡고는 집에서 자신을 기다릴 자신의 시민동반자(civil partnership) 이경아에게 연락을 했다. 그녀는 진석의 갱신에 조금 당황스러워했지만, 곧 집을 잘 지키겠노라고 따뜻하게 말을 건네주었다.

 진석은 집으로 돌아가기 위해 무인택시 위에 올랐다. 바닥의 레일을 따라 이동하는 택시는 고속에도 불구하고 별다른 소음이 없었다. 진석은 집에 도착하자마자 천안에 있는 병원을 처분하기로 마음먹었다. 그간 정이 많이 든 곳이지만, 8년 동안이나 변화가 없는 육신을 환자들에게 납득시키기는 힘들 것이다.

 진석은 시트를 누이고는 액정디스플레이를 호출하여 뉴스에 채널을 고정했다. 뉴스의 헤드라인은 요새 한참 이슈가 되고 있는 '잭 머레이 살인사건'이었다.

 잭 머레이는 런던 IC에 거주하는 미국계 영국인이었다. 그의 죄목은 살인이었으며 피해자는 그의 아내였다. 문제는 잭 머레이가 살인을 한 직후 얼마 안 있어 의체 갱신을 받았다는 점이었다. 그는 자신이 의체 갱신을 전후하여 상당한 기억손실을 일으켰으며, 그 손실분에는 사건이 일어났던 2215년 6월 7일도 포함된다고 주장했다. 이에 대해 의체 연구의 본산인 댑(DAB) 연구소는 즉각 반발하고 나섰다.

 댑 연구소는 잭 머레이는 법의 심판을 피하기 위해 시시한 저능아 흉내를 내고 있을 뿐이며, 현재 그가 갱신 전의 잭 머레이와 정신적으로나 법적으로 완벽한 동일인물이라는 점과, 그가 기억을 잃은 게 사실일지라도 그건 정신병리학적으로 접근할 일이지 의체에 대한 편견으로서 접근할 일이 아니라는 것을 분명하게 못 박았다.

 2차 공판의 결과는 유죄였고, 불멸자인 그에게 필멸의 형벌이 내려졌다. 그는 인터뷰하는 내내 꼴사납게 울었고, 자신은 아무것도 모른다고 소리쳤다. 3차 공판은 2개월 후에 있을 예정이었다.

 그 뒤를 이은 뉴스는 그렇게 흥미로운 것이 없었다. 출산 순번 대기표가 공공연하게 거래되고 있다는 뉴스가 제법 비중 있게 다뤄졌고, 연이어 몽촌토성에 위치한 댑 연구소 소유의 창고를 부랑자들이 습격했다는 얘기가 흘러나왔다. 그 외 대학로에서 시민동반자 제도를 2인 제한인 현행 법규를 개정하여 3인에서 4인, 최대 10인까지 가능하도록 하자는 시위가 벌어지는 모습이 화면과 함께 나왔고, 평양에서 내려오던 중에 실신하여 국회로부터 갱신을 권유받았던 전일기 대통령의 갱신 기간이 끝났다는 발표가 뒤를 이었다.

진석은 시끄럽게 세상 소식을 전하던 액정디스플레이를 수납시키고 눈을 감았다. 갱신은 아마도 일주일쯤 뒤에 시작될 터였다.

존 듀갈 박사의 의문은 애초에 하나였다.

젊은 시절부터 듀갈에게 뿌리 깊은 냉소주의를 심어 주었던 그의 뛰어난 두뇌는 목표한 문제의 해결에 있어서 난색을 표명한 적이 없었다. 그는 17세에 박사논문을 제출했지만 그가 좀 더 일찍 사회의 권위를 인정했거나 듀갈 부부가 18륜 트럭에 치이지 않았다면 그만큼 시간이 걸리지는 않았을 것이다. 미세스 듀갈은 당시 11세이던 어린 존을 시립 도서관의 유아 도서실에 넣어 두고는 너무 오랫동안 쇼핑을 했고, 어린 존은 기다림에 지쳐 결국 그의 첫 박사 논문 주제를 어린이 문고용 『지킬 박사와 하이드』의 여백에 끼적거리게 되었다. 물론 도서관 사서가 책에 색연필로 낙서하는 아이를 두고 볼 리는 없었기에 허둥지둥 도서관에 온 미세스 듀갈은 울어서 두 눈이 퉁퉁 부은 아이 때문에 도서관 사서와 대판 싸워야만 했다.

훗날 하나의 논문으로 완성된 낙서의 제목은 '비연속적 인격과 연속적 신체에 대한 인식 오류 및 연속적 인격과 비연속적 신체에 대한 인식 오류'였다.

장장 270페이지에 이르는 논문으로 존 듀갈은 철학 박사가 됐지만, 그는 자신의 박사 논문을 평할 때마다 논할 가치가 없는 몽상가의 변명이라고 일축했다. 그리고 그는 열아홉의 나이에 생명공학 박사 학위를 땄다. 철학 박사에서 생명공학 박사로의 변신은 파격적이었지만, 기실 그는 그다지 변한 것이 없었다. 처음의 철학 박사논문에서부터 자신이 심각한 유물론자임을 공공연히 드러내온 그는 생명공학 박사가 되자마자 한국의 강원택 박사와의 합작 아래 실리콘을 이용한 원시적인 규소생명체를 만들어 자신의 유물론이 건재하다는 사실을 만방에 알렸다.

그때까지도 여전히 듀갈 박사의 의문은 하나였다.

2217년 8월 8일. 몽촌토성 댑 물류창고.

거대한 입방체의 건물을 앞에 두고 경찰들이 분주하게 오가고 있었다. 강렬한 서치라이트가 건물을 환히 밝히고 있었고, 아마도 고문용으로 개발되었다가 용도변경되었을 것이 분명한 사이렌이 시끄럽게 울어댔다. 지금 경찰들은 곤혹스러운 상황에 직면해 있었다. 물류창고에서 섬광과 폭음이 들렸다는 시민 제보가 들어온 것이 약 30분 전. 3개 서에서 5분 만에 경찰차 6대가 도착했고, 10분 뒤에는 4개 서에서 병력이 증원되어 14대의 경찰차와 기동타격대 3소대가 물류창고를 반포위했다. 현장에는 여전히 포연이 피어오르고 있었고, 물류창고를 둘러싼 높다란 담장 한쪽이 완전히 무너져 내려 있었다. 탄피도 수십여 개가 발견되어 길지 않은 시간 동안 교전도 있었음을 알 수 있었다. 경찰은 곤란에 처해 있을 물류창고의 직원들을 구원하러 나타났지만, 물류창고의 직원들은 강경한 태도로 경찰의 진입을 막았다.

올해로 세 차례의 갱신을 한 불멸자 이성찬 검사는 팔짱을 낀 채 무너진 담장을 가로막고 있는 댑 물류창고 직원을 보면서 냉랭한 어조로 말했다.

"뭐하는 짓이야. 서울 시내에서 나토탄 탄피가 발견되고 RPG가 터진 판인데, 이게 묻어 가면 묻어 갈 수 있는 일이라고 생각하는 건가?"

그의 옆에 있던 검사 시보 성상두가 조심스런 태도로 예측을 말했다. 날렵한 몸매에 큰 키, 그리고 거친 질감의 가죽 재킷이 돋보이는 사내였다.

"재래식 무기를 사용한 걸로 보아, 자연회귀론자들 짓 같기도 합니다만."

"글쎄, 그치들처럼 고지식한 자들한테는 레일건이나 K2나 문명의 이기이긴 마찬가지야. 그 자들이라면 차라리 소 떼를 몰고 와서 벽을 부숴 버렸겠지. 근처에 홍채인식단말기는 조사했나?"

"예, 근데 아무래도 범인들이 위장용 콘택트렌즈를 착용했던 것 같습니다. 근처에 있는 홍채인식단말기는 모두 일곱 개, 등록된 홍채의 개수와 무인카메라의 유동인구 등록수는 동일하지만, 일곱 개 홍채인식단말기에 똑같은 명의가 모두 열네 명입니다."

"똑같은 명의라면 누구?"

"그게……."

성상두는 유출을 꺼리며 이성찬의 귀에 속삭였다. 광택이 흐르는 검정 슈트 차림의 이성찬 검사의 가는 눈매가 더욱 가늘어졌다. 그의 두뇌가 바삐 굴러갔다. 이성찬은 성상두를 바라보며 물었다.

"물론 그 사람이 범인은 아니겠지. 그렇지만 도대체 무슨 의도를 가진

단체인지는 알겠어. 거기서부터 시작하자고. 그러자면 우선 그들이 도대체 뭘 노리고 이 물류창고에 들어갔는지 알아봐야겠지."

이성찬은 근처에 있던 기동타격대원을 불렀다.

"형사사건이니까, 저기 길 막고 있는 새끼들 공무집행 방해로 다 연행해 버리고 안으로 진입해!"

"네? 상대는 댑 연구소입니다. 섣불리 건들지 않는 게……."

기동타격대원은 내심 꺼려지는지 말끝을 흐렸다. 이성찬은 그런 기동타격대원의 허벅지를 걷어차며 소리쳤다.

"뭐야? 이 새끼 소속 어디야? 대기업한테 비실거리라고 국민이 밥 먹여 주는 줄 알아? 당장 최후통첩하고 시간 되면 가차 없이 들어가!"

"네. 넷!"

기동타격대원은 포위진형을 지휘하고 있는 팀장에게 뛰어가 말을 전했다. 이성찬은 멀리서 그 광경을 물끄러미 바라보았다. 뛰어간 기동타격대원이 두어 번 손가락으로 이성찬을 가리켰고, 거친 몸짓으로 대원을 질책하던 팀장은 이성찬을 바라보았다. 이성찬은 씩 웃어 주고는 현란한 몸짓으로 마치 야구사인 같은 신호를 보냈다. 신호는 길었지만 내용은 그다지 길지 않았다.

'닥치고 들어가.'

팀장은 별다른 신호는 안 했지만 표정과 몸짓으로 말하고 있었다.

'하지만…….'

이성찬은 별다른 표정 변화 없이 똑같은 신호를 보낸 후, 손날을 세워 목을 긋는 시늉을 했다.

'닥치고 들어가. 집에서 애나 보게 해 줄까?'

팀장은 포기한 듯 한숨을 푹 내쉬고는 마이크를 들었다.

"물류창고 임직원들은 지금 바로 퇴거하고 귀가해 주시기 바랍니다. 이는 최후통첩입니다. 당신들의 행위는 공무 수행에 막대한 차질을……."

이성찬은 어느새 팀장 곁으로 다가와 마이크를 뺏었다.

"지금 사정하나!? '한번 나가 주세요'라고 울먹여 보지그래!?"

이성찬은 팀장을 한번 노려보고는 마이크에다 말을 뱉어 내기 시작했다.

"아, 아, 전방에 있는 댑 물류창고 임직원에게 고한다. 형사사건의 현장을 무단 점거한 당신들의 행위는 얄짤 없이 공무집행방해죄에 속한다. 거기에는 사유지고 뭐고 없으니, 알아서 협조하기 바라며 시간은 넉넉하게 180초 주도록 하겠다. 180초 후에도 현장을 무단 점거하고 있을 경우에는 당신네들의 세금으로 우리 대원들이 얼마나 열심히 훈련받았는지 몸으로 느끼게 해 주겠다. 이상."

주변의 술렁임을 뒤로하고 이성찬은 손목시계를 확인하며 경찰차의 보닛 위에 걸터앉았다. 잠시간의 소요가 가라앉고 정적이 감도는 가운데 3분의 시간은 금세 흘러갔다. 직원들은 여전히 길을 막고 있었다. 이성찬은 입술을 잘근잘근 씹고는 벌떡 일어나서 다시 마이크를 들었다.

"좋다. 당신들의 애사심은 이제 충분히 알았으니, 약속대로 대한민국 경찰의 수준이 어떤지 몸으로 느끼게 해 주겠다. 기동타격대 1소대 2소대 진입!"

이성찬의 말이 끝나기가 무섭게 전투화의 발소리가 일사불란하게 울려 퍼졌다. 돈파 형의 경찰 곤봉을 앞으로 내세운 기동타격대들이 댑 물류창고의 직원들을 압박하기 시작했다.

그들이 충돌하기 직전, 어두운 밤하늘을 밝히며 거대한 돔을 양편에 달고 있는 자이로헬기가 현장으로 내려왔다. 소리는 그다지 크지 않았지만, 헬기의 서치라이터가 주변을 한번 훑어 내자 사람들은 부지불식간에 동작을 멈출 수밖에 없었다.

"어떤 새끼인지 등장 한번 요란하군."

이성찬은 작전을 중단시킨 것이 못마땅한 듯 볼멘소리를 했지만, 헬기의 옆면에 박혀 있는 청와대 표식은 쉽게 무시할 성질의 것이 아니었다. 헬기는 자연스레 물류창고와 경찰들 사이에 내려앉았고, 곧이어 두 명의 사람이 내렸다. 깡마른 체격에 몸에 붙는 슈트 차림을 한 사내와 슈트케이스를 한쪽 손에 들고 있는 작은 키의 사내였다. 이성찬에게 다가온 둘은 별다른 말 없이 슈트케이스에서 종이 한 장을 건넸다.

종이를 읽은 이성찬의 인상이 무섭도록 찌푸려졌다.

"도대체 이게 무슨 뜻이지? 이의조차 제기하지 말고 이 많은 병력을 그냥 물리라고?"

깡마른 사내는 그 체형만큼이나 메마르게 들리는 목소리로 말했다.

"질문은 허용하지 않는다고 했습니다. 다 읽으셨으면 명령서는 돌려주시죠."

사내는 굳어 있는 이성찬의 손에서 명령서를 가볍게 빼 들고는 다시 슈트케이스에 넣었다.

"그럼 이만."

짤막한 인사를 끝으로 사내는 다시 자이로헬기에 탑승하고는 하늘로 날아올랐다. 이성찬은 급하게 머리를 굴려 보았지만, 답이 나오지 않았다. 기실 그가 답을 찾지 못하는 이유는 생각할 만한 단서가 부족해서는 아니었다. 이성찬에게는 이 상황 자체가 강력한 단서였지만, 이 생뚱맞은 단서들 간의 거리를 좁히기가 힘들었던 것이다.

필멸의 변

'자자, 제한을 두지 말자.'

이성찬은 상식을 외면하는 상대들에게 걸맞은 상식을 벗어난 시나리오를 생각하기 시작했다. 이성찬은 경찰을 해산하고는 주머니에서 오래 묵은 담배를 꺼내 물었다. 불멸자가 된 이후로 담배의 맛은 느낄 수 없었지만, 가끔 예전의 맛이 기억나기는 했다. 담배 연기를 따라 올라간 이성찬의 시야에 댑 몽촌 물류창고가 거대한 그림자를 드리우고 있었다.

2217년 8월 11일. 천안 갈무리 개인 병원.

"그쪽 화면으로 보이지. 지금 추정 몸무게는 2.1킬로고, 유전적 질병이나 기형도 전혀 보이지 않네. 아주 귀여운 아기야."

진석은 병원에 있는 싸구려 인체투사 스캐너로 임산부에게 아이를 보여 주고 있었다. 임산부는 자신의 뱃속이 훤히 보인다는 사실이 부끄러운지 얼굴을 붉혔지만, 눈동자는 열심히 아기의 몸짓을 따라가고 있었다.

"저기 화면이 일그러진 곳은 뭐죠?"

임산부는 화면에 나온 아기의 허리 아래를 가리키며 물었다.

"모자이크 처리야. 아기의 성별은 10월 말에 확인하라고. 아, 그리고 골반이 좁은 편이니까 난산을 조심해야 해."

임산부는 아기의 성별이 궁금해서 안달이 났지만, 진석은 짐짓 태연한 척하며 임산부를 못 본 척하고 있었다. 스캐너에서 내려온 임산부는 혹시나 해서 진석의 뒤를 기웃거렸지만 진석은 냉큼 모니터를 꺼 버렸다.

"선생님이 생각하시는 것처럼 어리석은 짓은 하지 않을 거예요. 가르쳐 주시면 안 돼요?"

"글쎄, 믿어 주고는 싶다만 정말로 상관이 없다면 재미없게 미리 알 거야 없지."

진석은 대충 얼버무리며 넘어갔지만, 실제로는 전혀 알려 줄 생각이 없었다. 임산부는 이아람이라는 열아홉 살의 미혼모였다. 그녀는 2월 초에 외지인에게 강간을 당했고 곧 임신을 하게 되었다. 몇 번의 힘든 고비를 넘기고 그녀는 자신을, 그리고 자신의 아이를 긍정할 수 있게 되었다. 하지만 강간으로 임신한 아이가 사내아이일 경우 임산부가 강간범과 아이를 동일시할 수도 있기 때문에 진석은 위험한 말은 하지 않기로 마음먹었다. 아람은 몸이 힘든지 의자에 앉아 숨을 몰아쉬었다.

"선생님, 병원 옮기신다면서요?"

"응? 아 그래, 4일 후에 병원을 닫을 생각이다. 그러고 보니 너를 진찰하는 것도 이번이 마지막이 되겠구나."

"그래요? 어쩌죠? 선생님이 아니면 아이를 낳을 자신이 없는데."

아람의 말을 끝으로 잠시 침묵이 흘렀다. 병원의 시큰한 소독약 냄새가 새삼 코로 파고들었고 밖에서는 매미소리가 요란했다. 진석이 그 침묵을 조금 부담스럽게 느낄 때쯤 아람이 다시 입을 열었다.

"선생님은 의체를 어떻게 생각하세요?"

갑작스러운 질문에 진석은 속이 뜨끔했지만, 그건 터무니없는 자격지심일 뿐이었다.

"긍정도 부정도 하지 않지. 단지 선택일 뿐이라고 생각해."

아람은 눈을 동그랗게 뜨고 되물었다.

"의외네요. 어쨌든 선생님은 의사고 하니까 의체를 부정할 줄 알았어요. 다른 건 몰라도 밥벌이는 확실히 줄여 주고 있잖아요."

실제로 대부분의 의사들은 의체를 반대할 뿐 아니라 제일 극렬한 데

모꾼들이었다. 의체와 인체가 없는 자와 있는 자의 계층구분으로 점차 비화되는 시점에서 그들의 투쟁은 많은 정치적, 도덕적 함의를 담고 있었다.

"넌 의체를 어떻게 생각하지?"

평소라면 하지 않았을 질문이지만, 진석은 대답을 듣고 싶었다.

"전 작년만 해도 너무나 의체를 동경했어요. 영원한 젊음, 영원한 삶, 부럽고 가지고 싶지 않다면 거짓말이겠죠. 그렇지만 저희 집이 결코 의체를 할 사정이 못 된다는 것도 알고 있었어요.

영원한 삶을 사는 자들과 그렇지 못한 자들이라는 괴리도 견디기 힘든데, 전 그중에서도 후자에 속해 있었죠."

"근데?"

"그냥, 이 아이를 가지면서 생각이 많이 바뀌었어요. 이 아이를 임신했던 그 일이 있고 난 후 한동안 그랬어요. 먹는 것, 마시는 것, 숨 쉬는 것, 모두 귀찮았죠. 도대체 왜 내가 그런 일을 해야만 하는지 의미를 찾기 힘들었거든요. 미약하게 숨 쉬며 몇 날 며칠을 방 안에서 잠만 잤어요.

그러다 어느 순간, 누구의 허기인지도 모를 허기가 불현듯 속에서 올라왔어요. 정신을 차려 보니 밥솥을 붙잡고 맨밥을 먹고 있더군요. 그때 깨달았어요. 사람이 하루살이처럼 입과 항문이 봉해지지 않은 채 태어난 이유는 매순간 귀찮게 호흡하고 때맞춰 밥 먹으면서 자신이 살아 있다는 것을 잊지 말라는 신의 배려라는 걸 말이에요. 그리고 이 아이와 살고자 하는 마음이 생겼죠."

진석이 아람을 검진하기 시작한 것은 꽤 오래전부터였지만, 오늘 그녀가 하는 이야기는 모두 처음 듣는 이야기들이었다.

"아이를 가지니 의체에 대한 생각이 바뀌던가?"

"의체를 한 사람들은 그렇다면서요. 아이를 가지고 싶어도 순번을 허락받아야 하고, 자기가 직접 임신하는 것이 아니라 정자와 난자를 시험관에서 수정시키고 인조자궁에서 아이가 자라난다고. 그러고는 마치 선물처럼 집으로 아이가 배달되어 오겠죠. 그 사람들이 과연 아이와 어미가 나누는 교분을 이해할 수 있을까요? 먹는 것과 숨 쉬는 것, 심지어 생각하는 것조차 공유하는 아이와 어미의 관계를 그들이 알까요? 그들은 모를 거예요. 그리고 학교도 없는 그곳에서 아이는 젊은 외모의 어른들 틈에 섞여 외롭게 자라나겠죠."

아람은 손으로 진석의 탁자를 가리켰다.

"저는요. 아이를 낳으면 저곳으로 갈 거예요."

탁자 위에 있는 달력에는 세렝게티의 넓은 초원 위를 뒤덮다시피 한 누우 떼의 사진이 있었다.

"아프리카 말이에요. 불멸자들의 도시도 없고, 사람들이 순수하게 죽고 다시 태어나는 곳."

진석은 자신의 탁자 위에 놓인 달력을 물끄러미 바라보았다. 벌써 8월인데, 진석은 달력의 사진을 처음 보는 기분이었다.

2217년 8월 12일. 서울 IC 대검찰청.

대검찰청 강력부 강력과 과장실에는 계절에 어울리지 않게 미미한 한기가 돌고 있었다. 전투적이고 냉소적으로 보이는 가는 눈매를 가진 사내가 책상에 앉아 있는 강력과 과장인 김준기를 내려다보고 있었다. 김준기는 언제나 이성찬의 눈매가 맘에 들지 않았다. 그의 능력은 인정하고 있었지만, 얼핏 냉정해 보이는 이성찬이 문제에 집착하기 시작했을 때 어떤 광기를 띠는지도 충분히 알고 있었다. 김준기는 그 성향이 자주 드러나지는 않지만 언젠가는 분명 지금까지 참아 온 것을 충분히 상회하고도 남을 만큼의 사고를 치게 만들 것이라고 내심 불안해하고 있었다.

김준기가 보기에는 아무래도 그날이 오늘인 것 같았다.

"지금 이걸 보고서라고 쓴 건가? 댑 물류창고를 압수수색해야 한다고?"

"물론, 무슨 문제 있나?"

이성찬은 다짜고짜 반말로 반문했다. 사실 그와 김준기는 기수가 같았지만, 이성찬의 성격은 아무래도 제도권에 적합하지 않은 편이었다.

"어떤 근거로 말인가?"

"보고서를 자세히 안 읽은 모양이군. 현장에서 재래식 무기가 다량 발견되고 포연과 폭파 흔적이 분명하다고 적혀 있을 텐데? 더불어 그날 방송사의 방송태도는 충분히 외압의 가능성을 보여 주고 있다고 말이야. 서울 IC에서 부랑자가 대전차포를 들고 다닌다고 하면 개가 웃을 노릇이지."

"그건 압수수색의 이유가 될 수 없어. 엄연히 댑 측이 피해자니까."

"사건과 별개로 형사사건의 현장을 무단점거했다는 점에서 그들의 합법성을 의심해 볼 수는 있겠지."

김준기는 참기 힘들었다. 자신이 납득하지 못하고 있는 것을 납득시켜야 하는 상황 자체가 불쾌했을 뿐더러, 이성찬이 뭘 몰라서 경거망동하는 인물은 아니었기에 자신의 설명이란 것은 허공으로 자꾸만 흩어지고 있었다. 이성찬은 아무것도 아닌 듯이 말하고 요구했지만 김준기에게 그의 모습은 전쟁을 준비 중일 뿐 아니라 참전마저 강요하고 있는 것처럼 보였다.

"그곳은 사유지야. 아니, 사실 그게 중요한 건 아니지. 알고 있지 않나? 일부러 모른 척하고 있는 건가? 댑 물류창고는 원양에서 잡아 온 참치나 얼려 두는 곳이 아니야. 그곳은 신인류의 모태라고. 자네도 그날 겪어 봐서 알겠지만 그곳은 청와대의 비호도 받고 있어. 대통령이 개입했단 말이야!"

김준기는 그다지 하고 싶지 않은 말까지 꺼냈다. 검찰이 대통령의 개입에 수사의 손길을 거뒀다는 것은 절대 명예스럽다고는 할 수 없는 일일 것이다.

"사법기관인 검찰이 행정부 통령의 명에 따라 병력을 물린 것은 분명히 위헌일 텐데. 아닌가? 필요하다면 대통령 침실도 뒤질 수 있는 게 검찰이야. 성역 따윈 없어!"

"아니, 성역은 존재해. 지금까지 없었을지라도 지금부터는 존재하고, 그곳은 바로 댑 물류창고야. 알았나? 손 떼, 이성찬. 괜한 희생양을 자처하지는 마. 대화는 이걸로 끝이야."

김준기는 대화를 끝마치기 위해 빠르게 말을 내뱉었다. 이성찬은 과장을 노려보았지만, 더 이상 입을 열지는 않았다. 김준기는 한숨을 내쉬며 다시 말했다.

"이성찬, 이미 이 사건은 검찰의 손을 떠났어. 군대가 나섰다고. 검찰 내부에서도 더 이상 사건에 관여하지 않기를 바라는 분위기야."

"흐음, 부랑자를 잡겠다고 군대까지 동원되었단 말인가?"

상기된 이성찬의 표정을 본 김준기는 자신이 실수했음을 깨달았다. 이성찬은 김준기에게 바싹 다가오며 말했다.

"잘 들어, 김준기. 지금 사태를 파악하지 못하고 있는 건 너야. 댑 몽촌 물류창고에 뭐가 있지? 그곳에는 갱신자들의 새로운 육신이 될 영혼이 없는 의체들이 가득해. 그 의체가 어떻게 악용될 수 있을지 생각해 봤나? 그 의체들이 예정된 갱신자가 아닌 사람들의 갱신을 받는다면 어떻게 될까, 우리의 사회제도가 그런 존재들을 걸러 낼 수 있을까? 만약 적당한 대통령 후보가 없는 여당 측이 유력한 인사를 골라 갱신을 바꿔치기할 생각이라거나 한다면 우리가 거기에 제재를 가할 수 있을까?

이런 식으로 갱신에 대한 불신이 쌓인다면 실리카 루시(Silica Lucy) 이후에 쌓아 올린 이 세계가 무너지는 것도 한순간이겠지.

김준기, 위정자의 87퍼센트가 일곱 차례 이상 갱신한 불멸자들이야. 그들의 정체성을 우리가 지키지 않는다면 장기적으로는 이 사회 전체가 몰락할 수도 있어."

"확대해석하지 마. 분실된 의체 같은 건 존재하지 않아. 군대가 동원된 이유는 네 말대로 대량의 재래식 무기가 국내에 들어왔다는 것이 확인됐기 때문이야."

"그건 검찰이 이 사건에서 소외된 이유가 될 수 없어."

"이성찬, 더 이상 해 줄 말은 없어. 난 그 어떤 지원도 너에게 해 줄 수 없는 입장이야. 이해해 주기 바라. 그만 나가 줘."

이성찬은 굳은 얼굴로 과장실을 나갔다. 김준기는 경직되어 있던 어깨를 주무르며 의자에 몸을 기대었다.

"갱신을 바꿔치기하다니 과도한 상상이야……."

검사 시보인 성상두는 오늘따라 자신의 걸음걸이가 어색하게 느껴지자 뭔가 께름칙했다. 이는 중량이 최소화된 의체인 슬렌더 타입(slender type)으로 갱신을 받은 후 자신의 근력과 맞지 않는 체중 때문에 생긴 부작용이었는데, 그만이 가지고 있는 징크스에 의하면 이런 날은 꼭 운수가 사나웠다. 가볍게 섀도복싱을 하며 몸을 풀고 있자 과장실에서 일을 마친 이성찬이 나왔다.

"어떻게 됐어요? 쉽지 않을 것 같던데."

"이미 이 사건은 검찰 관할이 아니라고 하더군."

"아아, 역시 그렇게 됐군요. 청와대 표식을 단 헬기가 날아오는 순간, 뭔가 예감이 안 좋긴 했어요. 그럼 애초 계획대로 하실 생각이세요?"

이성찬은 가볍게 고개를 끄덕였다.

"저녁 열 시, 장비 챙겨서 본관에서 다시 보자고, 성 시보."

성상두가 장난기 어린 말투로 물었다.

"검사께서 담을 넘으셔서야 누굴 훈계할 입장이 못 되지 않아요?"

이성찬은 대수롭지 않다는 표정으로 말했다.

"조금 예외적인 조사일 뿐이야."

"야간수당도 안 챙겨 준다는 점에서는 확실히 그렇군요."

성상두는 창밖을 바라봤다. 일기예보는 오키나와 쪽에서 올라오는 태풍에 대해 언급했지만, 하늘은 아직 구름 한 점 없이 말끔했다. 바람마저 잦아들어 마치 사진을 보는 것처럼 가로수도 멈춰 있었다. 그러나 갑작스레 침묵한 매미들이 태풍이 그리 멀지 않음을 얘기해 주고 있었다.

2217년 8월 15일. 서울 IC 삼성동 구 코엑스.

21세기에 들어선 이후로 건축의 가장 큰 목표는 다시 '더 높게'였다. 20세기에 각국에서 벌어진 고층건물 레이스가 다분히 국가의 위신과 경제력 과시의 면모가 강했다면, 21세기의 고층건물 레이스는 그보다는 더 절박하고 확고한 동기를 가지고 있었다.

더 이상 땅이 없었던 것이다.

도시의 수평적 팽창은 많은 면에서 한계였고, 사람들은 바벨탑의 붕괴가 이미 시효가 지난 낡은 우화라고 생각했다. 400층, 800층, 1000층 규모의 건물들이 하늘과 땅을 잇는 다리처럼 곳곳에서 솟아오르기 시작했다. 사람들은 우스갯소리로 자살을 결심하는 데 걸리는 시간보다 떨어지는 데 걸리는 시간이 더 길 것이라고 말하곤 했다.

새로운 건축 붐 속에서 많은 옛 시대의 건물들이 사람들의 기억 속에서 잊혔다.

구 코엑스 또한 그런 옛 시대의 건물 중 하나였다. 2217년에도 사람들은 코엑스라는 이름을 기억했지만, 그들이 기억하는 코엑스는 구 코엑스를 덮고 있는 거대한 쇼핑몰일 뿐이었다.

외면받고 잊혀 버린 건물들 속에는 그 건물들을 닮은 거주자들이 모여들기 시작했다. 행정특구로서 불멸자들의 도시가 된 서울 상층부와 달리 서울이라는 이름을 짊어진 또 다른 그림자 도시는 더럽고 음습했으며, 필멸자들이 살고 있었다.

구 코엑스의 거주자는 3000여 명으로 서울의 지하거주지 중 가장 큰 규모였다. 그곳은 불법적인 거주지임에도 학교나 병원 등의 시설이 갖추어져 있었고, 다른 지하거주지에 비해 마약의 유통이나 유혈사태도 적은 편이었다. 과거에 극장으로 사용되었다던 장소를 이용해서 주말마다 미사를 드릴 수 있었고 수족관으로 사용되던 곳도 있었기 때문에 식수를 구하는 데에도 큰 어려움이 없었다.

이 모든 것의 기틀을 잡은 인물은 30년 전에 구 코엑스로 흘러들어 온 한 사내였다. 사내는 들어온 직후에 놀라운 조직력으로 구 코엑스에서 암투를 벌이던 군소 폭력조직을 일소하고, 자경단을 세워 거주지의 질서를 바로잡아 갔다. 사내는 해박했고, 지금은 거의 사라지다시피한 종교들의 제례의식도 많이 알고 있었다. 그는 사람들에게 선생님이 되어 주었고, 신부가 되어 주었으며 재판관이 되어 주었다. 그의 이름을 아는 사람은 아무도 없었지만, 사람들은 존경의 마음을 담아 그를 '파파(pa-pa)'라고 불렀다.

파파는 두 명의 수행원과 함께 '계곡길'이라고 불리는 아케이드를 걷고 있었다. 다른 곳 같으면 거주민들이 파파에게 인사를 건네느라 주변이 부산스러웠겠지만 자경단 외에는 출입이 제한되어 있는 계곡길에서는 간간이 마주치는 자경단원들의 절도 있는 인사 밖에 없었다.

평소에는 자경단원들의 병원 겸 휴게실로 사용되던 아셈병원이 평소와 다른 긴장으로 가득 차 있었다. 아셈병원의 입구 부근에는 네 명의 자경단원들이 K2소총을 들고 경계를 서고 있었다. 파파가 다가오자 자경단원들은 다소 어려워하면서 암구어를 물었다. 자경단원들은 파파에게마저 암구어를 물어야 된다는 게 어색했지만 얼렁뚱땅 넘어가다가는 누구보다 파파한테 경을 칠 노릇이었다.

"돼지가 먹는 것은?"

"사람."

"사람을 먹는 것은?"

"앰브로스 드 비어스."

"지나가십시오."

파파는 자경단원을 지나쳐 깊숙한 내부로 들어갔다. 파파가 들어오자 아셈병원의 유일한 의사이자 병원장인 폴 그린그래스가 꾸벅 인사했다. 둥그런 안경에 길게 곱슬머리를 기른 이 영국 태생 괴짜는 '서울 IC의 그림자 도시, 그리고 저항자들'이라는 제목으로 실린 타블로이드 신문의 기사를 보고는 바로 서울행 비행기에 몸을 실었다고 했다. 그때 그의 나이가 27세. 최초의 의체갱신을 보름 남긴 시점이었다.

"어서 와. 파파."

이미 한국에 들어온 지 20년이 지났기 때문에 그의 한국어 발음은 전혀 어색하지 않았다. 젊은 의학도는 이국의 땅 가장 깊숙한 곳에서 중년이 되어 있었다. 폴의 뒤를 따라가자 장비가 갖추어진 수술실이 나왔다. 이미 첨단이라기에는 시효가 지난 수술기구들이 복잡한 선을 그리며 그로테스크한 풍경을 만들고 있었다. 중앙에 놓인 두 개의 침대 중 왼쪽 침대 위에 젊은 사내가 혼절한 채 누워 있었다. 사내의 심장은 느리게 박동하고 있었지만, 얼굴은 시체만큼이나 창백했다.

"아직 깨어나지 못했는가?"

"생명반응은 있지만, 정신은 차리지 못하고 있어. 여러 가지 수단을 써 봤지만, 의체전문의가 아닌 나로서는 한계가 있지."

"방법이 없겠나?"

"이미 통상적인 방법은 다 사용해 보았어. 하지만 반응이 없더군. 아무래도 갱신 직후에 어떤 처리를 한 것 같은데, 그걸 도무지 알 수 없어. 아무리 인체와 의체의 메커니즘이 비슷하다고 해도 어딘가는 다를 수밖에 없으니 말이야."

파파는 폴의 말에 신음을 흘렸다. 몽촌토성을 나오는 순간 가장 어려운 고비를 넘겼다고 생각했지만 그에게는 아직 난관이 남아 있었다.

"같이 가져온 '의체갱신기'는 사용법이 좀 파악되나?"

폴은 면목 없는지 힘없이 고개를 저었다.

"아직…… 그래도 지금 방법을 찾아보고 있으니 그렇게 오래 걸리진 않을 거야."

"폴, 나에게는 시간이 많지 않아. 알고 있지 않나? 나는 이 일을 마무리 짓지 않고는 결코 죽을 수 없어. 조금만 더 노력해 주게."

폴은 파파의 얼굴을 찬찬히 바라보았다. 희끗희끗한 흰머리로 대충 나이는 짐작할 수 있었지만, 크고 건장한 체구와 몸짓은 젊은이 못지않았다. 그러나 폴은 파파의 상태를 알고 있었다. 그의 내부에는 변형 분열된 기생세포들이 자신의 숙주를 갉아먹고 있었다. 지금은 진통제로 병의 상세를 억제하고 있지만, 어느 순간 임계점이 넘으면 그의 몸은 쓰러질 것이었다. 폴은 파파의 어깨에 손을 얹으며 말했다.

"파파의 숙원이 곧 내 숙원이야."

듀갈 부부는 존 듀갈 박사가 열다섯 살일 때 사고를 당했다. 친척의 결혼식에 참가했다가 늦은 저녁에 헬싱키에 돌아오게 된 부부는 잠을 자기 위해 자동차를 자동운항 모드로 돌렸다. 미세하게 도로에 코팅된 크롬 입자를 스캐너로 읽어 들이며 달리던 자동차는 차선변경을 하던 도중에 반대편에 있던 차선의 크롬 입자에 혼동을 일으켜 중앙선을 넘어 역주행을 하기 시작했고, 곧이어 맞은편에서 달려오던 18륜 트럭과 충돌했다. 듀갈 부부의 차는 휴지처럼 일그러졌고 트럭은 차 위에 올라앉아 버렸지만, 기적적으로 그 둘은 목숨을 잃지 않았다.

몇 가지 논란, 그리고 재판이 연이었다. 길고 긴 재판기간의 마지막에 회사는 결국 탑승시 차선 설정기능의 오류로 인해 자동차의 자동운항모드가 1차선을 2차선으로 인지하고 있었다는 점을 인정했다.

보상금으로 경제적인 문제는 해결이 되었다. 그러나 존 듀갈의 아버지는 두 팔과 오른쪽 다리를 잃었고, 어머니는 와이퍼에 두 눈을 찔려 실명하게 되었다. 그리고 얼마 안 있어 존 듀갈의 어머니는 실명의 후유증으로 심각한 정신질환에 빠지게 되었다.

분명히 천재였지만, 또한 분명히 청소년기였던 존 듀갈은 언제나 긍정적이고 매사에 진취적이었던 부모의 변한 모습을 받아들이기 힘들었다. 융프라우에서의 스노우보딩이 낙이었던 그의 아버지는 왼쪽 다리의 아킬레스건을 물어뜯는 자살시도를 두 번 했고, 고등부 교사였던 그의 어머니는 근처에 사람만 있으면 짐승 같은 괴성을 질러 댔다.

자신의 머리를 쥐어뜯으며 비명을 지르는 어머니의 밑을 닦아 내면서 그는 자신이 여전히 아버지와 어머니를 갖고 있다고 생각하기 힘들었다. 그는 이제 고아였고 그들은 그저 부모의 유령이고 흔적이었다.

오래전부터 그의 내부에 있던 의문이 그 깊이를 쌓아 가기 시작했다. 어쩌면 자신의 의문 자체가 부모의 사고에서 비롯되었을지도 모른다는 전후가 뒤바뀐 기시감조차 느끼기 시작했다.

그는 열여섯 살이 되던 생일날 이후로 더 이상 병문안을 가지 않았다.

2217년 8월 13일. 몽촌토성 댑 물류창고.

이성찬과 성상두는 댑 물류창고를 한눈에 내려다볼 수 있는 건물의 구름다리에 올라 있었다. 멀리 피뢰침처럼 앙상하게 하늘을 찌르고 있는 빌딩들이 빛을 발하고 있었다.

물류창고는 3개 동으로 지어져 있었는데, 관리용 건물 한 채와 발전소 역할을 하는 건물이 한 채, 그리고 가장 큰 건물인 창고가 한 채 있었다. 의외로 사건이 일어난 지 5일이 채 지나지 않았음에도 물류창고의 주변은 경비가 그다지 삼엄하지 않았다. 물론 일반적인 건물들보다는 경비의 수가 배 이상 많았지만, 얼마 전에 시가전을 벌인 건물치고는 꽤 평온

하다고 할 만한 모습이었다. 기실 이성찬은 경비들의 수 같은 건 그다지 신경 쓰지 않았다. 총기가 금지되어 있는 이 나라에서 사설경비단체가 가질 수 있는 장비란 게 다 뻔한 것들이었고, 그런 것들은 그들이 입고 있는 방호복만으로도 충분히 방비할 수 있는 것이었다.

이성찬은 중앙정보원에서 일하는 친구에게 얻은 물류창고 투시도를 홀로그램으로 잠시 살핀 후에 다시 물류창고를 내려다보았다. 성상두는 홀로그램 투시도를 보고는 작게 휘파람을 불었다.

"대단한데요. 그런 건 도대체 어디서 구하는 거예요?"

"중정원에 있는 친구가 줬어."

성상두는 '그 성격에 친구도 있었어요?' 라는 말을 꾹 삼키고는 말했다.

"대단한 친구군요."

위에서 경비들이 배치된 모양새와 폭발의 흔적을 보자 대충 틈입자들이 어디로 침투했는지를 알 수 있었다. 그들은 전혀 우회하지 않고, 눈앞에 있는 벽이란 벽은 다 부수면서 의체보관소로 향했던 것이었다.

대충 목표를 확인한 이성찬이 성상두에게 신호를 보냈고, 서로 거리를 벌린 둘은 구름다리에서 물류창고를 향해 뛰어내렸다. 순간, 이성찬과 성상두의 등에서 새까만 낙하산이 튀어나왔다. 천천히 끈을 조절하며 물류창고의 옥상으로 접근한 둘은 가볍게 환풍기 주변으로 내려앉았다. 낙하산을 차곡차곡 접어 배낭에 수납한 후 둘은 경비들의 눈을 피하기 위해 사고현장의 반대편으로 내려갔다. 둘은 창고 건물에 있는 네 개의 직원 출입구 중에 가장 후미지고 가장 많이 돌아가는 직원 출입구를 택했다. 출입구는 카드 키 타입이었다. 이성찬은 등가방을 뒤적거리더니 조그만 PDA가 연결된 카드를 꺼내 삽입구에 꽂아 넣었다. PDA를 통해 2분 동안 2000만 가지 이상의 패턴이 차례로 입력되었고, 물류창고의 직원용 출입구는 작은 비저 음과 함께 항복 선언을 했다.

"그것도 친구가 준 거예요?"

이성찬은 고개를 끄덕이고는 안으로 들어갔다. 새하얀 통로가 이어져 있는 내부에는 사람도 없고 대단히 한적한 편이었다. 얼마 가지 않아 의체보관소로 통하는 문이 나왔다. 하지만 그곳에서 둘은 고민에 빠질 수밖에 없었다. 출입구에는 세 가지의 보안 장비가 설치되어 있었는데, 음성과 홍채, 그리고 정맥혈 검사가 그것이었다. 성상두는 보안 장비를 노려보며 중얼거렸다.

"맙소사. 무슨 영화가 따로 없군. 이번엔 친구가 준 거 없어요?"

"내 친구가 무슨 만물상인줄 아냐?"

그때 그들의 눈에 왼쪽 편 복도에 늘어선 이동식 침대들이 보였다. 침대 위에는 사람으로 짐작되는 무엇이 천으로 덮여 있었다. 이성찬과 성상두는 동시에 서로를 쳐다보며 쾌재를 불렀다. 천을 들어 보자 그것들은 역시나 입고되기 직전의 의체들이었다. 둘은 제일 끝에 있는 이동식 침대로 다가가 천을 벗겼다. 하나는 여자였고, 하나는 남자였다. 이성찬은 남자의 의체를 들어서 다른 침대에 넣으려 했지만 좁은 이동식 침대에 둘을 누이려니 조금 비좁았다. 그때 의체의 팔이 밖으로 삐져나왔다. 팔을 다시 침대에 집어넣으려던 이성찬은 뭔가 이상한 것을 발견하고는 의체의 손을 바라보았다. 의체의 손등에는 작은 문신이 그려져 있었다. 누구나 흔히 하곤 하는 패션문신이었지만, 갱신될 의체에 문신이라는 것이 마음에 걸렸다. 이성찬은 잠시 문신을 바라보다가 다시 팔을 침대에 밀어 넣고는 천을 꼼꼼히 덮었다. 당장 급한 일은 따로 있었다. 빈 침대에 몸을 누이려던 이성찬은 여성 의체를 바닥에 뉘이고 여기저기 침대를 뒤지고 있는 성상두를 불렀다.

"뭐하는 거야?!"

"다른 여성 의체를 찾고 있었어요."

"그냥 아무 곳에나 집어넣어!"

"그래도 이제 새 몸으로 다시 태어나는 마당인데, 남자랑 동침시킬 수야 없잖아요."

이성찬은 어이가 없었지만 혀를 한 번 차고는 침대에 누웠다.

침대는 새벽 4시가 되어서야 이동하기 시작했다. 깜박 잠이 들었던 성상두는 순간적으로 평소에 잠이 깰 때처럼 사방으로 기지개를 펴려는 자신을 추스르느라 고생해야만 했다. 규칙적으로 다가왔다가 멀어지던 발걸음 소리가 성상두의 머리맡에서 멈춰 섰고, 곧이어 어딘가로 침대가 이동하고 있는 것이 느껴졌다. 발걸음 소리를 들어 보니 침대를 이동하고 있는 사람은 둘이었다. 어느 정도 이동하자 어둠속으로 들어왔는지 흰 천을 투과하던 빛이 사라졌다. 침대는 왼쪽으로 두 번을 꺾으며 이동했고 마지막으로 오른쪽으로 한 번 꺾고는 멈춰 섰다. 아무래도 자리를 잡은 모양이었다. 그 이후로도 발자국 소리는 꾸준히 멀어졌다 다가오기를 반복했고, 10여 분 후에는 멀어진 채로 돌아오지 않았다. 안전을 위해 성상두는 그러고도 10분을 더 누워 있었다. 그러나 성상두는 천을 걷어치우고 일어서는 순간 누군가가 곁에 있다는 것을 깨달았고, 질겁하며 총을 겨누었다. 그러자 놀란 상대방도 순간적으로 총을 겨누었다.

"총?"

"뭐냐? 너였냐?"

상대방은 이성찬 검사였다. 이성찬 검사는 총구로 성상두의 머리를 콕 찍고는 말했다.

"침이나 닦아라. 그 상황에 잠이 오냐?"

필멸의 변 **383**

성상두가 황급히 침을 닦으며 주변을 둘러보았다. 그리고 성상두는 끝없이 늘어선 침대들을 볼 수 있었다. 조명이 개별적으로 침대를 비추고 있었다.

"정말 많군요. 이 사이에서 분실된 의체가 뭔지 찾을 수 있을까요?"

이성찬은 어깨를 으쓱하고는 의체들 사이를 누비기 시작했다. 의체가 놓인 침대는 가로로 40열에 세로로 60열이었다. 20분이 지난 후, 둘은 뭔가를 발견했는지 멀리 떨어져 있는 서로에게 손짓을 했다. 둘 다 침대에 붙어 있어야 할 탭을 손에 들고 있었다. 이성찬은 잔뜩 굳은 얼굴로 얼굴이 붉게 상기된 성상두에게 물었다.

"뭘 발견한 거냐?"

성상두는 이성찬의 물음에 짐짓 빼면서 말했다.

"먼저 보여 주시지요. 뭘 발견하셨는지는 몰라도 저보다 놀랍지는 않을걸요."

이성찬은 성상두의 붉게 상기된 얼굴이 맘에 안 들었지만 먼저 자신이 가져온 탭을 보여 주었다.

"저기 비어 있던 침대에서 가져온 거다."

이성찬이 내민 탭에는 'ab age 96—age 156—sex male—name 전일기(Jun Il-ki)'라는 문구가 인쇄되어 있었다.

"전일기? 대통령하고 이름이 같네요?"

"이름? 이름뿐만 아니라 나이도 같고 최초갱신년도 같지. 이게 우연일까?"

"하지만 전일기 대통령은 며칠 전에 갱신을 끝마쳤잖아요."

"그러니까 말이다. 어딘가 이상해. 다른 의체들도 좀 살펴봐야겠어. 근데 네가 찾은 건 뭐냐?"

성상두는 그제야 손에 쥐고 있던 탭을 기억해 냈지만, 머리를 긁적이며 탭을 뒤로 숨겼다.

"아, 아무것도 아닙니다."

"뭐야? 시간 끌지 말고 빨리 내놔 봐."

이성찬이 다그치자 성상두는 고개를 돌린 채 손을 내밀었다. 그의 손에 들린 탭에는 'ab age 22—age 39—sex female—name 정유진(Jung Yoo-jin)'이라는 문구가 새겨져 있었다. 이성찬이 의아하다는 눈으로 성상두를 바라보았다. 그러자 성상두가 화들짝 놀라며 말했다.

"아니, '오늘부터 그대를'에 나온 정유진을 모른단 말이에요? 요새 한참 뜨는 배우잖아요. 얼마나 섹시한데요."

성상두는 이성찬의 얼굴이 무표정해지는 걸 보고 속으로 '아차' 했지만 이미 이성찬의 발길질이 정강이를 차고 지나간 후였다. 잠시 생각해 보던 이성찬은 탭을 지켜보면서 물었다.

"그래서 어디에 있지?"

정작 행동과 말이 다르자 성상두는 히죽 웃으면서 손가락질하려 했지만 어느새 날아든 발길질에 정강이를 감싸 쥐어야만 했다.

이성찬은 천을 끌어내려 정유진을 내려다보았다. 반듯한 이목구비와 깊은 쇄골에서 뻗어 나온 길고 가는 목을 가진 어디 한 군데 나무랄 데 없는 미녀였다.

"기억이 나는군. 이틀 전에 뉴스에 나왔었어. 갱신 축하 팬 미팅이든가 그랬던 거 같은데, 그리고 그 전에는……."

이성찬은 가슴을 덮고 있던 천을 확 끌어내렸고, 성상두는 손가락을 잔뜩 벌리고는 손으로 눈을 가렸다. 여인의 나신이 조명을 받아 하얗게 빛났다.

"골반에 애인의 이름을 새긴 것으로 뉴스에 나왔었지."

이성찬의 말 대로 정유진의 골반에는 영문 이니셜이 새겨져 있었다.

"역시."

"이상하군요. 왜 갱신을 끝낸 사람들의 의체가 이곳에 있는 거죠? 게다가 이건 아무리 봐도 새로운 의체는 아닌데요?"

성상두는 얼굴이 발그레해진 채 이성찬에게 물었다.

"당연하지, 이건 새로운 의체가 아니라 시효가 끝나 갱신된 의체니까."

"그러면, 이곳은 새로운 의체를 보관하는 곳이 아니라 갱신이 끝난 의체를 폐기하는 곳이었나 보군요. 겨우 이 사실을 감추려고 기를 쓰고 검찰을 막은 거란 말입니까?"

성상두의 물음에 이성찬은 대답하지 않았다. 다만 그는 정유진의 의체를 뚫어져라 보고 있었다. 그리고 조금씩 이성찬의 몸이 떨려 오기 시작했다. 이성찬은 천천히 자신의 손을 정유진의 코 밑으로 가져갔다. 성상두는 '당황'이란 걸 하는 이성찬의 모습이 너무나 낯설었다. 이성찬은 간신히 말을 내뱉었다.

"사…… 살아 있어."

"네?"

이성찬은 마치 이지(理智)를 상실한 사람처럼 성상두의 어깨를 잡으며 외쳤다.

"살아 있다고! 갱신된 의체가 살아 있단 말이야!!"

2217년 8월 19일. 서울 IC 삼성동 구 코엑스.

구 코엑스의 밀레니엄 광장 쪽에서 낯선 사내 30명가량이 몰려오고 있었다. 사냥용 엽총과 수제 권총으로 무장한 사내들은 구 코엑스의 입구를 지키는 10여 명의 자경단원들에게 다가갔다. 입구를 지키는 자경단원에게는 K2 대신 사내들과 같은 사냥용 엽총이 지급되어 있었다. 자경단원들은 안쪽으로 재빨리 소식을 전하고는 짐짓 태연한 척 사내들에게 물었다.

"무슨 용건입니까? 지난번 얘기는 답변을 드린 것으로 알고 있는데."

사내 중에 코가 크고 수염이 덥수룩한 사내가 말했다. 갖춘 장비나 행동거지로 보아 무리의 우두머리로 보였다.

"너는 됐으니까 안에서 파파나 불러."

"파파는 이런 사소한 일에 나서지 않으십니다."

자경단원의 말에 사내는 으르렁거리며 말했다.

"뭐? 사소한 일? 강북구 지하철의 지배자인 나 변한수에게 이런 식이면 곤란한데. 잡소리 말고 새로운 조건이 있다고 파파에게 전해."

"글쎄요. 파파는 당신이 어떤 조건을 내걸어도 응하지 않을 것입니다."

변한수는 눈을 부릅뜨며 자경단원의 멱살을 잡고는 머리에 시커먼 권총을 겨누었다. 순간, 사내들과 자경단원들이 동시에 총을 서로에게 겨누었다.

"너 이 새끼! 자꾸 혓바닥 휘두르면 확 오려 버리는 수가 있어! 이게 뭔 줄 알아? 이게 너희들 것처럼 시시한 수제 권총인 줄 알면 오산이야! 무려 데저트 이글이라는 시대를 풍미한 명품이라고. 파파를 불러!"

자경단원과 사내들은 서로에게 총을 겨눈 채 노려보았고, 숨 막힐 듯한 정적이 흘렀다. 그리고 방아쇠에 걸린 손가락이 점차 떨려 올 무렵,

밀레니엄 광장으로 일단의 사람들이 몰려 나왔다.

"그만! 다들 겨눈 총을 치워라!"

파파였다. 사내들과 자경단원들은 서로에 대한 적대심을 감추지 않은 채 천천히 총을 내렸고, 변한수는 자경단원의 멱살을 놓으며 파파에게 인사했다.

"안녕하시오, 파파. 날이 갈수록 파파라는 별명이 어울리는 모습이 되시는 거 같구려. 크크."

"들어와, 변한수. 사람들이 불안해하고 있으니 총은 치우고."

"역시 파파. 통이 큰 사람들은 통하기 마련이지."

변한수는 자신을 막았던 자경단원을 조롱하고는 파파의 무리를 따라 구 코엑스 안으로 들어갔다. 무리들은 '산마루길'이라고 불리는 아케이드에 들어섰다. 차가운 푸른색의 조명과 색을 맞춘 대리석이 마치 얼음 속에 들어온 듯한 분위기를 내고 있었다.

무리들은 외부에서 사람들이 올 때 사용되곤 하던 낡은 레스토랑에 자리를 잡았다. 파파의 수행원 스무 명과 변한수의 무리 서른 명이 들어오자 레스토랑 안은 발 디딜 틈 없이 가득 찼다. 변한수는 자리에 앉자마자 대뜸 말했다.

"저번에 가면서 생각해 보니, 확실히 내가 잘못 생각했던 거 같소. 5퍼센트라니 너무 쩨쩨했지. 나 변한수! 원래 그렇게 쩨쩨한 사람이 아닌데 말이야. 7퍼센트! 순익의 7퍼센트를 파파에게 드리리다. 거기에 지하철 통로 보호세는 과감하게 안 받기로 하고 말이야. 어떻소, 파파?"

파파는 아무 말 없이 변한수를 지켜보고 있었고, 변한수는 파파의 표정을 보더니 눈살을 찌푸리며 말했다.

"거, 욕심이 과하시구랴, 파파. 좋소! 뭐 한번 쓰기로 한 마당이니, 조금 더 쓰기로 합시다. 10퍼센트! 10퍼센트 어떻소? 이 정도면 이 코엑스 식구들 먹여 살리는 거 어렵지 않을 거외다."

파파는 여전히 말이 없었다. 변한수는 머리를 딱 치며 말했다.

"캬! 파파 그렇게 안 봤는데, 정 그렇다면 내가 좀 손해를 보기로 합시다. 20퍼센트 어떻소? 이 이상을 바라는 건 도둑놈이오."

잠시 눈을 감고 생각하던 파파가 입을 열었다.

"변한수, 내가 널 부른 건 그 지저분한 장사 얘기를 다시 하자는 게 아니야. 그 이야기는 저번에 완전히 끝났어. 이 코엑스 내에서는 그 어떤 조직도 약 같은 거 팔 수 없어. 알았나? 자네가 10퍼센트를 부르든 200퍼센트를 부르든 정커들의 돈 따위는 받지 않아."

변한수는 자리에서 벌떡 일어나 파파를 노려보았다. 파파는 미동도 하지 않은 채 말을 이어갔다.

"앉아, 변한수. 얘기 안 끝났다. 우선 네 거래는 거부를 했지만, 네 녀석이 들여올 마약의 양을 생각하니 코엑스 거주지만 보호해서 끝날 문제가 아니겠더군."

"그래서?"

변한수의 눈에서 불똥이 튈 듯했다.

"내 밑으로 들어와라, 변한수. 정당하게 벌이는 사업이라면 얼마든지 도와줄 테니."

파파의 말이 끝나자마자 변한수의 손이 품속으로 들어갔고 다시 나왔을 때에는 또다시 시커먼 총이 들려 있었다. 변한수는 눈에 핏발을 잔뜩 세운 채 파파의 머리에 총을 겨누었다.

"좆까지 마! 좀 큰 거주지를 관리한다고 눈에 뵈는 게 없나 보지!? 이게 너희들 것처럼 시시한 수제권총인 줄 알면 오산이야! 무려 데저트 이

글이라……."

 변한수는 숨을 들이쉬며 더 이상 말을 잇지 못했다. 수십의 자경단원들이 그와 그의 부하들을 향해 시커먼 장총을 들이대고 있었다. 변한수의 무리들도 총을 겨누긴 했지만, 자경단원들이 일제히 총의 레버를 반자동으로 돌리자 눈에 띄게 기세가 줄어들었다.

 "총을 좋아하는 모양이지, 변한수? 그렇다면 굳이 이 총이 무엇이지 설명할 것도 없겠군. 오늘은 돌아가. 긍정적인 대답을 기다리지."

 변한수가 분한 표정을 감추지 못한 채 돌아설 때, 긴장된 공기 속으로 격렬한 기침소리가 터져 나왔다. 변한수가 뒤를 돌아보자 허리를 굽힌 채 기침을 하는 파파를 자경단원이 보필하는 것이 보였다. 끝없이 이어질 것 같은 기침 소리가 끝나고 파파가 입을 막았던 손을 떼자 핏덩이가 손 사이로 주르륵 흘러나왔다. 곁눈질로 파파의 상세를 살피던 변한수가 입 꼬리를 비틀며 웃었다.

 "요새 몸이 좀 안 좋으신 모양이구려. 몸 관리 잘하셔야지요, 파파. 그래야 오래오래 코엑스의 양떼들을 살피실 것 아닙니까. 크크크."

《내셔널 지오그래픽》 2080년 11월호

표제: 무기체가 몰려온다

담당 취재원: 키요시키 아나벨

 "반갑습니다. 키요시키 아나벨이라고 합니다. 생각보다 많이 어리…… 아니 젊으시군요. 질문지는 이미 받으셨을 테고, 그것만으로는 좀 취재기사가 딱딱하니까 듀갈 박사님의 가정사를 좀…… 아! 죄송합니다. 기분 상하셨나 보군요. 원하시지 않는 질문은 절대로 하지 않겠습니다. 다시 앉아 주세요. 올려다보기에는 꽤 키가 크시네요.

자, 그럼 본론으로 들어가죠. 박사님은 애초에 철학박사로서 유명세를 떨치신 바가 있는데요. 그때의 논문, 그 연속적 신체와 불연속적 신체…… 아니, 연속적 정신과…… 아아, 알고 있었습니다.「비연속적 인격과 연속적 신체에 대한 인식 오류 및 연속적 인격과 비연속적 신체에 대한 인식 오류」. 네네, 정말 길군요. 하여튼, 그 논문을 발표하실 때, 일각에서는 안타까운 사고를 당하셨던 부모님에 대한, 잠깐! 잠깐만요. 네, 알겠어요. 가정사에 관련된 얘기는 절대 안 하도록 하죠. 좋아요. 유도심문도 하지 않겠어요. 이게 당신이 준 마지막 기회라고 생각하도록 할게요.

그럼 다음 질문으로 넘어가도록 하죠. 박사님이 이번에 강원택 박사님과 합작하여 발표한 규소생명체라는 것은 정확히 무엇이죠? 음…… 그러니까 무기물의 특성과 유기물의 특성을 함께 가진 무엇이라는 말씀인데. 과연 그것이 생명체라고 할 수 있을까요? 네? 저요? 생명체가 무엇이라고 생각하냐고요? 뭐 디엔에이를 통해 자기 닮은 새끼도 낳고, 먹은 것 똥 만들어 내보내고 뭐 대충 그런 것 아닌가요? 오, 의왼데요. 웃는 모습 아주 보기 좋아요. 아, 조용히 하도록 하죠. 여하튼 그 웃음은 틀렸다는 뜻으로 알도록 하겠습니다.

생명이란 '파동을 이루어 내는 순환체'라, 뭔가 어려운 개념인데요. 좀 풀어서 설명해 주실 수 없을까요?

지금의 태양이 6만 년 전에 양치식물을 키워 낸 태양과 같다고 생각하냐고요? 아니란 말씀이군요. 으음, 그거 흥미로운데요. 박사님의 철학박사 논문에 나왔던 얘기라고요? 아, 물론 읽어 봤습니다만, 270페이지를 외우는 데에는 무리가 있지요.

그러니까 정리하자면 내부는 끊임없이 핵분열하며 물리적으로 다른 존재가 될지라도, 빛을 내뿜고 있다는 일관된 모습을 통해서 태양이라는 정체가 확립될 수 있다는 말씀이군요. 그럼 태양도 생명이란 뜻인가요? 그건 생명의 의미를 너무 광범위하게 해석하는 것이 아닐까요? 아뇨, 흥미로운 얘기였어요. 박사님의 연구 이면을 알 수 있었으니 크게 벗어난 논의는 아닐 것 같군요. 그러니까 박사님이 실리콘, 즉 규소를 이용하여 만들어 낸 그 생명체는 '파동을 이루어 내는 순환체'라는 박사님의 생명체에 대한 정의에 들어맞는다는 말씀이군요. 아, 제 말도 맞다고요? 감사합니다. 그렇다면 박사님의 규소 생명체도 뭔가를 섭취하고 섭취한 것을 에너지원으로 삼으며 소화작용을 통해 배변…… 활동이라고 할 만한 것을 한다는 뜻인가요? 좀 더 고등수준에서는 충분히 가능하다고요? 그럼 박사님이 이 규소생명체를 통해서 궁극적으로 바라는 것은 무엇이죠?

……놀랍군요! 박사님의 소망이 조속한 시일 내에 이루어지길 기도하겠습니다. 하지만……"

2217년 8월 15일. 서울아산생명연구원(구 서울아산병원).

지난밤까지 몰아치던 비바람이 거짓말이었던 것처럼 조용한 아침이었다. 밤새 요란한 굉음에 몸을 움츠렸던 사람들은 비가 그치자 광복절을 기념하기 위해 국기를 게양하고 있었다. 진석은 말끔해진 거리를 거닐고 싶은 마음에 생명연구원에 도착하기 전에 레일로드에서 내렸다. 도로변에는 지하로부터 햇빛을 찾아 올라온 나무들이 인도의 바닥을 뚫고 무성한 잎을 자랑하고 있었다. 나무가 뿌리를 내리고 있는 구멍 아래에 있는 서울의 구도심으로부터 희미한 굉음이 들려오고 있었다. 아마도 화석연료를 쓰는 구세대의 차량들이 내뿜는 배기음일 터였다.
   진석은 고개를 들어 끝없이 자기증식하는 거대한 불사의 도시를 바라보았다. 세계 13대 불사자의 도시 중 하나인 서울은 기존의 도심을 덮어 세워졌기에 도시 전체가 복층의 구조를 이르고 있었다. 자연히 서울의 지하층, 즉 구도심은 의체로 몸을 갱신할 수도 없고, 거주지를 다른 곳으로 이동할 여력도 없는 사회적 약자들이 모여 살게 되었다. 법의 시선이 미치지 않는 그곳은 치기 어린 젊은 부자들이 가끔 값비싼 화석연료의 구세대 차량으로 거친 드라이브를 하는 난잡한 공간으로 남게 되었다. 불멸자들은 필멸자들이 사는 서울의 지하를 범죄의 온상쯤으로 이해했고, 시장들은 나올 때마다 서울의 지하층을 말끔히 일소하겠다는 공약을 내세웠다. 특히나 올해 당선된 시장은 유난히 의욕적이었고, 서울시청 기록실을 뒤져 가며 지하도시에 대한 지도를 만들기 시작했다.
   얼마 지나지 않아 생명연구원의 거대한 하얀 건물이 보였다. 한쪽 벽면에는 '서울아산생명연구원'이라는 생명연구원의 이름과 댑 연구소와의 제휴를 상징하는 'DAB' 마크가 거창하게 붙어 있었다. 진석은 병원으로 들어서기 전에 우뚝 서서 자신의 몸을 바라보았다. 시선은 들어올린 손을 거쳐 다리로 발로 이동했다. 오래 신은 구두에도 애착을 보이는 게 사람일진대, 아무리 불사라 하더라도 자신의 몸을 바꾸는 게 달가울 리 없었다. 이제 생명연구원에 들어서서 32일간의 긴 잠을 자고 나면 그의 몸은 마치 아이의 몸처럼 깨끗해질 것이다. 마음에 들지 않는 노릇이었다. 잠시 자신이 좋아하는 비 온 뒤의 거리 풍경을 바라본 진석은 마음을 굳힌 듯 병원으로 들어섰다.

2217년 8월 22일. 서울 IC 강원택 박사의 저택.

강원택 박사의 방으로 통하는 복도를 한 노인이 걸어 들어가고 있었다. 노인의 거친 걸음에 붉은 카펫의 보푸라기가 햇빛을 받으며 뽀얗게 일어났다. 노인은 방문을 열고는 들어갔다. 강원택 박사는 읽던 책을 내려놓고는 안경을 벗었다.

"우린 2개월에 한 번씩 만나기로 하지 않았나?"

"당신이 정한 약속을 꼭 존중할 필요는 없지?"

"당신이라니, 조부에 대한 호칭으로는 부적절하군. 그래, 무슨 일인가?"

노인은 아무 말 없이 침대 위로 작은 디스크를 던졌다. 강원택은 디스크를 갈무리해 침대 옆에 마련된 소형디스플레이를 통해 읽어 들였다. 곧이어 천장에서 내려온 액정스크린에 사람의 장기 모양이 국부적으로 드러났다. 강원택 박사는 안경을 집어 들고는 화면을 살폈다. 그러고는 짧게 신음을 흘렸다. 장기의 대부분에, 특히나 뇌 부분에 변형 분열된 세포들이 잠식하고 있었다.

"2개월, 그게 내 남은 목숨이야. 그래, 예순아홉이면 나름대로 살 만큼 살기도 했지. 하지만 나에게는 아직 지켜야 될 사람들이 있어. 이렇게 죽기에는 어깨에 짊어진 짐들이 너무 많지."

강원택 박사의 심장박동이 마구 올라갔다. 노인의 입에서 나올 수많은 말들이 머릿속에서 회오리쳤고, 그 대부분은 강원택 박사에게 치명적인 발언들이었다.

"난 당신이 폐기창고에서 날 건져 준 그 순간부터 단 한 번도 살아 있은 적이 없었어. 명백하게 살아 있는 인간일 뿐 아니라, 명백하게 죽어 있는 인간이었지. 법적으로도 실제로도 말이야. 내가 왜 그래야 했는지 설명해 주겠나?"

강원택 박사는 오른손으로 심장을 지그시 누르면서 고통스럽게 대답했다. 한두 번 들어온 물음이 아니지만, 들을 때마다 그는 당혹스러웠다.

"알고 있지 않나, 그때는 그게 최선의 선택이었다는 것을."

"그래, 그건 지금도 이해해. 당신한테 많이 고마워하고 있어. 어쨌거나 나의 생명을 구해 준 거니까. 그렇지만 선택의 순간이 그때뿐이어야 할 이유는 없겠지."

"무슨 말을……."

"지금부터라도 내 삶을 다시 돌려받겠다는 거야. 나를 위해, 그리고 나를 따르는 사람들을 위해."

"도대체 어떤 방식으로 말인가? 너는 지금 존재하지 않는 사람이야. 유령과 같은 존재라고!"

"많은 방법 생각할 필요 없다는 것 알고 있지 않나? 그걸 하겠다는 거야. 당신이 지금까지 해 온 일."

강원택 박사는 절벽으로 끝없이 떨어지는 듯한 아득한 느낌을 받았다.

"그래 봤자 자신은 그대로 남아. 그것은 모순이야! 명백한 모순!"

"알아. 나도 그것 때문에 많은 고민을 했지. 하지만 난 결론에 도달했어. 살인범을 사형시키며 피해자의 유족들이 느끼는 것, 그리고 부모가 자식을 낳아 기를 때 느끼는 것, 그것이면 족해. 그리고 '나'는 그들을 계속 지켜 갈 수 있게 될 테니까."

강원택 박사는 망연자실한 표정으로 노인을 바라보았다. 목구멍까지 올라왔던 말들이 산산이 부서져 흩어지고 강원택은 자신의 과거를 원망했다. 마치 타인처럼 말이다.

2217년 8월 15일. 서울아산생명연구원.

그가 실려 간 방에는 두 개의 욕조가 있었다. 씻는 용도가 아닌 물건을 욕조라고 하는 것에는 어폐가 있겠지만, 그 모습은 욕조라는 말 외에는 다른 말이 생각이 안 날 정도로 욕조를 꼭 닮아 있었다. 이동식 침대에 누운 그의 근처에 있던 욕조에는 물이 가득 담겨 있었고, 그 너머에 있던 욕조에는 누군가가 물속에 몸을 푹 담그고 누워 있었다. 욕조에 누운 인물의 얼굴은 불투명한 실리콘 마스크로 가려져 있었다. 그는 그 얼굴을 보고 싶은 욕구를 느꼈지만, 그 욕구가 호기심에서 비롯된 것이 아니라는 것은 알고 있었다. 그가 저 실리콘 마스크를 벗기면 그는 마치 거울을 본 듯한 착각을 느끼게 될 것이다.

아직 마취제가 투여된 것도 아닌데, 오감은 끊임없이 둔감해지기 시작했다. 소리는 먹먹했고, 사물은 명확히 보였지만, 명확히 인지되지는 못했다. 새하얀 위생복을 입은 사람들이 그의 주변을 분주히 오가고 있었다. 그중 한 명이 그에게 다가와 그와 눈을 마주쳤다. 마치 보호색처럼 주변의 하얀색과 동화된 그 모습은 마치 눈만 둥둥 떠다니는 듯이 느끼게 했다. 위생복을 입은 사내의 마스크가 바스락거리는 소리를 내는 동시에 웅성거림이 아닌 명확한 소리들이 그의 귀를 파고들었다.

"하나아, 두울, 세엣, 네엣, 다서엇, 여서엇, 일고……."

사위(四圍)는 잦아들었다.

그는 시간을 관통하고 있었다. 아니, 그는 시간을 관통한다고 느끼고 있었다. 머리에 담아 두고 있기에는 그를 스쳐 가는 시간의 압력이 거세어서 뒤로 물러났던 기억들이 휘저어 버린 진흙탕처럼 표면으로 뭉글거리며 떠오르기 시작했다. 떠오른 기억들은 기포가 되어 수면에서 터지고, 표면에 작은 파문을 그리며 그를 자극했다. 아, 아, 그의 입에서는 탄성이 나오고 있었다. 잊힌 기억의 재발견이란 것은 그의 자의식을 두 개로 분리시키고 있었다. '현재'로서 인식되던 자신과 재확장된 '과거'로 인식된 자신은 많은 면에서 달랐고, 그는 분화되고 있는 또 다른 자신을 생소하게 여겼다. 그 느낌은 그리 길지는 않았다. 현재의 자신과 유사해 보이는 수많은 존재들이 마치 비눗방울처럼 그의 주변을 떠돌다가 이내 명멸해 버리고 있었다. 모든 기억이 명멸하고 남은 것은 언제나 쉽게 느낄 수 있었던 현재의 자신이었다. 그러나 그 느낌 또한 그리 길지 않았다. 그의 밑이 하나하나씩 분화되기 시작한 것이었다. 그는 점차로 위축되고 작아지는 자신을 느끼며 분화를 막아 보려 했지만, 한번 시작된 분화는 그 기세가 멈출 줄 몰랐다. 아, 아, 그의 입에서 다시 탄성이 나왔지만, 아까와는 전혀 다른 의미의 탄성이었다. 과거로 확장되던 자신은 현재라는 보이지 않는 점으로 끊임없이 수렴되다가, 이윽고 그 자신조차 보이지 않게 되어 버렸다. 아…….

그는 더 이상 목소리를 낼 수 없었다.

2217년 8월 23일. 서울국제역.

한국이 통일된 이후 경의선과 경부선이 연결된 부의선이 신의주를 넘어 베이징까지 연결됨에 따라 1939년의 부산발 베이징행 열차가 100여 년 만에 부활하게 되었다. 그 이후로도 약 10년의 공기를 거쳐 유럽 방면으로는 리스본까지, 그리고 아프리카 방면으로는 케이프타운까지 철로가 연결되었고, 그로 인해 통일한국은 동북아 물류허브로서 새로운 시대를 열게 되었다. 총 연장 16,317킬로미터에 달하는 또 다른 '철의 동맥'의 중요역 중 하나가 된 서울역은 예전의 모습은 찾아볼 수도 없을 만큼 급속한 성장을 거듭했다. 서울국제역 구석에 앉아 있는 것만으로도 세계에 존재하는 언어의 60퍼센트 이상을 들어 볼 수 있었던 것이다. 그러나 서울역의 발전과 무관하게 노숙자들은 여전히 서울역 이곳저곳을 배회하고 있었다. 이성찬 또한 노숙자들 사이에 섞여 몸을 움츠리고 있었다.

서울역의 전면에 배치된 거대한 스크린에서는 새로 선출된 서울시장이 기자회견을 하는 장면과 함께 아나운서의 내레이션이 흘러나오고 있었다.

"공상두 서울시장은 금일 이후 2주일을 지하거주민 자진신고 기간으로 정하고 이에 협조해 줄 것을 호소하고 있습니다. 공상두 서울시장은 선거공약에서 여러 차례에 걸쳐 범죄의 온상이 되는 서울시의 지하 거주지역을 최대한 건전하고 인도주의적인 방식으로 처리하겠다고 밝힌 바 있습니다. 이번에 시행된 조치 또한 이와 같은 맥락에서……."

"인도주의 좋아하시네."

이성찬은 화면을 보면서 중얼거렸다. 어느새 바뀐 화면에는 수도방위사령부의 대령 한 명이 나와 서울시의 지하거주지역이 국가 이미지에 얼마나 악영향인가에 대해 열변을 통하고 있었다. 누군가의 설명이 없더라도 그들이 인도주의적이고 건전하다고 말하는 자진신고 기간이 끝난 후에 어떤 조치가 있을 것이지 분명히 알 수 있는 부분이었다.

이성찬은 어디서 구했는지 모를 계절에 맞지 않는 더러운 보온 재킷을 입고 있었지만 그 속에는 여전히 새까만 위장복을 걸치고 있었다. 이성찬은 핸드폰을 꺼내 수신함을 확인했다. 10일 전에 받은 짧은 메시지 하나가 마지막으로 받은 메시지였다.

'돌아오지 마, 이성찬. 이미 이곳엔 자네에 대한 사살 명령이 내려져

있어. 김기준.'

 그 메시지를 마지막으로 아침이 되자 그의 핸드폰은 먹통이 되었다. 이성찬은 주머니를 뒤져 담배를 꺼내 물었다. 그리 오랜 일이 아닌데, 성상두가 죽기 전에 비가 내렸는지 죽고 난 뒤에 비가 내렸는지 기억이 가물거렸다. 비가 내렸다고 생각하면 총알에 몸이 꿰뚫리는 성상두의 뒤로 비가 내리는 장면과 수면에 번지는 핏물이 생각났고, 그렇지 않다고 생각하면 성상두가 쓰러지며 먼지가 피어오르는 게 생각났다. 조금 고민했지만, 아무래도 상관없는 일이었다.

 8월 13일 이성찬은 폐기되기 전의 의체가 살아 있는 것을 발견했다. 애초에 전신일괄대체재가 사람들에게 받아들여질 수 있었던 이유는 그것이 단지 '몸'만을 바꿔 준다는 점 때문이었다. 인간의 기억소체인 해마기관을 통째로 이식함에 따라 해마에 있는 장기 기억은 물론, 전하의 형태로 머릿속을 유영하는 중/단기 기억도 해마강화를 통해 장기 기억으로 발전시켜 기억의 손실 없이 몸을 이동한다고 말이다. 그러나 사실은 그것이 아니었다. 기억은 단지 복제되고 있을 뿐이었다. 그에 따른 기술이 무엇인지는 이성찬도 알 수 없었지만, 이미 세 차례의 갱신을 한 그에게 이는 만만찮은 충격이었다.

 어딘지 알 수 없는 곳에서 자신은 기절한 채 죽어 갔던 것이다. 그것도 세 차례나 말이다. 그는 그제야 모든 것을 이해할 수 있었고 자신이 너무나 큰 비밀을 알아 버린 것도 알 수 있었다.

 충격에 휩싸인 둘이 자리를 이탈하려는 순간 강렬한 서치라이터가 물류창고의 높은 창을 통해 들어왔다. 자이로헬기의 웅웅거리는 소리가 어렴풋이 들리고 다수의 군화 발소리가 내부로 진입했다. 그리고 시가전을 위한 쥐색 군복을 착용한 군인들의 모습이 보였다. 그들은 그 무엇도 묻지 않고 대인용 레일건을 쏘아 대기 시작했다. 강력한 전자기장의 반발로 튀어나온 지름 0.01밀리미터의 열화우라늄 탄이 탄착하자 작은 크기에도 불구하고 관통하지 않고 조그만 폭탄이 터지듯 물건들이 터져 나갔다. 대단한 저지력이었다. 성상두가 다급하게 회피하며 서울대검찰청 강력부 강력과 검찰과 그 시보라는 사실을 알렸지만, 레일건은 멈추지 않고 날아들었다. 이성찬은 레일건을 피하면서 레일건을 대인용으로 만든 게 얼마나 어처구니없는 짓인지를 깨달았다. K2로 맞든 산탄으로 맞든 체기능이 보전되더라도 순간의 쇼크로 죽을 수 있는 게 사람일진대, 레일건은 맞는 곳마다 사람 머리 하나는 충분히 들어갈 만한 구멍을 뚫었다. 물론 개조된 의체를 이용한 범죄를 방비하기 위한 것이란 건 알고 있었지만, 실제로 당해 보니 그 말도 그다지 신뢰가 가지 않았다.

밖으로 나온 둘은 그들의 목적이 살인멸구라는 것을 깨닫고 아무런 말없이 뛰기 시작했다. 밖에는 비가 내리고 있었다. 굵직한 빗방울이 얼굴을 세차게 때려 왔다.

슬렌더 타입인 성상두에 비해 이성찬은 일반인과 똑같은 노멀 타입이었기에 둘의 사이는 금세 벌어졌다. 레일건이 사방에서 터지자 파편으로 온몸이 긁혀 나갔다. 별안간 미처 말릴 틈도 없이 성상두가 반대반향으로 뛰기 시작했다.

"야! 성상두!"

"검사님이 가세요! 어차피 둘 다 나가긴 글렀습니다."

성상두는 뛰면서 어깨에 장착되어 있던 주사를 몸에 주사했다. 그러자 순간 성상두의 몸이 거짓말처럼 높게 뛰어올랐다. 군인들은 갑작스레 공격적으로 다가오는 성상두를 보고는 황급히 레일건을 위로 치켜올렸다. 그때까지 머뭇거리던 이성찬에게 물류창고의 벽면을 박차며 군인에게 쇄도한 성상두가 다시 외쳤다.

"가세요!"

그제야 이성찬은 뛰기 시작했다. 여기서 자신마저 죽는다면 그건 개죽음일 것이다. 성상두는 속도가 강조된 슬렌더 타입답게 군인들 사이를 종횡무진 누비며 군인들을 때려눕혔다. 군인들은 혼전 속에서 레일건을 차마 쓰지 못하고 보조 무기인 권총을 꺼내 성상두를 겨누었다. 한계는 얼마 지나지 않아 찾아왔다. 체중이 35킬로그램 내외인 슬렌더 타입의 주먹으로 단단히 장비한 군인들을 무장해제시킨다는 것은 너무나 어려운 노릇이었다. 약기운은 점차 떨어져 나가기 시작했고, 입에서 단내가 나기 시작했다. 몇 발의 총알이 정강이를 스쳐 지나가고 출혈이 일어나자 성상두는 눈에 띄게 느려졌다. 그리고 순간 멈춰 선 성상두를 향해 그간 간헐적으로 터져 나오던 총성이 막힌 둑이 뚫리듯 터져 나왔다.

이성찬은 귀를 막은 채 그 순간에도 멈추지 않고 뛰었다. 사위가 조용해지고 추격의 고삐가 풀린 후에도 이성찬은 멈추지 않았다. 달리지 않으면 그 순간 미쳐 버릴지도 모를 일이었다. 그가 정신을 차렸을 때, 그는 서울의 지하거주지의 일부인 롯데월드의 아케이드에 있었다.

이성찬은 그 뒤로 노숙자들 틈에 섞여서 물류창고의 습격에 쓰인 K2와 복제된 열네 개의 콘택트렌즈의 주인에 대해 조사했다.

이성찬은 서울국제역 광장에 있는 시계탑을 바라보았다. 12시 58분이었다. 약속 시간을 2분 남기고 이성찬은 담배를 땅바닥에 비벼 끄고는 장소를 이동했다. 서울국제역의 화장실에 들어간 이성찬은 우측에서 네 번째에 있는 소변기를 사용했다. 오줌은 나오지 않았지만, 누군가 그의 옆에 있는 소변기를 사용하면서 물었다.

"아유, 작으시네요."

이성찬은 구호가 조금 난감했지만, 조용히 대답했다.

"소변 볼 때 클 필요는 없지요."

"그렇죠? 그래서 누구 원하는 사람은 있으시고?"

렌즈거래상을 확인한 이성찬은 되물었다.

"아니 그건 됐고, 그보다 궁금한 게 있는데 말이야."

렌즈거래상은 무언가 눈치를 챘는지 재빠르게 도망을 치려 했지만, 이성찬은 순식간에 렌즈거래상의 목덜미를 낚아챘다. 하진석은 렌즈거래상을 좌변기에 끌어 앉힌 뒤에 멱살을 바짝 틀어쥐고는 물었다.

"어이, 뭐가 그렇게 급해. 하나만 묻자는데. 하진석 콘택트렌즈 부탁한 작자가 누구야?"

렌즈거래상은 격하게 몸부림쳤다.

"젠장! 뭐야? 짭새야?"

이성찬은 뒤춤에서 권총을 꺼내 들어 렌즈거래상의 입 속에 쑤셔 박으며 말했다.

"예전엔 그랬는데, 지금은 옷 벗었어. 사는 데 욕심 없으면 끝까지 입 다물어도 좋아. 그게 아니라 내일도 해 뜨는 거 보고 그 빌어먹을 암구어 묻고 싶으면 묻는 대로 대답하는 게 좋을 거야."

렌즈거래상은 다급하게 고개를 끄덕였고, 이성찬은 입에서 총구를 빼 들었다. 렌즈거래상을 목을 부여잡고는 격렬하게 기침했다.

"좋아. 이제 대화할 자세가 된 것 같군."

결혼을 한 이후 존 듀갈은 많은 면에서 달라졌다. 그는 아내가 믿는 종교에 귀의했다. 그가 두 손을 모은 채 성체를 받아먹는 모습을 보고 그가 평소에 얼마나 종교를 멸시했는지를 아는 사람들은 사람이 변하는 것에는 한계가 없다는 것을 믿기로 했다. 그는 자신의 유물론이 지적으로는 탁월했을지 모르나 인간에 대한 이해가 부족했다고 말했고, 철학적으로 가장 많은 공박을 당해 온 이원론 역시 재평가될 여지가 있다고 얘기했다.

이 시기에 존 듀갈은 인간적으로는 그 누구보다 행복했지만, 과학자로서는 여전히 유능하되 예전의 천재성을 잃었다는 평가를 들어야만 했다. 듀갈은 동료 학자들의 불평은 전혀 신경 쓰지 않았다. 규소 생명체를 이용한 인체의 대용품은 애초의 예견과 달리 무한정 미뤄지기 시작했다.

듀갈은 사람의 내적인 완성을 믿기 시작했다.

듀갈은 초월자의 존재와 그가 안배하는 사람의 운명을 믿기 시작했다.

그리고 듀갈은 사랑이나 우정 그리고 믿음 같은 상투적인 단어들 속에 있는 의미가 얼마나 대단한 것인지 깨닫기 시작했다.

바로 그의 아내 키요시키 아나벨이 듀갈을 바꿔 놓았다.

2217년 9월 16일. 서울 IC 서울아산생명연구원.

햇살이 들어오는 병실, 가볍게 나풀거리는 환자복을 입고 있는 하진석은 잠들어 있다가 몸을 일으켰다. 진석이 일어나자마자 느낀 것은 코의 점막을 누르듯이 자극하는 알코올 냄새였다. 병원, 진석은 어렵지 않게 자신이 있는 곳을 알 수 있었다.

진석은 자신의 팔을 들어 보았다. 어깨 그리고 팔꿈치가 자연스럽게 연동되며 손이 그의 눈앞으로 다가왔다. 진석의 손목에는 종이 라벨이 메어져 있었고, 그 끝에 'ab age 58—age 69—sex male—name 하진석(Ha Jin-seok)'이라는 문구가 적혀 있었다. 진석은 손가락을 연차적으로 움직이려고 시도해 보았다. 소지가 움찔거리다가 약간의 떨림과 함께 손바닥을 향해 굽어 들어갔지만, 약지는 요지부동이었다. 그런 약지와 상관없이 중지와 검지가 차례로 손바닥을 향해 굽어 들어갔다가, 손바닥을 살짝 스치고 다시 펴졌다. 진석은 약지를 노려보다가 손을 탈탈 털고는 다시 움직였다. 소지, 약지, 중지, 검지, 그리고 엄지까지. 손가락들은 차례로 손바닥을 향해 굽었다가 제자리로 돌아갔다. 진석은 흡족한 미소를 지었다. 그때 그의 옆으로 머리를 뒤로 묶어 망으로 감싼 여자 간호사가 다가왔다. 의체원의 간호사들은 병원의 간호사들과 달리 검정색의 제복을 입고 있었다. 간호사는 진석의 침대 옆에 놓인 기기들의 수치를 포터블컴퓨터에 펜으로 기입하고 진석을 향해 물었다. 발랄한 말투와 어울리지 않게 간호사가 다가오자 과산화수소 냄새가 물씬 풍겼다.

"거부감은 없으세요? 어지러움은? 구토를 느끼거나 하지는 않으시죠?"

진석은 질문을 쏟아 내는 간호사가 도대체 어떤 질문에 먼저 대답하기를 원하는지 알 수 없어 머뭇거리다가 간신히 다 괜찮다는 말로 얼버무렸다. 간호사는 포터블컴퓨터와 플라스틱 막대를 내밀었다.

"퇴원 수속이니까 여기다가 서명하시고요. 여기 작은 네모에 엄지로 지문인식해 주세요."

진석은 가볍게 손을 내밀다가 포터블컴퓨터에 표시된 블랭크 위에서 잠시 막대를 멈췄다.

'무슨 망설임이지?'

진석의 생각이 미처 완료되기 전에 진석의 손은 이미 블랭크 위에 '하진석'이라는 글자를 익숙한 필치로 적고 있었다. 진석은 얼떨떨한 느낌으로 지문인식도 함께 마쳤고, 간호사는 잠시 진석의 서명을 확인하고는 병원의 총괄서버로 진석의 퇴원자료를 전송했다. 그러자 병실에 놓인 레이저프린터에서 진석의 퇴원서류와 의체 약정서가 바로 나왔다. 간호사는 나온 자료를 철해서 의체 품질보증서와 함께 진석에게 건네주었다.

"그럼, 입원비와 의체갱신료는 72개월 분할납부해 주시면 되고요. 병실은 오후 2시까지 비워 주시면 돼요. 이번에 바뀐 의체에 관한 자료는 거기 의체 품질보증서를 보시면 되고요."

진석은 별다른 성의 없이 품질보증서를 읽어 내려가기 시작했다. 품질보증서의 제일 앞면에는 의체의 최초 개발자인 존 듀갈 박사가 쓴 속칭 '불사(不死)의 변(辯)'이라 불리는 서문이 적혀 있었다.

"……많은 이들이 나의 연구인 '전신일괄대체재'에 관해서 우려를 가지고 있음을 나는 모르지 않는다. 나도 또한 그 우려의 상당부분을 공감하고 있을 뿐 아니라, 키를 쥐게 된 자로서 책임감 또한 통감하고 있다. 그러나 나의 결론은 여러 번 표명한 바와 같다. 나의 연구는 단지 죽음에서 벗어나고자 하는 부정적인 동기에서 출발한 것이 아니라, 인류 전체의 발전성을 좀 더 가속화하고자 하는 지극히 긍정적인 동기에 근거하고 있다. 인류는 이미 단일 생명체 이상의 일관성으로 수만 년을 존속해 왔다. 우리 인류는 어떠한 방향성을 가지고 있으며, 그것은 꾸준한 전진을 거듭해 왔다. 그러나 우리는 너무나 많은 시행착오와 낭비를 겪어야만 했다. 내가 말하고자 하는 낭비란, 세대의 교체에 따른 일관성 훼손에 대한 복구를 말하며, 시행착오란, 그 일관성의 훼손 복구가 완전히 이루어지지 않아 생긴 많은 문제를 말한다. …… 때문에 나는 세대교체에 따른 인류사의 훼손이 더 이상 발생하지 않기를 바라는 바, 인류 전체가 지향하는 불사성을 좀 더 목표에 적합하게 전향하는 차원에서 이 전신일괄대체재를 세상에 내놓게 되었다."

듀갈 박사가 2119년 '실리카 루시'라고 명명된 '전신일괄대체재', 즉 '의체'를 내놓았을 때 세상의 반응은 다양했다. 종교계는 분노했으며, 석학들은 비웃었고, 사람들은 환호했다. 2119년 당시 이미 세상 인구의 70퍼센트 이상이 전신의 어느 한 곳 이상은 생명공학으로 만들어진 '인체대체재'를 사용하고 있었다. 사람들은 사고를 당하거나 기형으로 태어났을 때, 굳이 그 결과가 불확실한 치료에 매달리기보다는 기존의 자신의 육신보다 외형이나 기능 면에서 월등한 '인체대체재'로 신체를 교체하는 쪽을 선호했던 것이다. 사람들은 전신일괄대체재를 그저 기존에 있었던 인체대체재를 좀 더 편리하게 세트로 묶은 정도로만 생각했다. 그래서 사람들은 그 편리함에 환호했고, 석학들은 기존 연구의 짜깁기라고 비웃었던 것이다. 그러나 실상은 그와 달랐다. 기존의 인체대체재가 '생명'을 간직하고 있는 인체와 연결됨에 따라 무기질의 상태에서 생명을 가지게 되었던 것과 달리, 전신일괄대체재는 처음부터 생명을 간직하고 있었다.

듀갈 박사가 설립한 댑 연구소(Dugal Artificiality Body research company)는 수많은 반대와 우려를 무릅쓰고 2128년 첫 시판을 시작하였다. 발표 후 약 6년간 쌓인 주문이 총 67만 명이었으나 초도물량의 한계로 111명만이 '전신의체인'으로 탄생하게 되었다. 세상은 그들을 주목했다. 전신의체 1세대들은 마치 아무 일도 없었다는 듯이 일상생활을 시작했고, 그들이 하루하루를 쌓아 감에 따라 세상은 들끓기 시작했다. 그리고 마침내 그들이 1년을 넘겼을 때, 주문은 폭주하여 2129년에는 주문

수만 1억에 육박했다. 댑 연구소는 마치 20세기 말의 마이크로소프트처럼 경이로운 확장을 거듭했고, 2130년 전신의체인은 4700만 명에 달했다. 그리고 그 해, 듀갈 박사는 자택에서 자신의 입 속에 리볼버를 갈겼다.

조금은 장황한 듀갈 박사의 글 밑으로 의체에 관한 구체적인 정보가 기재되어 있었다. 따로 표기된 제일 위쪽의 항목에는 "보장유효기간 7년"이라고 적혀 있었다. 의체의 수명은 참으로 짐작하기 어려운 부분이 있었다. 기본적으로는 7년을 보장하지만, 대체로 15년을 쓰면 오래 쓴 편이라고 할 수 있었다. 이 의체의 수명은 물론 의체의 주인이 관리를 어떻게 했느냐도 중요한 수명 결정요인이 되었지만, 실제로는 관리와 상관없이 동일 모델끼리도 그 수명의 차이가 심했다. 심한 경우에는 1년 쓰고 의체의 수명이 다해서 재이식을 받기도 하지만, 기네스북에 오른 어떤 이는 하나의 의체를 66년째 쓰고 있는 경우도 있었다. 진석도 17년을 하나의 의체만 썼으니, 꽤 오래 쓴 편에 속했다.

보장유효기간의 아래에는 의체에 관한 수치가 적혀 있었다.

- 전고 178센티미터
- 기본중량 33.6킬로그램
- 추가중량 32킬로그램(실리콘, 수은)
- 전체중량 65.6킬로그램

의체는 그 무게가 실제의 인체보다 훨씬 가벼움에도 불구하고 통상적인 인간의 운동능력을 그대로 재현하고 있기에 지나치게 가벼운 상태로는 일상적인 신체 감각을 유지할 수가 없었다. 때문에 의체는 일종의 추 역할로 실리콘 등을 몸의 곳곳에 넣게 되어 있었다.

그는 감정이 채 갈무리되지 않는 자신을 느꼈지만, 일시적인 현상이라는 말로 자신을 다잡았다. 이로써 여섯 번째의 의체갱신이었다. 마지막 갱신이 17년 전이었으니 그 느낌을 잊을 만도 하지만, 의체를 갱신한 직후에는 기억력만이 유난히 도드라지기 때문에 그 느낌을 잊지 못하고 있었다. 기억력이 광범위하고 강력해진다는 것과 감정이 쉽게 일어나지 않는다는 것이 의체갱신 직후의 일반적인 현상이었다. 기쁨, 슬픔, 분노나 괴로움 등의 감정들은 구체화되지 못하고 오로지 혼돈스러운 '기분'만이 남게 되는 것이다. 각자 개인차가 심한 증상이긴 하지만, 그는 대체로 한 달 전후에 정상적인 감각을 찾을 수 있었다.

그는 의체원을 겸하고 있는 서울아산생명연구원을 나서며 무인택시에 올라탔다. 무인택시는 그가 목적지를 입력하자 마치 배가 출항을 하듯이 뒤쪽의 서스펜션을 살짝 출렁거리면서 앞으로 나아갔다. 무인택시는 순식간에 시속 180킬로미터까지 가속했고, 그 상태에서 조금의 감속도 없이 커브를 돌아 나갔다.

무인택시가 다닐 수 있는 레일로드는 서울 전역으로 펼쳐져 있었지만, 진석의 집은 레일로드에서 좀 떨어져 있었기에 진석은 중간에 수소자동차로 갈아타야만 했다. 화석연료를 쓰는 자동차보다는 한결 나았지만, 수소자동차 역시 폭발과 배기를 번갈아 하는 동일한 엔진구조를 사용하고 있었기에 귀에 거슬리는 소음이 끊이지 않았다. 그는 얼마 가지 않아 상암 쪽에 위치한 집에 도착할 수 있었다. 집으로 들어서자 누군가가 왈칵 그에게 안겨 들었다.

날렵한 몸매와 어딘가 초식동물을 연상케 하는 새까만 눈동자의 여자였다. 그녀는 진석의 시민동반자인 이경아였다. 그녀는 의체를 두 번밖에 갱신하지 않은 정신적으로 많이 어린 사람이었다. 진석은 경아를 가볍게 안아 주고는 집 안으로 발을 옮겼다.

진석은 경아의 분위기가 어딘가 우울한 것을 느꼈다. 그녀의 눈가는 벌겋게 부어올라 있었고 어깨가 가늘게 떨리고 있었다. 아마도 그가 오기 전까지 울고 있었던 듯했다. 진석은 경아의 눈가를 매만지면서 물었다.
"왜? 무슨 일 있던 거야?"
"아니, 아니에요. 그냥 마음이 힘들어서."
경아는 무언가를 감추려 했지만, 진석은 이미 테이블 위에 놓인 서류를 보았다. 서류의 위쪽에는 '출산 순위 결과 공지'라는 활자가 진하게 박혀 있었다. 진석은 테이블 위에 놓인 서류를 주워 들었다. 서류에는 하진석과 이경아로 이루어진 시민동반자 가정이 출산 순위에서 떨어졌음을 애석하게 생각한다는 내용이 장황한 수식어와 함께 적혀 있었다. 경아는 서류를 보자 다시 감정이 북받치는지 흐느끼기 시작했다.
"왜, 왜 우리에게는 아이가 허락되지 않는 거죠?"
물론 이유야 많았다. 1년에 100명이 채 죽지 않는 서울시에서 무한정 아이를 낳는 것을 허용했다면 서울시는 진즉에 인구 과포화상태에 도달했을 것이다. 게다가 의체로 갱신한 자들은 모두들 20대에서 30대 사이의 체기능을 유지하고 있지 않던가. 그리고 아이를 가지기 위해서는 서류심사와 면접을 통과해야만 했다. 경아와 진석은 부모의 인성을 보는 면접에서는 큰 무리 없이 통과할 수 있었지만, 구체적인 사회공헌이 부족하다는 것이 가장 큰 문제였다. 이 사실은 경아도 알고 있는 것들이었지만 알고 있는 것과는 별개로 아이마저 정부의 허락을 받아야 한다는 게 억울하게만 느껴졌다. 진석은 딱히 별다른 위안을 하지 않고 경아를 꼭 안아 주었다.
진석은 경아의 젖어든 눈을 보면서, 갱신의 후유증이 조금씩 사그라드는 것을 느꼈다. 진석은 별다른 말없이 경아의 입술에 자신의 입술을 포갰다. 경아는 갑작스런 진석의 행동에 자연스레 입을 벌리며 응해 주었다. 잠시 후 입술을 뗀 진석은 경아의 눈을 직시하며 말했다.

"서두르지 말자. 아이는 금방 가질 수 있을 거야."

경아는 거실에 있는 소파로 진석의 몸을 이끌었다. 진석의 손이 경아의 셔츠 위를 바쁘게 오가며 단추를 하나씩 끌러 냈다. 진석의 익숙한 손놀림에 경아는 금세 알몸이 됐다. 진석은 경아의 호흡이 점차로 빨라지는 것을 느꼈다. 진석은 자연스레 경아의 작은 가슴 위에 손을 얹고는 유두를 매만졌다. 오랜 시간 남편과 함께하지 못했던 경아는 금방 달아올랐다. 경아는 진석을 더 깊숙이 받아들이기 위해 등으로 손을 가져갔다. 그때 행위에 몰두하던 경아는 뭔가에 놀랐는지 진석을 갑작스레 밀쳐 냈다. 진석은 당황해서 물었다.

"왜 그래?"

경아는 눈을 둥그렇게 뜬 채, 진석을 바라보기만 했다.

"아니, 너무 오랜만에 봐서 그런가 봐요······. 갑자기 낯설어서."

경아는 말을 흐렸다. 그때 둘 사이의 어색한 정적을 깨고 차임벨 소리와 함께 나지막한 안내음이 흘러나왔다.

'편지입니다. 음성으로 전해 드릴까요?'

"아니, 직접 보지."

진석은 다시 옷을 주섬주섬 입었다. 경아는 미안한 듯 진석의 손을 잡았고, 진석은 어색하게 경아를 향해 웃어주었다.

거실의 한쪽에 놓인 LCD에 검은 휘장 장식과 함께 딱딱해 보이는 고딕체의 글씨가 서서히 올라갔다. 글씨는 무심하게 흘러갔지만, 진석은 머리가 어지러워지기 시작했다. 조금 자리를 잡은 듯했던 감정이 다시 흔들리고 있었다.

"아······."

진석의 뒤로 다가온 경아는 화면의 글을 보고, 신음과 같은 한숨을 내쉬었다.

"외할아버님이……."

그랬다. 그것은 부고였다. 진석의 외할아버지인 강원택 박사가 노환으로 돌아가신 것이다.

2217년 9월 14일. 서울 IC 삼성동 구 코엑스 아케이드.

코엑스 아케이드 계곡 길의 가장 안쪽에 위치한 아셈병원에서 환희에 찬 탄성이 터져 나왔다. 아셈병원의 병원장이자 유일한 의사이며 파파의 주치의인 폴 그린그래스는 양손을 흔들면서 병원에서 뛰쳐나왔다. 폴은 근처에 있던 자경단원을 붙잡고는 소리쳤다.

"파파에게 전해! 전일기가 깨어났다고 말이야!"

잠시 어안이 벙벙해 있던 자경단원은 폴의 말을 이해하고는 빙그레 웃으며 소식을 전하기 위해 뛰어갔다. 자경단원의 소식을 전해 들은 파파는 한달음에 아셈병원으로 달려왔다. 폴은 득의만면한 미소를 지으며 파파를 맞아들였다.

"그렇게 헤매더니 도대체 어떻게 한 건가?"

폴은 자신의 둥그런 안경을 고쳐 쓰고는 아셈병원의 안쪽으로 안내하며 설명을 시작했다.

"흔히 말하곤 하는 인식의 전환인거지. 전일기의 몸을 면밀히 살펴보니 심장 박동에 따라 손목이나 발목의 맥은 뛰는데 관자놀이의 맥은 뛰지 않는 걸 발견한 거야, 사실 그럴 수 없는 거거든? 아무리 뇌사라고 해도 혈류가 통하지 않는 건 아니니까. 그리고 보니 목 위쪽으로 통하는 동맥이 완전히 막혀 있더라고. 그래서 안색이 이렇게 파리했던 게지. 일종의 온/오프 스위치랄까? 어차피 규소로 만들어진 뇌세포는 산소와 장시간 접촉 못했다고 괴사하지는 않으니까 이렇게 동맥을 막아서 두뇌를 비활성 상태로 만들어 놓는 거지."

폴의 설명이 끝날 때쯤, 파파는 초점 없는 눈으로 천장을 응시하고 있는 전일기와 마주할 수 있었다.

"그새 일어나 앉아 있었군."

폴은 전일기에게 다가가 조그만 손전등으로 눈을 비쳐 보았다. 강렬한 빛이 동공을 찌르자 전일기가 눈을 질끈 감았다. 폴은 전일기의 뺨을 툭툭 치며 말했다.

"어이, 정신 차리세요. 여기가 아직도 청와대인 줄 아시나?"

외부의 자극에 초점이 돌아온 전일기는 황급히 몸을 움츠리려다 침대에서 떨어졌다. 전일기는 숨을 몰아쉬며 말했다.

"뭐야? 여긴 어디지? 사후세계인가?"

파파는 전일기에게 다가가 차근히 설명해 주기 시작했다.

"혼란스러울 거 알고 있소. 진정하고 설명을 좀 들어 주기 바라오. 당신이 해 줘야 될 일이 있으니까."

파파는 전일기에게 의복을 가져다 입히고는 의체로 갱신하는 게 실제로는 어떤 의미인지 알려 주기 시작했다. 해마기관의 적출과 이식 수술 따위는 애초부터 없었다고 말이다. 그리고 이런 비리를 폭로하기 위해 당신을 구했노라고 말했다.

"그러니까 당신이 청와대나 방송사에 가서 모습을 노출하는 것만으로 많은 사람이 이 사태의 전말을 이해할 수 있을 거요."

파파의 얘기를 침착하게 듣던 전일기는 허탈한 웃음을 짓더니 말했다.

"하하, 그렇게 된 거였군. 어째 내가 아직도 살아 있다 했더니."

"……?"

"그쪽, 뭐 파파라고 했나? 당신이 한 얘기 중에 나에게 새로울 얘기가 하나라도 있을 거라 생각했나?"

"무슨 소리?"

파파의 안색은 어느새 파리해져 있었다.

"우리는 애초에 알고 있었어."

"우리라면 누구 말인가?"

"위정자들이지. 우리는 듀갈과 계약을 했던 거야. 파파, 듀갈의 애초 의도는 영혼을 축출해서 이식하는 거였지. 듀갈은 여러 가지 방법으로 영혼의 존재를 규명하려 했지만, 이원론을 물리적으로 풀어내는 것은 무리였지. 결국 그의 최종적인 결론은 애초에 수정란의 상태에서 영혼이 존재했을 리는 없으니 영혼이란 것은 장기간의 경험과 감정의 누적에서 자연발생되는 무엇이라는 거였어. 그래서 그는 그 장기간의 경험과 감정의 누적이라는 것을 의체에서 복구시키는 방법을 생각해 냈어. 타락하긴 했지만 그는 역시 천재였지.

갱신 시에 걸리는 32일이라는 시간이 뭘 의미하는지 알고 있나? 그건 꿈꾸는 시간이야. 한쪽이 끝없이 이어지는 꿈을 꾸는 동안 다른 한쪽은 그 꿈을 통해 경험과 감정을 받아들이지. 꿈이란 건 경험과 감정의 집약체니까 그의 해답은 유효했어. 듀갈의 의도는 성공했지만, 그는 영혼이 둘이 되어 버리는 결론에 혼란을 느꼈어. 그는 성경의 가르침대로 영혼이라는 게 유일무이한 하나라면 갱신이 끝난 순간, 어느 한쪽은 영혼이 없다고 말할 만한 상태가 될 것이라고 생각했던 모양이야.

그의 오랜 고민의 결과는 결국 복제인간에 불과했지. 그것도 기존의 복제인간이 가지는 결함들을 완전히 제거한 복제인간 말이야."

파파는 마치 면도날을 삼킨 듯이 숨쉬기가 힘들었다. 거칠게 숨을 몰아쉬며 파파는 물었다.

"도대체 왜 그 모든 것을 알면서 사람들을 속이는 거지? 당신 지금까지 아홉 차례 갱신했지? 지금까지 당신은 아홉 번 죽은 거야! 그 사실이 끔찍하지 않아?"

전일기는 그걸 모르냐는 듯이 말했다.

"끔찍하지. 의회가 나에게 갱신을 권하는 순간을 기억해. 그들의 눈빛은 너무나 고요했지. 그 어떤 살의도 보이지 않았어. 하지만 원망하지 않아. 우리 모두는 그 룰을 지키기로 맹세했으니까.

이봐 파파, 당신도 사람들을 다스리고 있으니 알 거야. 대중이란 게 얼마나 무지한 존재인지. 그들이 그들을 다스리는 위정자들이 다 전 세대의 그들의 지지를 받았던 인물의 복제에 불과하단 사실을 알게 된다면 어떤 혼란이 발생할까? 너무 끔찍하게 생각하지 말라고, 파파. 그런 사소한 감정만 배제하면 이 사회가 얼마나 발전할 수 있을지를 생각해봐. 아직은 170세 정도가 최고기록이지만, 이 연령은 계속 늘어날 거야. 400년, 800년뿐 아니라 1000년도 가능하겠지, 1000년을 산 인간의 지혜는 우리에게 무엇을 가르쳐 줄까? 궁금하지 않아?"

파파의 창백해진 얼굴과는 대조적으로 전일기의 얼굴은 열기로 달떠 있었다. 파파는 심적인 타격을 받아서인지 거센 기침과 함께 각혈을 하였다. 활기차게 떠들던 전일기는 어느 순간 말을 멈추고 자신의 손을 바라보았다.

"점차 식어 가는군. 의체의 수명이 다한 모양이야. 지금의 기분을 말해 줄까, 파파? 이 육체는 19년을 살았지만, 지금 이 순간 난 160년을 회고할 수 있어. 그 사실이 기뻐. 거짓되었다는 생각은 들지 않아……."
 말을 마친 전일기의 머리가 천천히 숙여졌다.

2217년 9월 17일. 서울 IC 서울아산생명연구원.

 공교롭게도 외할아버지의 장례식이 진행 중인 곳은 서울아산생명연구원이었다. 진석은 자신이 온 길을 되짚어 돌아가는 무인택시 안에서 자신의 외할아버지에 관해서 생각했다.
 길가에 놓인 가로등이 기나긴 빛의 실타래가 되어 차창 밖을 스쳐 지나가고 있었다. 진석은 옆에서 불안해하는 경아의 손을 꼭 잡으며 머릿속을 정리해 보려 애썼다.
 서울 시내의 집값은 서울시가 세계적으로 특화된 몇 개 안 되는 도시가 됨에 따라 지방과는 비교가 안 될 정도로 높아져 있었다. 그 서울에서 살며 진석은 지방에 큰 수입도 안 되는 병원을 세우고 있었다. 그 모든 것이 외할아버지의 보조가 있었기에 가능한 일이었다.
 진석은 외할아버지의 죽음 앞에서 자신이 결코 순수하지 못하다는 것을 알고 있었다. 물론 외할아버지의 죽음이 슬프지 않은 것은 아니었다.
 진석은 어린 시절, 외할아버지에게 무척 많은 사랑을 받았었다. 외할아버지에게는 손자가 네 명이 더 있었지만, 어찌 된 까닭인지 진석을 가장 아꼈다.
 진석은 레일로드에 다리가 절단되는 사고를 당했던 열한 살 때까지는 부모님보다는 외할아버지와 더 많은 시간을 보냈다. 진석이 사고를 당한 후, 부모님은 치료보다는 의체로 몸을 갱신하는 쪽을 택했고, 간단한 응급처치와 봉합 후에 그는 열한 살이라는 어린 나이로 최초갱신을 하게 되었다.

그런 외할아버지의 죽음이 슬프지 않을 리 없었지만, 우선은 실감이 나지 않았다. 진석은 그런 자신이 불합리하게 느껴졌다. 그렇지만 어릴 적의 감정을 불러내 감정을 조성한다는 행위도 그저 자위에 불과하다는 것을 알고 있었다. 그럼에도 지금 그에게는 그것이 필요했다.

진석이 생각에 잠겨 있는 사이에 무인택시는 목적지에 도착했다.

장례식장은 매스컴과 조문객들로 인해 인산인해를 이루고 있었다. 매스컴은 존 듀갈 박사와 함께 불멸의 시대를 연 강원택 박사에 대한 기사를 누구보다 빨리 전하기 위해 곳곳에서 떠들어 대고 있었다. 진석과 경아가 차에서 내리자 그를 알아본 방송기자들이 득달같이 달려들었다. 카메라의 렌즈와 사람들의 눈이 몰려들자 진석은 부담감을 느꼈다. 기자들은 진석과 거리가 조금이라도 확보되는 순간 마이크를 들이대고는 마구 질문을 외쳤다.

"강원택 박사와의 추억 중에 특기할 만한 게 있나요?"

"두 분 사이는 좋은 편이었나요? 강원택 박사는 회고록에서 하진석 씨를 가장 많이 언급했습니다만……"

"강원택 박사가 필멸을 고수한 이유를 알고 계시나요?"

"강원택 박사의 재산이 미화 100억 달러에 달한다는 데 사실인가요?"

진석은 어느 마이크에 어떤 대답을 해야 되는지 전혀 알 수 없었고, 그다지 대답해 줄 의무를 못 느꼈기 때문에 경아의 손을 잡고 재빨리 포토라인 너머로 넘어갔다.

기자들의 출입이 제한된 생명연구원 내부는 밖과는 대조적으로 매우 고요했다. 사회 각계 인사가 보낸 화환과 조문 깃발이 장례식장으로 가는 복도를 가득 채우고 있었다. 화환의 이름 중에는 전일기 대통령을 필두로 한 국내의 정치인들뿐 아니라 동양의 풍습을 존중한 외국 유명인사들도 다수 있었다.

그가 장례식장에 들어서자 오랜 시간 못 봤던 일가의 친척들이 그에게 다가와 인사를 건넸다. 장례식이라는 것 자체가 워낙에 생소한 행사이다 보니 상복조차 챙기지 못한 사람들이 상당수 있었고 절하는 순서를 몰라 누군가가 하면 기웃거리며 주춤주춤 따라하는 사람들도 많았다. 다만 진석은 얼마 전에도 박 영감의 장례식을 다녀왔기 때문에 예절을 무리 없이 지킬 수 있었다. 영정에 조문하고 분향실을 나오자 경아는 아는 친척들에게 가서 간만에 정담을 나누었고 진석은 자신에게 다가온 청년에게 말을 걸었다.

"오셨어요, 외삼촌."

"잘 지냈냐? 아직 아이는 없고?"

20대 초반의 청년의 모습을 하고 외삼촌을 바라보며 진석은 위화감을 느꼈다. 외삼촌은 그에게 아버지가 고집을 부리시더니 이렇게 가신다며 한탄 비슷한 이야기를 하다가 다른 친척들에게 자리를 이동했다. 외삼촌은 자기보다 어려 보이는 청년을 보니 '작은아버지'라며 유쾌하게 반겼다.

얼마 전만 해도 박 영감의 장례식을 갔다 온 진석에게 이런 풍경들은 이상할 수밖에 없었다. 젊은 청년과 여자들만 가득한 장례식장에서 어색하게 웃고 있는 외할아버지의 영정사진이 유난히 도드라져 보였다.

"마치 고아들 같군."

진석은 씁쓸하게 내뱉었다. 그때 그의 등 뒤로 둔탁한 무엇인가가 그를 지그시 눌러 왔다. 진석이 화들짝 놀라며 뒤를 돌아보려 하자 강력한 힘이 그의 어깨를 눌렀다.

"가만히 있어, 하진석. 안 믿을지 모르겠지만, 자네의 등을 겨누고 있는 것은 총이야. 확인해 보고 싶나?"

진석은 당황스러웠지만, 확인은 나중에 하기로 했다.

"좋아, 꽤 신중한 편이군. 자, 이제 자연스럽게 문으로 이동해."

별다른 저항을 하지 않은 채 진석은 장례식장의 출구로 갔다. 그런 그를 외삼촌이 멀리서 불렀다.

"진석아, 어디 가냐? 설마 벌써 돌아가는 건 아니겠지?"

진석의 뒤에 있던 괴인은 어깨를 짚고 있던 손에 힘을 푸는 대신 총구로 진석의 등을 더욱 압박했다.

"아니요. 친구가 와서요. 잠깐 나가서 얘기 좀 하다 올게요."

"네 앞으로 남기신 유서도 있으니까 유서 공개 전에 돌아와라."

괴인은 배짱 좋게도 외삼촌을 향해서 살짝 웃어 보이고는 진석을 더욱 재촉했다. 둘은 장례식장을 나와 병원의 외곽으로 빠졌다. 경아가 뒤늦게 남편의 모습이 보이지 않는 것을 눈치 채고 진석의 이름을 부르며 장례식장을 헤맸지만, 진석의 모습은 어디에서도 발견할 수 없었다.

현대에 가장 유명한 여성을 꼽으라면 누가 뭐라 해도 첫 순으로 실리카 루시를 꼽을 수 있을 것이다. 최초의 인류라고 알려진 루시에게서 이름을 빌린 이 여성은 그 유명세에도 불구하고 한 번도 실제 모습을 보여준 적이 없었다. 듀갈 박사가 전신일괄대체재를 발표하면서 처음으로 그 이름이 언급된 이후로 언론은 실리카 루시의 정체에 과도하다고 할 만한 관심을 기울였지만, 듀갈 박사는 그 어떤 힌트도 주지 않았다. 이후로는 점차 시간이 지나면서 실리카 루시가 최초의 의체인으로서 듀갈 박사의 논문에 등장하기는 하지만, 설명의 유용함을 위해 가상으로 만들어진 인물이 아니겠느냐 하는 의견이 대세를 이루게 되었다. 그러나 최초의 의체인 실리카 루시는 실존했고, 그 이름은 키요시키 아나벨이었다.

키요시키 아나벨은 신의주 가압경수로 폭발사고에 자원으로 갔다가 6시버트에 이르는 방사선에 장시간 노출되었고, 세포가 이상 증식하는 질병을 안게 되었다. 듀갈 박사는 자신에게 시련을 내리는 신을 원망했지만, 아내를 포기하지는 않았다.

최초의 인체대체재인 실리카 알파(Silica alpha) 이후로 멈춰 있던 그의 연구가 다시 진전되기 시작했고, 규소생명체로는 도달불능점이라고 알려진 뇌세포와 시신경, 그리고 골수 등을 차례로 성공시켰다. 그리하여 듀갈은 그의 아내의 유전정보를 바탕으로 재현된 최초의 의체 실리카 루시를 만들었던 것이다. 그러나 듀갈에게 주어진 시간은 많지 않았다. 아나벨의 건강은 급격히 나빠지기 시작했고, 미처 임상실험도 하지 못한 의체갱신기를 사용할 수밖에 없게 되었다.

듀갈 자신에게는 지옥과도 같았던 32일의 시간이 지나고 실리카 루시는 깨어났다. 그리고 아내 아나벨 또한 깨어났다. 짧은 순간에 교차하는 행복과 절망, 듀갈은 두 여인에게 서로의 존재를 차마 알릴 수 없었다.

듀갈은 아나벨에게는 실험이 실패했다고 말했고, 루시에게는 실험이 성공했다고 말했다. 이 둘 사이를 오가면서 듀갈은 자신의 정신이 갈가리 찢겨 나가는 것 같다고 느꼈다. 둘은 건강문제를 제외하고는 너무나 똑같았고 듀갈 자신도 루시에게 있을 때는 아나벨을 잊었고 아나벨과 있을 때는 루시를 잊었다. 아나벨은 아픈 몸에도 불구하고 굉장히 오래 살았다. 루시가 태어난 이후로도 10여 년을 더 살았던 아나벨이 죽던 날,

듀갈은 그녀의 죽음에 안도한 자신에게 크게 절망할 수밖에 없었다.

2217년 9월 17일. 서울 IC 서울아산생명연구원.

괴인은 지하의 배전실로 이동하고는 여전히 총을 겨눈 채 전깃줄을 던져 주며 말했다. 진석은 그제야 겨우 돌아서서 괴인의 얼굴을 제대로 확인할 수 있었다. 외꺼풀의 눈이 냉정한 인상을 주는 사내였다. 그리고 진석은 그와 동시에 그의 손에 들린 묵직한 질감의 총 또한 확인할 수 있었다.

"알아서 다리 묶어. 묶고 얘기를 좀 해 보자고."

"이봐요. 돈이라면 드릴 테니 이러지 맙시다."

"조용해, 하진석. 내가 강도 따위로 보이나? 얼른 묶어."

진석은 다리를 묶으며 볼멘소리로 말했다.

"아니, 강도도 아니라면 도대체 뭐 때문에 이러는 거요? 내게 이럴 이유가 없잖소."

하진석이 다리를 묶자 괴인은 경계를 늦추지 않은 채 물었다.

"좋아, 하진석. 내게도 그리 시간이 많지 않으니 빨리 빨리 묻도록 하지. 7월 22일 어디서 무엇을 했나?"

"뭐요? 지금 취조라도 하는 거요? 당신 경찰이요?"

"우선은 경찰이라고 해 두지, 크게 틀린 것도 아니니까. 그러니까 어서 대답해, 하진석. 7월 22일에 뭐했나?"

"7월 22일이라면, 평일이니까 천안에서 진료를 보고 있었을 거요."

괴인은 어처구니없다는 듯 콧방귀를 뀌고는 다시 물었다.

"거짓말이 서툴군. 내가 말해 주지. 하진석, 당신은 7월 22일 서울국제역에서 자신의 홍채를 복사해 달라고 렌즈거래상한테 부탁했어! 아닌가?"

진석은 너무나 생뚱맞은 소리에 언성을 높였다.

"아니 무슨 소리요! 서울국제역에는 근처에도 간 적 없소!"

"웃기는군, 분명히 렌즈거래상은 본인의 홍채를 복사해 갔다고 했어. 말해, 하진석. 전일기는 어디에 빼돌린 거지?"

진석이 미처 대답을 못하고 머뭇거리고 있을 때 괴인의 등 뒤로 다가온 또 다른 그림자가 괴인의 머리에 시커먼 장총을 겨누었다.

"거기에는 내가 대답해 줄 수 있을 거 같군, 이성찬 검사."

"아하, 이건 또 뭐야?"

이성찬은 혀를 차며 총을 내려놓았다. 별안간 장총을 겨눈 청년이 장총의 개머리판으로 이성찬의 머리를 내리쩍었고, 이성찬은 별다른 저항도 못한 채 풀썩 쓰러졌다. 청년은 하진석에게 물었다.

"선택하시오. 개머리판으로 찍힐 건지, 순순히 눈을 가리고 따라올 건지."

이쯤 되자 진석은 오늘의 운세가 궁금해질 지경이었다.

"후자로 하지요."

청년은 만족한 듯 웃고는 검은 천을 던져 주었다.

"그걸로 눈을 가리시오."

진석이 눈을 가리자 여러 개의 발소리가 주변을 어지럽게 오가더니 누군가 그의 다리를 풀어 일으켜 세우고는 팔짱을 끼우고 이동했다. 주변의 소리를 들어 보니 이성찬이라고 불린 검사도 들어 옮겨지고 있는 듯 했다. 배전실로 들어오던 길을 다시 돌아 나가자 마자 진석을 안내하던 손길이 진석의 머리를 푹 눌렀고 진석은 머리를 숙인 채 차에 올라탔다.

어딘가로 차는 달리기 시작했다. 진석은 많은 것을 알 수는 없었지만 이 자동차가 수소자동차라는 것과 달리고 5분이 채 안 되어 검은 천 너머로 먹먹하게 느껴지던 빛이 사라진 것 정도는 알 수 있었다. 지하인 것 같았다. 그렇게 2시간쯤 달리고 자동차는 멈춰 섰고, 진석은 차에서 내려 또 한참을 걸어 들어갔다. 미미하지만 다시 빛이 느껴지고 있었다. 차갑고 딱딱한 질감과 구두에 부딪쳐 울리는 소리가 아무래도 바닥은 대리석 같았다. 진석이 기다림에 지쳐 안대를 풀어 줄 것에 대한 기대를 슬슬 접을 때쯤 아까의 청년이 도착했다고 말하며 진석의 안대를 벗겨 주었다. 홍채의 조리개가 어찌나 급속히 줄어드는지 눈이 뻐근해질 지경이었다. 진석이 정신을 차리고 앞을 살피자 병색이 완연한 한 노인이 그를 바라보고 있는 게 보였다.

"이렇게 보는 건 처음이군, 하진석."

진석은 하루 동안 두 번이나 낯선 인물들이 자신의 이름을 불러 대자 '강원택의 외손자란 자리가 참으로 대단하구나' 라고 생각했다. 노인은 어딘가 낯이 익었고, 노인도 진석에게 그 사실을 주지시켰다.

"그쪽도 날 보는 게 처음은 아닐 텐데, 기억나지 않나 보지?"

진석은 눈을 가늘게 뜨며 노인을 찬찬히 살펴보았다. 지금은 좀 몸이 쇠해지긴 했지만, 노인치고는 여전히 강건한 체격이었다.

"아, 그 외할아버지 저택에서 보았던…….."

"기억이 났나 보군. 그보다 내 얼굴을 보면서 아무것도 느낄 수 없나?"

진석은 노인을 아무리 보아도 무슨 얘기를 하는 건지 알 수 없었다. 대답은 의외의 반향에서 들려왔다.

"끄응, 당신. 하진석이군."

이성찬의 목소리였다. 하진석과 함께 끌려온 이성찬이 정신을 차리고는 천천히 몸을 일으키고 있었다. 진석은 뒤를 돌아보며 퉁명스럽게 말했다.

"뭘 새삼스러운 척 부르는 거요?"

"정말 눈썰미 꽝이로군. 당신 말고 저 노인네 말이요."

"뭐?"

그제야 진석은 노인의 얼굴이 자신의 아버지와 닮은 사실을 알 수 있었다.

"검사 양반도 깼군. 좀 거칠게 모셔오게 됐지만 이해하라고, 우리의 뒤를 캐고 있는 사람이 있다는 얘기는 들었지만, 설마 진석이에게까지 갈 줄은 몰랐어. 그 유능함은 칭찬해 주지."

"별말씀을, 결국에는 완전히 헛짚은 거였잖소. 그보다 의체복제라는 게 대단하긴 하군, 일란성 쌍둥이도 서로 다른 홍채까지 완전히 같았다니."

"듀갈은 '같다' 라는 것에 광적으로 집착했으니까."

"어딘가 이상하긴 했지, 아무리 봐도 이 하진석은 오늘 내 총을 본 게 처음인 거 같았거든, 그래도 단서가 달랑 이거 하나니 한번 찔러봤는데, 허탕은 아닌 것 같군. 전일기 대통령은 어디 있나? 하진석."

전일기 대통령의 이름이 언급되자 노인의 얼굴은 눈에 띄게 침울해졌다. 그러자 옆에 있던 둥그런 안경의 외국인이 대신 대답했다.

"전일기는 의체의 수명이 다해서 죽었다. 어쨌든 갱신은 의체의 수명이 다해 갈 때 하는 거니까 이상할 것 없지."

이성찬은 허탈한 표정으로 자리에 주저앉았다.

"뭐야, 전일기 대통령을 국회에 데리고 가서 한바탕 뒤집어 줄 생각이었는데, 내 유일한 조커가 먹튀가 돼 버렸군."

진석은 주변에서 들려오는 소리를 도무지 이해할 수 없었다. 부랑자 같은 괴인은 검사였고, 눈앞에 있는 노인은 자신과 같은 이름을 가지고 있으며 대통령은 죽었다고 한다. 도대체 무슨 소리인가? 진석이 혼란에 빠져 있을 때 노인이 진석을 불렀다.

"하진석, 이걸 기억할 수 있겠나?"

노인은 자신의 바지를 걷어 올려 양 무릎을 보여 줬다. 절개선이 희미해서 자세히 보지 않으면 알아차리기 힘들었지만, 노인의 다리는 무릎 아래로 인체대체재였다.

"열한 살 때였지 아마? 굴러간 연보라색 공을 좇다가 레일에 발이 끼어 버린 게 말이야."

진석은 눈을 부릅떴다. 그러고 보니 노인의 얼굴은 아버지보다는 자신을 닮아 있었다. 만약에 자신이 의체를 사용하지 않고 자연스레 늙었다면 바로 저 노인의 얼굴이 됐을 터였다. 그러나 진석이 스스로 자신을 둘러싼 상황을 인지하기는 무리였다. 한 번도 의심된 적 없는 진리가 처참한 소리를 내며 무너지고 있었다.

"간단히 말해 주지. 하진석, 자네가 자네 머릿속에 있다고 믿고 있는 해마기관은 바로 내 머릿속에 있어. 전 인류를 상대로 한 대단한 사기극이었지. 의체갱신은 인간의 수명을 연장시켜 주는 기술이 아니라 단순히 인간을 복제하는 기술일 뿐이었던 거야. 알겠나?"

불과 하루 전에 갱신을 끝마친 진석은 속이 메스꺼워지는 걸 느꼈다. 진석은 바닥으로 위액을 토해 냈다. 지난 세월 동안 그가 갱신을 하기 위해 병원에 들어서던 순간들이 떠올랐다. 그때그때 분명히 기억할 수 있었다. 그리고 경아와의 결혼이 기억났고, 경아와 함께 한 신혼여행에서 본 그랜드캐니언의 일출도 생각났다. 그뿐 아니라 박 영감의 죽음도 기억이 났다. 싸늘한 시선을 눈앞에 두고 했던 생각들도 기억났다. 모든 게, 이상하리만치 모든 게 기억났다. 그러나 이 순간 진석은 의심할 수밖에 없었다.

'나는 과연 그 자리에 있었는가?'

대답이 나오지 않았다. 진석은 바닥에 시선을 고정한 채 물었다.

"그래서 나에게 바라는 게 뭐지? 이 오랜 시간이 흐르고 난 뒤에 나에게 이런 사실을 알려 주는 이유가 뭐야?"

노인 하진석은 단도직입적으로 말했다.

"네 의체가 필요하다, 하진석. 난 얼마 안 있으면 죽을 몸이야. 길어야 두 달을 살까 말까 하지. 그렇지만 난 아직 죽을 수 없어. 그래서 자네가 내가 되어 줬으면 하는 거야."

"싫다면?"

"거부권은 없어. 하진석."

"갱신해 봤자 그게 수명의 연장이 아니라는 건 그쪽이 더 잘 알지 않나?"

"물론 잘 알고 있지. 그러니 억울하게 생각하지 마. 죽는 건 나야. 다만 난 나를 대신해줄 사람이 필요해. 우리가 하는 건 우리의 조상들이 그랬듯이 누군가의 뜻을 이어받고 유지를 이어가는 행위일 뿐이야. 갱신이랄 것도 없지. 우리는 늘 이런 식으로 살아왔으니까."

"궤변이군."

"상관없어. 폴, 의체갱신기를 준비해 주게."

"그러지. 하지만 파파, 결과는 누구도 장담 못해. 이미 자아가 자리 잡은 의체에 또 다른 자아가 유입되면 양쪽이 충돌을 일으켜서 소멸될 수도 있어. 백치가 되어 버린다고."

58년 동안 자신의 이름 없이 파파라고 불려온 하진석은 씁쓸하게 웃었다.

"하지만 그러지 않을 수도 있는 거겠지?"

"뭐, 모르는 거니까."

폴은 노인 하진석의 뒤로 가더니 벽이라고 생각되던 곳을 열고 들어갔다. 노인 하진석은 진석에게 물었다.

"마지막으로 하고 싶은 말이 있나? 지금이 마지막일지 아닐지는 좀 더 두고 봐야 알겠지만 말이야."

"그럼 좀 더 두고 보고 말하도록 하지."

진석은 저항할 수 없었다. 아니 저항해야 될 이유가 생각나지 않았다. 자신은 복제에 불과하다는 생각이 자꾸만 머리를 맴돌았다. 그것도 무려 일곱 번이나 반복적으로 계속되어 온 복제 아닌가? 어디서 어떤 손실이 생겼어도 알 수 없는 노릇이었다. 자경단원이 진석을 일으켜 세웠고 노인 하진석과 진석은 폴이 들어간 방으로 들어갔다.

존 듀갈 박사가 생전에 남긴 수많은 글 중에서 가장 유명한 글이 두 개가 있는데, 하나는 속칭 '불사의 변'이라고 불리는 의체품질보증서의 서문이고, 또 하나는 불사의 변을 스스로 논박했다고 하여 이름 붙여진 '필멸(必滅)의 변'이라는 그의 유서이다.

불사의 변이 일종의 매뉴얼로서 누구나 볼 수 있게 배부된 것에 반해 그의 유서인 필멸의 변은 그의 친우인 강원택 박사에게만 공개되었기에 사람들은 필멸의 변에 무슨 내용이 있는지 너무나 궁금해했다. 인터넷에는 주기적으로 '필멸의 변'이 공개되었다는 오보가 나왔고, 몇 번인가는 꽤 그럴싸한 '필멸의 변'이 올라오기도 했다. 하지만 강원택 박사는 사람들의 부산스러운 소란에도 불구하고 '필멸의 변'에 대한 일언반구의 말도 전해 주지 않았다. 어떤 사람들은 세계적인 인물인 듀갈 박사의 유언은 인류 공동의 유산이라고 봐야 된다며 강원택 박사에게 공개를 요구했지만, 강원택 박사는 "듀갈 박사의 뜻을 존중해 달라."라는 한 마디로 거절했다. 결국 그렇게 필멸의 변은 일종의 도시전설로 남게 되었다.

그러나 80여 년의 세월이 지나 강원택 박사마저 노환으로 세상을 뜨게 되자, 사람들은 다시 '필멸의 변'의 행방에 관심을 가지기 시작했다. 강원택 박사의 유언공개는 거의 첩보전을 방불케 했다. 도청장치는 물론이고 문상객으로 위장한 기자들이 장례식장에 넘쳐났다. 그러나 유언공개가 끝난 후에도 '필멸의 변'의 행방은 도무지 알 수가 없었다. 과연 '필멸의 변'은 어디로 사라졌는가?

2217년 10월 19일. 서울 IC 삼성동 구 코엑스 아케이드.

구 코엑스 계곡길의 가장 깊숙한 곳에 위치한 아셈병원에서도 뒤로 한참을 들어가야 하는 방 안에서 하진석은 깨어났다. 깊고 구불구불한 통로를 지나 눈앞에 빛이 닥쳤다고 느낀 순간, 하진석은 짜고 따스한 욕조의 물속에서 몸을 벌떡 일으키고는 거세게 기침을 했다. 하진석은 눈앞에 붙어 있는 안대를 떼어 냈다. 타월로 몸을 대충 닦은 그는 주변을 살폈다. 방 안에는 시큼하고 퀴퀴한 냄새가 잔뜩 고여 있었다. 하진석은 자신이 있던 욕조의 바로 옆에 있는 욕조를 바라보았다. 그곳에는 노인 하진석이 죽어 있었다. 죽은 지 일주일은 된 거 같았다. 물은 노인 하진석의 토혈로 붉게 물들어 있었다. 물끄러미 노인의 시체를 바라보던 하진석은 한쪽에 놓여 있는 옷을 챙겨 입고 문을 나서려 했지만 문이 뭔가에 막혔는지 잘 열리지 않았다. 한참을 어깨로 밀어 치자 그제야 뭔가가 주르륵 밀리며 문이 열렸다. 밖으로 나서던 하진석은 문을 막고 있는 것을 보고는 인상을 찌푸렸다. 시체였다. 머리가 날아가거나 배가 뚫린 자경단원들의 시체가 문을 가로막고 있었다.

구 코엑스는 완전히 궤멸되어 있었다. 여자와 아이의 시체는 보이지 않았지만, 여기저기 자경단원의 시체들이 꽤 많이 보였다. 도대체 무슨 총을 쏜 것이진 자경단원의 시체 중에는 사지가 온전한 것이 별로 없었고 바닥과 벽의 대리석에는 여기저기 사람 머리만 한 구멍이 뚫려 있었다.

하진석이 터덜터덜 아셈병원을 나설 때 쯤 누군가 속삭이듯이 그를 불렀다.

"이봐! 파파!"

폴 그린그래스였다. 그는 병원의 데스크 밑에 있는 비밀 공간에서 기어 나오고 있었다. 폴은 하진석에게 다가오다가 무엇에 생각이 미쳤는지 멈칫거리며 물어보았다.

"파파, 맞는 거겠지? 성공한 거지?"

하진석은 별다른 대답 없이 고개만 끄덕였다.

"하하하, 역시 하늘이 우릴 버리진 않았군!"

하진석은 처참하게 부서져 있는 주거구역들을 바라보며 물었다.

"도대체 어떻게 된 거지?"

어느새 침울해진 폴이 말했다.

"파파가 들어가고 20일쯤 되었을까? 그때 갑자기 군대가 밀레니엄 광장으로 들이닥쳤어. 우리는 파파도 없는 데다가 군대가 직접 밀레니엄 광장으로 들어올 줄은 몰랐기 때문에 순식간에 밀렸지. 성찬 군이 자경단원들을 지휘해 주어서 잠시 소강상태에 접어들긴 했지만, 그들이 레일건을 꺼내 들자 어떻게 할 방법이 없더군. 성찬 군은 군부대와 협상을 했지. 그들이 저항을 포기하고 무장해제하는 대신 여자와 아이들을 단순 부랑자로 처리해 달라고 말이야. 부랑자가 지하거주구역에 들어가면 형기가 배로 올라가거든. 그래서 나머지 사람들 모두 수용시설로 연행됐어."

"이곳 지리를 군인들이 어떻게……?"

"우리도 그게 궁금했지. 우리에게 가장 튼튼한 방어벽이 이곳의 복잡한 지리였는데, 그게 한순간에 무너졌으니 말이야. 알고 보니 변한수가 우리를 밀고했더군. 군에서 물류창고를 습격한 K2에 상당한 양의 현상금을 걸었던 모양이야. 돈에 환장한 녀석이니 지하거주민들끼리의 유대 같은 건 아무래도 좋았겠지. 개자식!"

폴은 눈앞에 변한수가 있기라도 한 듯이 허공을 노려보며 말했다.

"아, 그리고 아이들 몇 명은 내가 구했어."

폴이 약국의 데스크를 향해 휘파람을 불자 아이들 여섯 명이 주변을 잔뜩 경계하면서 밖으로 나왔다.

"차마 수용소로 보낼 수는 없더라고. 그래서 되는 대로 같이 들어갔던 아이들이야."

아이들은 낯선 하진석의 모습에 좀처럼 다가오지 않았다. 폴은 멍하니 주변을 바라볼 뿐인 하진석에게 물었다.

"이제 어떻게 할 거지, 파파?"

하진석은 폴을 물끄러미 바라보며 말했다.

"이제 더 이상 파파라고 부르지 마, 폴. 난 하진석이야."

"아 그래, 이거 영 어색한데. 이제 어떻게 할 거지, 진석?"

"해야 될 일이 하나 있어."

하진석은 어딘가를 향해 걸어가기 시작했고, 폴은 아이들을 데리고 그 뒤를 따랐다.

終

폴 그리고 여섯 명의 아이들은 하진석을 따라 천안으로 향했다. 하진석은 천안에서 이아람의 집을 찾아갔다. 늦은 저녁에 찾아간 이아람의 집 앞에는 상중임을 나타내는 등이 달려 있었다. 그곳에서 이아람의 아버지와 만난 하진석은 이아람이 난산 끝에 여자아이를 출산했고, 지나친 하혈로 끝내 숨졌다는 얘기를 들을 수 있었다. 하진석이 아이를 차후에 어찌할지 묻자, 딸의 죽음에 격렬한 분노에 휩싸여 있던 이아람의 아버지는 강간범의 자식 따위는 어찌되어도 상관없다고 했다. 하진석은 그런 이아람의 아버지에게 입양을 제안했고, 이아람의 아버지는 출생신고도 안 한 손자라 하여 하진석에게 아무런 절차 없이 아이를 주었다. 그렇게 아이는 일곱 명이 되었다.

갓난아이를 안고 하진석은 다시 상암으로 향했다. 그곳에서 경아와 재회한 하진석은 집과 재산을 처분하고는 케이프타운행 티켓 열 장을 구매했다. 케이프타운 종점에 이르기 전에 아마도 그들은 그들이 원하는 곳을 찾을 수 있을 터였다. 경아는 하진석에게 강원택 박사가 남긴 편지봉투를 주었다.

케이프타운으로 향하는 열차 안에서 하진석은 편지봉투를 뜯어 차근히 읽어 보았다. 놀랍게도 편지는 강원택이 하진석에게 보내는 편지가 아니었다. 편지는 "내 삶에서 유일했던 진정한 벗이자, 조언자였던 강원택에게"라는 문구로 시작하고 있었다. 별다른 소음도 없이 미끄러지듯 유영하는 대륙횡단열차 안에서 편지를 끝까지 다 읽은 하진석은 편지를 조각조각 찢기 시작했다. 하진석은 중얼거렸다.

"그런 거 변명할 필요 없어."

하진석이 잘게 자른 종이를 창문에서 뿌리자 뒷좌석에 앉은 아이들이 눈이 온다며 시끄럽게 떠들어 댔다.

창밖에는 아직 시베리아의 얼음들판밖에 보이지 않았지만, 하진석의 눈에는 벌써부터 희망봉이 보이는 듯했다. 그들은 그곳으로 가서 자연스럽게 늙어 죽을 것이고 아이들은 자라 다시 아이를 낳을 것이다. 그리고 세대는 갱신될 것이다.

얼터너티브 드림 한국 SF 대표 작가 단편 10선

1판 1쇄 펴냄 2007년 12월 28일
1판 4쇄 펴냄 2013년 6월 25일

지은이 | 복거일 외 9일
발행인 | 김세희
편집인 | 김준혁
펴낸곳 | 황금가지

출판등록 | 2009. 10. 8 (제2009-000273호)
주소 | 135-887 서울 강남구 신사동 506 강남출판문화센터 5층
전화 | 영업부 515-2000 편집부 3446-8774 팩시밀리 515-2007
홈페이지 | www.goldenbough.co.kr

ⓒ황금가지, 2007. Printed in Seoul, Korea

ISBN 978-89-6017-026-1 03810

㈜민음인은 민음사 출판 그룹의 자회사입니다.
황금가지는 ㈜민음인의 픽션 전문 출간 브랜드입니다.